KB273580

Tell
Me
Everything

Tell
Me
Everything

이야기를 들려줘요

엘리자베스 스트라우트 **장편소설**

Elizabeth Strout

정연희 옮김

문학동네

『이야기를 들려줘요』는 허구의 작품이다. 이름, 등장인물, 장소, 사건은 모두 작가의 상상이 낳은 결과이며 허구적으로 사용되었다. 실제 사건, 사건이 벌어지는 장소, 살아 있거나 죽은 사람과의 유사성은 전적으로 우연에 의한 것이다.

내 가장 소중한 친구이자 사십 년 동안

첫 독자가 되어준 캐시 체임벌린에게,

그녀의 감성이 나를 지금의 작가가 되게 했고,

그녀의 조언이 이 책의 바로 이 목소리를 만들었다.

그리고 남편 짐 티어니에게,

그는 내게 작가가 되는 자유를 주었다.

그리고 또한 짐 하와닉에게,

그는 메인주 최고의 피고측 변호사로 내게

풍부한 정보를 제공해주었다.

차 례

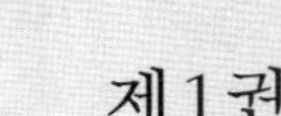

제1권

1

이것은 밥 버지스의 이야기다. 메인주 크로스비 타운에 사는 키 크고 체격 좋은 남자인 그는 우리가 그의 이야기를 하는 시점에 예순다섯 살이었다. 밥은 너그러운 사람이지만, 자신이 그렇다는 것을 모른다. 우리 대부분이 그런 것처럼, 그는 스스로 안다고 생각하는 만큼 자신에 대해 모르고, 자신의 삶에 기록으로 남길 가치가 있는 어떤 것이 있다고 믿는 일도 결코 없을 것이다. 하지만 그에게는 그런 것이 있고, 그런 것은 우리 모두에게도 있다.

메인에는 가을이 일찍 찾아온다.

8월 둘째 주나 셋째 주에 차를 몰고 가다 시선을 들면 저멀리 붉게 물든 나무 꼭대기가 보인다. 올해 메인주 크로스비에서 그 변화는 교회 옆 큰 단풍나무에 가장 먼저 일어났는데, 아직 8월 중순도 되지 않았을 때였다. 동쪽을 향한 면에서 나무의 색깔이 바뀌기 시작했다. 그곳에서 오래 살아온 사람들조차 그것을 신기하게 받아들였는데, 그 나무의 색깔이 가장 먼저 바뀐다는 사실을 그들이 기억하지 못했기 때문이었다. 8월이 끝나갈 무렵에는 나무 전체가 붉은색이기보다는 오렌지빛이 살짝 도는 노란색이 되는데, 모퉁이를 돌아 메인 스트리트로 들어서면 보일 것이다. 이어 9월이 오면 여름의 사람들은 왔던 곳으로 되돌아가고, 크로스비 거리에는 겨우 몇 사람만 걸어다닐 때가 많았다. 잎사귀는 대체로 생기가 없어 보였는데, 사람들은 8월과 9월에 강수량이 턱없이 부족했기 때문일 거라고 생각했다.

몇 년 전만 해도 고속도로 출구에서 크로스비 타운으로 들어오는 사람들은 자동차 대리점과 도넛가게, 식당을 지나게 되었고, 오랫동안 사용하지 않은 자전거 타이어나 플라스틱 장난감, 옷걸이, 에어컨 같은 물건이 포치에 놓여 있는 허물어지기 직전의 큰 목조 집들도 지나갔다. 그리고 이런 집 중 한 채에 리키 데이비스라는 이름의 중년 남자가 살았다. 덩치가 크고 술에 절어 지냈는데, 종종 자신의 거대한 엉덩이 두 짝과 그 사이의 골이 다 보이게 바지를 반쯤 내린 채 옆 포치 난간에 몸을 기대고 있었고, 차를 타고 그 앞을 지나가는 사람들이나 그걸 처음 보는 사람들은 고개를 돌려 놀랍다는 듯 쳐다보았다. 하지만 시의회가 투표로 그 자리에 새 경찰서를 짓기로 결정한 뒤 리키 데이비스와 그가 살던 집은 이제 사라지고 없었다. 그가 옛 박람회장 근처 해트필드 주거 단지에서 산다는 소문이 돌았다.

타운 중심부에 들어서면 메인 스트리트를 조금 벗어난 곳에 큰 벽돌집이 보였다. 11월이 되어 시계를 뒤로 돌려 맞추면서* 날은 더 일찍 어두워져, 차를 타고 지나가는 몇몇 사람들이나 길 건너 보도를 걸어가는 사람들은 집안에 켜진 램프 불빛에 노랗게 보이는 창문 너머를 들여다볼 수 있었다. 커

---

* 하절기에만 한 시간 앞당긴 표준시를 쓰는 서머타임에 따른 것이다.

튼을 완전히 치기 전까지는 밥 버지스와 그의 아내 마거릿 에스테이버가 부엌에서 함께 요리하는 모습도 볼 수 있었다. 사람들은 그들이 누군지 알았고, 완벽히 의식하지는 못해도 이 부부가 바로 여기 타운 한복판에 살고 있다는 사실에서 안전하다는 느낌을 받았다. 마거릿은 유니테리언교* 목사였고, 그녀를 따르는 회중이 있었다. 밥은 젊은 시절 오랫동안 뉴욕에서 변호사로 일했는데, 그 사실을 탐탁지 않게 여기는 사람은 아무도 없었다. 아마 그가 여기서 사십오 분 거리에 있는 셜리폴스에서 자랐기 때문일 것이었다. 그는 마거릿과 결혼하면서 거의 십오 년 전에 메인으로 돌아왔다. 여전히 셜리폴스에서 이따금 형사사건을 맡고 그곳에 사무실이 있다고 알려져 있지만, 거의 은퇴한 것이나 다름없었다. 그리고 또한 밥은 어린 시절에 비극을 경험했다—사람들은 이 일에 대해 쉬쉬하며 말했다. 밥이 가족 차의 기어를 갖고 놀다가, 차가 버지스네 집 진입로 언덕에서 굴러내려간 것이었다. 타운 사람들이 알고 있기로는 그 차가—따라서 밥이— 거기서 우편함을 확인하고 있던 밥의 아버지를 죽음에 이르게 했다.

---

* 삼위일체론을 부정하고 신격의 단일성을 주장하는 기독교의 한 종파.

아흔 살로 지금 노인 주거 단지인 메이플트리 아파트에 살고 있는 올리브 키터리지는 밥에 대한 이런 사실들을 알고 있었고, 늘 그를 좋아했다. 그녀는 그에게 조용한 슬픔이 깃들어 있다고, 그건 아마도 삶의 초기에 일어난 그 불운한 사건 때문이리라고 생각했다. 올리브는 밥의 아내인 마거릿을 그다지 좋아하지 않았다. 그건 마거릿이 목사였고 올리브는─그녀와 첫 남편 헨리를 결혼시켜준 쿡을 제외하면─목사를 좋아하지 않기 때문이었다. 대니얼 쿡 목사는 훌륭한 남자였다. 그리고 헨리 키터리지도 훌륭한 남자였다.

팬데믹은 올리브 키터리지에게 힘든 시기였고─정말로 모두에게 힘들었고─올리브는 이 노인 주거 단지에 있는 자신의 작은 아파트에서 그 하루하루를 견뎌냈다. 식당에서 먹는 것이 금지되고 대신 음식을 방으로 가져다주기 시작했을 때는 완전히 미쳐버릴 것 같았다. 하지만 그 첫해가 끝나갈 무렵 백신을 맞고 2차 접종까지 마치자 조금 더 멀리까지 외출할 수 있게 되었다. 누군가가 그녀를 차에 태워 타운이나 강가로 데려가주었다. 하지만 팬데믹 동안 일어난 진짜 문제는 올리브의 가장 친한 친구이자 두 집 떨어진 곳에 사는 이저벨 굿로가 심하게 넘어져─일어날 수 있는 모든 일 중에서 가장 나쁜 일이었다—'다리 건너'* 단지 안의 요양원으로 이사하게 된 것이었다. 이제 올리브는 날마다 그녀를 찾아가 신문을 1면에서 마지막 면까지 읽어주었다. 그것은 힘든 일이었고, 여전히 힘들었다.

크로스비의 곶 끝 대서양의 (대체로) 넘실거리는 바다를 내려다보는 절벽 높은 곳에 루시 바턴이라는 이름의 여자가 살았다. 이 년 전 팬데믹 때 뉴욕에서 달아나 전남편 윌리엄과 함께 이곳에 도착했고, 결국 이 타운에 남았다. 이에 대한 사람들의 감정은 복합적이었다. 뉴욕 사람들에 대한 기본적인 거리감도 있었지만, 타운에 남기로 한 루시 바턴 같은 사람들 때문에 집값이 천정부지로 올라 더 좋은 집으로 이사하고 싶었던 원래 메인 주민들이 그럴 수 없게 되었다는 점도 한몫했다. 루시는 일리노이주에 있는 작은 타운에서 성장했고, 어른이 된 뒤로는 줄곧 뉴욕에서 살았다. 전남편과 함께 이곳에 오기 전까지 그녀가 메인의 여름 사람이었던 적은 없었다. 또한 루시 바턴이 소설을 쓰는 작가였기 때문에 그녀를 대하는

---

* 엘리자베스 스트라우트의 『다시, 올리브』에서 처음 사용된 표현으로, 이 주거 단지의 아파트에서 살다가 질병이나 사고로 거동하기 힘들어질 경우 실제로 존재하는 다리 건너에 있는 요양원에 옮겨 살게 되는 것을 말한다.

사람들의 감정이 달랐다. 그녀가 다시 뉴욕으로 돌아가기를 바라는 사람들이 대부분이었겠지만, 그녀에 대해 나쁘게 말하는 사람은 아무도 없는 것 같았다. 그리고 친구인 밥 버지스와 함께 강가를 산책하는 것을 제외하면 그녀는 사람들의 눈에 거의 띄지 않았다. 이따금 서점 위에 빌린 작은 작업실로 통하는 뒷문으로 들어가는 모습이 목격되는 정도였다.

메인 스트리트에 있는 대부분의 가게 창문에 '도와주실 분 구함'이나 '구인중'이라는 광고가 붙어 있었고, 해안을 따라 자리한 몇몇 레스토랑은 일할 사람이 부족해 문을 닫아야 했다. 무엇이 잘못되었는가? 여러 추측이 있었지만, 크로스비 주민 대부분은 답을 모른다고 말하는 게 더 맞을 것이다. 그들은 세상이 예전 같지 않다는 것만 알았다. 그리고 크로스비 타운의 주민 대부분은 늙거나 거의 늙었는데, 메인의 인구 분포가 그렇게 된 지는 꽤 되었다. 어떤 사람들은 이것에 대해 이런 직업을 선택할 젊은층이 없는 게 문제라고 말했다. 또 어떤 사람들은 실직은 메인에서뿐 아니라 전국적으로 일어나는 현상이라고 주장했다. 또 어떤 사람들은 오피오이드* 위

* 주로 진통제로 사용되는 중독성 강한 약물군을 일컫는다.

기라면서, 사람들이 취직에 필요한 약물 테스트를 통과하지 못하기 때문이라고 추정했다. 그리고 또 어떤 사람들은 젊은 세대에게 문제가 있다고 주장했다. 예컨대 맬컴 무디의 열여섯 살 된 손자가 사흘 동안 이곳에 와 있었는데, 아이폰으로 계속 비디오게임만 했다는 것이다. 이런 상황에 무엇을 할 수 있겠는가?

아무것도.

그리고 10월이 되자 나뭇잎의 색깔이 터져나와 세상을 온통 황금색으로 물들였다. 햇살이 내리비치고, 어디서나 노란 잎이 팔랑거렸다. 아름다운 풍경이었다. 낮은 춥고, 밤에는 비가 내렸지만, 아침에는 다시 해가 나왔다. 자연계에 존재하는 모든 찬란함이 반짝거리며 크로스비 타운에 자리를 잡았다. 하늘에 나지막이 걸린 구름은 갑작스럽게 태양을 가리고 그만큼 빠르게 흩어졌다. 마치 불이 밝게 켜진 것처럼 하늘은 다시 푸르고 밝아졌고, 노란색과 오렌지색 잎이 허공을 맴돌다 조용히 땅에 떨어졌다.

*

　10월의 이런 나날 중 어느 하루, 한 가지 생각이 올리브 키터리지를 사로잡았고, 그녀는 그것에 대해 거의 일주일 동안 고민하다가 밥 버지스에게 전화를 걸었다. "작가라는 루시 바턴에게 해주고 싶은 이야기가 하나 있어요. 그녀에게 우리 집에 좀 와달라고 하면 안 될까요."

　올리브의 생각이 그 이야기에 점점 더 자주 머물다가—사람들이 흔히 그러듯—작가에게 들려주면 언젠가 책에 사용될지도 모르겠다는 데까지 이르게 되었다. 올리브는 루시가 유명한 작가인지 그리 유명하지 않은지는 몰랐지만, 그건 중요하지 않다는 결론을 내렸다. 도서관에서 빌리려니 늘 대기자가 많아서 올리브는 그녀의 책을 서점에서 사서 전부 읽었고, 올리브가 하려는 이야기를 어쩌면 루시가 좋아할지 모르겠다는—혹 사용할지 모르겠다는—생각을 했다.

　그래서 출입문의 큰 채광창으로 노란 나뭇잎이 파르르 떨며 바닥에 떨어지는 것을 볼 수 있던 그 가을날, 올리브는 윙 체어*에 앉아 새 모이통에 박새 두 마리와 티트마우스 한 마리가 앉아 있는 것을 쳐다보며 루시 바턴이 나타나기를 기다리고 있었다. 몸을 앞으로 숙이자 다람쥐 한 마리가 보였다. 올리브가 손마디로 창문을 톡톡 세게 두드리자 다람쥐가 허둥지둥 달아났다. "하." 올리브가 뒤로 기대앉으며 말했다. 그녀는 다람쥐를 싫어했다. 다람쥐는 그녀의 꽃을 먹고, 그녀의 새를 늘 괴롭혔다.

올리브는 옆으로 작은 탁자 위에 안경이 놓여 있는 것을 보았고, 역시 탁자 위에 있던 커다란 무선전화기를 집어들었다. 그리고 번호를 눌렀다.

"이저벨." 올리브가 말했다. "오늘 아침에는 못 갈 것 같아요. 누가 찾아오기로 했거든요. 오후에 건너가서 그 이야기를 해줄게요. 끊어요." 올리브가 전화를 끊고 자신의 작은 아파트를 둘러보았다.

올리브는 이 장소를 작가의 시선에서 바라보려고 해본 다음 괜찮다는 결론을 내렸다. 깔끔했고, 노인들 대부분이 집을 꾸미는 방식대로 흉물스러운 장식품 나부랭이를 여기저기 흩어놓거나 탁자 위에 손주 사진을 잔뜩 올려놓는 바보 같은 짓도 하지 않았다. 올리브는 손주가 넷이었는데, 침실에 한 명의 사진만 두었다. 더는 어리지 않은 리틀 헨리의 작

---

* 등받이가 높은 안락의자.

은 사진이었다. 그리고 거실 장식장에 첫 남편 헨리의 큰 사진을 놓아두었는데, 그 정도면 충분했다. 지금 그 사진을 보며 그녀가 말했다. "음, 헨리, 그녀가 뭔가 반응을 보일지 한번 보자고."

열시 오 분 전이 되었을 때 복도 쪽으로 난 문에서 가벼운 노크 소리가 들렸고, 올리브가 소리쳤다. "들어와요!"

온순하고 쥐 같아 보이는 작은 체구의 여자가 들어왔다. 올리브는 온순하고 쥐 같아 보이는 사람들이 참기 힘들었다. 여자가 말했다. "일찍 와서 죄송해요. 늘 일찍 도착하는 편인데, 어쩔 수가 없나봐요."

"괜찮아요. 난 늦는 사람을 싫어하니까. 앉아요." 올리브가 말하고는 맞은편 벽에 붙여 놓아둔 작은 카우치를 향해 고개를 까딱했다. 루시 바턴이 들어와 앉았다. 무릎길이의 검은색과 파란색 격자무늬 코트와 올리브 생각에는 나이치고 너무 달라붙는 청바지를 입고 있었다. 올리브가 검색해보기로 루시는 예순여섯 살이었다.

그 카우치는 딱딱했고, 올리브도 그 사실을 알았지만, 여자가—앉아 있는 자세가—얼마간 카우치를 더 딱딱해 보이게 했다. 그리고 발에 아주 이상한 걸 신고 있었는데, 앞쪽에 길고 큰 은색 지퍼가 위로 쭉 올라간 형태의 부츠였다. 부츠 안으로 가녀린 발목과 달라붙는 바지가 보였다.

"코트를 벗어요." 올리브가 말했다.

"괜찮아요. 추위를 잘 타서요."

올리브가 눈알을 굴렸다. "여기 안이 춥다고는 말할 수 없죠."

올리브는 이 여자가 실망스러웠다. 거실에 침묵이 흘렀고, 올리브는 그대로 두었다. 마침내 루시 바턴이 말했다. "음, 만나서 반가워요."

"아, 뭐." 올리브는 한쪽 발을 앞뒤로 흔들며 그렇게만 말했다. 이 여자에게는 뭔가 이상한 데가 있었다. 안경을 안 쓰고 눈이 작지 않았는데 약간 놀란 표정을 하고 있었다. "발에 신은 그건 뭔가요?" 올리브가 물었다.

여자가 아래를 내려다보더니 앞코를 위로 올렸다. "오, 부츠예요. 지난여름에 록랜드*에 갔다가 어느 가게에서 이걸 발견했어요."

록랜드. 돈. 아무렴, 올리브는 생각했다. 그녀가 말했다. "바닥에 쌓인 눈도 없는데 부츠가 왜 필요한지 모르겠네요."

---

* 메인주 중남부에 있는 항구도시로, 예술과 문화의 중심지로 알려져 있다.

여자는 한동안 눈을 감고 있었고, 떴을 때는 올리브를 쳐다보지 않았다.

"음, 이 타운에서 우리와 함께 계속 있을 거라고 들었어요."

"누가 그 말을 해줬어요?" 여자가 그 답을 정말로 알고 싶은 것처럼 물었고, 여전히 약간 어리둥절한 모습이었다.

"밥 버지스가요."

그 순간 여자의 얼굴이 바뀌었다. 잠시 부드럽고 긴장이 풀린 모습이었다. "맞아요." 그녀가 말했다.

올리브가 숨을 들이쉰 다음 말했다. "음, 루시, 우리 작은 타운 크로스비는 어때요?"

"큰 변화였어요." 루시 바턴이 말했다.

"음, 여기가 뉴욕은 아니죠. 그런 뜻으로 말한 거라면."

루시가 실내를 둘러보고는 말했다. "그런 뜻으로 말한 거예요."

올리브는 계속 그녀를 지켜보았다. 잠시 재깍거리는 괘종시계 소리만이 들렸고, 이어 움푹 들어간 벽면에 만든 부엌에서 냉장고가 윙윙거리는 소리가 희미하게 들렸다. "밥한테 듣기로 저에게 해주실 이야기가 있다고요?" 루시가 물었다.

그러고는 코트를 벗었지만, 어깨에 그대로 걸치고 있었다. 올리브는 검은색 터틀넥 스웨터를 보았다. 비쩍 말랐군. 이 여자는 비쩍 말랐어. 하지만 이제 루시는 예리한 시선으로 올리브를 처다보고 있었다.

올리브는 옆에 놓인 작은 탁자의 아래 선반에 쌓아둔 책을 향해 가볍게 한 팔을 저었다. "당신 책을 모두 읽었어요."

루시 바턴은 그것에 아무런 반응을 보이지 않는 듯했지만, 시선이 잠시 선반에 놓인 책 위에 머물렀다.

올리브가 말했다. "당신의 회고록이 조금 자기 연민적이라고 생각했어요. 당신만 가난하게 자란 건 아니에요."

루시 바턴은 이번에도 아무런 반응이 없는 듯 보였다.

올리브가 말했다. "전남편 윌리엄은 자기 이야기를 쓴 것에 대해 어떻게 생각한대요? 궁금하네요."

루시가 작게 어깨를 으쓱했다. "그는 괜찮다고 해요. 내가 작가란 걸 아니까요."

"그렇군요. 아, 뭐." 올리브가 덧붙였다. "이제 그와 다시 합친 거죠. 다시 함께 사는. 하지만 결혼은 하지 않고요."

"맞아요."

"메인주 크로스비에서."

"맞아요."

다시 침묵이 흘렀다. 이윽고 올리브가 말했다. "책에 실린 사진하고 조금도 비슷해 보이지 않네요."

"알아요." 루시가 간단히 답하고 어깨를 으쓱했다.

"왜 그런 거죠?" 올리브가 말했다.

"전문 사진작가가 찍은 거라서요. 그리고 머리도 이제는 정말로 금발이 아니고요. 오래전에 찍은 사진이에요." 루시가 머리카락에 손을 넣고 쓸어내렸는데, 턱까지 오는 길이에 연갈색이었다.

"음, 사진에서는 너무 금발이에요." 올리브가 말했다.

햇살이 갑자기 비스듬히 창문으로 들어와 나무 바닥을 가로지르며 떨어졌다. 구석에 있는 괘종시계가 끊임없이 재깍거렸다. 루시는 손을 뒤로 뻗어 걸치고 있던 코트를 자기 옆으로 카우치 위에 내려놓았다. "내 남편이에요." 올리브가 장식장 위에 올려둔 큰 사진을 가리키며 말했다. "첫 남편 헨리예요. 훌륭한 남자였죠."

"좋은 분 같아요." 루시가 말했다. "그 이야기를 해주세요. 밥에게 전해듣기로 해주시고 싶은 이야기가 있다고요." 그녀는 이 말을 다정하게 했다. "듣고 싶어요. 정말로 그러고 싶어요."

"밥 버지스는 좋은 사람이에요. 그를 늘 좋아했어요." 올리브가 말했다.

루시의 얼굴이 발그레해졌다―이것이 올리브가 봤다고 생각한 것이었다. "밥은 이 타운에서 가장 좋은 친구예요. 아마 내가 가진 가장 좋은 친구일 거예요." 이 말을 할 때 루시의 시선이 아래로 떨어졌다. 하지만 다시 시선을 들어 올리브를 쳐다보며 말했다. "부디―그 이야기를 해주세요."

올리브 안의 뭔가가 느슨해졌다. 그리고 말했다. "좋아요. 하지만 지금은 그게 이야기할 가치가 있는지 잘 모르겠네요."

"음, 그래도 해주세요." 루시가 말했다.

*

그 이야기는 이것이었다. 올리브의 어머니는 크로스비에서 한 시간쯤 떨어진 메인주 웨스트애닛이라는 이름의 작은 타운에서 살았던 농부의 딸이었다. 그리고 오, 그런데 올리브는 어머니를 좋아하지 않았다. 하지만 그 부분은 아마 이야기와 관련이 없을 것이었다.

"왜 좋아하지 않았어요?" 루시가 물었고, 올리브는 그것에 대해 생각해보고는 말했다. "어머니가 나를 좋아하지 않아서 그랬던 것 같네요." 루시가 고개를 끄덕였다. "내가 다섯 살이었을 때 여동생이 태어났는데, 내 기억에—그 기억이 정확한지 아닌지 누가 알겠어요—어머니에게 왜 내겐 남동생이나 여동생이 없는지 물어본 적이 있었어요. 어머니가 나를 쳐다보고는 말했죠. '너를 낳은 뒤에? 너 다음에 다른 아이를 낳을 생각은 하지 못하겠더구나.' 하지만 낳았죠."

"어머니가 왜 그런 말을 했을까요? 어린 꼬마가 뭐가 그렇게 잘못됐길래요?" 루시가 물었다.

"음. 한 가지 이유는, 나는 껴안는 걸 좋아하지 않았어요. 오, 어머니는 아이사를 **사랑했죠**. 그앤 엄마하고 껴안았으니까요. 어머니는 껴안는 걸 좋아했지만, 나는 싫어하는 티를 냈거든요."

"아이사? 여동생이로군요. 멋진 이름인데요. 그래요, 계속해주세요." 루시가 바지에 붙은 뭔가를 떼어내며 말했다.

그러니까, 올리브의 어머니—"그분은 이름이 뭐였어요?" 루시가 올리브의 말을 끊고 그녀를 쳐다보았고, 올리브는 어머니의 이름이 사라Sara였다고 말했다. "끝에 h가 있나요?" 루시가 물었고, 올리브는 고개를 저었다. h는 없었다. 사라에게 오빠가 한 명 있었다. 오빠는 개또라이였는데도, 사라는 평생 그에게 헌신했다. "그는 잠복고환이었던 것 같아요." 올리브가 말했다. "수염이 안 나고 목소리가 높았어요. 아주 특이한 사람이었는데, 오, 아델이라는 이름의 여자와 결혼했죠. 그 여자 역시 또라이였어요. 그들은 아이를 낳지 않았고, 어쨌거나 어머니는 오빠에게 계속 헌신적이었어요. 심지어 어머니는 아델의 집에서 돌아가셨죠."

자 이제, 사라는 웨스트애닛이라는 타운의 작은 농장에서 성장했다. 그녀는 키가 아주 작았고, 발랄하고—예뻤다. "나는 예뻤던 적이 없었죠." 올리브가 덧붙였다. 루시는 그저 앉아서 그녀를 쳐다보았고, 올리브는 창밖으로 시선을 돌렸다. "계속해줘요." 루시가 조용히 말했다.

올리브는 농구공처럼 튀어나온 자기 배를 흘끗 내려다보고 재킷을 여며 배를 가린 뒤 이야기를 계속했다. "어머니는 학교 선생님이 되고 싶었고, 그래서 고럼 노멀스쿨에 들어갔어요. 노멀스쿨은 그 당시 교사 양성 기관의 명칭이에요." 올리브가 덧붙였다. "아마 1920년대 후반이었을 거예요."

첫해가 끝나갈 무렵 올리브의 어머니는 해안 아래쪽 리조트에서 웨이트리스 일자리를 구했다. 거기서 일하면서 리조트에서 지냈다. 그리고 리조트 주인인 여자의 아들과 사랑에 빠졌다.

"듣고 있어요?" 올리브가 물었다.

루시는 그렇다고 말했다.

"돈. 그의 어머니는 돈이 있었어요. 돈 있는 집안에서 태어났죠. 아버지는 어떻게 됐는지 모르겠는데—아마 죽었겠죠." 하지만 요점은 올리브의 어머니 사라가 정말로 이 남자와 사랑에 빠졌다는 것이고, 그의 이름은 스티븐 터너였다. 그리고 올리브가 아는 한 이 남자도 그녀를 사랑했다.

스티븐의 어머니는 플로리다에도 리조트가 있었다. 그래서 올리브의 어머니는 고럼 노멀스쿨로 돌아갔다가, 1학기 말에 불쑥 학교를 그만두고 플로리다로 내려가 이 여자—터너 부인—의 리조트에서 일했다.

"어머니가 이 이야기를 해줬나요?" 루시가 물었다.

"그랬죠."

"계속해줘요."

"그리고 어머니가 메인에 돌아왔을 때는—"

"그 남자는 플로리다에 있었고요?" 루시가 물었고, 올리브는 오, 그렇다고, 스티븐은 거기 있었다고 말했다. 하지만 사라가 돌아왔을 때, 그녀와 스티븐은 더이상 사귀는 사이가 아니었다. 터너 부인은 사라가 아들의 짝으로 충분히 세련되지 않다는 결론을 내렸고, 플로리다에서 두 사람을 헤어지게 했다. 스티븐은 미래에 의사가 될 테니, 다시 말해 가난한 작은 농장 출신인 사라는 그에게 충분히 좋은 짝이 아니라는 뜻이었다.

"잠깐만요. 이 이야기를 전부 어머니에게서 들었다고요?" 루시가 물었고, 몸을 앞으로 약간 숙인 채였다.

"음, 그래요. 내가 어린아이였을 때, 열두 살 때쯤이었던 것 같은데, 그때 어머니가 모든 걸 이야기해줬죠. 잘 모르겠지만, 어머니가 해준 건 맞아요. 하지만 딱 한 번이었어요. 그 이야기를 다시 언급한 적이 있었는지는 기억나지 않아요."

"계속해줘요." 루시가 말했다.

메인으로 돌아와 다시 노멀스쿨에 다니기 시작하고 석 달 뒤, 그녀는 헛간 무도회에서 올리브의 아버지를 만났다.

"사람들과 잘 어울릴 줄 몰랐던 아버지는 벤치 한쪽 끝에 앉아 있었어요. 그렇게 벤치 끝에 눌러앉아 있는데 어머니가 말을 걸었고, 그로부터 두 달 뒤에 그들은 결혼했어요." 올리브의 어머니는 교사가 되었고—첫 근무지는 교실이 하나뿐인 학교였다—고등학교도 마치지 못했던 올리브의 아버지는 통조림 공장에서 일했다. 경제 대공황이 일어나자 그는 일자리를 잃었고, 식료품값도 댈 수 없었다.

올리브는 아버지와 함께 작은 식료품점에 갔을 때 주인이 외상으로 식료품을 주려 하지 않았던 일을 기억하고 있었다. 아버지가 가게에서 나오며 눈물을 글썽거렸던 게 기억났다.

올리브는 잠시 말을 멈추고 다시 창밖을 내다보았다. 그리고 마침내 고개를 다시 돌리고 말했다. "이 부분은 내가 하고 싶었던 이야기는 아니지만, 하고 싶네요―아버지는 특별한 남자였어요."

"어떤 면에서요?" 루시가 물었다.

"모든 면에서." 올리브가 말했다.

"알겠어요." 루시가 말했다.

올리브가 다시 창문으로 고개를 돌렸다. "아버지는 아주 과묵한 사람이었어요. 아버지가 자란 환경은 끔찍했죠. 내 아버지는 자기 아버지에게 맞았어요. 그는 어린 동생들도 때리려고 했어요. 하지만 내 아버지가 늘 가로막고 어린 동생들의 몫을 대신 맞았어요."

루시는 아무 말 하지 않았다. 그저 앉아서 올리브를 쳐다보고 있었는데, 코트는 옆으로 카우치 위에 놓여 있고 두 손은 무릎에 올린 채였다.

"쉰일곱 살이었을 때, 아버지는 라이플총을 들고 스스로 목숨을 끊었어요." 올리브는 이 말을 하면서 루시를 흘끗 보았다.

"어디서요." 루시가 조용히 물었다. "어디서 그렇게 했어요?"

"부엌에서. 어머니가 학교 일을 마치고 집으로 돌아왔을 때 그는 부엌에 있었어요. 천장에는 뇌에서 터져나온 것들이 여기저기 튀어 있었고요."

"저런." 루시가 아주 조용히 말했다.

"하지만 그건 이 이야기의 일부는 아니에요."

"계속 이야기해줘요." 루시가 말했다. "그게 그 이야기의 일부인지 아닌지 아직은 몰라요."

올리브는 그 말에 놀랐지만 이야기를 계속했다. "그래서 아버지가 돌아가시고 삼 년이 지나 어머니가 돌아가셨을 때—"

"어머니는 어떻게 돌아가셨어요?" 루시가 물었다.

"뇌종양이었어요." 올리브는 눈을 찡그린 채 맞은편 벽을 쳐다보며 생각에 잠겨 말했다. "내 생각에 얼마간 흥미로운 점은, 의사가 말해주기를 어머니에게 오랫동안 뇌종양이 있었는데, 아버지의 죽음—자살—이 일으킨 정신적인 충격이 증상을 나타나게 하고 종양을 더 키운 것 같다는 거였어요. 나는 늘 그게 흥미롭다고 생각했어요."

"흥미롭네요." 루시가 말했다. 그리고 카우치 등받이에 몸을 기댔다. "음, 아는 사람 중에 세상에서 가장 사랑스러운 두 아이를 가진 여자가 있었는데, 아이들이 어렸을 때 남편은 유명한 작가가 되었죠. 그가 어느 대학교에 한 학기 동안 가르치러 갔는데, 얼마 안 돼 다른 여자하고 달아나버렸어요. 그리고 그 아내는 뇌종양이 생겨 일 년도 안 돼 죽어버렸어요. 나는 그 일이 관련이 있는 게 아닌지 늘 생각해요."

올리브가 말했다. "맙소사. 남편은 어떻게 됐어요?"

"결국 혼자가 됐고, 얼마 뒤에는 유명세도 끝났죠."

"음, **잘됐군요.**" 올리브가 말했다. 루시가 천천히 고개를 가로젓고 말했다. "아니요, 그건 정말로 슬픈 거예요."

올리브가 눈알을 굴렸다.

루시가 말했다. "그 이야기로 돌아가요. 그러니까 어머니가 돌아가셨다고요. 아델의 집에서." 그녀가 말했고, 그것—루시 바턴이 그 세세한 부분을 기억하고 있다는 사실—이 올리브를 기쁘게 했다.

"그래요, 아델의 집에서 돌아가셨어요. 어머니의 핸드백에서—" 올리브가 자세를 조금 바꾸고 몸을 앞으로 숙였다. "핸드백에서, 내가 핸드백 안을 다 살폈을 때 나달나달해진 오래된 종잇조각이 나왔어요. 지갑 안이 아니라, 핸드백 안쪽 작은 주머니 안에 있었고, 지퍼로 잠겨 있었죠. 신문에서 오려낸 거였어요. 당시에는 이른바 유명 인사가 타운을 찾으면 신문에 그에 대한 작고 바보 같은 기사가 실렸어요. 그리고 그 기사의 날짜는 어머니가 결혼하고 칠 년 정도 지나 이미 두 딸이 있던 시점으로 거슬러올라가고요. 내용은 이랬어요.”

〈셜리폴스 저널〉에―사진과 함께―실린 작은 신문기사는―아무개 부인과 작고한 아무개 터너의 아들인―의사 스티븐 터너와 그의 아내 루스가 딸들을 데리고 타운을 방문한다는 내용이었다. 스티븐 터너는 보스턴의 의사였고 그의 아내 루스는 보스턴 지역에서 거들먹거리는 갑부의 딸이었으며, 사진에는 아주 어린 두 딸의 모습도 보였다.

딸들의 이름은 올리브와 아이사였다.

올리브는 기다렸다.

이윽고 루시가 말했다. “오, 맙소사.” 그러자 올리브가 고개를 끄덕였다. 루시는 양쪽 무릎을 가볍게 맞부딪치기 시작했고, 손을 카우치에 올린 채 방안을 둘러보았다. “오, 맙소사.” 이제 그녀는 올리브를 쳐다보면서 그 말을 반복했고, 올리브는 다시 작게 고개를 끄덕였다.

“아, 뭐.” 올리브가 말했다.

“그러니까 어머니가 평생 그 기사를 간직하고 있었다는 거군요."

"맞아요."

"그리고 그의 아이들 이름이 당신과 여동생의 이름과 같았던 거고요."

"맞아요."

루시가 천천히 고개를 저었다. "그럼 어머니와 스티븐 터너는 둘이 아이를 낳으면 어떤 이름을 지어줄지 서로 이야기를 나누었을 거란 말이네요."

"음, 나도 그것에 대해 생각해봤어요." 올리브가 말했다.

"당연히 생각해봤겠죠." 루시가 몸을 앞으로 숙였다. "우연일 리가 없어요. 이름이 아주 독특하잖아요." 루시는 한 손을 움직이며 천천히, 경이롭다는 듯 말했다. "그들은 아이들 이름을 뭐라고 지을지 이야기를 나누었을 거예요. 그리고 남자의 아내인 루스는 결코 그걸 알았을 리 없고요. 어떤 여자도 자기 아이들 이름을 남편이 전 여자친구와 계획한 대로 짓지는 않으니까요."

"음, 내가 생각한 건 이건데—"

하지만 루시가 계속 말을 이어갔다. "그럼 어머니와 닥터 스티븐 터너는 각자 결혼한 뒤로 서로 한 번도 연락하지 않았어요?"

“오, 네, 그랬던 것 같진 않아요. 아니, 하지 않았어요. 그런 일은 결코 이야기의 일부가 되지 않았던 것 같아요.”

루시가 고개를 끄덕였다. “그렇겠네요.”

루시는 뒤로 기대앉아 똑바로 앞을 보았고, 이어 자기 손을 내려다보다 마침내 올리브를 다시 쳐다보았을 때는 눈시울이 아주 붉어져 있었다. 그리고 곧 눈물이 흘러내렸다. 눈물이!

“당신은 절대 울지 않는다고 생각했는데. 회고록에 그렇게 쓰지 않았던가요?” 올리브가 말했다.

“우는 게 어렵다고 쓴 것 같아요.” 루시는 코트 주머니 안을 살피고 있었다. “저쪽에요.” 올리브가 카우치 반대쪽 끝에 있는 탁자를 가리키며 말했고, 루시는 일어서서 화장지를 가져와 다시 앉았다.

“그런데 이게 왜 당신을 울린 거죠?” 올리브는 정말로 알고 싶었다.

“아주 슬픈 이야기니까요!”

“음, 흥미로운 이야기예요. 적어도 내게는.”

“키터리지 부인, 이건 슬픈 이야기예요.”

올리브가 다시 창밖을 내다보았다. “네, 그런 것 같네요.”

“어머니와 그 스티븐이라는 사람―그들이 정말로 사랑했

기 때문에 슬퍼요. 그들은 어렸고, 깊은 사랑에 빠져 있었어요—아이를 낳으면 이름을 뭐라고 지을지 이야기하고. 그런데 그의 어머니가 두 사람을 갈라놓았고, 두 사람은 결코 서로를 잊지 못했죠. 그래서 어머니가 아버지와 결혼해서 살았던 내내 아버지가 어머니의 마음에 들지 않는 뭔가를 하면, 그때마다 어머니는 스티븐을 떠올리고는 그가 그 상황에서 얼마나 훌륭했을지 생각했을 거예요. 그리고 스티븐의 아내라는 그 루스라는 여자도—아마 같았을 거예요. 그녀가 그를 실망시킬 때마다 그는 예쁘고 발랄했던 사라를 떠올리며 두 사람이 같이하는 삶은 얼마나 멋졌을지 생각했겠죠. 그러니 두 부부는 평생 방에서 이 유령들과 함께 살았던 거예요. 그래서 그것이 슬퍼요. 모두에 대해 슬프지만, 특히 유령과 함께 살고 있다는 사실조차 알지 못한 당신 아버지와 루스가 슬퍼요."

루시는 더이상 울고 있지 않았다. 그녀가 화장지로 코를 닦았다.

올리브가 말했다. "부모님의 결혼생활은 행복하지 않았어요. 아버지는 어머니를 기쁘게 해주려고 애썼지만, 어머니를 기쁘게 하는 건 불가능했어요. 어머니가 근무하는 학교가 세 타운 떨어진 곳에 있어, 대공황 시기에 아버지는 매주 어머니를 데려다주고 데려왔어요. 어린 우리를 보살핀 것도 아버지였죠. 아버지는 낡아빠진 고물 트럭에 어머니를 태워 오갔는데, 금요일 오후마다 차가 고장났어요. 한번은 아버지가 차를 세우고 어머니에게 메이플라워를 한 다발 따다주었어요. 하지만 어머니는 관심도 없었던 것 같아요."

루시는 가느다란 다리를 앞으로 뻗은 채 불편한 카우치 깊숙이 기대앉았다. 그리고 다시 몸을 세웠다.

"메이플라워는 뭔가요?" 그녀가 물었다.

"오—" 올리브가 방안을 둘러보며 말했다. "소나무숲의 더 어두운 쪽에서 발견되는 야생화예요. 아버지가 길가에 차를 대고 숲속으로 들어가 작게 한 다발 따온 거였죠."

"어머니가 관심 없었단 건 어떻게 알죠? 아버지가 그걸 말해줬어요?"

올리브는 그것을 생각해보았다. "내 기억에 어머니가 말해준 것 같아요. 어머니가 말했는데, 그걸—오, 정확히 경멸스럽다는 투는 아니고—관심 없다는 투로 말했어요. 마치 아버지는 그게 두 사람 사이에 도움이 되리라고 생각했다는 듯 말이죠. 하지만 메이플라워가 다 무슨 소용이겠어요? 그게 내가 줄곧 이해하고 있는 거예요."

루시가 손으로 입을 톡톡 쳤다. 그리고 마침내 말했다. "그럼 아버지의 자살이 어머니 때문이라고 생각하는 건가요?"

올리브는 가슴이 조금 찔리듯 아파오는 것을 느꼈다. 그녀는 시선을 앞으로 향한 채 한참 동안 아무 말이 없다가, 이윽고 말했다. "네, 혼자서는 그렇게 생각하고 있어요."

그녀는 마침내 루시를 쳐다보았고, 루시가 그녀를 보고 있었다. 올리브가 말했다. "왜요? 그럼 당신 생각은 어떤데요?"

"어쩌면 당신 어머니보다 그의 아버지에게 더 책임이 있는 것 같다고 생각하고 있어요."

올리브는 그것에 대해 생각해본 다음 말했다. "음, 아버지의 두 형제도 같은 방법으로 죽었어요."

"그랬나요? 그럼 어머니는 책임이 없었을 수도 있겠네요." 루시가 크게 한숨을 내쉰 뒤 말했다. "하지만 그건 슬픈 이야기예요. 오려낸 기사를 평생 간직했던 거요." 그녀가 고개를 저으며 말했다. "이런 개같은. 이 모든 기록되지 않은 삶이란. 사람들은 그저 그런 삶을 살아가는 거죠." 그러고는 올리브를 쳐다보며 말했다. "욕해서 죄송해요."

"아니에요. 실컷 해요." 올리브가 덧붙였다. "음, 이야기는 이게 다예요. 늘 누군가한테 이야기하고 싶었어요. 하지만 무슨 이유에선지 한 번도 하지 않았죠."

루시가 생각에 잠기며 말했다. "긴 결혼생활에서 얼마나 많은 사람이 곁에 유령을 데리고 사는지 궁금해지네요."

"헨리와 나는 결코 그러지 않았어요." 그렇게 말하자마자 헨리가 한동안 약국에서 함께 일한 그 바보 같은 여자를 좋아했던 일과 올리브 자신이 학교에서 함께 가르쳤던 남자에게 끌렸던 일이 떠올랐다. 하지만 그건 프라이팬에 떨어진 작은 기름방울 아니었던가? 그녀가 방금 한 이야기와는 달랐다.

그래서 그녀는 루시를 쳐다보고, 헨리가 잠시 좋아한 맹한 여자와 그녀가 잠시 끌렸던 남자에 대해 말했다.

그러자 루시가 귀기울여 들은 뒤 말했다. "네, 그건 같은 게 아니에요. 그러니까, 그런 일들이 얼마나 오래 지속됐어요?"

"오, 일 년도 안 갔죠." 올리브가 말했다.

루시는 손을 저었다. "작은 열병, 강하게 끌렸지만 행동으로 옮겨지지 않은 것, 그건 유령과 함께 사는 것과는 달라요." 그때 루시의 휴대전화에서 핑 소리가 났고, 그녀가 코트 주머니에서 전화기를 꺼냈다. 그녀는 눈을 확 찡그리며 화면을 가까이서 쳐다보아야 했다. "잠시 실례할게요. 밥이에요. 이야기가 다 끝났는지 물어보네요. 그가 내 작업실로 와서 나를 여기 데려다줬거든요. 지금 데리러 오겠대요."

"음, 우리 이야기는 다 끝난 것 같군요." 올리브는 실망했지만 그렇게 말했다. 이 루시 바턴이라는 여자와 더 오래 이야기할 수 있었다면 좋았을 것이다.

"잠깐만요. 밥에게 그렇게 말할게요." 루시가 눈을 잔뜩 찡그린 채 손가락으로 메시지를 친 다음 휴대전화를 다시 코트 주머니에 넣었고, 이어 올리브를 쳐다보았다.

"당신과 이야기할 수 있어서 무지 기뻤어요." 올리브가 말했고, 루시도 "네, 아주 좋았어요" 하고 말했다. 그리고 미소를 지었는데, 그게 그녀의 얼굴을 얼마나 달라 보이게 했는지! 와, 그녀는 거의 예쁘다고 할 만했다! "정말로 좋았어요." 루시가 반복해서 말했다.

올리브가 말했다. "밥이 친구라니 잘됐네요. 좋은 친구는 모든 걸 달라지게 하죠. 내겐 이저벨 굿로라는 친구가 있는데—"

루시의 얼굴이 다시 발그레해져 있었다. 그녀가 말했다. "그의 아내 마거릿 역시 좋은 사람이에요."

"그녀가 괜찮게 느껴졌던 적은 결코 없었어요. 그녀에게 무슨 문제가 있는 건 아니지만. 목사라는 것만 빼면 말이죠."

루시가 말했다. "아니에요, 그녀는 정말로 좋은 사람이에요." 그리고 이어 말했다. "그러니까, 가장 큰 이유는 밥이—" 그녀가 말을 멈추었다. "내가 당신을 만나게 된 이유

말이에요."

문을 두드리는 소리가 들렸고 밥 버지스가 들어왔다. 그 순간 올리브는 뭔가를 보았다. 밥의 얼굴을, 그가 루시를 어떻게 쳐다보는지를 보았다. 그는 그녀를 사랑하고 있었고, 루시가 카우치에서 밥을 올려다볼 때 그녀의 얼굴이 급격히 달라졌다. 아주 부드럽고 행복한 표정이었다. 그녀가 말했다. "안녕, 밥."

"이야기는 잘됐어요?" 밥이 올리브를 보며 물었고, 이어 다시 루시를 보았다.

"성공적이었어요." 올리브가 말했다.

2

하지만—올리브 키터리지가 밥과 루시에 대해 잘못 생각한 것이었다. 그들은 친구였고, 그게 다였다. 그들은 인생 후반기에 이런 우정이 찾아와준 것에 감사할 만큼 나이가 들었고, 마거릿과 윌리엄도 두 사람의 우정을 고맙게 생각했다. 동반자들에게 정말로 대화를 나눌 수 있는 친구가 생기면서 그들의 삶이 훨씬 수월해진 것이다.

밥과 루시는 실제로 안 시간보다 서로를 훨씬 더 오래 알고 지낸 듯 느꼈다.

그들의 우정에 대한 예로는 이런 것이 있다. 밥은 다시 (비밀리에) 흡연가가 되었다. 거의 평생 담배를 피우다가 마거릿을 만나면서 끊었고, 그게 거의 십오 년 전인데, 팬데믹 동안 다시 (비밀리에) 매일 한 개비씩 피우기 시작한 것이다. 곧 그게 두 개비가 되었고, 루시는 이 사실을 알고 있었다. 마거릿은 몰랐다. 그게 다였다. 밥과 루시가 둘 다─묘하고 정의를 내릴 수 없는 방식으로─순수한 사람들이었기에, 그것은 순수한 만남이었다.

이 시점에 밥의, 그리고 루시의 배경에 대해 잠시 이야기하는 게 도움이 될 것이다. 밥은 회중교회의 신자로 자랐다. 메인에서 대대로 살아온 정착민의 후손으로, 아버지 쪽 역사는 종교적인 관습이 극단으로 치닫자 잉글랜드를 떠나 매사추세츠로 이주한 청교도신자들로 거슬러올라간다. 이 최초의 청교도신자들은─밥이 보기에─고된 노동 빼고는 거의 모든 것에 반대했다. 감각을 자극한다는 이유로 음악이나 연극도 반대했다. 크리스마스를 기념하는 것에도 눈살을 찌푸렸다. 밥의 조상 중에는 마녀로 몰려 교수형을 당한 사람도 있었고, 그는 자신의 이런 배경 대부분에 위축감을 느꼈다. 또한─이것이 밥을 이해하는 데 중요하다─청교도신자는 어떤 식으로든 자신에게 주의를 돌리는 것에 **심하게** 반대했다. 여러 세대를 거친 유전자도 밥의 이런 면을 없애는 쪽으로 진행되지는 않았다. 으레 그렇듯, 조상의 특징이 밥을 형성했다.

루시도 비슷한 문화적 배경에서 자랐다. 그녀는 추수감사절에 자신이 자란 중서부 타운의 회중교회에 갔다. 그녀의 어린 시절은 특히 힘들었다. 극단적으로 가난한—그리고 이상한—가정이었기에 그녀의 가족은 타운에서 완전히 배척당했다. 어머니는 폭력을 쓸 때 말고는 자식들과 전혀 접촉하지 않았고, 아버지는 2차대전이 남긴 불안으로 인해 빈번한 성적 충동에 휩싸였지만 자식들에게는 결코 그런 식의 접근을 하지 않았다. 그리고, 그럼에도 루시는 가슴이 에일 듯 사무치게 부모를 사랑했다. 하지만 그녀의 어린 시절은 감당하기 힘든 것이었다.

여기서 핵심은—우리가 이런 것들을 고려한다면, 고려해야만 하는데—루시의 조상과 밥의 조상이 유사하다는 것이다. 그들의 조상은 매사추세츠주 프로빈스타운에 상륙했고—루시의 어머니가 예전에 말해준 대로—"용감한 사람들이 그러듯" 중서부로 이주했다.

마거릿 에스테이버는 지금 자신이 하는 일인 유니테리언교 목사가 되기 전에 가톨릭신자로 키워졌고, 윌리엄은 그의 아버지가 전후에 독일에서 여기로 건너왔기에 루터교신자로 키워졌다. 우리는 삶이 우리의 통제 안에 있기를 바라지만, 전적으로 그럴 수는 없다. 불가피하게 우리보다 앞서 존재한 사람들의 영향을 받는다.

*

루시는 올리브의 집에서 나온 뒤 검은색과 파란색 격자무늬 코트 주머니 안에 손을 넣고는 밥과 함께 그의 차로 갔다. 그리고 말했다. "오, 산책하러 가요!" 그래서 그녀와 밥은 차를 타고 강가로 갔고, 강은 그 모든 노란 잎과 강렬한 햇살에 아름다운 모습이었다. 그들이 차에서 내려 걷기 시작하자 밥이 올리브가 루시에게 불쾌하게 대하진 않았는지 물었다. 루시는 말했다. "네, 처음에는요. 하지만 그냥 겁을 먹은 거라고 이해했어요. 그리고 그녀는 곧 극복했어요."

"올리브가 겁을 먹었다고요?" 밥이 물었고, 루시가 그를 쳐다보며 말했다. "네, 겁을 먹었어요, 밥. 그녀는 겁주는 사람이고, 겁주는 사람들은 늘 겁을 먹어요. 하지만 나는 그녀가 좋았고, 결국 그녀도 나를 좋아하게 됐어요." 루시는 올리브가 해준 이야기를 밥에게 해주었다. "가슴 아픈 이야기죠?" 루시가 밥을 쳐다보며 물었고, 밥이 네, 정말로 그렇군

아이 같아." 마거릿이 똑바로 돌아누우며 덧붙였다. "그녀는 예술가고, 예술가란 으레 그래."

마거릿은 어둠 속에 누워 루시와 윌리엄에 대한 생각을 이어갔다. 그녀는 두 사람을 정말로 좋아했다. 루시에게는— 지평선에서 어둠의 틈을 비집고 나오는 햇살처럼 이 생각이 떠올랐다—루시에게는 대체로 잘 가려져 있지만 외로움이 존재했고, 그것은 지금 깨닫기로 마거릿 자신에게 존재하는 **외로움**이었다—지평선의 틈이 더욱 커졌다. 마거릿은 다른 사람과 연결되고 싶다고—지금까지 거의 인식하지 못한 채, 깊이—갈망했기 때문에 자기 삶을 타인을 돌보는 데 헌신한 것이었다. 그녀는 그것을 곰곰이 생각해보았다. 루시와 연결되어 있다고 느끼는 것, 그게 그녀가 루시를 좋아한 한 가지 이유였다. 마거릿은 자신의 회중과 늘 연결되어 있다고 느끼지는 않았다—그들의 진지한 얼굴, 지루해하는 얼굴, 혹은 늙은 에이버리 메이슨 영감. 그는 늘 앞줄에 앉아 잠이 들었다—그 순간 그것이 떠올랐다. 하지만 곧 오, 당연히 그들과도 연결되어 있다고 느끼지, 하고 생각했다. 그리고 그녀는 침대에서 돌아누웠고, 얼마 지나지 않아 가볍게 코를 골기 시작했다.

*

　우리가 앞서 언급했듯, 메인주 크로스비의 집값은 팬데믹 이후 천정부지로 치솟았다. 그리고 어디로 고개를 돌려도 새 콘도와 아파트가 들어서고 있었다. 옛 비행장 옆으로는 건물이 잇따라 지어졌다—그리고 이 새로운 장소들은 값이 싸지 않았다. 타운에서는 오래된 벽돌 공장이 콘도로 개조되고 있었는데, 거기는 심지어 더 비쌌다. 옛 경찰서 건물도 콘도로 전환될 예정이었다. 이 사람들은 다 어디서 오는 걸까? 그 많은 돈은 다 어디서 오는 걸까? 누구도 아는 것 같지 않았다. 하지만 사람들은 입을 모았다. 그게 이 타운을 영원히 바꿔놓을 거라고.

　샬린 비버라는 여자가 있었다. 쉰다섯 살이고, 평생 크로스비에서 살았다. 그녀는 노인 주거 단지인 메이플트리 아파트에서 일주일에 세 번 아침에 청소를 했는데, 지금은 경제적으로 아슬아슬한 상태였다. 다른 사람들도 다 그랬지만, 그녀의 부동산세도 크게 올랐다. 남편은 오래전에 죽었고—두 사람 모두에게 안타까운 일이었는데—그들은 아이를 가질 수 없었다. 그래서 최근에 샬린은 마음이 찢어질 듯 아팠지만 남편과 함께 살던 작은 집을 팔아야 했다. 그 일로 며칠을 울컥해서 지내면서, 이십오 년 뒤에 길거리에 나앉게 되는 것도 충분히 가능한 이야기라는 걸 이해하기 시작했다. 작은 집을 팔고도 그녀는 이 새로 생긴 장소들의 집세를 감당할 수 없었다. 집을 판 다음 그녀는 저렴한 아파트를 세놓는 크고 오래된 목조 건물 중 한 곳으로 옮겼다. 몇 년 전까지만 해도 처음 타운에 들어오면 보이던 리키 데이비스—엉덩이가 큰 그 남자—가 살았던 집과 다르지 않은 곳이었다. 이 오래된 집들도 확실히 타운 안에 있었지만, 크로스비 중심에서 한두 블록 정도 떨어진 곳에 숨어 있었다. 그러니—기이하게도—더 부유한 타운 주민들, 특히 새로 이주해온 사람들은 심지어 그 집들을 보지도 못했다고 말해야 더 맞을 것이었다. 이것은 어느 정도 위치 때문이었다. 그리로 가려면 평소에 잘 다니지 않는 샛길로 가야 했고, 이 돈 많은 사람들은 우연히 차를 타고 지나가게 되더라도 여전히 그곳을 눈여겨보지 않았다.

샬린은 그것을 이해했다. 그녀는 늘 피로감에 시달렸다.

그녀는 큰 식료품점 계산대의 일자리를 하나 더 구했지만, 종일 두 다리로 서 있으려니 등이 몹시 아파서 석 달 뒤에 그만두어야 했다. 하지만 일주일에 한 번씩 다시 푸드 팬트리에서 일하기 시작했다. 샬린은 어렸을 때 먹을 게 충분하지 않았고, 그 사실이 여전히 아프게 남아 있었다. 그래서 매주 거기 서서, 먹을 것을 받아 가려고 차에 탄 채 바깥에서 기다리는 가족들을 위해 봉지에 식료품을 담았다.

그녀가 어느 날 마거릿 에스테이버 대신 일하러 온 루시 바턴을 처음 만난 것이 그 푸드 팬트리에서였다—이제 이 년도 더 지난 일이 되었다. 샬린은 어느새 이 루시라는 여자에게 이야기를 줄줄 늘어놓고 있었다. 샬린은 그녀가 다르다고 느꼈고, 다른 사람의 말을 귀기울여 들을 줄 아는 조용하고 다가가기 쉬운 사람이라고 생각했다. 그래서 나중에 그녀에게 얼마나 많은 말을 했는지 깨달았을 때는 창피했고, 자신의 외로움이 온몸에서 새어나간 것처럼 느껴졌다. 하지만 나중에 어느 날 공원에서 루시를 만났을 때 루시는 "오, 샬린! 같이 강가로 산책하러 가요!" 하고 말했다.

그래서 그때 이후로 몇 주에 한 번씩 샬린은 강가에서 루시를 만났다. 샬린이 너무 멀리까지 걷는 데 어려움이 있어, 대체로 산책로 시작점 근처 큰 화강암 벤치에 앉았다. 크리스마스 다음날 루시가 전화를 걸어왔고, 그들은 지금 날씨가 추워 옷을 두껍게 껴입고 벤치에 앉아 있었다. 루시가 샬린에게 크리스마스는 어떻게 보냈느냐고 물었다.

"혼자 보냈어요." 샬린이 말했고, 루시가 손모아장갑을 낀 손을 샬린의 무릎 위에 올렸다. "그래야만 했던 건 아니었고요." 샬린이 설명했다. "카운티 위쪽 지역에 사는 친척이 초대했는데, 편도 세 시간 거리라 기름이 너무 많이 들어서요."

"그렇죠."

"하지만 정말로 그렇게 나쁜 하루는 아니었어요. 그러니까, 제리와 루이스가 내려와서—" 루시가 알기로 그들은 샬린의 바로 위층에 사는 부부였다. "좋은 사람들이에요. 제리는 치료 때문에 아주 힘든 시간을 보내고 있어요. 하지만 그도 내려와서 한동안 우리와 같이 앉아 있었어요. 그리고 부버도 있고." 부버는 샬린의 개로, 구조견인 콜리종이었다. 오, 샬린은 부버를 사랑했다! "부버가 내 인생을 구조한 셈이었죠." 샬린이 지금 말했다. 그녀는 전에도 루시에게 이 이야기를 했었다. 루시가 고개를 끄덕였다. 그리고 이어 샬린이 말했다. "그러니까 크리스마스 밤에 혼자 앉아서 나 자신과 정말로 오랫동안 생각을 나누었어요. 그리고 이게 내가 생각한 거예요. 사람들은 똥이다."

루시가 그녀를 지켜보았다.

"집을 팔았을 때 그 고약한 중개업자가 나를 찾아와서는 샬린, 그 집을 당장 팔아요, 사고 싶어하는 사람이 있어요, 하고 말했죠. 그래서 팔았어요. 거래를 마무리하고 떠나는데 바로 그 중개업자가 '이 집을 좀더 오래 갖고 있었어야 했어요, 샬린, 값을 두 배로 쳐서 받을 수 있었을 텐데 말이죠' 하고 말하더군요. 그가 그 말을 한 거예요, 루시! 하지만 그는 얼마를 손에 넣든 그저 돈을 챙기고 싶은 욕심에 첫 제안을 받아들인 거죠. 쓰레기 같은 놈."

루시는 크게 한숨을 내쉬고 말했다. "오, 너무하네요."

"인생은 그저 힘든 거예요."

루시는 그녀를 쳐다보고, 이어 강을 응시했다. "그렇죠." 그녀가 말했다.

"언니는 어때요? 당신을 좀더 좋아하게 됐어요?" 샬린이 물었다.

"아니요." 두 여자는 서로를 쳐다보며 웃었다. 루시가 말했다. "아니요. 비키의 인생도 힘드니까요. 전에 말했듯이요."

"그러게요. 그래서 내가 그녀의 안부를 묻는 거고요. 루시! 말해준다는 걸 깜박했어요. 올리브 키터리지가 내게 당신의 첫 회고록을 읽으라고 줬어요. 지난주에 청소하러 갔을 때요. 문을 열고 떠나려는데 그녀가 말했어요. 기다려요, 루시 바턴 알죠? 음, 그녀의 책을 가져가요. 그리고 그 책을 내게 줬어요."

샬린은 루시의 얼굴이 붉어지는 것을 보았다. 루시가 "샬린, 읽을 필요 없어요" 하고 말했다.

"읽고 싶어요. 저기, 올리브 키터리지는 내가 청소해주는 집들 중에서 나한테 잘해주는 유일한 사람이에요."

"알아요. 그렇게 말했었죠." 루시가 코트를 더 단단히 여미고 양팔로 자기 몸을 꼭 끌어안았다.

"그리고 요즘 새로 청소를 맡긴 부부가 있는데요. 코네티컷에서 온 사람들이에요. 여자가 개싸가지예요. 나를 **쳐다보지도** 않아요, 루시. 그러니까, 나는 그저 청소하는 여자에 불과하니 관심 가질 일 없다는 거죠. 욕실 청소를 잘못하고 있다고 자꾸 잔소리할 때만 빼면요. 그녀는 내가 변기솔을 쓰지 않고 손으로 청소하기를 바라요." 샬린은 머리에 쓴 모자를 더 끌어내렸다. 빨간색 니트 모자였는데, 늘 기대만큼 따뜻하지 않았다. "크리스마스 팁도 받지 못했어요. 그냥 못된 사람들이에요. 올리브도 내 말이 맞대요. 그곳 일의 규칙 하나는 거기 사는 사람들과 다른 집에 대한 이야기를 하지 않는 건데, 올리브는 편안하게 해주니까 이따금 앉아서 이야기를 나누거든요. 그녀 역시 그런 사람들을 싫어해요."

"너무 속상한 이야기네요." 루시가 샬린을 쳐다보면서 말했다.

"네. 음. 정치 이야기를 하지 않는 한 올리브와 나는 좋아요."

"나하고도 정치 이야기는 하지 않잖아요." 루시가 상기시켜주었고, 샬린이 웃으며 말했다. "그것도 알아요. 그래서 좋아요."

"나도 대학생 때 다른 집 청소를 했어요. 화학 교수의 집이었던 걸로 기억해요. 그녀가 잘해줬던 것 같아요." 루시는 이 말을 하면서 몸을 떨었다. "그 집에 오페어가 있었는데, 아침에 그 오페어가—잉글랜드에서 온 사람이었어요—이렇게 말하곤 했어요. 커피 마실래요? 그러면 그녀와 함께 부엌에 앉아 있게 됐는데, 나는 그녀가 두려웠어요. 그녀가 아주 잘해줬던 것 같지만, 그냥 그녀에게 무슨 말을 해야 할지 알 수 없었어요."

"오페어가 뭐예요?" 샬린이 물었다.

"오, 그냥 아이들을 돌봐주는 사람이에요."

"그 교수는 청소를 하는 데 당신을 고용하고, 아이들을 돌보는 데 또 한 사람을 고용한 거네요?" 샬린이 그렇게 물으면서 눈을 찡그렸다.

"네. 오페어가 우유와 설탕이 필요해요? 하고 물어보면 나는 수줍은 나머지 아니요, 하고 대답하고 거기 앉아서 블랙커피를 마셨던 기억이 나요." 루시가 고개를 저었다. "내가 아주 이상해 보였을 거예요." 루시가 강을 응시했다. "어느 날 그 여자가 자기 남편 옷장의 맨 위 선반을 정리하라고 하더군요. 거기 포르노물이 잔뜩 있었어요. 기괴한 빅토리아시대의 그림 같은 거요. 흑백 소묘도 한가득 있었고."

"그걸 어떻게 했어요?" 샬린이 물었다.

루시가 말했다. "먼지를 떨고 가지런히 정리한 뒤 바로 그 자리에 뒀어요."

샬린은 루시와 함께 있는 것이 좋았고, 루시도 그걸 알 거라고 짐작했지만, 그 이상으로 좋았다. 거의 올리브 키터리지와 함께 있는 것만큼 좋았다. 하지만 루시는 지금 떨고 있었고, 샬린은 그것이 보였다. 그래서 일어서서 말했다. "음, 이제 갈까요."

그날 밤늦게 샬린은 즐겨 보는 텔레비전 채널에서 뉴스─그녀가 보는 유일한 뉴스 프로그램─를 본 뒤 침대에서 루시의 회고록을 읽기 시작했지만 몇 페이지 읽지 않고 내려놓았다. 배경은 뉴욕이었고, 루시의 아이들이 어렸을 때의 이야기를 하고 있었다. 샬린은 아이가 없는 자신의 처지가 슬퍼졌다. 그런 이야기는 읽고 싶지 않았다. 그리고 뉴욕도 좋아하지 않았다. 그녀는 책을 침대 옆에 내려놓았고, 책은 읽히지 않은 채 그 자리에 남았다.

*

크리스마스 다음주에 함께 산책하면서 밥은 루시에게 그의 집에서 마거릿과 함께 보낸 저녁시간 전체가 다 괜찮았는지 물었다. 그러자 루시는 깊은 한숨을 쉬며 말했다. "모르겠어요, 밥. 요즘엔, 가끔 그저—우울해지고—몹시 **절망적인** 기분이 돼요."

"크리시의 산후우울증을 거의 당신이 앓고 있는 것 같군요." 그가 그녀와 나란히 걸으면서 말했다. 그러자 그녀가 걸음을 멈추고 그를 쳐다보았다. "당신은 정말 똑똑해요, 밥. 정확히 그거예요. 새로 태어난 아기—오, 그러니까, **하느님** 감사하게도 크리시가 아기를 낳았지만, 이따금 그냥 이 갑작스러운 슬픔이 나를 **찌르는** 느낌이에요. 그리고 그건 정확히 내가 그애의 산후우울증을 가져온 느낌이고요." 그들은 계속 걸음을 옮겼고, 그녀가 조용히 말했다. "저기, 크리시와 마이

클과 베카는 심지어 크리스마스 때 우리를 초대하지도 않았고, 그건 **괜찮지만**, 어쨌거나 나는 그것과는 다르리라고 예상했어요. 그래서 당연히 우리가 애들에게 여기로 오라고 했는데, 애들은 할일이 있다고 했어요. 솔직히 밥, 그건 **괜찮아요**. 정말로 괜찮아요. 나는 그저 늘 애들과 함께 크리스마스를 보내게 될 줄 알았어요. 크리시가 나를 대하는 태도가 달라진 것 같은데, 두 딸 다 그래요. 내가 그애들 인생에 중요하지 않게 된 것 같아요. 오, 신경쓰지 마요. 그리고 브리짓이─" 브리짓은 윌리엄이 세번째 아내와의 사이에 낳은 딸이었다. "어쩌면 그애가 크리스마스 때 여기 올지 모른다고 생각했는데, 오지 않았어요. 하지만 그애는 십대인데, 늙은 이들하고 보낼 이유가 뭐가 있겠어요?" 루시가 한숨을 크게 내쉬었다. "삶이 재미있다는 게 그런 거죠."

"그러니까 삶이 예상하는 대로 흘러가지 않는다는 거죠?" 밥이 물었고, 루시가 말했다. "바로 그거예요." 그리고 루시가 말했다. "음, 크리시가 태어났을 때 나는 몹시 우울했어요. 윌리엄과 헤어진 것처럼 느껴졌는데, 그게 정확히 나를 사로잡은 감정의 형태였어요. 꼭 우리가 더이상 부부가 아닌 것 같았어요."

그들은 계속 걸었다.

밥이 작은 미소를 띤 채 그녀를 흘끗 쳐다보며 말했다. "그건 생각하지 마요." 그들끼리의 농담이었다. 루시가 말했다. "당신이 맞아요." 그리고 말했다. "오, 밥! 마침내 리틀 애니를 옮겨 심었는데, 이제 **정말로** 걱정돼요."

그는 그녀가 리틀 애니를 더 큰 화분에 어떻게 옮겨 심었는지 설명하는 것을 들었다. 작년에 쓰던 흙을 썼더니 아주 건조해서, 구글로 검색해보니 오래된 마른 흙은 절대 써서는 안 된다고 해서 리틀 애니를 새 화분에서 꺼내고 양질의 새 흙을 채웠다. 하지만 리틀 애니가 물을 흡수하지 않아서 지금 문제가 생겼다고, 정말로 리틀 애니가 걱정된다고 루시는 말했다. "이맘때는 옮겨 심으면 안 됐나봐요." 그녀가 말했다. 그리고 이어 말했다. "리틀 애니 이야기만 계속해서 미안해요. 그 식물을 너무 사랑해서 그래요."

그러자 밥이 말했다. "뭐든 하고 싶은 이야기를 해요."

"아니요. 다 했어요." 그녀가 미소를 지어 보였다.

그가 담배를 피우는 동안 그들은 화강암 벤치에 앉아 있었다. 날은 화창했고, 파란 강물에 잎을 벗은 나무들의 반사상이 어려 있었는데, 원래보다 두 배는 키가 커 보였다. 루시가 늘어선 나무들이 비친 모습을 가리키며 말했다. "저것 좀 봐요." 그러자 밥이 말했다. "알아요, 나도 방금 저걸 보면서 생

각하고 있었어요. 특별한 느낌이 있어요." 그가 담배를 피웠
고, 다 피우고 나자 늘 하던 대로 꽁초를 담뱃갑 안에 넣었다.
"고마워요, 루시." 그가 말했고, 그녀가 말했다. "당연한
거죠."

다시 차로 돌아가면서 루시가 말했다. "이 나라에서 내전
이 일어날 수도 있을 것 같아요." 그러자 밥이 말했다. "내
생각도 그래요." 그들은 전에도 이 이야기를 나눈 적이 있었
다. 그리고 지금 밥이 말했다. "하지만 이 나라만 그런 건 아
니죠. 전 세계가 미쳐가는 것 같아요. 러시아는 우크라이나
를 침공했고."
"그렇죠, 그렇죠, 그렇죠." 루시가 허공에 한 손을 휙 저었
다. "요전날 샬린을 만났어요."
"어떻게 지낸대요?" 밥이 물었다.
루시가 말했다. "아주 외로운 것 같아요. 크리스마스를 혼
자 보냈대요. 위층 부부가 잠시 내려온 걸 빼면요. 메이플트
리 아파트에서 그녀에게 새로 청소를 맡긴 사람들을 싫어해
요. 그들이 그녀를 쳐다보지도 않는대요. 그녀의 말이 맞다
는 걸 알아요."
밥이 말했다. "오, 아마 그녀의 말이 맞겠죠."

"오! 그리고 언니에게 다시 전화를 걸었어요. 내가 매주 비키에게 전화하잖아요." 밥이 고개를 끄덕였다. "아들 도니가 여행을 떠나는데 짐 꾸리는 걸 도와줘야 한다고 해서 어디로 가느냐고 물었더니, 다른 친구들이랑 일리노이주 벨몬트에 있는 산장으로 간다고 했어요. 거긴 한참 가야 나오는 오지 한복판이라서, 나도 모르게 이 말이 튀어나와버렸어요, 밥. 절대 말해서는 안 됐는데, 말해버렸어요. 비키, 그거 **민병대**** 같은 거야? 그러자 **맙소사**, 언니가 화를 냈어요. 그리고 말했어요. 루시, 너 정말 아주아주 피곤한 애구나. 그리고 우리는 전화를 끊었어요." 루시가 밥을 돌아보며 덧붙였다. "그애가 총을 가지고 있다는 걸 알고 있었어요. 언니가 전에 말해줘서요."

"이런, 루시. 음—누가 알겠어요? 하지만, 맙소사. 그래도 총을 가지고 있는 사람이 많기는 해요."

"그렇죠! 알아요."

그들은 조금 더 함께 걸었고, 이윽고 루시가 말했다. "요즘 어쩐지 엄마 생각이 많이 나요. 이유는 모르겠어요. 하지만

---

* 여기서는 미국에서 사적으로 결성된 민병대 단체를 말하며, 우익적인 정치 성향을 띠는 경우가 많다.

이 일이 떠올랐어요. 내가 여덟 살쯤 됐을 때였는데, 어느 날 엄마한테 〈Row, row, row your boat〉라는 노래는 왜 '인생은 그저 꿈'이라는 가사로 끝나는지, 그게 무슨 의미인지에 대해 물었어요. 엄마가 조용히, 그건 삶은 진짜가 아니라는 뜻이야, 라고 말해서 좀 이상했어요. 그래서 내가 말했죠. 삶이 어떻게 진짜가 아닐 수 있어요? 그리고 내가 기억하는 건, 엄마가 설거지를 멈추고 싱크대 위쪽 작은 창문으로 바깥을 내다보면서―다시 조용히―그건 삶은 진짜가 아니라는 뜻이야, 라고 말했다는 거예요. 그리고 늘 그걸 기억하고 있었어요. 엄마가 그걸 믿는 것 같았거든요. 삶은 진짜가 아니라는 걸. 믿지 않을 이유가 뭐가 있겠어요? 엄마의 삶은 너무도 힘들었어요." 잠시 뒤 루시가 말했다. "나는 이야기하는 걸 정말 좋아해요. 그리고 엄마도 이야기하는 걸 정말 좋아했던 것 같아요. 나는 그저 그걸 몰랐던 거예요, 밥. 나는 너무 어렸고, 그걸 정말로 이해하지 못했던 거죠."

"어릴 때는 누구도 뭐든 이해하지 못해요." 밥이 말했다.

그러고 나서 그는 그녀에게, 자기가 어렸을 때 어머니에게 크리스마스가 싫다고 말했더니 어머니가 화를 벌컥 내며 울음을 터뜨렸고 자기는 그냥 그 자리를 피했다는 이야기를 해주었다. "그 생각을 자주 해요, 루시. 그리고 그때마다 죽을 만큼 힘들어요. 하지만 나는 어린아이였어요. 엄마의 삶이 얼마나 힘들었는지 정말로 몰랐어요."

루시가 걸음을 멈추고 그를 쳐다보았다. "오, 밥." 그녀가 부드럽게 말했다. 그리고 밥은 이해했다. 그녀는 그의 말을 들었다. 그녀는 그의 두 아내 중 누구도 할 수 없었던 방식으로 이 이야기를 이해했다.

을 했다는 말이야. 페니—게일의 여동생인데—가 게일한테 그걸 상기시켜줬대. 다이애나가 페니를 자기 죄수처럼 다뤘다고."

수전이 뒤로 기댔다.

"자기 죄수?" 게리가 물었다.

"응. 다이애나가 페니에게 넌 내 죄수야, 넌 내가 시키는 대로 다 해야 해, 그랬다고."

"다이애나가 페니에게 뭘 하라고 했는데?"

"방으로 들어가 침대에 앉아라, 자기가 가도 된다고 할 때까지 움직여서는 안 된다, 그런 거."

"그럼 페니는 그렇게 하고?" 게리가 물었다.

"당연하지."

"어머니는 어디 있었대?"

그러자 수전이 어깨를 으쓱했다. "누가 알겠어."

게리는 수전과 함께 포치에서 보내는 이런 아침에 점점 더 많이 의존하게 되었다. 그녀의 존재는 그가 상상도 못했던 방식으로 그에게 편안해졌다. 그들은 고등학생 때 잠시 데이트를 했고, 그가 그녀에게 헤어지자고 했다—그 일에 대해서는 한 번도 언급하지 않았다. 그는 수전을 아주 많이 생각했고, 만나면 하고 싶은 말이 마음속에 쌓여갔다. 그가 느끼기엔 서로 편안함과 친밀함이 생긴 것 같았는데, 그럼에도 이 관계는 왜 더 나아가지 못하는가? 그는 그 이유를 몰랐다. 하지만 진척이 없었다.

게리는 지난밤 식료품점에서 일어난 사건에 대해 말하고 싶었다. 그는 거기서 한 여자가 쓰러지는 걸 봤는데, 늙은 여자였고 바닥에 드러누운 채로 오줌을 쌌다.

하지만 수전이 말했다. "게일이 자기는 딱 한 번 비치네 집에 갔다고 말했어. 당시에 꼬마였던 매트는 아주 끔찍한 모습이었는데, 눈 주위가 거무칙칙하고 많이 아파 보였대. 하지만 집은 깨끗했다고 했어. 게일의 어머니는 그 집이 깨끗한지 알고 싶었던 거고."

이제 게리가 수전에게 식료품점에서 쓰러진 그 여자에 대해, 어떻게 오줌을 쌌는지, 오줌이 몹시 낡고 누런 바지에 어떻게 줄줄 흘러내렸는지 말했다.

"오, 맙소사. 오, 정말로 맙소사. 오, 그거 끔찍하다." 수전이 고개를 내둘렀다.

어쨌거나, 우리가 앞서 말한 대로, 글로리아 비치 사건은 수사에 진전이 없었다.

4

그리고 메인에 다시 겨울이 왔고, 낮은 짧았다. 날은 점점 어두워졌고, 햇살이 비쳐도—많은 날에 그렇지 않았다—해는 여전히 하늘 높이 떠오르지 않았다. 밥 버지스는 이따금 쥐어짜이는 듯한 압박감을 느꼈다. 아침에 일어나면 추웠고, 밖으로 나가면 더 추웠다. 지난 십오 년 사이, 마거릿과 결혼하고 뉴욕에서 이곳으로 돌아와 같이 살면서, 밥은 메인의 겨울에 익숙해졌다. 하지만 그는 요즘 일종의 불안 때문에 이따금 심장이 찌릿했고, 그것이 팬데믹—아직 완전히 끝나지 않았다—후유증과 세상의 정세 때문이라고 생각했다.

우리가 앞서 말했듯, 밥은 형사 전문 피고측 변호사였고,

크로스비에서 사십오 분 거리인, 자신이 성장기를 보낸 셜리
폴스에서 여전히 이따금 사건을 맡았다. 그는 사무실에 앉아
있는 것이나 구치소로 찾아가 그를 필요로 하는 피고인들과
이야기하는 것을 여전히 좋아했지만, 필요한 도움을 받는 대
신 교도소행을 앞둔 헤로인중독자들을 보면 심란했다. 나라
의 정세를 생각하면, 밥은 이따금 고속도로를 덜컹덜컹 달려
가는 거대한 트랙터 트레일러에서 바퀴가 하나씩 빠져나가
는 장면이 떠올랐다.

어느 날 밥은 사무실에 앉아 있다가—구석에 있는 오래된
라디에이터가 똑똑 노크하는 소리를 내고 있었다—올리브
키터리지에게서 걸려온 전화를 받았다. "당신이 사건을 맡게
될지 모르니 알아두는 게 좋을 것 같아서요. 내가 스퀘어댄
스를 하던 시절에 알았던 사람이 있는데, 그 사람이 그 가족
을 알았어요."

"어떤 가족 말인가요? 어떤 사건요?" 밥이 물었다.

"그 매슈 비치 사건 말이에요. 그가 저지른 일이라면, 난
그가 그랬다고 확신하는데, 내가 그를 전적으로 비난할 수
있을지 모르겠네요."

밥은 뒤로 기대앉았다. "나는 그 사건을 맡고 있지 않아요.

내가 아는 한 소송도 없고요. 하지만 제 누이 수전도 같은 말을 하더군요. 그를 전적으로 비난할 수 없다고. 당신은 왜 그런 말을 하는 거죠?"

"그 가족에겐 무지막지한 광기가 흘러요. 하지만 소송이 없다면, 됐어요. 끊을게요." 그리고 올리브 키터리지는 전화를 끊었다.

밥이 창밖으로 길을 내려다보았다. 오늘은 해가 거의 나오지 않았고, 거리에는 간밤에 내린 눈이 가볍게 흩날릴 뿐이었다. 밥은 남자 한 명이, 그도 변호사였는데, 법원에서 나오는 것을 보았다. 그리고 밥은 의자에 기댄 채 뉴욕에 사는 형 짐에게 전화를 걸었다. 짐은 아주 성공한 형사 전문 피고측 변호사였고, 한때는 전국적으로 명성이 자자했다. 옛날 옛적 일이었다. "오, 매슈가 범인이네." 밥이 상황을 설명하자 짐이 말했다. 그러자 밥이 말했다. "알아, 알아. 솔직히 나는 신경도 안 써."

"네가 신경을 안 쓴다고? 언제 리틀 보비 버지스가 신경을 안 쓴 적이 있었던가?" 짐이 물었다.

밥은 잠시 눈을 감았다. 그는 무엇도 짐이 평생 자신에게 보여온 이 태도를 바꿀 수 없으리라는 것을 알았고, 그것을 받아들였다.

"그렇지만 동기가 뭘까?" 밥이 자세를 똑바로 하며 물었다. 자신이 지금 부모를 죽인 아이에 대해, 늘 자기가 했다고 생각한 그 일에 대해 이야기하고 있다는 것을 이해한 것은 미세한 의식 수준에서였다. 하지만 짐이 기어로 장난을 치다가 차를 언덕에서 굴러가게 해 아버지를 죽음에 이르게 한 사람은 자기였다고 고백한 것도 이제는 오래전 일이었다. 그 뒤로 그들은 그 이야기를 꺼낸 적이 한 번도 없었다. 둘 다 메인 출신이었고, 그들이 뉴욕에서 오래 살았다는 것이 그 사실을 바꾸지는 않았다. 메인 출신은 이런 것을 이야기하는 걸 늘 좋아하지는 않았다.

"그 사람이 어머니 때문에 미쳐서? 더럽게 미쳐서? 그 여자는 끔찍했어." 짐이 말했다.

"오, 나도 알아." 밥이 다시 창밖을 내다보았다. 그는 지금 셜리폴스에 있는 이 건물 8층에 있었다. 한 커플이 지나가는 것이 보였다. 취한 듯했다. "하지만 그녀의 어디가 그렇게 끔찍했다는 거야? 우리가 죽을 만큼 무서워했던 건 기억나는데, 정확히 무엇 때문이었지? 떠올려보려고 했지만 기억나지 않았어." 밥이 의자를 돌려 창을 등졌다.

짐이 말했다. "그냥 세상에서 가장 성미가 고약한 여자였지. 내가 초등학생이었을 때 그녀는 몸집이 둥글둥글해서 별

명이 비치 볼*이었는데, 중학생이 됐을 땐 너무 표독스러워서 비치 볼**로 바뀌었어. 카페테리아에 어떻게 서 있었는지 기억 안 나? 희미한 녹색 플라스틱 접시에 매시트포테이토를 무성의하게 퍼담아주던 모습? 그걸 받지 않겠다고 고집을 부리는 아이에겐 쏘아보는 눈빛으로 이렇게 말했어. '이 음식을 먹을 수 있다는 것만으로 감사한 줄 알아!' 한번은 그 여자애, 이름은 기억 안 나는데, 그애한테 이렇게 물었어. '그 돼지 같은 면상은 어떻게 얼굴에 박아넣게 됐다니?'"

밥이 말했다. "오 맞아. 방금 어떤 남자애가 감사인사를 하지 않았다는 이유로 배식 줄에 있던 아이들 전부가 멈췄던 게 기억났어. 모두 기다려야 했고, 그녀는 그 아이한테 엄청 화가 난 것 같았어. 얼굴을 후려칠 기세로 커다란 스푼을 내밀고, 거의 침을 튀기며 말했지. '감사하다고 말해.' 그래도 그애는 버텼는데, 맙소사, 정말로 무서웠어. 마침내 그애가 중얼중얼 감사하다고 말했지. 그러자 그녀가 뜨거운 브로콜리를 스푼 가득 퍼서 그애한테 뿌렸어."

짐이 말했다. "토미―그 집 장남 토미 기억나?"

---

* Beach Ball. 해변에서 던지고 노는 공을 말한다. 가족의 성인 비치(Beach)와 철자가 같다.

** Bitch Ball. beach가 bitch, 즉 욕설로 쓰이는 암캐로 바뀌었다는 말이다.

“아니.” 밥이 말했다.

“음, 나하고 같은 반이었는데, 정말로 이상한 놈이었어. 아주아주 진지하면서 이상한 놈.”

“지금 정신과의사야.” 밥이 말했고, 짐은 자기도 안다고, 신문에서 봤다고 말했다. “아직 〈셜리폴스 저널〉을 읽는구나?”

“오 물론이지, 온라인으로 매일 읽어.” 짐이 말하자 밥은 뉴욕에서 아주 다른 삶을 살고 있는 형이 여전히 고향의 일간지를 읽고 있다는 사실에 정말로 따뜻한 감각이 자기 안에 퍼지는 것을 느꼈다.

“다이애나는 내게 늘 좀 감동적이었어.” 짐이 말했다. 그러자 밥이 물었다. “다이애나를 어떻게 알아? 수지하고 나하고 같은 반이었는데.”

그러자 짐이 말했다. “응, 알아. 이따금 그애가 집에 가는 모습을 봤는데, 늘 애틋한 슬픔 같은 게 느껴졌어. 저기, 이제 뛰러 나갈 시간이야. 여기로 내려와. 곧 만나자. 우린 네가 보고 싶어. 헬렌이 널 보고 싶어해.”

그러자 오, 밥은 그 말에 아주 행복해졌고, 그는 그저 형을 너무 사랑했다. 짐이 무슨 말을 하든 밥은 평생 그랬다. 그리고 그는 형수인 헬렌도 사랑했다.

밥이 말했다. "두 주 뒤에, 루시 바턴이 뉴욕에 갈 때 나도 갈 거야. 루시가 뉴욕에 작은 스튜디오 아파트를 구했어. 뉴헤이븐에 있는 딸들을 만나러 갈 거래. 루시에게 어린 손자가 생겼어."

"루시 바턴하고 같이 지내려고?" 짐이 물었고, 밥이 말했다. "아니, 말도 안 되는 소리지. 형네 집에서 지낼 거야."

"좋네." 짐이 말했다. "우린 널 보면 기쁠 거야." 그래서 밥은 그것 역시 기다려졌다.

하지만 한편 이런 나날은 (이따금) 여전히 밥에게는 조금 힘들었다. 책을 읽으면 나아질 수 있었다―그래서 책을 읽었다. 하지만 팬데믹 전만큼의 열정으로는 읽지 않았고, 이따금 정신이 흐려지고 있는 건 아닌지 생각했다. 그는 자신이 예전만큼 자주 샤워를 하지 않는다는 것을 알아차렸다. 하지만 아내는 그것에 대해 아무 말 하지 않았는데, 심지어 알아차리지도 못한 것 같았다. 팬데믹이 끝난―음, 끝난 것은 아니지만, 곧 끝날 것 같은―상황에서 교회에 신경써야 할 일이 많았다.

마거릿은 종종 아침에 일어나자마자 교회 사무실로 가서 다섯시까지 집에 돌아오지 않았다. 아니면 셜리폴스로 가서 그곳의 이민자 사회를 돕는 일을 했는데, 십오 년 전에 밥을 처음 만났을 때 그녀가 하고 있던 일이 그것이었다. 하지만 밥은 루시 바턴과 산책하는 일만 빼면 (이따금) 조금 버둥거리는 기분이었다. 크로스비에서 그의 소소한 도움을 받는 사람들이 있었고, 타운의 푸드 팬트리*에서 일주일에 두 번씩 오후에 자원봉사를 했다. 또한 푸드 팬트리만큼 많은 시간을 요구하는 일은 아니었지만 해트필드 노숙자 쉼터 이사회에 속해 있었다.

그리고 일주일 뒤에 짐이 전화를 걸어왔고, 밥에게 뉴욕에 오지 말라고 했다. 밥이 왜냐고 묻자 형은 잠시 가만히 있더니 말했다. "헬렌과 함께 여행을 떠나기로 했어. 아직 어딘지는 모르고."

밥은 심장이 익숙한 방식으로 쿵 떨어지는 것을 느꼈다. "왜?" 그는 물었다.

짐이 말했다. "왜냐고? 우리가 그럴 예정이니까. 그게 이유야."

---

* 시장에 유통할 수 없지만 품질이 양호한 음식을 기부받아 소외계층에 나누어주는 일종의 사회복지 기관.

5

크리스마스는 심지어 추수감사절이 되기도 전에 시작되었다. 가게에는 갑자기 캐럴이 울려퍼졌고, 많은 집의 앞쪽 잔디밭에 커다란 플라스틱 산타클로스가 등장했으며, 타운의 공원 한복판에서는 큰 가문비나무에 전구가 밝혀졌다. 메인 스트리트에는 가로등에 걸린 전구가 줄줄이 밝혀졌다. 그러나 눈은 고작 흩날리는 정도였다. 하지만 크리스마스 전주에 눈보라가 휘몰아쳐 바깥에서는 밤새 제설차가 돌아다녔고, 학교는 휴교했으며, 사람들은 어디에나 깨끗하고 하얀 눈이 수북이 쌓여 있는 모습에 행복해 보였다. 하지만 어떤 사람들에게는 이 계절이 여전히 힘들었다. 가족이 없는 사람들,

가족이 있어도 서로 좋아하지 않으면서 얼굴을 봐야 하는 사람들, 돈이 정말 없어서 트리 아래 충분한 선물을 놓아두려고 마지막 순간까지 압박감에 시달리며 뛰어다녀야 하는 사람들이 있었다.

밥 버지스는 이 명절에 조용히 반응했다. 이맘때가 되면 슬퍼졌다. 그리고 그가 (혼자) 깨닫게 된 사실인데, 그건 어렸을 때 순진하게도 어머니에게 "나는 크리스마스가 정말로 싫어요" 하고 말한 것 때문이었다. 어머니는 화를 벌컥 내며 그를 쳐다보고는 울음을 터뜨렸다. 아이였던 밥은 그것이 어리둥절하고 걱정스러웠지만, 그냥 그 자리를 떠났다. 하지만 그는 결코 이 일을 잊지 않았고, 나이가 들면서 지극히 당연하게도 크리스마스는 어머니에게 힘든 시기였으리라는 걸 깨달았다. 어머니는 돈에 몹시 쪼들렸고, 남편은 죽고 없었다. 어머니에게 그런 말을 했다는 사실이 깊이 각인되어 밥의 영혼에 생생한 슬픔과 후회로 남았다.

그는 마거릿과 처음 만났을 때 그 이야기를 했고, 첫 아내 팸 칼슨에게도 그 이야기를 했다. 두 사람 다 다정한 반응을 보였지만, 밥이 어른이 되고 깨달은 한 가지는, 사람들이 아마도 일 분 이상은 신경쓰지 않는다는 것이었다. 그들의 잘못은 아니었고, 대부분에게 자신의 경험 이상으로 **정말로** 신경을 쓴다는 건 불가능했다.

하지만 마거릿은 크리스마스를 즐겼다. 이런저런 예배가 많았고, 사람들은 그토록 오랜 기간 줌으로 예배를 드리다가 직접 오니 즐거운 모양이었다. 심지어 지금도 몇몇 사람은 마스크를 쓰고 나타났다. 마거릿도 설교할 때만 벗을 뿐 마스크를 썼다. 밥은 세번째 줄 신자석에 앉았는데, 뱃속이 꾸르륵거렸다. 루시 바턴과 전남편 윌리엄이 크리스마스이브 예배에 나타났고, 예배가 끝난 뒤 늦은 시간에 밥과 마거릿의 집으로 같이 가서 술을 한잔했다.

마거릿의 설교는 자선에 관한 것이었다. "메인주 크로스비 역사상 음식을 받아 가려고 이렇게 많은 사람이 푸드 팬트리에 줄을 선 것은 처음입니다. 그리고 크로스비 역사상 집이 없는 사람이 이렇게 많았던 것도 처음입니다." 그녀는 그렇게 말했다.

윌리엄이 잔을 들며 마거릿에게 말했다. "오늘밤 대단한 설교였어요, 마거릿. 정말로, 정말로 아주 좋았어요."

밥은 마거릿이 그 말에 얼마나 기뻐하는지 보고는 자기도 메아리처럼 그 말을 해주었고, 루시도 그렇게 했다. 마거릿이 말했다. "음, 그게 신자들에게 어떻게 전달될지 모르지만,

늘 노력하고 있어요." 그러자 세 사람 모두 줄곧 성공적이었다고 말했고, 그뒤로는 그녀도 안정된 듯 보였다. 그리고 마거릿이 윌리엄에게 기생충 연구는 어떻게 되어가는지 물었다. 윌리엄은 기생충을 연구하는 학자로, 아루스투크 카운티에서 감자 농부들과 함께 기후변화를 견뎌낼 새 감자 품종 개발에 애쓰고 있었다. 윌리엄이 장황하게 설명했지만(루시가 밥을 쳐다보며 눈알을 굴렸다), 그들 모두 귀를 기울였다. 그들의 우정에는 서로에 대한 편안함이 있었다.

그리고 마거릿이 말했다. "크리시는 좀 어때요?"

윌리엄이 의자 뒤로 기대며 말했다. "왜 이름을 그렇게 지었대? 에이튼이라니. 아직도 그 이유를 모르겠어." 그가 자신의 하얀 머리카락 속에 손을 넣고 훑어내리자 머리카락이 곤두섰다.

루시가 말했다. "잘 있어요, 고마워요, 마거릿. 산후 문제를 훨씬 잘 감당하고 있어요. 몇 주 전에 그애를 보고 왔어요. 그 변화에 점점 익숙해지고 있는 것 같아요."

"하지만 왜 그 이름이야?" 윌리엄이 다시 말하면서 긴 다리를 꼬았다. 그가 하얗고 풍성한 수염을 잡아당긴 뒤 잔에 담긴 와인을 한 모금 마셨다.

"멋진 이름 같은데요." 밥이 말했고, 마거릿도 동의했다.

"하지만 두 사람 모두에게 아일랜드인 피는 한 방울도 흐르지 않는다는 거죠." 윌리엄은 집요했고, 루시가 손을 뻗어 윌리엄의 무릎을 톡톡 치며 "이름에 대한 건 이걸로 충분해, 윌리엄" 하고 말했다. 그녀는 그 말을 상냥하게 했다.

그들의 산책 날 중 어느 하루, 루시가 밥에게, 윌리엄이 직접 말한 건 아니지만 내심 아기에게 자기 이름을 붙여주기를 바란 것 같다고 말했었다. 지금 윌리엄은 "귀여운 녀석이죠. 집안에 남자아이가 있다고 생각하니 정말 좋군요" 하고 말했다.

"정말 좋네요." 마거릿이 이렇게 말한 뒤 타운의 열쇠 가게 주인이 헤로인중독자라고, 지금 이 나라에 정신 건강이 가장 큰 위기라고 말했다. 루시는 평소보다 더 많이 마셨고―밥은 그것을 알아차렸다―얼굴이 빨개져 있었다. 하지만 분위기는 더없이 좋아서, 그들은 어떤 화제라도 즐겁게 이야기를 나누었다.

윌리엄이 말했다. "나는 직업이 두 개인 것 같아요. 루시, 그리고 기생충." 그가 덧붙였다. "그래도 루시가 먼저죠."

그런데 여기에 뭔가 이상한 점이 있었다. 그들이 가려고 일어섰을 때 밥은 루시의 눈에 눈물이 고인 것을 보았다. 그리고 그녀의 아랫입술이 잠시 떨렸다. "안녕, 잘 있어요." 그녀가 말하고는 벽을 짚으면서 계단을 조심스럽게 내려갔고, 윌리엄이 뒤따랐다.

"아름다운 밤이었어." 마거릿이 말했고, 밥도 그랬다는 데 동의했다.

하지만 밥은 그것에 대해 생각했고, 잠자리에 들 때 마거릿에게 말했다. "오늘밤 그 자리가 끝나갈 때 루시의 기분이 나빠졌던 것 같아. 나는 윌리엄이 루시를 아기처럼 다루는 게 정말 마음에 들지 않아."

"알아. 전에도 그렇게 말했잖아." 마거릿이 긴 플란넬 원피스 잠옷을 입은 채 이불을 끌어올려 그들의 몸을 덮었다. "하지만 이미 말했듯이, 내 생각에 그는 그저 자기가 전에 잘못한 것에 대해 죄의식을 느끼는 것뿐이야." 그녀는 '잘못'을 말하면서 손가락으로 인용부호 표시를 했다. 마거릿은 밥을 향해 돌아누워 그를 보며 손을 자기 머리 아래 집어넣었다. "나는 이런 거라고 생각해. 루시를 보살피는 게 그에게 중요한 일로 느껴지는 거지. 그건 그들의 역할 문제야."

밥이 말했다. "그건 **그의** 역할 문제야. 루시는 아이가 아니야."

마거릿은 이것에 대해 생각해보는 듯했다. "아니, 하지만 아이 같아." 마거릿이 똑바로 돌아누우며 덧붙였다. "그녀는 예술가고, 예술가란 으레 그래."

마거릿은 어둠 속에 누워 루시와 윌리엄에 대한 생각을 이어갔다. 그녀는 두 사람을 정말로 좋아했다. 루시에게는—지평선에서 어둠의 틈을 비집고 나오는 햇살처럼 이 생각이 떠올랐다—루시에게는 대체로 잘 가려져 있지만 외로움이 존재했고, 그것은 지금 깨닫기로 마거릿 자신에게 존재하는 **외로움**이었다—지평선의 틈이 더욱 커졌다. 마거릿은 다른 사람과 연결되고 싶다고—지금까지 거의 인식하지 못한 채, 깊이—갈망했기 때문에 자기 삶을 타인을 돌보는 데 헌신한 것이었다. 그녀는 그것을 곰곰이 생각해보았다. 루시와 연결되어 있다고 느끼는 것, 그게 그녀가 루시를 좋아한 한 가지 이유였다. 마거릿은 자신의 회중과 늘 연결되어 있다고 느끼지는 않았다—그들의 진지한 얼굴, 지루해하는 얼굴, 혹은 늙은 에이버리 메이슨 영감. 그는 늘 앞줄에 앉아 잠이 들었다—그 순간 그것이 떠올랐다. 하지만 곧 오, 당연히 그들과도 연결되어 있다고 느끼지, 하고 생각했다. 그리고 그녀는 침대에서 돌아누웠고, 얼마 지나지 않아 가볍게 코를 골기 시작했다.

우리가 앞서 언급했듯, 메인주 크로스비의 집값은 팬데믹 이후 천정부지로 치솟았다. 그리고 어디로 고개를 돌려도 새 콘도와 아파트가 들어서고 있었다. 옛 비행장 옆으로는 건물이 잇따라 지어졌다―그리고 이 새로운 장소들은 값이 싸지 않았다. 타운에서는 오래된 벽돌 공장이 콘도로 개조되고 있었는데, 거기는 심지어 더 비쌌다. 옛 경찰서 건물도 콘도로 전환될 예정이었다. 이 사람들은 다 어디서 오는 걸까? 그 많은 돈은 다 어디서 오는 걸까? 누구도 아는 것 같지 않았다. 하지만 사람들은 입을 모았다. 그게 이 타운을 영원히 바꿔놓을 거라고.

샬린 비버라는 여자가 있었다. 쉰다섯 살이고, 평생 크로스비에서 살았다. 그녀는 노인 주거 단지인 메이플트리 아파트에서 일주일에 세 번 아침에 청소를 했는데, 지금은 경제적으로 아슬아슬한 상태였다. 다른 사람들도 다 그랬지만, 그녀의 부동산세도 크게 올랐다. 남편은 오래전에 죽었고―두 사람 모두에게 안타까운 일이었는데―그들은 아이를 가질 수 없었다. 그래서 최근에 샬린은 마음이 찢어질 듯 아팠지만 남편과 함께 살던 작은 집을 팔아야 했다. 그 일로 며칠을 울컥해서 지내면서, 이십오 년 뒤에 길거리에 나앉게 되는 것도 충분히 가능한 이야기라는 걸 이해하기 시작했다. 작은 집을 팔고도 그녀는 이 새로 생긴 장소들의 집세를 감당할 수 없었다. 집을 판 다음 그녀는 저렴한 아파트를 세놓는 크고 오래된 목조 건물 중 한 곳으로 옮겼다. 몇 년 전까지만 해도 처음 타운에 들어오면 보이던 리키 데이비스—엉덩이가 큰 그 남자—가 살았던 집과 다르지 않은 곳이었다. 이 오래된 집들도 확실히 타운 안에 있었지만, 크로스비 중심에서 한두 블록 정도 떨어진 곳에 숨어 있었다. 그러니— 기이하게도—더 부유한 타운 주민들, 특히 새로 이주해온 사람들은 심지어 그 집들을 보지도 못했다고 말해야 더 맞을 것이었다. 이것은 어느 정도 위치 때문이었다. 그리로 가려면 평소에 잘 다니지 않는 샛길로 가야 했고, 이 돈 많은 사람들은 우연히 차를 타고 지나가게 되더라도 여전히 그곳을 눈여겨보지 않았다.

샬린은 그것을 이해했다. 그녀는 늘 피로감에 시달렸다.

그녀는 큰 식료품점 계산대의 일자리를 하나 더 구했지만, 종일 두 다리로 서 있으려니 등이 몹시 아파서 석 달 뒤에 그만두어야 했다. 하지만 일주일에 한 번씩 다시 푸드 팬트리에서 일하기 시작했다. 샬린은 어렸을 때 먹을 게 충분하지 않았고, 그 사실이 여전히 아프게 남아 있었다. 그래서 매주 거기 서서, 먹을 것을 받아 가려고 차에 탄 채 바깥에서 기다리는 가족들을 위해 봉지에 식료품을 담았다.

그녀가 어느 날 마거릿 에스테이버 대신 일하러 온 루시 바턴을 처음 만난 것이 그 푸드 팬트리에서였다—이제 이 년도 더 지난 일이 되었다. 샬린은 어느새 이 루시라는 여자에게 이야기를 줄줄 늘어놓고 있었다. 샬린은 그녀가 다르다고 느꼈고, 다른 사람의 말을 귀기울여 들을 줄 아는 조용하고 다가가기 쉬운 사람이라고 생각했다. 그래서 나중에 그녀에게 얼마나 많은 말을 했는지 깨달았을 때는 창피했고, 자신의 외로움이 온몸에서 새어나간 것처럼 느껴졌다. 하지만 나중에 어느 날 공원에서 루시를 만났을 때 루시는 "오, 샬린! 같이 강가로 산책하러 가요!" 하고 말했다.

그래서 그때 이후로 몇 주에 한 번씩 샬린은 강가에서 루시를 만났다. 샬린이 너무 멀리까지 걷는 데 어려움이 있어, 대체로 산책로 시작점 근처 큰 화강암 벤치에 앉았다. 크리스마스 다음날 루시가 전화를 걸어왔고, 그들은 지금 날씨가 추워 옷을 두껍게 껴입고 벤치에 앉아 있었다. 루시가 샬린에게 크리스마스는 어떻게 보냈느냐고 물었다.

"혼자 보냈어요." 샬린이 말했고, 루시가 손모아장갑을 낀 손을 샬린의 무릎 위에 올렸다. "그래야만 했던 건 아니었고요." 샬린이 설명했다. "카운티 위쪽 지역에 사는 친척이 초대했는데, 편도 세 시간 거리라 기름이 너무 많이 들어서요."

"그렇죠."

"하지만 정말로 그렇게 나쁜 하루는 아니었어요. 그러니까, 제리와 루이스가 내려와서―" 루시가 알기로 그들은 샬린의 바로 위층에 사는 부부였다. "좋은 사람들이에요. 제리는 치료 때문에 아주 힘든 시간을 보내고 있어요. 하지만 그도 내려와서 한동안 우리와 같이 앉아 있었어요. 그리고 부버도 있고." 부버는 샬린의 개로, 구조견인 콜리종이었다. 오, 샬린은 부버를 사랑했다! "부버가 내 인생을 구조한 셈이었죠." 샬린이 지금 말했다. 그녀는 전에도 루시에게 이 이야기를 했었다. 루시가 고개를 끄덕였다. 그리고 이어 샬린이 말했다. "그러니까 크리스마스 밤에 혼자 앉아서 나 자신과 정말로 오랫동안 생각을 나누었어요. 그리고 이게 내가 생각한 거예요. 사람들은 똥이다."

루시가 그녀를 지켜보았다.

"집을 팔았을 때 그 고약한 중개업자가 나를 찾아와서는 샬린, 그 집을 당장 팔아요, 사고 싶어하는 사람이 있어요, 하고 말했죠. 그래서 팔았어요. 거래를 마무리하고 떠나는데 바로 그 중개업자가 '이 집을 좀더 오래 갖고 있었어야 했어요, 샬린, 값을 두 배로 쳐서 받을 수 있었을 텐데 말이죠' 하고 말하더군요. 그가 그 **말을** 한 거예요, 루시! 하지만 그는 얼마를 손에 넣든 그저 돈을 챙기고 싶은 욕심에 첫 제안을 받아들인 거죠. 쓰레기 같은 놈."

루시는 크게 한숨을 내쉬고 말했다. "오, 너무하네요."

"인생은 그저 **힘든** 거예요."

루시는 그녀를 쳐다보고, 이어 강을 응시했다. "그렇죠." 그녀가 말했다.

"언니는 어때요? 당신을 좀더 좋아하게 됐어요?" 샬린이 물었다.

"아니요." 두 여자는 서로를 쳐다보며 웃었다. 루시가 말했다. "아니요. 비키의 인생도 힘드니까요. 전에 말했듯이요."

"그러게요. 그래서 내가 그녀의 안부를 묻는 거고요. 루시! 말해준다는 걸 깜박했어요. 올리브 키터리지가 내게 당신의 첫 회고록을 읽으라고 줬어요. 지난주에 청소하러 갔을 때요. 문을 열고 떠나려는데 그녀가 말했어요. 기다려요, 루시 바턴 알죠? 음, 그녀의 책을 가져가요. 그리고 그 책을 내게 췄어요."

샬린은 루시의 얼굴이 붉어지는 것을 보았다. 루시가 "샬린, 읽을 필요 없어요" 하고 말했다.

"읽고 싶어요. 저기, 올리브 키터리지는 내가 청소해주는 집들 중에서 나한테 잘해주는 유일한 사람이에요."

"알아요. 그렇게 말했었죠." 루시가 코트를 더 단단히 여미고 양팔로 자기 몸을 꼭 끌어안았다.

"그리고 요즘 새로 청소를 맡긴 부부가 있는데요. 코네티컷에서 온 사람들이에요. 여자가 개싸가지예요. 나를 **쳐다보지도** 않아요, 루시. 그러니까, 나는 그저 청소하는 여자에 불과하니 관심 가질 일 없다는 거죠. 욕실 청소를 잘못하고 있다고 자꾸 잔소리할 때만 빼면요. 그녀는 내가 변기솔을 쓰지 않고 손으로 청소하기를 바라요." 샬린은 머리에 쓴 모자를 더 끌어내렸다. 빨간색 니트 모자였는데, 늘 기대만큼 따뜻하지 않았다. "크리스마스 팁도 받지 못했어요. 그냥 못된 사람들이에요. 올리브도 내 말이 맞대요. 그곳 일의 규칙 하나는 거기 사는 사람들과 다른 집에 대한 이야기를 하지 않는 건데, 올리브는 편안하게 해주니까 이따금 앉아서 이야기를 나누거든요. 그녀 역시 그런 사람들을 싫어해요."

"너무 속상한 이야기네요." 루시가 샬린을 쳐다보면서 말했다.

"네. 음. 정치 이야기를 하지 않는 한 올리브와 나는 좋아요."

"나하고도 정치 이야기는 하지 않잖아요." 루시가 상기시켜주었고, 샬린이 웃으며 말했다. "그것도 알아요. 그래서 좋아요."

"나도 대학생 때 다른 집 청소를 했어요. 화학 교수의 집이었던 걸로 기억해요. 그녀가 잘해줬던 것 같아요." 루시는 이 말을 하면서 몸을 떨었다. "그 집에 오페어가 있었는데, 아침에 그 오페어가—잉글랜드에서 온 사람이었어요—이렇게 말하곤 했어요. 커피 마실래요? 그러면 그녀와 함께 부엌에 앉아 있게 됐는데, 나는 그녀가 두려웠어요. 그녀가 아주 잘해줬던 것 같지만, 그냥 그녀에게 무슨 말을 해야 할지 알 수 없었어요."

"오페어가 뭐예요?" 샬린이 물었다.

"오, 그냥 아이들을 돌봐주는 사람이에요."

"그 교수는 청소를 하는 데 당신을 고용하고, 아이들을 돌보는 데 또 한 사람을 고용한 거네요?" 샬린이 그렇게 물으면서 눈을 찡그렸다.

"네. 오페어가 우유와 설탕이 필요해요? 하고 물어보면 나는 수줍은 나머지 아니요, 하고 대답하고 거기 앉아서 블랙 커피를 마셨던 기억이 나요." 루시가 고개를 저었다. "내가 아주 이상해 보였을 거예요." 루시가 강을 응시했다. "어느 날 그 여자가 자기 남편 옷장의 맨 위 선반을 정리하라고 하더군요. 거기 포르노물이 잔뜩 있었어요. 기괴한 빅토리아시대의 그림 같은 거요. 흑백 소묘도 한가득 있었고."

"그걸 어떻게 했어요?" 샬린이 물었다.

루시가 말했다. "먼지를 떨고 가지런히 정리한 뒤 바로 그 자리에 뒀어요."

샬린은 루시와 함께 있는 것이 좋았고, 루시도 그걸 알 거라고 짐작했지만, 그 이상으로 좋았다. 거의 올리브 키터리지와 함께 있는 것만큼 좋았다. 하지만 루시는 지금 떨고 있었고, 샬린은 그것이 보였다. 그래서 일어서서 말했다. "음, 이제 갈까요."

그날 밤늦게 샬린은 즐겨 보는 텔레비전 채널에서 뉴스—그녀가 보는 유일한 뉴스 프로그램—를 본 뒤 침대에서 루시의 회고록을 읽기 시작했지만 몇 페이지 읽지 않고 내려놓았다. 배경은 뉴욕이었고, 루시의 아이들이 어렸을 때의 이

야기를 하고 있었다. 샬린은 아이가 없는 자신의 처지가 슬
퍼졌다. 그런 이야기는 읽고 싶지 않았다. 그리고 뉴욕도 좋
아하지 않았다. 그녀는 책을 침대 옆에 내려놓았고, 책은 읽
히지 않은 채 그 자리에 남았다.

*

크리스마스 다음주에 함께 산책하면서 밥은 루시에게 그
의 집에서 마거릿과 함께 보낸 저녁시간 전체가 다 괜찮았는
지 물었다. 그러자 루시는 깊은 한숨을 쉬며 말했다. "모르겠
어요, 밥. 요즘엔, 가끔 그저—우울해지고—몹시 **절망적인**
기분이 돼요."

"크리시의 산후우울증을 거의 당신이 앓고 있는 것 같군
요." 그가 그녀와 나란히 걸으면서 말했다. 그러자 그녀가 걸
음을 멈추고 그를 쳐다보았다. "당신은 정말 똑똑해요, 밥.
정확히 그거예요. 새로 태어난 아기—오, 그러니까, **하느님**
감사하게도 크리시가 아기를 낳았지만, 이따금 그냥 이 갑작
스러운 슬픔이 나를 **찌르는** 느낌이에요. 그리고 그건 정확히
내가 그애의 산후우울증을 가져온 느낌이고요." 그들은 계속
걸음을 옮겼고, 그녀가 조용히 말했다. "저기, 크리시와 마이

클과 베카는 심지어 크리스마스 때 우리를 초대하지도 않았고, 그건 **괜찮지만**, 어쨌거나 나는 그것과는 다르리라고 예상했어요. 그래서 당연히 우리가 애들에게 여기로 오라고 했는데, 애들은 할일이 있다고 했어요. 솔직히 밥, 그건 **괜찮아요.** 정말로 괜찮아요. 나는 그저 늘 애들과 함께 크리스마스를 보내게 될 줄 알았어요. 크리시가 나를 대하는 태도가 달라진 것 같은데, 두 딸 다 그래요. 내가 그애들 인생에 중요하지 않게 된 것 같아요. 오, 신경쓰지 마요. 그리고 브리짓이—" 브리짓은 윌리엄이 세번째 아내와의 사이에 낳은 딸이었다. "어쩌면 그애가 크리스마스 때 여기 올지 모른다고 생각했는데, 오지 않았어요. 하지만 그애는 십대인데, 늙은이들하고 보낼 이유가 뭐가 있겠어요?" 루시가 한숨을 크게 내쉬었다. "삶이 재미있다는 게 그런 거죠."

"그러니까 삶이 예상하는 대로 흘러가지 않는다는 거죠?" 밥이 물었고, 루시가 말했다. "바로 그거예요." 그리고 루시가 말했다. "음, 크리시가 태어났을 때 나는 몹시 우울했어요. 윌리엄과 헤어진 것처럼 느껴졌는데, 그게 정확히 나를 사로잡은 감정의 형태였어요. 꼭 우리가 더이상 부부가 아닌 것 같았어요."

그들은 계속 걸었다.

밥이 작은 미소를 띤 채 그녀를 흘끗 쳐다보며 말했다. "그건 생각하지 마요." 그들끼리의 농담이었다. 루시가 말했다. "당신이 맞아요." 그리고 말했다. "오, 밥! 마침내 리틀 애니를 옮겨 심었는데, 이제 **정말로** 걱정돼요."

그는 그녀가 리틀 애니를 더 큰 화분에 어떻게 옮겨 심었는지 설명하는 것을 들었다. 작년에 쓰던 흙을 썼더니 아주 건조해서, 구글로 검색해보니 오래된 마른 흙은 절대 써서는 안 된다고 해서 리틀 애니를 새 화분에서 꺼내고 양질의 새 흙을 채웠다. 하지만 리틀 애니가 물을 흡수하지 않아서 지금 문제가 생겼다고, 정말로 리틀 애니가 걱정된다고 루시는 말했다. "이맘때는 옮겨 심으면 안 됐나봐요." 그녀가 말했다. 그리고 이어 말했다. "리틀 애니 이야기만 계속해서 미안해요. 그 식물을 너무 사랑해서 그래요."

그러자 밥이 말했다. "뭐든 하고 싶은 이야기를 해요."

"아니요. 다 했어요." 그녀가 미소를 지어 보였다.

그가 담배를 피우는 동안 그들은 화강암 벤치에 앉아 있었다. 날은 화창했고, 파란 강물에 잎을 벗은 나무들의 반사상이 어려 있었는데, 원래보다 두 배는 키가 커 보였다. 루시가 늘어선 나무들이 비친 모습을 가리키며 말했다. "저것 좀 봐요." 그러자 밥이 말했다. "알아요, 나도 방금 저걸 보면서 생각하고 있었어요. 특별한 느낌이 있어요." 그가 담배를 피웠고, 다 피우고 나자 늘 하던 대로 꽁초를 담뱃갑 안에 넣었다.

"고마워요, 루시." 그가 말했고, 그녀가 말했다. "당연한 거죠."

다시 차로 돌아가면서 루시가 말했다. "이 나라에서 내전이 일어날 수도 있을 것 같아요." 그러자 밥이 말했다. "내 생각도 그래요." 그들은 전에도 이 이야기를 나눈 적이 있었다. 그리고 지금 밥이 말했다. "하지만 이 나라만 그런 건 아니죠. 전 세계가 미쳐가는 것 같아요. 러시아는 우크라이나를 침공했고."

"그렇죠, 그렇죠, 그렇죠." 루시가 허공에 한 손을 휙 저었다. "요전날 샬린을 만났어요."

"어떻게 지낸대요?" 밥이 물었다.

루시가 말했다. "아주 외로운 것 같아요. 크리스마스를 혼자 보냈대요. 위층 부부가 잠시 내려온 걸 빼면요. 메이플트리 아파트에서 그녀에게 새로 청소를 맡긴 사람들을 싫어해요. 그들이 그녀를 쳐다보지도 않는대요. 그녀의 말이 맞다는 걸 알아요."

밥이 말했다. "오, 아마 그녀의 말이 맞겠죠."

"오! 그리고 언니에게 다시 전화를 걸었어요. 내가 매주 비키에게 전화하잖아요." 밥이 고개를 끄덕였다. "아들 도니가 여행을 떠나는데 짐 꾸리는 걸 도와줘야 한다고 해서 어디로 가느냐고 물었더니, 다른 친구들이랑 일리노이주 벨몬트에 있는 산장으로 간다고 했어요. 거긴 한참 가야 나오는 오지 한복판이라서, 나도 모르게 이 말이 튀어나와버렸어요, 밥. 절대 말해서는 안 됐는데, 말해버렸어요. 비키, 그거 **민병대*** 같은 거야? 그러자 **맙소사**, 언니가 화를 냈어요. 그리고 말했어요. 루시, 너 정말 아주아주 피곤한 애구나. 그리고 우리는 전화를 끊었어요." 루시가 밥을 돌아보며 덧붙였다. "그애가 총을 가지고 있다는 걸 알고 있었어요. 언니가 전에 말해줘서요."

"이런, 루시. 음—누가 알겠어요? 하지만, 맙소사. 그래도 총을 가지고 있는 사람이 많기는 해요."

"그렇죠! 알아요."

그들은 조금 더 함께 걸었고, 이윽고 루시가 말했다. "요즘 어쩐지 엄마 생각이 많이 나요. 이유는 모르겠어요. 하지만

---

* 여기서는 미국에서 사적으로 결성된 민병대 단체를 말하며, 우익적인 정치 성향을 띠는 경우가 많다.

이 일이 떠올랐어요. 내가 여덟 살쯤 됐을 때였는데, 어느 날 엄마한테 〈Row, row, row your boat〉라는 노래는 왜 '인생은 그저 꿈'이라는 가사로 끝나는지, 그게 무슨 의미인지에 대해 물었어요. 엄마가 조용히, 그건 삶은 진짜가 아니라는 뜻이야, 라고 말해서 좀 이상했어요. 그래서 내가 말했죠. 삶이 어떻게 진짜가 아닐 수 있어요? 그리고 내가 기억하는 건, 엄마가 설거지를 멈추고 싱크대 위쪽 작은 창문으로 바깥을 내다보면서─다시 조용히─그건 삶은 진짜가 아니라는 뜻이야, 라고 말했다는 거예요. 그리고 늘 그걸 기억하고 있었어요. 엄마가 그걸 믿는 것 같았거든요. 삶은 진짜가 아니라는 걸. 믿지 않을 이유가 뭐가 있겠어요? 엄마의 삶은 너무도 힘들었어요." 잠시 뒤 루시가 말했다. "나는 이야기하는 걸 정말 좋아해요. 그리고 엄마도 이야기하는 걸 정말 좋아했던 것 같아요. 나는 그저 그걸 몰랐던 거예요, 밥. 나는 너무 어렸고, 그걸 정말로 이해하지 못했던 거죠."

"어릴 때는 누구도 뭐든 이해하지 못해요." 밥이 말했다.

그러고 나서 그는 그녀에게, 자기가 어렸을 때 어머니에게 크리스마스가 싫다고 말했더니 어머니가 화를 벌컥 내며 울음을 터뜨렸고 자기는 그냥 그 자리를 피했다는 이야기를 해주었다. "그 생각을 자주 해요, 루시. 그리고 그때마다 죽을 만큼 힘들어요. 하지만 나는 어린아이였어요. 엄마의 삶이 얼마나 힘들었는지 정말로 몰랐어요."

루시가 걸음을 멈추고 그를 쳐다보았다. "오, 밥." 그녀가 부드럽게 말했다. 그리고 밥은 이해했다. 그녀는 그의 말을 들었다. 그녀는 그의 두 아내 중 누구도 할 수 없었던 방식으로 이 이야기를 이해했다.

6

2월이 되자, 낮은 차츰 길어지기 시작했지만, 여전히 몹시 추웠다. 해가 났지만 어떤 날에만 났고, 그런 날에는 낮이 정말로 길어지고 있다는 것을 알 수 있었다. 밥 버지스가 이것을 알아차린 지는 오래되었는데, 메인 사람들은 이렇듯 길어지는 낮을 전반적으로, 심지어 무의식적으로만 알았다. 그리고 그것과 함께 희망이 솟아났다. 하지만 지금 밥에게 당면한 삶은 압박감을 주었다. 형인 짐에게 그 이야기를 하자 짐은 간단히 답했고, 그것이 밥의 내면에 늘 존재하던 상처를 다시 터뜨렸다. 마거릿은 교회 일로 계속 바빴다. 어느 금요일에 집으로 돌아온 그녀는 말했다. "에이버리 메이슨이 교회 위원회에 들어오겠대. 테드 와일리가 죽은 뒤로 계속 공석이었던 자리야. 음, 에이버리 메이슨이 그 자리를 노려온 모양이니 그가 차지하게 되겠지." 밥은 그 생각은 거의 해보지 않았다. 마거릿 역시 그 생각은 하지 않았던 것 같았다. "예배시간마다 잔다는 그 사람 말이야?" 밥이 물었고, 마거릿은 어깨를 으쓱하며 말했다. "바로 그 사람이지."

하지만 에이버리 메이슨은―밥과 마거릿은 아직 모르는 일이었지만―마거릿의 자리를 위협할 준비를 해오고 있었다.

루시는 두 주 동안 뉴욕에 돌아가 있었고, 거기서 윌리엄과 함께 플로리다로 가서 한 주 더 있을 예정이었다. 그녀가 뉴욕에 있을 때 밥에게 뉴욕 작업실 창가에서 보이는 전망을 담은 사진을 보내왔다. 맨해튼의 스카이라인 사진이었다. 그 풍경의 뭔가에 마음이 움직여 밥은 거의 무릎을 꿇을 뻔했다. 그가 뉴욕을 얼마나 그리워하는지! 하지만 형이 그에게 아주 불친절한 태도를 보인 이후로(밥은 여전히 짐과 헬렌이 어디로 여행을 떠났는지 몰랐다) 그는 뉴욕에 갈 수 없을 것 같다고 느꼈다. 그래서 메인주 크로스비에 그대로 머물렀다. 그는 또한 여전히 뉴욕에 살고 있는 첫 아내 팸도 보고 싶었다. 팬데믹 이후로는 보지 못했다. 그들은 이십오 년도 더 전에 이혼했지만, 그뒤로 친구로 남았다.

그런 나날—하늘이 잔뜩 흐리고 회색 구름이 나지막이 걸려 있는 날—중 어느 하루, 아침에 그가 우체국에 가려고 문을 열고 나서는데 마침 팸에게서 전화가 걸려왔다. 그녀가 그를 만나러 크로스비로 온다고 했다. "당신을 만나야 해. 하지만 이제 당신이 뉴욕에 올 것 같지 않아서."

"언제 와?" 밥이 물었다. 그는 계단을 내려가던 걸음을 멈추고 서 있었다. 그러자 그녀는 내일 비행기를 타고 올 예정이며 차를 대여해 타운에 있는 호텔에 묵을 거라고 했다. "당신 괜찮아?" 그가 묻자 그녀가 말했다. "모르겠어, 밥. 그냥 모르겠어."

*

팸에게 일어난 일은 이것이다.

팬데믹 초기였던 3월에, 팸과 두번째 남편 테드는 뉴욕에 있는 아파트를 떠나 질병으로부터 더 안전해 보이는 이스트 햄프턴으로 갔다. 저택이었다. 팸과 그녀의 남편은 큰 부자였고, 그 집에는 그들의 부가 고스란히 드러났다. 집 한복판에 계단이 있고, 침실은 다섯 개에, 모든 방에 여름 미풍에 나부끼도록 팸이 긴 드레이프 커튼을 달아놓았다. 하지만 당연하게도 3월에 여름 미풍은 없었다.

어쨌거나. 이런 배경에서 팸은 엄청난 알코올중독자의 모습을 드러냈다. 그렇게 되어가는 과정에서 보여준 은밀함과 독창성은 가히 인상적일 정도였다.

팸은 그때 예순네 살이었고, 아직 할머니는 아니었다. 그녀는 그것이 걱정이었다. 두 아들이 더이상 뉴욕에 살지 않았고, 그 사실은 그녀를 슬프게 했다. 한편 특히 사랑하는 둘째 아들이 샌프란시스코에 살고 있었는데, 그 아이는 그녀에게 다른 종류의 고민을 안겼다. 남편 테드가 그녀에게 (솔직히) 짜증스러운 대상이 된 지는 오래였다. 그녀는 자신이 아직 젊다고 생각했지만, 그렇지 않다는 걸 알고 있었다. 그녀에게는 친구가 많았고, 이스트햄프턴에도 많았다. 하지만 그들을 거의 견딜 수가 없었다—이 사실은 그녀에게 좀 갑작스러운 일로 느껴졌다. 그들이 믿을 수 없을 정도로 재미없는 존재가 되어 있었던 것이다. 리디아 로빈스는 팸이 가장 친한 친구로 여기는 사람이었다. 팸보다 열 살 어렸고, 팸은 그녀가 발산하는 에너지를 즐겼다. 같이 산책하다 팸이 말한 뭔가에 리디아가 고개를 끄덕이며 팸을 돌아볼 때면 종종 풍성하고 윤기 흐르는 짙은 색 머리카락이 그녀의 얼굴에 흘러내렸다. 하지만 서로의 비밀 이야기를 털어놓은 뒤로 팸은 리디아를 참기가 힘들어졌다.

누구라도 재미있는 화제를 꺼낸 적이 있었는가? 그들 모두 자신들이 보는 영화나 넷플릭스 시리즈에 대한 이야기를 나누었고, 자식들 이야기를 했지만, 늘 조심스럽게 본인들의 실망감을 감출 수 있는 단어로 말했다. 그리고 그들은 서로에 대한 이야기를 나누었다. 당연히.

드레스룸―팸에게 부부 침실과 연결된 자기만의 드레스룸이 따로 있었는데 창문은 없지만 작은 침실 크기였다―이 보드카와 돌려서 따는 뚜껑이 있는 와인 병을 숨겨놓는 곳이었다. 매일 저녁 다섯시에 그녀는 드레스룸으로 가서 걸려 있는 수많은 원피스 아래, 병들을 덮어둔 큰 욕실 수건을 걷고 그중 한 병을 꺼내 찔끔찔끔 마셨다. 와인은 거기 서서 팔로 입을 닦으면서 한 병의 절반을 마셨고, 늘 냄새를 숨겨줄 정도로 향이 짙은 껌을 준비했다. 팸의 밤은 그것으로 시작되었다. 보드카의 경우에는 서너 모금을 꿀꺽 삼켰다. 그러고는 아래층으로 내려가 응접실에 있는 남편과 함께 식사 전 마티니를 마셨다. 그가 늘 준비해주었고, 그들이 마치 한 세기 전 영국 시골 저택에 살고 있는 것처럼, "여기, 마이 달

링” 하며 건넸다. “고마워.” 그녀는 늘 그렇게 말했다. 그 말을 할 때 늘 격식을 차리는 게 느껴졌다.

오 불쌍함 팸!

진심으로, 당신은 팸을 안쓰럽게 여겨야 한다.

그리고 그들은 백신을 접종했고, 또 한번의 여름이 돌아왔다. 그리고 또다시 가야 할 파티가 생겼다. 팸은 이따금 뉴욕으로 돌아왔지만, 그녀의 삶은 햄프턴에서의 삶이 되었다.

하지만 또다시 가을이 오자 팸은 깨달았다. 그녀가 알던 대로의 삶은 끝났다는 걸. 팬데믹이 계속되고 추가 접종이 요구되었으며 새로운 변이가 계속 나타났다. 팸은 깨달았다. 그녀의 삶이 이상하고 끔찍한 유턴을 했다는 걸. 그녀는 심지어 더한 복수심으로 술을 마시기 시작했고, 스스로도 그것을 느낄 수 있었다. 자신이 매일 밤 복수심으로 술을 마신다는 것 말이다. 드레스룸에서 와인 병을 입에 대고 기울이면서 생각한 것이 그것이었다. **복수심으로 술을 마신다.**

그것은 끔찍한 비밀이었다. 정말로 **비밀**이었다. 이런 이야기를 털어놓을 만한 사람은 아무도 없었는데, 그것은 그녀의 친구들에 대해 무엇을 말해주는가? 그들 역시 모두 비밀리에 술을 마시고 있었나? 알 수 없었다. 비밀이란 아무도 모른다는 의미다.

물론 빈병을 어떻게 처리할지에 대한 문제가 남아 있었다.

몇 병이 쌓이면 팸은 그것을 비닐봉지에 담아 큰 가죽가방 깊숙이 쑤셔넣었다. 그리고 차를 타고 식료품점이나 옆 타운인 사우샘프턴, 심지어 가끔은 아머겐셋에 가서 병들을 공공 쓰레기통에 버렸다. 그러다 어느 날 문득 요즘은 모든 것이 카메라에 찍힌다는 사실이 떠올랐고, 그래서 이제 자신이 영상에 기록될 수 있다는 데 대한 걱정이 생겼다. 중년(사실 그보다는 나이가 더 많았다)의 여성이 공공 쓰레기통에 봉지들을 슬며시 밀어넣는 장면이 찍히는 것이다. 이따금 그녀는 주유소에 들러 차에 10달러어치의 휘발유를 넣으면서 주유기 옆에서 기다리는 동안 그 봉지를 바로 거기 있는 쓰레기통에 태연하게 버리기도 했다.

그리고 물론 술도 계속 사야 했다. 남편이 집에 없을 때 집으로 와인을 몇 상자씩 배달시켰지만, 그것도 수고스러운 일이어서 종종 롱아일랜드 전역을 돌며 주류판매점을 찾았다. 그렇게 할 수 있는 마을이나 타운은 헤아릴 수 없이 많았다. 그녀는 보드카와 돌려서 따는 뚜껑이 있는 와인을 사면서 계

산대 뒤의 남자에게 유쾌하게 손님들을 "즐겁게 해줄" 술이
라고 말했다—그녀는 "모두 백신을 맞았어요"라고 밝은 목
소리로 말했지만, 그들은 관심도 없다는 것을 알고 있었다.
그녀는 이 남자들에 대해 생각했고—술을 파는 것은 남자들
뿐인 것 같았다—그들이 마약 판매상일 거라고 생각했다.

팸은 돈과 결혼했다. 매사추세츠주 서부에서 나이 많은 부
모에게서 나고 자란 외동으로, 메인대학교에 다녔고, 거기서
첫 남편 밥 버지스를 만났다. 그녀와 밥은 졸업하자마자 뉴
욕으로 갔고, 처음 몇 해 동안 깜짝 놀랄 만한 경험을 했다!
빌리지에 있는 작은 아파트에 살았고, 팸은 알베르트 아인슈
타인 의과대학의 실험실에서 일했다. 그녀는 과학자였고, 거
기서 기생충학자들과 일했으며(이제 루시의 전남편이 된 윌
리엄 게르하르트를 처음 만난 곳이 거기였다. 그리고 결국
그와 불륜관계에 빠졌다), 밥은 로스쿨을 마친 뒤 법률구조
협회에서 일했다. 그들이 버는 돈은 생활하기에 빠듯했다.
두번째 남편 테드를 만났을 때 그는 제약회사의 고위급 임
원으로 이미 재력가였다. 그리고 팬데믹이 시작되면서 그 회
사는 백신 중 하나를 생산했는데, 그건 마치 도박장의 슬롯
머신과 같았다. 돈은 그냥 쏟아져들어왔다. 젊었을 때 팸은

돈에 대해 생각하지 않았다. 하지만 테드를 만난 다음에는 뉴욕에서도 완전히 다른 세상을 알게 되었고, 그것을 사랑했다. 혹은 중독되었다. 그게 그녀가 그것에 대해 생각한 또다른 방식이었다. 팸은 되돌아갈 수 없었다. 파티와 리셉션과 오페라 테이블과 아주 많은 옷! 그리고 그녀는 테드와 아들 둘을 낳았다.

밥의 정자 수가 충분하지 않아서 그와는 아이를 가질 수 없었다. 그리고 팸은 종종 그와 아이를 가질 수 있었다면 이혼하지 않았을 거라고 생각했다. 그렇게 다른 남자들과 불륜 관계를 맺지도 않았을 거라고 생각했다.

그래서 팸은 이렇게 밤이면 밤마다 복수심으로 술을 마시고 있었다.

그리고 이 일이 일어났는데, 정말 기가 막혔다. 어느 오후 팸이 드레스룸에 있을 때였다. 뉴욕에서 또하나의 신종 바이러스가 등장했다가 사라진 2월이었다—그녀가 아는 사람들 중에도 그 병에 걸린 사람들이 있었는데, 두 달 전에는 리디아 로빈스가 걸렸다. 팸은 걸리지 않았다. 그날 오후 그녀는 드레스룸에서 평소보다 일찍 술을 마시기 시작했고, 그게 오후 네시경이었다. 남편이 침실로 들어오는 소리가 들렸다. 그녀는 조용히 드레스룸 문을 닫고 기다렸고, 심지어 그가 "팸?"하고 그녀의 이름을 부르는 소리도 들었다.

그러고 나서 그녀는 그가 "안전해. 그녀는 여기 없어"하고 말하는 소리를 들었다. 그러자 리디아 로빈스가 말했다. "오, 잘됐다, 잘됐다. 얼른 하자." 그리고 팸은 자신이 오래전에 하기를 멈추었던 그를 위한 성적 행위를 리디아가 테드에게 하는 소리를 들었다. 굉장했다. 그녀는 그가 "리디아, 리디아, 리디아!" 하고 거의 비명을 지르는 소리를 들었다. 그리고 그것이 끝나자 두 사람이 웃는 소리가 들렸고, 그가 바지 지퍼를 잠그는 소리도 들렸다. 그들은 잠시 욕실로 들어갔다가—그녀는 리디아가 이를 닦는다고 생각했다(!)—침실에서 나왔다.

팸은 바닥에 앉아 보드카를 병째 들고 마셨고, 그날 저녁 아래층으로 내려갔을 때 남편은 늘 그렇듯 변함없는 모습으로 "당신에게 완벽한 마티니를 소개해도 될까, 마이 디어?" 하고 말했다.

"고마워." 그녀가 말했다.

그 마티니(그리고 식사중 와인까지)를 마신 뒤 팸은 다시는 술을 입에 대지 않았다.

일주일 동안 믿을 수 없을 만큼 참담했다. 잠을 이루지 못했고, 이따금 왼쪽 손이 떨렸다. 한번은 잠시 눈앞에 있지도 않은 사람을 보았다고 생각했다. 테드에게는 가벼운 감기 같은 것에 걸렸다고 말했는데 그가 코비드 검사를 받게 했다.

이렇게 열흘이 지난 뒤—그녀의 상태가 좀 나아졌다—그녀는 테드에게 뉴욕으로 돌아가겠다고 말했고, 그는 "나는 여기 있어도 될까?" 하고 말했다. 그녀는 그래도 전혀 상관없다고, 자기는 그저 햄프턴에 있는 게 지겨운 거라고 말했다. 그것이 그녀가 한 말이었고, 그는 유쾌하게 받아들였다. 그래서 그녀는 뉴욕으로 갔다.

그녀는 뉴욕에 돌아가—그들은 센트럴파크에서 아주 가까운 이스트 세븐티스 스트리트에 살았다—아파트 안을 서성이며 생각했다. 이 모든 게 싫어, 그냥 다 싫어. 그것은 그녀에게 아주 중요한 순간이었다. 아들들의 침실을 봐도 시큰둥했다.

돌처럼 차갑고 냉정한 도시로 돌아와 몇 밤이 지난 뒤 팸은 밥에게 전화를 걸었다. "메인에 가서 당신을 만나려고 하는데." 그녀가 말했다. 이 년 넘게 밥을 만나지 못했다. 밥은 뉴욕에 형을 보러 올 때 이따금 그녀를 만나러 왔었지만, 당연하게도 팬데믹 동안에는 뉴욕에 오지 않았다.

"언제?" 밥이 물었다.

"내일. 괜찮다면." 팸이 말했다.

*

밥이 마거릿에게 그것에 대해 말하자 그녀는 그저 눈썹을 치키며 말했다. "잘됐네."

그리고 그날 밤 밥은 물론 쉽게 잠들지 못했다. 어둠 속에 깨어 있으면서 옆에 누운 마거릿이 조그맣게 코 고는 소리를 들었고, 팸에 대해 생각했다. 뉴욕에서 보낸 그들의 신혼 시절을 생각했지만, 그 기억이 **실제로** 있었던 일이라는 느낌이 들지 않았고, 그래서 혼란스러웠다. 대학 3학년을 마치고 팸이 메인에 와서 그와 수전과 어머니와 함께 보낸 한 번의 여름을 떠올리고 나서야, 밥이 어린 시절을 보낸 셜리폴스의 작은 집에서 그들과 함께 지낸 그때를 떠올리고 나서야―그것을 기억해내고 나서야, 팸은 그에게 다시 팸이 되었다. 어느 날 팸과 수전이 팸의 긴 갈색 머리칼을 다리미판에 대고 다렸을 때 팸이 그의 어머니와 함께 웃던 모습은…… 그는 세 사람 모두와 함께 거실에 앉아 있던 어느 여름밤을 떠올렸다. 그때 그의 어머니가 굴뚝으로 새가 떨어진 일에 대해 뭔가 이야기한 다음 이렇게 덧붙였다. "맙소사, 그 새는 틀림없이 꼬리털을 태웠을 거야." 그러자 팸이 말했다. "저라면 그 새의 알이 삶겼다고 말하겠어요."

팸.
그는 그녀를 사랑했다. 오, 사랑했다. 그녀의 그 에너지란!

*

팸은 공항에서 출발해 빠르고 능숙하게 차를 몰았다. 고속도로로 접어들자 차는 제 성능을 발휘했고, 그녀는 라디오를 켜고 노래를 따라 불렀다. 한 시간 거리였고, 많은 나무와 근육처럼 보이는 물줄기가 얼어붙은 거대한 바위 또한 지나갔다. 고속도로에서 빠져나와 메인주 크로스비 타운으로 들어가면서 그녀는 그 풍경에 당혹감을 느꼈다. 지저분한 눈이 땅에 남아 있었고 날이 흐렸으며, 호텔에 체크인을 하면서 거기가 얼마나 촌스러운지에 당황했다.
신경쓸 거 없어.

그녀는 난방을 가동하고 퀸 사이즈 침대—적어도 거긴 깨끗했다—에 앉았다. 그리고 밥에게 전화를 걸었다. "202호실이야." 그녀가 말했다. 그녀는 마스크를 다시 썼다. 팸은 세균에 대한 공포가 아주 심했다.

*

밥과 팸이 동시에 경험한 것은 서로의 모습을 보고 받은 충격이었다. 여기엔 늙어 보인 것뿐만 아니라, 또하나의 달라진 점이 작용했다. 밥이 보기에 팸은 부자였다. 그녀가 부자들이 입는 옷을 입었다는 게 그가 생각할 수 있는 전부였다. 회색 슬랙스, 몸에 붙는 진청색 상의. 헤어스타일은 머리카락을—그가 기억하는 것보다 숱이 더 없었다—턱 아래 길이로 자른 것이었다. 하지만 눈은 익숙한 눈빛으로 그에게 미소를 지었다.

팸의 입장에서는, 이 남자, 밥 버지스, 자신의 첫 남편의 모습을 보고 놀라 죽을 뻔했다. 단지 늙어 보여서가 아니었다. 그는 흐트러져 보였다. 청바지는 헐렁하고 재킷은 몹시 낡아서 칼라가 얼마간 나달나달해져 있었다. 이런 생각이 그녀의 마음을 스쳤다. 주유소에서 일한다고 해도 믿겠어. 그 생각을 한 순간 그녀는 자신이 끔찍한 속물이 된 것을 깨달았다. 주유소에서 일하는 게 뭐가 잘못이라고? 커트한 모양새가 형편없는 머리카락이 눈 바로 위까지 내려왔다. 밥! 그녀가 팔을 내밀었고, 그들은 마스크를 쓴 고개를 돌린 채 가볍게 포옹했다. 그리고 팸이 침대로 걸어가 앉았다. 밥은 방 안 구석에 있는 안락의자에 천천히 몸을 파묻었다.

"좋아 보인다." 팸이 말했다.

"당신도 그래." 밥이 말했다.

그리고 그녀가 이야기를 시작했다. 말하는 동안 밥은 다시 예전의 밥, 아주 친숙한 밥이 되었고, 그녀는 멈추지 않고 한참 동안 이야기했다. "나는 술꾼이었어." 그녀가 말했다. "술을 끼고 사는 술꾼." 팸은 드레스룸에서 어떻게 술을 마셨는지 말했고, 밥은 그녀에게서 잠시도 시선을 떼지 않았다. 그녀는 그에게 친구들에 대해, 그들이 아주 따분하고 특정한 주제에 대해서만 이야기하며 늘 자기 가족들에 대해 그녀가 알고 있는 것보다 더 잘난 양 말한다고 했다. 그녀가 말을 잠시 멈췄을 때 밥이 말했다. "아들들은 어때?" 그가 마스크를 벗어 옆에 있는 작은 탁자에 내려놓았다.

팸은 깊은 한숨을 쉬고는 말했다. "오, 아들들. 밥. 걔들은 나를 떠났어."

밥이 말했다. "그게 애들이지. 내 생각에."

그러자 팸이 말했다. "맞아. 특히 아들들은." 그녀는 그에게 폴은 샌디에이고에서 사는데 금융계에서 일하고, 에릭은 샌프란시스코에서 산다고 말해주었다. 그러고는 한참 뜸을 들인 다음 "에릭이 여자 옷을 입어" 하고 말했다.

밥이 말했다. "정말이야? 그럼 성전환을 할 거래?"

"그건 안 한대. 그냥 여자 옷을 입는 게 좋대. 그래서 그렇게 입고 다녀." 팸이 주저하며 말했다. "당연히 테드는 **싫어**하지. 관용이라곤 없는 **완전** 꼰대니까. 테드가 그애한테 뉴욕에서 그러고 다니는 건 원치 않는다고 하니까, 에릭이 음, 그렇다면 다시는 뉴욕에 오지 않겠어요, 그러더라. 그리고 팬데믹이 시작됐고 그애는 오지 않았어."

팸이 눈물을 글썽거렸다.

밥은 그녀가 자기 이야기로 돌아가고 싶어하는 걸 알아차리고, 술꾼으로 지낸 날들에 대해 더 말해보라고 했다. 그가 아는 한 그녀가 그 생활을 끝낸 지는 두 주 정도밖에 되지 않았다. "맞아." 그가 그 부분을 분명히 하려고 묻자 그녀가 말했다. "두 주 정도 됐지. 허."

그녀는 남편과 리디아 로빈스 사이에 어떤 일이 일어났는지 말했고, 그것을 생생하게 묘사하자 밥이 눈을 감았다. 무거운 피로감이 그를 덮쳤고, 그는 그녀가 멈추기를 바랐다. "그러더니 그가 숨을 헐떡이면서 외쳤어. 리디아, 리디아—"

밥이 손을 들어올리며 말했다. "팸, 당신이 무슨 말 하는지 알겠어. 내가 전부 다 들을 필요는 없어."

"오, 그렇지." 그녀가 말했다. 잠시 뒤에 팸이 말했다. "당신을 다시 보니까 미치게 좋아, 보비."

"나도 그래, 팸."

팸이 시선을 돌려 창밖을 바라보았다. 그리고 마스크를 벗어 침대 위에 던진 뒤 천장을 올려다보았다. 밥은 그녀의 턱이 떨리고 있는 것을 보았다. 그녀가 밥을 돌아보았을 때 눈이 다시 젖어 있었다. 그녀가 말했다. "보비, 내가 지금 말하려는 건, 내 인생이 싫다는 거야. 그냥 싫어."

밥이 천천히 고개를 끄덕이고는 말했다. "무슨 말인지 알겠어."

"당신이 안다는 거, 나도 알아."

그리고 그는 정말로 알았다. 이 여인이 처한 상황을 이해했다. 썰물이 천천히 그의 내면을 휩쓸고 지나가는 것처럼 그 슬픔을 느꼈다.

"내가 자초한 일이었어." 그녀가 조금 일어나 앉아 그를 쳐다보며 말했다. 그는 그저 어깨만 으쓱했다. "그래, 그래, 내가 그런 거야. 나는 그걸 알아." 그러자 그는 다시 어깨를 으쓱하고는 천천히 고개를 살짝 저었다.

그는 거의 이렇게 말할 뻔했다. 이제 어떻게 할 생각이야, 팸? 하지만 그 순간 그녀가 여기 메인으로 찾아온 것은 그가 어떻게 할지 말해주기를 바라서라는 사실을 깨달았다. 그래서 그가 말했다. "음, 팸, 이렇게 하면 좋을 것 같아." 그러자 그녀가 눈동자를 더 빠르게 움직이더니 침대에서 살짝 몸을 세워 앉으며 말했다. "어떻게 하면 좋을지 말해줘, 보비."

"첫째, 괜찮은 AA* 프로그램에 들어가. 둘째, 테드를 떠나고 싶은지 아닌지 결정해. 아이들을 생각하고. 그런 다음에 남은 인생을 어떻게 보내고 싶은지 생각해봐. 당신은 건강해. 똑똑하고, 팸. 스스로 똑똑하다고 생각해본 적이 한 번도 없었겠지만, 당신은 똑똑해. 그러니까 당신 인생에서 다음 십오 년 동안 뭘 하고 싶은지 생각해봐."

그녀가 손가락을 입 가까이 대고 천천히 고개를 끄덕였다.

---

* Alcoholics Anonymous. 치료 목적의 익명 알코올중독자 모임.

"알았어."

"그 도시에서 가장 좋은 AA 프로그램을 찾아, 팸. 그냥 그렇게 해."

그녀가 그것을 이미 생각해보았다는 듯―이미 찾아보았다―고개를 끄덕였다.

"테드는? 리디아하고 낸 소리를 들었다고 말했어?"

팸이 얼굴에 혐오스럽다는 표정을 살짝 드리운 채 밥을 쳐다보았다. "당연히 안 했지. 첫째, 그러려면 내가 왜 드레스룸에 있었는지 설명해야 할 테니까. 하지만 말하지 않은 진짜 이유는―" 그리고 이 지점에서 팸은 몸을 일으켜 침대 헤드보드에 똑바로 기대앉았다. "정말로 아무렇지 않아서야. 나는 아무렇지 않아, 밥."

"그를 사랑하지 않는구나."

그녀가 밥을 한참 쳐다보다가 이윽고 말했다. "응, 사랑하지 않아."

"그를 존경해?"

그녀는 벽을 흘끗 본 다음 창밖을 보았고, 이어 다시 밥을 보았다. "도대체 내가 그를 존경할 이유가 뭐야?"

*

그들은 거의 네 시간 동안 이야기했다. 해는 이미 졌고, 밥은 배가 고팠다. 하지만 그는 또한—그는 어떤 사람이었는가? 아주 깊은 상실감과 사랑으로 채워진 사람이었고, 그녀를 사랑했지만 그녀는 이제 그의 아내가 아니었다. 하지만 그녀는 팸이었고, 그녀가 방안을 가로질러 걸어가는 것을 지켜보며 그는 그녀를 자기 삶 속에 둘 수 있다는 것만으로 충분하다고 생각했다. 그가 그녀에게 같이 집으로 가서 저녁을 먹자고 말했을 때 그녀는 "아니, 밥. 마거릿에게 무례를 범하고 싶지 않아. 그녀는 내가 코비드에 걸렸다고 생각할지도 모르고, 그냥—음, 고마워. 하지만 안 갈래" 하고 말했다.

그가 문을 열고 나설 때 팸이 소리쳤다. "잠깐! 잠깐! 루시 바턴에 대해 물어보고 싶은 게 있었어. 이곳에 윌리엄하고 같이 온 게 맞아?" 그녀가 그에게 걸어갔다.

밥이 말했다. "응, 아직 이곳에 있어."

"그녀를 알아?" 팸이 손으로 문의 모서리를 잡고 섰다.

"응. 이제 좋은 친구가 됐어."

"농담이지! 밥!" 팸이 그의 팔에 손을 얹었다. "몇 년 전에 윌리엄의 생일파티에서 그녀를 만났는데 심지어 루시 바턴하고 대화를 나누고도 그녀인지 몰랐어! 그저 윌리엄의 전 부인 누구라고만 생각했지. 책에 실린 사진처럼은 안 보이던데. 그녀가 내 북클럽 모임 때 줌으로 참여해줄 수 있을까? 오 맙소사, 내가 루시 바턴을 북클럽에 초대할 수 있다면 내 사회적 평판에 엄청 도움이 될 텐데!"

그리고 그 순간 밥은 그녀가 여전히 그녀, 팸이라는 걸 깨달았다.

그는 그저 고개를 젓고 내일 팸이 떠나기 전에 만나러 오겠다고만 말했다.

집으로 돌아가는 차 안에서 밥은 계속 고개를 저었다. 북클럽이라니! 그녀의 재미없고 바보 같은 친구들―그녀는 반복해서 말했다―에 대해 말하면서 오후 내내 같이 시간을 보낸 끝에. 오, 팸, 팸, 팸.

*

마거릿이 말했다. "같이 안 왔어?" 그러자 밥이 아니, 당신이 자기가 코비드에 걸렸다고 생각할지도 모른다고 걱정했어, 하고 말했다. 마거릿은 대답하지 않았고, 밥이 "당신하고 결혼해서 기뻐” 하고 말했을 때 그저 허리를 숙여 그의 뺨에 키스했다.

“팸은 어때?” 마거릿이 물었다.

밥이 말했다. “알코올중독자가 됐어.”

마거릿은 레인지 위에 올려놓은 팬 안을 젓던 스푼을 들어 올리더니 말했다. “알코올중독자가 되는 사람은 아무도 없어, 밥. 알코올중독자는 타고나는 거야.”

그 순간 밥은 그들이 전에도 이 대화를, 교회에서 하는 익명의 알코올중독자 모임에 대한 대화를 나누었던 것을 떠올렸다. 그래서 그가 말했다. “음, 지금 팸은 술을 끊은 상태야. AA 모임에 나갈 거고.”

마거릿은 그에게 해줄 이야기가 많았다. 타운의 열쇠 가게 주인 남자가 헤로인중독이었는데—마거릿은 이 사실을 어느 교구 주민에게서 들었다—젊은 남자와 함께 살았고, 소문으로는 그 젊은 남자가 열쇠 가게 주인을 협박하면서 돈을 요구했다. 이 젊은 남자는 펜타닐을 복용하고 있었다. 그리고 일레인 하워드의 남편이 보도에서 쓰러지면서 머리를 부딪혀 병원에 입원했다. 그래서 마거릿은 일레인을 챙겨야 했고, 그 밖에도 이런저런 일이 있었다.

밥은 팸이나 그녀의 음주, 여자 옷을 입는 그녀의 아들에 대해서는 더 이야기하지 않았다. 그는 아내에게 귀를 기울였다. 하지만 머릿속에 문득 그 이야기가 떠올랐다. 올리브가 루시에게 해주었다는, 결혼해서 유령과 함께 사는 것에 대한 이야기 말이다. 그게 떠오른 건, 팸에 대해 루시에게 이야기하면 루시는 관심을 보일 거야, 하고 그가 생각했기 때문이었다.

*

다음날 아침 밥이 팸의 여행 가방을 끌며 그녀가 빌린 차로 가는데, 팸이 공항으로 가기 전에 셜리폴스로 가서 수전을 만날 거라고 말했다. 수전을 오랫동안 보지 못했다면서. 그토록 오랜 세월이 지난 뒤 팸과 그의 누이가 함께 시간을 보낸다고 생각하니 밥은 무척 기뻤다. "정말 잘됐다." 그가 말했다. 밥과 팸은 차 옆에서 포옹했다. "**정말 잘된** 건 당신을 만난 거지, 밥. 오 어쩜." 팸이 말했고, 밥도 똑같이 말해주었다.

몇 시간 뒤 그는 낮 담배를 피우러 갔는데, 문을 닫은 지 꽤 된 오래된 여관의 뒤쪽 주차장에서 그는 이따금 담배를 피웠다. 건물 사방에 덩굴이 자라고 있었다. 막 담배에 불을

붙였을 때 팸이 전화를 걸어왔다. "보비? 차에서 전화하는 거야. 수전하고 방금 헤어지고 공항으로 가는 길이야. 잘 들어. 이걸 말해주는 게 맞는지 모르겠는데―음, 내가 하려는 말은―" 그녀가 말을 멈추었다. "어쩌면 말하면 안 될 것 같기도 한데." 밥이 담배연기를 내뿜었고, 이윽고 팸이 말했다. "말할게, 헬렌이 죽어가고 있어. 헬렌은―기껏해야―한 달이 남았고, 짐은 당신이 아직 몰랐으면 해. 하지만 수전에게는 일주일 전에 이야기했대. 췌장에 문제가 생겼어." 그녀가 덧붙였다.

밥이 말했다. "뭐라고 했어, 팸?" 그녀가 방금 한 말을 반복했다. 그리고 아주 흥미로운 점은 이것이다. 밥은 아무 느낌이 없었다. 팸과 더 이야기를 나눈 다음 전화를 끊었는데, 그는 여전히 아무 느낌이 없었다. 아무 느낌도!

그리고 당연하게도, 마침내 담배를 다 피웠을 때 그 사실이 그를 덮쳤고, 그는 갑자기 배를 움켜잡힌 것처럼 충격에 빠졌다. 그가 계속 중얼거렸다. 아니야. 아니야, 아니야 아니야……

7

　목요일마다 밥은 노부인 해셀벡에게 식료품을 가져다주었다. 그래서 헬렌에 대해―그리고 헬렌이 죽어가는 것을 짐이 밥에게 알리고 싶어하지 않는다는 사실에 대해―알게 되고 이틀 뒤 밥은 고양이 사료와 땅콩버터, 사과, 빵, 오렌지 주스, 인스턴트커피, 1파인트짜리 진, 그리고 다른 몇 가지가 담긴 봉지를 들고 해셀벡 부인의 집 앞 계단을 올라가 초인종을 눌렀다. 진은 두 주에 한 번씩만 가져갔다. 그는 걱정이 되었고, 고민 끝에 물로 희석하는 방법을 쓰기로 했다. 그렇게 하면 진을 두 주에 반 파인트만 마시는 셈이었는데 부인은 알아차리지 못한 것 같았다.

팬데믹이 정점에 다다랐을 때는 집 앞 계단에 놔두고 왔지만, 요즘 그는 집안까지 들어갔다—그녀를 보호하기 위해 마스크를 썼다. 부인은 구부정하게 서서 미소를 띤 채 마디가 불거진 손으로 의자 위쪽을 단단히 잡고서 그를 올려다보았다. 그녀의 작은 집은 완전히 혼돈 그 자체였지만 그녀에게서는 묘하게 우아한 분위기가 흘렀다. 늙은 얼굴에 갈색의 큰 눈, 높은 광대뼈. 그녀는 밥이 한 팔로 안아올릴 수 있을 만큼 체구가 아주 작았다. 그녀가 말했다. "로버트*도 알겠지만, 목요일은 내가 한 주 중에서 가장 좋아하는 날이지요." 그녀는 그가 여기 올 때마다 그렇게 말했다. 그리고 지금 그는 "음, 저한테도 아주 멋진 날이지요" 하고 말했다. 그 말은 물론 그의 진심이 아니었다. 집안에서는 마스크를 쓰고서도 맡아지는 코를 찌르는 고양이 오줌내가 났고, 작은 식탁에는 늘 지저분한—어디를 보나 그런 것 같았다—접시가 놓여 있었다. 그곳은 작고 어두웠고—

하지만 오늘 그녀가 그를 올려다보며 "로버트, 방금 아주 멋진 일이 일어났어요" 하고 말할 때 그녀의 눈빛은 반짝거리며 생기가 돌았다.

---

* 밥은 로버트의 애칭이다.

밥은 봉지에서 식료품을 꺼내 사용한 티백이나 컵, 더러운 포크와 나이프 따위가 흩어져 있는 조리대에 내려놓은 뒤 그녀를 돌아보고 말했다. "어떤 일이었나요?"

부인은 작은 팔로 의자 등받이 위쪽을 하나씩 옮겨 잡으며 그를 향해 다가왔다. "로버트. 두 여자가 오늘 아침 내 집 앞 보도에서 만났어요." 그녀가 창문을 가리켰다. "나는 그들을 아마 삼십 분 넘게 지켜봤는데, 이야기를 하고 하고 또 하더군요. 서로 그렇게 잘 아는 사이 같지는 않았어요. 하지만 그들은 그 자리에 서서 계속 이야기했고, 나는 마침내 밖으로 나갔어요. 그리고 말했죠. '두 사람이 나를 얼마나 행복하게 해주었는지 모를 거예요. 그냥 지켜보는 것만으로도요.'" 그리고 그녀는 잠시 망설이다 말했다. "그리고 그들은 아주 친절했어요."

"와, 그거 아주 좋은데요." 밥이 말했다.

"잠시 더 있다가 가도 되나요?" 그녀가 물어보았고, 그래서 밥은 의자에 앉아 한 시간 동안 머물렀다. 맞은편 벽에는 시계가 걸려 있었고, 그는 고등학교 기하학 수업 시간 이후로 이렇게 시간이 느리게 간 적은 없었다고 생각했다.

그녀는 평소 하던 말을 했다. 남편이 몹시 그립다고(죽은 지 십이 년째였다), 그리고 아들 다섯이 모두 떠났다고. "멀리.” 그녀가 당혹스럽다는 표정으로 말했다. 그러고는 뭔가 새로운 말을 했다. “저기 말이죠, 로버트? 아들 다섯이 모두 고등학생이던 때가 있었어요. 다섯이나.” 그러고는 그가 여태 본(봤다고 생각한) 얼굴 중에서 가장 순진한 얼굴로 이렇게 말했다. “그리고 그애들 모두 나를 미워했고, 난 이유를 몰랐어요. 지금도 모르겠어요.”

방안에는 그들과 함께 침묵이 앉아 있었다.

이윽고 밥이 말했다. “음, 청소년이었잖아요. 청소년은 늘 부모를 미워해요. 저라면 그걸 개인적인 문제로 받아들이지 않을 거예요.”

부인은 오랫동안 빗자루로 두들겨맞은 것처럼 쿠션이 납작해져 있는 카우치 위 그녀의 자리에서 그를 쳐다보았다. 그리고 말했다. “당신도 고등학생이었을 때 어머니를 미워했어요?”

밥은 어머니를 한 번도 미워한 적이 없었다.

그가 말했다. “음, 아마 어머니에게 아주 다정하진 않았을 거예요. 어머니는 내가 당신을 미워한다고 생각했을 수도 있고요.” 그것은 사실이 아니었다. 그는 이 말은 하지 않았다. 아버지를 죽인 아들은 어머니에게 늘 다정할 수밖에 없어요.

그가 일어서려는 것처럼 몸을 움직이자 그녀가 말했다.

124

"로버트, 부탁 한 가지 들어주었으면 해요."

"아, 물론이죠." 그가 말했다.

부인은 욕실에 들어갔다 나왔고, 이어 부엌 서랍에서 매직펜을 꺼냈다. 그리고 그에게 다가와 뭔가를 건넸는데, 처음에는 행주 뭉치처럼 보였다. 하지만 팬티였다. "이것들 뒤쪽에 B라고 크게 써주겠어요? 그러면 내가 이걸 입을 때 어느 쪽이 뒤고 어느 쪽이 앞인지 알 수 있을 거예요."

그래서 그는 받아들었고, 그것은 둥그스름한 팬티 네 장―엄청 노르스름해져 있었다―이었다. 그가 마침내 뒤쪽에 붙은 라벨을 찾아냈는데 너무 닳아서 잘 보이지도 않았다. 그는 매직펜을 쥐고 각각의 팬티 위쪽에 B라고 큼지막하게 써넣었다. "다 됐어요." 그가 자신을 내려다보며 서 있던 그녀에게 그것을 건넸다.

"고마워요, 로버트. 정말 고마워요. 지금 입고 있는 건 다음주에 해주면 좋겠어요." 그녀가 말했다.

그래서 그가 말했다. "그럼요. 해드려야죠."

그는 떠나면서 늘 그래왔듯 진을 조심히 마시라 말했고, 그녀는 알겠다고, 그러겠다고 말한 뒤 고맙단 말을 반복했다.

차에 올라타자 가슴에서 묵직함이 느껴져 잠시 운전대 앞에 앉아 있어야 했고, 그러고 나서야 차를 몰고 떠났다.

$$8$$

올리브 키터리지는 그녀 주변의 모든 기록되지 않은 삶에 대해 생각하고 있었다. 루시 바턴이 올리브를 처음으로 만나 올리브가 어머니 이야기를 하는 것을 들으면서 그 표현을 썼다. 기록되지 않은 삶, 그녀는 그렇게 말했다. 그래서 올리브는 그것에 대해 생각했다. 이 세상 어디에서나 사람들은 자신들의 삶을 기록에 남기지 않으면서 살아가고 있었고, 그 사실이 지금 그녀를 강타했다. 그녀는 루시 바턴을 다시 불렀다.

"들어와요!" 문 두드리는 소리가 들리자 올리브 키터리지가 소리쳤고, 문이 열리고 루시가 들어왔다. "안녕하세요, 올리브." 그녀가 말했다. 몇 달 전에 처음 왔을 때보다 긴장이 풀린 것을 올리브는 알 수 있었다. 루시는 코트를 벗어 작은 카우치 위에 던지고는 그 옆에 앉았다. "어떻게 지냈어요?"

올리브가 손을 휙 저었다. "알 게 뭐예요. 자, 통화할 때 말한 것처럼, 해주고 싶은 이야기가 또 있어요." 올리브는 발을 앞뒤로 흔든 다음 의자 등받이에 기댔다.

"해주세요, 준비됐어요." 루시가 말했다. 그러고는 무릎 위에 손을 포개 올린 채 몸을 앞으로 숙였다.

올리브가 고개를 끄덕였다. "좋아요. 타운에 재니스 터커라는 여자가 살았어요. 그녀에 대해서는 못 들어봤을 텐데—" 루시가 고개를 가로저었다. "음, 들었을 리가 없지. 몇 년 전에, 당신이 이 타운에 오기 전에 죽었어요. 재니스는 머리 커트를 해줬어요. 내 머리 커트도 해줬는데, 작지만 괜찮은 사업이었고 집에서 영업을 했죠. 부엌과 차고 사이에 머리 커트를 하는 작은 공간이 있었어요. 그리고 잉꼬를 키웠고요."

"잉꼬." 루시가 반복했다.

"맞아요. 두 마리가 있었는데 각각 새장 하나를 차지했고, 그녀는 정말로 그 잉꼬들을 좋아했죠."

"결혼한 사람이었어요?" 루시가 뒤로 기대앉아 딱딱한 카우치에서 자세를 편안하게 고쳤다.

"네, 했죠. 하지만 그 이야기는 나중에 하고. 아무튼 아이는 없었어요. 그리고 어느 날—오, 그 일이 일어난 게 오래전인데—"

"얼마나 오래됐어요?" 루시가 물었다.

올리브가 그것에 대해 생각했다. "십 년 정도? 나한테 아직 차가 있고, 지팡이도 쓸 때였으니까. 아무튼 어느 날 머리를 자르러 갔는데, 한 여자가 앉아 있었고 재니스가 머리를 잘라주고 있었어요. 그 여자는—음, 뭐랄까—좀 재수없어 보이고 재니스보다 좀 젊어 보였는데, 마흔다섯 살 정도였을 거예요."

루시가 자세를 다시 고치고 다리를 꼬았다.

"이 재수없는 여자가 한때는 예뻤고 여전히 자기를 그렇게 생각한다는 게 보였지만, 살이 좀 쪘고—내가 생각하기론 그랬어요—표정이 아주 굳어 있었어요. 그에 비하면 재니스는 좀 다른 식으로, 더 소박하게 예뻤고 매력적이었어요. 그건 줄곧 그랬지만, 내 생각에는요. 아무튼 그 재수없는 여자가 약간 또라이 같은 행동을 하기 시작했어요."

"무슨 뜻이에요?" 루시가 물었고, 올리브는 고개를 끄덕이며 말했다. "재니스가 그녀를 커다란 드라이기 밑에 앉히자 그 여자가 갑자기 머리카락을 헝클면서 이건 아니잖아요, 난 이런 모습으론 보이고 싶지 않아요, 그렇게 말했어요. 그 여잔 정말로 화가 많이 났는데, 그게 재니스를 불안하게 했다는 건 누구라도 알 수 있었을 거예요. 아무렴요."

"그럼 그녀는 어떤 모습으로 보이고 싶었던 거죠?" 루시가 물었다.

"누가 알아요. 또라이였다니까요. 아무튼 그 여자가 여전히 반쯤 젖은 머리로 일어나서는 말했어요. '지금 당장 돈을 내겠어요.' 재니스가 그녀의 신용카드를 받았고, 잠시 뒤에 또라이 여자는 떠났어요."

"그리고 그 순간―" 올리브가 손가락으로 허공을 가리켰다. "재니스가 유령처럼 하얀 얼굴로 나를 쳐다보더니 말했어요. '올리브, 오 맙소사. 저 여자가 누군지 알 것 같아요.'"

그 이야기는 이것이었다. 재니스 터커의 어머니는 그녀가 세 살이었을 때 죽었다. 재니스는 어느 하루 아기침대에서 안아올려지던 모호한 기억을 빼고는 어머니에 대한 기억이 없었다. 배관공이었던 아버지는 어머니가 죽고 곧바로 재혼했고, 그들은 아이 셋을 낳았다. 계모가 재니스에게 특별히 쌀쌀맞았던 건 아니었지만, 그녀를 사랑하지 않는다는 것을 알았다. 계모는 자기 자식들을 사랑했다. 예컨대 재니스가 열세 살쯤이던 어느 날, 재니스는 그날 저녁에 먹은 음식이 별로여서 "차라리 개 먹이를 먹겠어요" 하고 말했다. 그러자 계모는 그녀에게 그날 밤 식사로 개 먹이를 먹게 했다. 재니스는 그게 짜증나지 않았다. 그냥 거기 앉아서 그걸 먹었다—그건 생각만큼 나쁘지 않았다고 그녀가 올리브에게 말했다. 그리고 그녀는—그게 혼자만의 상상일지 모른다는 걸 알았지만—거기 앉아 개 먹이를 먹는 동안 아버지가 조용한 자부심을 내비치는 것을 느꼈다.

"자 이제, 재니스가 고등학교 졸업반이 되었을 때 전액 장학금을 받고 뉴욕주 북부에 있는 명문 대학에 가게 됐어요." 올리브가 말했다. "재니스는 대학에 들어갈 때 아주 순진했는데, 2학년 때 한 철학 교수가 그녀에게 호감을 드러냈죠. 이름이 자크 르므랭이었는데. 음, 어떤 일이 생겼을지 짐작이 갈 테죠. 상황은 한 가지가 다음 한 가지로 이어지는 식으로 흘러갔고, 그 불쌍한 아이는 무슨 일이 일어나고 있는지도 전혀 몰랐죠. 당연히 재니스는 그를 사랑하게 됐고, 이어—휙!—그는 그녀와는 끝이었어요. 그녀는 어느 오후 그의 연구실로 갔다가 그와 끝났다는 걸 깨달았고, 그녀가 옳았어요. 그 관계가 이어진 건 팔 주 동안이었어요. 그녀는 심지어 그걸 관계라고 부르지도 않았어요.

그녀는 이제 엉망진창이 됐어요. 아주 어리고 어리석었다고, 재니스는 그렇게 말했어요. 당연히 그는 열 살이 더 많아 세상 경험도 많아 보였고요. 하지만 요점은 이거예요. 공부를 아주 잘하고 있던 그녀는 그 학기에 낙제했어요. 집중할 수 없었고, 퇴학을 당했어요. 당연히 장학금도 날아갔고요. 집으로 돌아갈 엄두가 나지 않았다고 하더군요. 대학에서는 다음해에 다시 시도해볼 수 있을 거라고 했지만, 그녀는 다시 돌아가지 않으리란 걸 알았어요. 그 시절 대학에는 정말로 극소수의 여자 교수가 있었는데, 재니스가 들었던 라틴어 수업의 교수가 여자였어요. 그 교수는 정말로 그녀를 봤어요. 그러니까―재니스 말로는―빌린 책을 모조리 반납하려고 도서관에 갔을 때 그 교수가 정말로 그녀를 봤다는 거예요. 재니스는 그 교수가 자기를 쳐다본 표정에는 신경도 쓰지 않았어요. 재니스는 아버지의 얼굴을 보면서 무슨 일이 일어났는지 말하는 건 도저히 못할 것 같아 대학이 있는 작은 타운에 계속 머무르면서―작은 아파트를 빌리고 서점에서 일자리를 구했어요―역시 그 대학에 들어갔다가 역시 학교를 그만둔 올리버라는 남자를 만나게 된 거였죠.

올리버는 알고 보니 천재였는데, 아주 이상한 면이 있었어요. 어느 날 그들이 그의 아파트로 걸어가는데 그가 나무에 머리를 쿵쿵 박기 시작했어요. 피가 났고, 그러니까 머리에서 피가 흘렀고—그녀가 자기를 미치게 만들고 있다고 했대요.”

“왜요?” 루시가 카우치에 앉은 채 몸을 앞으로 숙이며 물었다.

“왜냐하면—결국 밝혀지기로 그가 미친 거였어요. 신경쇠약이 완전히 진행된 거였죠. 부모가 그를 데리러 왔고, 중서부에 있는 집으로 데려간 다음 병원에 입원시켰어요. 여러 해가 지난 뒤 재니스는 그가 조현병이었을지도 모른다는 걸 알아냈죠. 이런 병은 뇌가 최종적인 형태를 갖추는 이십대 초반까지는 완전히 발현되지 않나봐요—” 올리브가 귀 옆에서 손가락을 빙빙 돌렸다.

그래서 불쌍한 재니스는 집으로 돌아왔고, 결국 같이 고등학교에 다녔던 사람 중 가장 착한 남자와 결혼했다. 그는 그이상의 교육은 받지 못했으나 그녀에게 아주 잘해주었다. 올리브가 말했다. “그는 **착한** 남자였어요. 타운 사람 모두가 그렇게 생각했죠. 골동품 사업을 했어요.”

올리브는 창밖을 내다보았고, 다시 루시를 쳐다보았다. “하지만 그날 그 또라이 여자가 떠나고 재니스가 해준 이야기는 이거였어요. 재니스가 말했어요. '올리브, 남편이 남자를 좋아하는 것 같아요.' 그래서 내가 말했죠. 무슨 말이냐, 남편이 남자를 좋아한다는 게? 그러자 그녀는 '그러니까, 그가 남자를 좋아한다는 말이에요' 하고 말했어요."

루시가 잠시 가만히 있다가 말했다. "그래서 그녀에게 뭐라고 했어요?"

"내가 그랬죠. 무슨 소리냐, 그는 당신을 좋아한다, 그건 모두가 안다. 그가 그 특정한 방식으로 당신과 **함께** 있는 한 그가 혹여…… 망아지를 생각한다고 한들 누가 신경이나 쓰겠나."

"아." 루시가 얼굴에 작은 표정을 떠올렸고 그 대답이 나쁘지 않았다고 생각한다는 의미였다. 잠시 뒤 루시가 말했다. "좋아요, 하지만 그 또라이 여자 이야기로 돌아가서요. 그 여자는 이 이야기에 어떤 식으로 포함되나요?"

"그렇죠." 올리브가 고개를 끄덕였다. "그 또라이 여자가 나타났을 때 재니스는 어디에서 왔느냐고 물었고, 그러자 그 여자는 뉴욕주 북부에서 왔다고, 재니스가 다녔던 그 학교의 개발 부서를 맡고 있다고 말했대요. 그 또라이 여자 역시 그 학교에 다녔던 걸로 보이고요. 그리고 그 또라이 여자가 재니스에게 메인에 온 건 아들이 다니는 이 근처 대학에서 개

최한 학부모 방문의 날 행사에 참석하기 위해서라고 했대요.

그리고 재니스가 신용카드를 봤을 때 이름이 '에밀리 르므랭'이었던 거죠. 재니스는 아주 서서히 깨달았어요. 이 여자가 **결혼한** 남자가 재니스를 좋아했던 그 교수와 동일 인물이고, 재니스의 추론으로는 그 교수가 여자를 버리고 더 젊은 여자에게 간 게 아닌가, 그리고 새 여자친구가 아마도 그날 아들이 다니는 학교에서 하는 행사에 나타날 예정이고 그게 그 또라이 여자를 미치게 만든 게 아닌가."

루시가 깊은 한숨을 들이쉬었다가 천천히 내쉬었다. "아마 맞을 것 같네요. 그러니까, 그 또라이 여자의 전남편이 아마 새 여자친구와 함께 그곳에 **나타날 거라는** 의미로요."

올리브가 말했다. "누가 알겠어요. 하지만 나도 재니스의 말이 맞는 것 같아요."

"그럼 재니스는 어떻게 됐어요?" 루시가 물었다.

올리브가 고개를 끄덕이고 발을 앞뒤로 흔들었다. "그날 재니스가 자기는 매년 혼자서 마이애미로 여행을 간다고 했어요. 남편은 그곳을 싫어해서 매년 혼자 거기 간다고요. 열흘 동안이라고, 그녀가 말했어요. 그는 그렇게 하라고, 그녀에겐 휴가를 누릴 자격이 있다고 격려해줬죠. 그녀는 수영장에 있는 가족들을 바라보고 저멀리 수평선에 떠 있는 정말로 큰 배를 쳐다봤는데, 그러다보면 아버지가 생각난다고 했어요. 그녀가 태어나기 전에 아버지가 해군에 있었기 때문이었어요. 아버지는 자신이 해군이었단 사실을 꽤 좋아했던 것 같고, 그래서 재니스는 그 배들을 보면서 아버지를 생각한 거였죠. 그리고 아이들을 데리고 있는 모든 가족을 바라봤고요. 자기 미용실에 잡지가 아주 많았기 때문에 잡지는 아예 읽지 않았고, 그저 앉아서 바라보기만 했대요. 그러다 마침내 그 여행이 자신을 외롭게 한다는 걸 깨달았던 거예요."

"맙소사, 당연히 그렇죠." 루시가 몸을 앞으로 숙이며 말했다. "우리가 바로 어제 플로리다에서 돌아왔는데, 나라도 거기 혼자 있는 건 싫을 거예요."

올리브는 루시의 여행에 대해 묻고 싶지 않았고, 관심도 없었다. 그래서 말을 이었다. "그리고 재니스는 남편이 혼자 있는 시간을 좋아한 건 그와 함께 일한 그 남자—거의 애였는데—그런트라는 남자 때문이었단 걸 깨달았어요. 그 여행이 그에게 그런트와 단둘이 있는 시간을 준 거였죠."

"그런트*?"

올리브가 어깨를 으쓱했다. "별명 같아요. 누구라도 그 남

---

* 영어로 '끙끙거리다, 꿀꿀거리다'라는 뜻도 있다.

자 입에서 무슨 소리라도 나오는 걸 들었던 것 같지 않네요. 하지만 그애가―재니스가 자기도 구체적인 건 몰랐다고 하는데―아주 심한 학대를 당한 것 같았어요. 그리고 이건 말해줄 수 있는데, 내가 보기에도 그랬어요. 머리가 검은 그 불쌍한 청년―아마 스물다섯 살쯤이었을 텐데―"

"잠깐, 당신도 그를 알았어요?" 루시가 물었다.

"오, 누구라도 그를 **알았을** 것 같진 않아요―" 올리브가 잠시 말을 멈추었다가 다시 말했다. "하지만 이건 말해줄 수 있어요. 내가 두번째 남편의 집에서 나왔을 때 재니스 남편이 좋아할 만한 고가구가 있어서 그에게 전화를 걸었어요. 그가 그런트를 데리고 왔고, 그는―그러니까, 재니스의 남편은―아주 다정한 남자였어요. 두 사람이 같이 소파를 아래층으로 옮기는데, 중간에 재니스의 남편이 걸음을 멈추고 그런트를 아주 사랑스럽게 안아주더군요. 불쌍한 그런트는 표정 하나 변하지 않았어요. 내가 하려는 말은 그냥 그거예요. 그것뿐이에요.

아무튼." 올리브는 이 이야기를 하다가 잠시 흐름을 놓친 듯 보였고, 두 사람은 모두 말없이 앉아 있었다. 이윽고 올리브가 의자에서 더 똑바로 앉으며 말했다. "아무튼, 재니스의 남편은 급사했어요. 심장 문제로. 그리고 재니스가 그런트를 받아줬고요. 그는 아들처럼 그녀와 함께 살았어요.”

“그가요?” 루시가 물었다.

“네. 그리고 재니스는 미용 일을 그만두었고, 몇 년 지나서 그녀도 죽었어요. 결국 그녀는 그 집을 그런트에게 물려준 걸로 드러났고, 그는 지금 거기 살면서 월마트에서 일하고 있어요. 몇 년 전에 거기서 일하고 있는 걸 봤는데, 내가 멈춰서서, 뭐였는지는 기억이 안 나지만 뭔가를 찾는 걸 도와달라고 부탁했어요. 알다시피 그런 데는 영원히 걸어야 할 것처럼 넓은 헛간 같잖아요. 그가 상품이 있는 바로 그 자리까지 데려다줬어요. 정말로 사랑스러운 남자였죠—여전히 학대당한 것처럼 보이긴 했지만. 나는 고맙다고 말했고, 그는 그저 고개만 끄덕였어요. 그리고 그는 여전히 재니스의 집에서 살면서 그 집을 관리하고 있고요.”

“맙소사.” 루시가 천천히 말했다. “맙소사. 사람들의 삶이란.”

“그렇죠. 그게 재니스 터커의 이야기예요.”

루시는 한동안 말이 없었다. 이윽고 루시가 말했다. “그녀는 죄를 먹는 사람이었군요.”

“뭐라고 했어요?” 올리브가 그 말을 크게 했다.

“그녀가 죄를 먹는 사람이었다고요.”

"도대체 죄를 먹는 사람이란 게 뭔가요?"

루시가 천천히 고개를 가로저었다. "이 땅에 사는 어떤 사람들은 다른 사람들의 죄를 먹어요. 재니스는 평생 그 일을 했어요. 아버지와 계모부터 시작해서, 그다음엔 교수라는 그 작자─지금 그런 짓을 했다면 해고되어 쫓겨났을 거예요─그리고 퇴학당한 뒤 사귀었던 올리버라는 그 미친 남자까지. 그녀는 그냥 계속 사람들의 죄를 먹었어요."

그들은 한동안 말이 없었다. 올리브는 그것이 재미있지 않았고, 잠시 후 루시가 그것을 알아차린 걸 알 수 있었다. 루시가 "정말로 대단한 이야기네요, 올리브. 맙소사, 대단한 이야기예요" 하고 말했기 때문이었다.

"당신이 그걸 알아볼 줄 알았어요." 올리브가 말했다. 그녀는 이제 피곤했다.

그들은 한동안 침묵을 벗삼아 앉아·있었고, 마침내 루시가 떠나려고 일어서며 말했다. "하고 싶은 이야기가 있으면 언제든 해주세요." 그러자 올리브가 "그럴게요" 하고 말했다.

*

하지만 밥은!

불쌍한, 불쌍한 밥. 그 남자의 가슴은 찢어지고 있었다.

팸에게서 형의 아내가 죽어가고 있고 형이 그에게 그 사실을 알리고 싶어하지 않았다는(!) 말을 들은 뒤로 밥은 정말로 마음이 찢어지게 아팠다. 그는 이해할 수 없었고, 그래서 계속 왜, 왜? 하고 중얼거리며 서성였다.

마거릿은 이 상황에 대해 다정한 모습을 보였는데, 그녀가 헬렌을 한 번도 좋아하지 않았던 것을 고려하면, 이 다정함은 그 여인이 지금 죽어가고 있다는 데서 비롯한 특별한 모습이었다. 그리고 짐에 대해서도. 마거릿은 이 말만 했다. "나는 당신과 형의 관계가 한 번도 이해된 적이 없었어, 밥. 당신은 그가 당신을 무례하게 대하는 걸 평생 용인했어."

"형은 나를 사랑해." 밥이 말했다. "그리고 나도 형을 사랑하고."

마거릿이 말했다. "알아. 당연히 알지."

*

루시가 마침내 타운에 돌아왔을 때 밥은 전화를 걸어 산책하러 나올 수 있겠느냐고 물었고, 루시는 지금 작업실에 있지만 바로 강가로 나갈 수 있다고 말했다. 그리고 그가 주차장에 들어섰을 때 루시는 이미 도착해서 나무 울타리 옆에 서서 손을 흔들었다. 그녀에게 걸어가면서 그는 이만큼의 거리에서는 그녀가 정말 작아 보이는데 같이 있을 때는 그녀가 작다는 생각을 한 번도 한 적이 없었던 것을 생각했다.

"오, 이렇게 보니 너무 기쁘네요." 그가 말했다.

"나도요! 전화해줘서 얼마나 기뻤는지 몰라요."

"여행은 어땠어요?"

루시가 어깨를 으쓱했다. "괜찮았어요. 윌리엄은 겨울에 따뜻한 장소를 좋아해서, 괜찮았어요. 그리고 어제 올리브 키터리지를 만났어요. 굉장한 이야기를 해줬어요. 그리고— 당신은—내게 모든 걸 말해줘요, 밥!"

"우선 리틀 애니가 살아났는지부터 말해줘요. 그런 다음 어떤 일이 일어나고 있는지 말해줄게요."

"밥! 리틀 애니가 해냈어요! 살아났어요. 거의 모든 잎을 떨어뜨리더니, 이 일이 일어났어요. 맨 위에 달린 잎에서 작은 녹색 새순이 돋은 거예요. 밥!" 그러고는 손모아장갑으로 그의 팔을 가볍게 쳤다. "이제 당신에게 일어난 일을 이야기해줘요."

그리고 그들은 걸었다. 밥은 평소보다 더 빨리 걸었다. 아직 2월이고, 몹시 추운 날이었지만 바람은 불지 않았다. 그들 옆으로 강은 저멀리 물살의 움직임이 보이는 한복판을 제외하면 얼어 있었다. 그들이 걷는 길 옆으로 얼어붙은 강물에는 회색조의 푸른색이 감돌고 있었다. 루시의 코가 추위로 빨개졌다.

"처음부터 이야기해줘요." 그녀가 말했다. 그래서 그는 팸이 찾아온 것을 말했고, 이어―여기서 그는 걸음을 멈추어야 했다―팸이 짐의 아내인 헬렌이 죽어가고 있다고 말한 것과 그게 짐이 그에게 12월에 오지 말라고 한 이유였다는 것까지 말했다. 밥이 두 팔을 벌렸다. "하지만 왜―도대체 왜 내게―사실대로 말해주지 않은 걸까요?"

"오, 어쩌나." 루시가 조용히 말했다.

그가 자기 얼굴에 떠오른 당혹감을 의식하며 그녀를 쳐다보았고, 그들은 다시 걸음을 옮겼다. "밥, 정말 **가슴 아픈 일**이네요! 그리고 당신은 그녀를 사랑해요, 맞죠? 그렇다는 거 알아요. 아, 어쩌나, 정말 안타까워요." 그리고 루시는 밥에게 짐에 대해 어린 시절부터 시작해 많은 질문을 하기 시작했고, 그녀의 많은 질문에 그는 전부 답했다. 그들은 화강암 벤치에 이르렀고, 밥이 담배를 꺼냈다. "나는 실제로 이걸 먹을 수도 있을 것 같아요." 그가 불을 붙이기 전에 담배를 쳐다보며 말했다.

강 한복판에 작은 얼음덩어리가 떠내려가고 있었다. 바다갈매기 한 무리가 얼음덩어리 몇 개에 앉았다가 상류로 날아갔고, 다른 얼음덩어리에 앉아 다시 하류로 떠내려왔다. 밥과 루시는 아무 말 없이 이 장면을 바라보았다. 잠시 뒤 루시가 말했다. "나는 이런 생각이 들어요. 당신의 형 짐은 엄청나게 겁을 먹은 사람이에요. 그는 늘 겁을 먹은 상태였어요. 그는 아버지를 죽였고 당신이 평생 그 비난을 떠안게 했어요. 짐이 여덟 살 때부터 끌어안고 살았던 그 두려움을 생각해봐요. 그걸 생각해봐요!"

밥은 아무 말 하지 않고 그저 담배만 뻑뻑 피웠다.

"내가 당신에게, 올리브는 남을 겁주는 사람이고 남을 겁주는 사람들은 그저 겁먹은 사람들이라고 말한 거 기억나요? 음, 그게 바로 짐이에요."

그러자 밥이 그녀를 쳐다보았다. "형이 무서워하지 않는다는 건 **확실해** 보여요."

루시가 천천히 고개를 가로저었다. "밥, 내 말을 듣고 있지 않군요. 당신 형은 죽을 만큼 무서워해요. 그리고 지금 아내가 죽어가고 있으니 아마 죽을 만큼 무서운 것 **이상**일 거예요. 그리고 내 생각에는—" 루시가 손모아장갑을 낀 손을 들어올렸다. "그가 당신에게 말하지 않은 건 당신이 그의 마음을 약하게 만들기 때문일 거예요." 루시는 앞을 똑바로 쳐다보며 자기 말에 동의한다는 듯 고개를 끄덕였다. "수전은 짐의 마음을 약하게 만들지 않을 거예요. 수전은 수전이니까요. 완전히 다른 관계예요. 하지만 당신 밥 버지스는, 이렇게 생각할 수 있는데, 그의 무릎을 꿇릴 만큼 영향력을 미치는 사람인 거죠. 그래서 아직 당신에게 말할 준비가 되지 않았을 거예요." 루시는 한동안 앞을 쳐다보고 있었고, 이윽고 말했다. "나라면 전화하지 않겠어요. 그가 전화할 때까지 기다려요." 루시가 허리를 굽혀 밥의 무릎을 톡톡 쳤다. "그가 당신에게 말하는 순간 그 일 전체가 그에게 **현실**이 될 거예요. 그게 내 생각이에요."

"왜 내게 말하는 순간 현실이 되죠?" 밥이 물었다.

"헬렌과 아이들을 제외하면 지금까지 당신이 그의 인생에서 가장 중요한 사람이었을 테니까요."

"그렇게 생각해요?" 밥이 그녀를 돌아보았다.

"네, 그래요. 생각해봐요. 그 세월 동안 당신과 그의 관계는 당신들을 아주 단단히 묶어놓았어요. 당신이 그를 아주 사랑한다는 사실이 그는 죽을 만큼 괴로울 테고, 그건 당신이 그에게 믿을 수 없을 만큼 **중요하다는** 의미거든요."

밥은 담배를 피우면서 강을 바라보았다. "그런 생각은 한 번도 해보지 않았어요." 그가 말했다.

"음, 그럼 생각해봐요." 루시가 다리를 꼬았다.

"수전에게 전화를 걸어서 내가 알고 있다고 말하려고요."

"그건 괜찮을 거예요. 수전은 팸에게 그 말을 한 것 때문에 마음이 불편했을 거예요. 하지만 아마 수전도 **누군가에게** 말해야 할 필요가 있어서 팸에게 말한 거겠죠."

"무슨 말인지 알겠어요." 밥이 말했다. 그가 연기를 깊숙이 들이마셨고, 연기는 느리게 그의 입에서 빠져나왔다. "수전에게 전화할게요." 그들은 한참 동안 침묵 속에 앉아 있었다.

밥은 루시를 흘끗 보았고, 그녀가 어떤 생각에 깊이 잠겨 있다고 느꼈다. 이윽고 그녀가 입을 열었는데, 평소보다 더 느리게 말했다. "밥, 들어봐요. 오래전에, 어렸을 때 어떤 책을 읽었는데 거기 흑백 소묘가 수록돼 있었어요. 그러니 아마 일종의 우화집이었겠죠. 기억하는 건 한 남자의 그림이 전부인데, 나이를 좀 먹은 남자였고 페이지를 넘길 때마다 허리가 조금씩 더 굽었어요. 왜냐하면 이 세상에서 그가 하는 일이 사람들의 죄를 먹는 것이었으니까요. 그리고 나는—**평생**—그걸 잊지 않고 있었어요. 올리브가 어제 내게 해준 이야기가 죄를 먹는 사람에 대한 것이었어요." 루시가 생각에 잠겨 그를 쳐다보았다. "그리고 당신이 그런 사람이에요."

"무슨 말인지 잘 모르겠어요." 밥이 말했다.

"그럴 거예요. 하지만 그게 당신이 하는 일이에요. 짐부터 시작해서요. 당신은 그의 죄를 먹었어요―물론 무의식적으로. 그리고―그게 지금 당신이 하는 일이에요. 당신은 모두의 죄를 짊어져요."

"짐 말고, 또 누구를 말하는 건가요?"

"팸. 그녀의 죄도 짊어졌어요." 루시가 천천히 고개를 끄덕였다. "푸드 팬트리에서 일하면서 만난다는 그 사람들을 봐요. 그들은 당신에게 이런저런 이야기를 하죠. 그러니까, 좀 쉽게 표현하자면 당신은 뭔가를 **흡수해요**, 밥. 그리고 당신이 식료품을 갖다주는, 당신을 아주 우울하게 만든다는 그 노부인에 대해서도요."

"잘 모르겠어요."

"음, 그건 생각하지 마요." 루시가 말했다. 그리고 농담이라는 표시로 빠르게 미소를 지어 보였다. 그러고는 덧붙였다. "하지만 이 타운에서 내가 보기에, 문제가 있는 모든 사람은 당신을 찾아오는 것 같아요."

밥이 담배를 다 피우는 동안 그들은 조용히 앉아 있었고,

이어 그는 담배꽁초를 담뱃갑에 넣었다.

밥이 말했다. "고마워요, 루시."

"당연한 거죠." 그녀가 말했다.

9

수전은 밥이 전화를 걸어오자 굉장히 기뻤다. "오, 보비. 팸이 그 말을 했을까봐 걱정했는데—정말로 했네! 다 너무 안타까운 일이야. 하지만 보비—"

"짐이 그 이야기를 해줬을 때 목소리가 어땠어?"

"꼭 짐 같았어, 솔직히. 그러니까 약간 짜증난 목소리였지만, 그건 충분히 정상적인 것 같아. 하지만 보비, 헬렌이 죽어가고 있는데, 그의 목소리는…… 오, 모르겠어. 아주 당혹스러워한다는 건 분명한데. 하지만 뭔가 올바르게 느껴지지는 않았어. 하긴 누가 올바른 상태일 수 있겠어."

밥은 차 안에 앉아 휴대전화를 귀에 대고 있었다. 그는 굴뚝을 고칠 도구를 사려고 월마트에 왔다가 거기 주차장에 있었다. 수전이 방금 그에게 한 말을 깨닫기까지 잠깐의 시간이 걸렸다. "무슨 말이야, 올바른 상태가 아니라니?"

"모르겠어, 밥. 정말로 모르겠어. 짐이 직접 전화해주면 좋을 텐데. 난 이 소식의 압박감을 떠안고 있는 게 싫었어. 하지만 그러니까, 솔직히, 밥, 그는 뭐랄까—이런 말 하기 뭣하지만—개자식 같았어."

"그러니까 꼭 짐같이 말했다는 거구나."

"방금 내가 그렇게 말했잖아."

"그래, 네가 하는 말 듣고 있어. 일주일 더 기다려보고, 그런 다음 내가 직접 전화를 걸어봐야겠어. 잘 지내, 수지."

하지만 짐이 그날 밤 전화를 걸어왔다. 열시쯤, 밥이 막 잠자리에 들 준비를 할 때 전화를 걸어왔고, 마거릿이 이미 잠들어 있었기 때문에 밥은 휴대전화를 들고 아래층으로 내려갔다.

"수전이 말해줬니?" 짐이 처음 물은 것은 그것이었다.

그래서 밥이 말했다. 아니라고, 팸이 말해줬다고, 팸이 수전을 만나러 갔었다고.

짐의 목소리는 아주 나지막하고 조용했다. "그 일이 일어나고 있어, 보비."

밥이 눈을 질끈 감았다. "알고 있어."

"헬렌은 정말로 잘해나가고 있어. 아이들을 전부 불러모은 다음 아주 침착하게 말했어—그러니까, 울긴 했지만, 오 맙소사, 밥, 이 일이 언제 그녀에게 충격으로 다가올까? 계속 생각했어. 그런데 지금 그렇게 된 것 같아. 그리고 나한테 잘 해내고 싶다고 말했어. 정말 그러고 있고."

"헬렌에게 그렇게 말해줘." 밥이 말했고, 짐이 말했다. "오, 말해줬어."

그리고 짐은 지금 자신은 항우울제 복용을 중단하려고 한다고 말했다.

밥이 말했다. "짐, **진심이야**? 맙소사, 지금 그렇게 하고 싶은 게 확실해?" 그러자 짐이 그렇다고 말했다. 그는 이 일을 느낄 수 있기를 바라는데, 몇 년 전 항우울제를 복용하기 시작한 뒤로 정말로 어떤 것도 깊이 느낄 수 없었다고 했다. "그리고 지금은 이걸 느낄 필요가 있어." 그가 말했다.

"알겠어. 하지만 정말로 천천히 끊어야 할 거야. 이것참, 지미."

"알아. 그렇게 하고 있어. 그 문제에 있어서 그렇게 어리석진 않아. 아마 그때쯤—그녀가 떠났을 때쯤—아예 끊게 될 거야.”

“지금 어디 있어?” 밥이 물었고, 짐은 침실에 있다고, 방금 헬렌이 쓸 병실용 침대를 거실에 들여놓았다고 말했다. “얼마 안 남은 것 같아.” 짐이 말했다. 그래서 밥은 간호사들이 있냐고 물었고, 짐은 그렇다고 말했다. 밥이 아이들에 대해 묻자 짐은 “래리가 가장 힘들어하는 것 같아” 하고 말했다.

그리고 짐이 말했다. “헬렌이 널 보고 싶어하지 않는 것 같아. 헬렌은 널 사랑해, 널 정말로 사랑해. 하지만 널 보고 싶어하진 않아. 심지어 친구들도 만나지 않았어. 그러고 싶지 않다면서. 하지만 조만간 너하고 통화는 할 거야.” 그가 덧붙였다. “헬렌은 오로지 아이들만 보고 싶어해.”

“그리고 형도.” 밥이 말하자, 짐이 말했다. “그런 것 같아.” 밥이 짐의 목소리가 부서지기 시작한 걸 들은 건 그 순간이었다.

예전에, 짐이 두 번의 어리석은 불륜을 저지른 뒤에 헬렌은 짐을 거의 집에서 내쫓았다. 나중에 짐에게 항우울제를 복용하라고 고집한 것은 헬렌이었다. 짐이 약을 복용해야 그와 같이 살기가 더 쉽다고 말했다. 밥이 아는 한에서 헬렌은 짐에게 늘 친절했지만, 물론 그가 불륜을 저질렀을 땐 아니었다. 하지만 그때조차 그녀는—밥에게는 그렇게 느껴졌는데—그 일을 품위 있게 다루었다. 밥의 걱정은 이것이었다—그녀는 죽어가는 중에도 짐에게 친절할 것인가? 밥이 짐에게 직접 묻지는 않았다.

밥이 말했다. "짐. 내가 하는 말 잘 들어. 듣고 있어?"

"응."

하지만 결국 밥은 자신이 말하려고 했던 것을—짐이 상황을 망치기 전에는 오랫동안 헬렌에게 좋은 남편이었다는 것을—말할 수 없었다. 밥이 말을 멈춘 건 정말로 짐이 오랫동안 헬렌에게 좋은 남편이긴 했는지 알지 못하기 때문이었다. 심지어 불륜이 있기 전에도 말이다. 밥이 그들의 결혼생활이 어땠는지 어떻게 알겠는가? 그리고 헬렌은 왜 지난 몇 년 동안 같이 사는 걸 더 쉬운 일로 만들려고 짐에게 계속 항우울제를 복용하게 했는가?

이제 밥이 말했다. "지미, 당장은 아주 외로울 거야. 하지만 형은 혼자가 아니야. 아이들은 잘해주지?"

"오, 그럼. 딸들은 정말 잘해줘." 짐이 잠시 말을 멈추었다가 덧붙였다. "하지만 래리는 나를 못 참겠나봐. 누가 알겠어. 그애가 나를 견딜 수 있었던 때가 있기나 했는지도 모르겠어."

"둘이 잘 해결할 수 있을 거야." 밥은 이렇게 말했지만, 속

마음은 이것이었다. 나는 지금 짐에게 거짓말을 하고 있어. 형이 래리와의 문제를 잘 해결할 수 있을지 전혀 모르겠는 걸. 형이 외롭다고 느끼는지도 전혀 모르겠고.

또다시 잠시 침묵이 흘렀고, 짐이 말했다. "올바른 말을 찾으려고 애쓰지 마. 정말로 진심이야, 보비. 솔직하게 말하는 거야. 올바른 말은 **없어**. 그냥 네 목소리를 들으니 좋구나. 젠장, 네가 그리웠어. 내가 왜 너한테 알리지 않았는지 모르겠어. 정말로 이유를 모르겠어. 너한테 말하면 그게 현실로 느껴질 거라고 생각했던 것 같아. 하지만 그건 현실이야, 그렇지."

"짐, 어떤 방식이든 형은 형이 하고 싶은 대로 하면 돼."

"고마워, 보비. 그냥 미안하다고 말하려는 거야." 그가 말을 멈추었다가 덧붙였다. "하지만 나는 네가 그리웠어. 무지하게."

"나는 여기 있어. 필요하면 언제든 전화해. 내가 갈게." 밥이 말했다.

짐이 말했다. "고마워. 이제 끊어야겠다. 고마워."

밥은 짐이 그렇게 친절하게 말한 적이 있었는지 기억나지 않았다. 그는 카우치에 앉아 팔꿈치를 배에 대고 몸을 앞으

로 숙였다. 2층 침실로 올라간 그는 몇 시간 동안 잠을 이루
지 못했다. 다음날이 되어서야 그는 짐이 말한 것, 밥에게 말
하면 그게 현실로 느껴질 거라고 했던 말이 떠올랐다. 루시
도 밥에게 같은 말을 했었다.

10

그리고 시간은 그렇게 흘러갔다―이상하게도 종종, 아주 느리게 흘러가다가 어느 순간 덩어리째 지나 있었다. 3월이 왔고, 어디나 질퍽거렸다. 크로스비 바깥 들판은 확실히 질퍽거렸고, 타운 중심에 있는 공원이나 길가도 여기저기 질퍽거렸다. 밥 버지스는 현관에서 부츠를 벗고 신발에 묻은 흙을 긁어내면서 서두르지 않았다. 심지어 아침에 일어나 계단을 내려갈 때도 서두르지 않는 것을 느꼈다. 그는 평소보다 더 천천히 계단을 내려갔다.

몇 주 전에 헬렌이 마침내 전화를 걸어왔다. 그리고 힘없는 목소리로 말했다. "보비, 당신은 내 평생 내게 **끔찍이 잘해**

줬어요. 당신을 아주 많이 사랑해요.” 밥의 눈에서 곧바로 눈물이 흘러나왔고, 그녀가 죽어가고 있다는 것을, 그들이 이런 대화를 나누고 있다는 것을 믿을 수 없었다. 그리고 그녀가 말했다. “내가 당신을 보고 싶어하지 않는다고 해서 화내지 말아줘요. 아이들 말고는 누구도 보고 싶지 않았어요. 죽는 게 아름다운 것도 아니고요.”

“괜찮아요.” 밥이 말했다.

“이제 뭔가를 약속해줘요.” 헬렌이 말하자, 밥이 말했다. “물론이죠.”

“래리가 아빠를 그다지 좋아하지 않아요. 그애를 좀 도와주면 좋겠어요. 그리고 짐도 도와주고요. 짐은 엉망진창이 될 테고, 래리도 그럴 거예요. 이걸 정말 마음에 담아둘 수 있다면, 특히 래리를 도와줘요.” 그녀가 잠시 말을 멈추었다가 말했다. “그리고 짐도요.”

“당연히 그래야죠.” 밥이 말했다.

“이제 전화 끊을게요, 밥. 천국에서 만나요. 당신을 너무너무 사랑해요. 오, 그리고 장례식에 대한 계획을 세워뒀어요—세밀하게. 그러니 누구도 그 걱정은 안 해도 돼요.”

밥이 말했다. “나도 당신을 사랑해요, 헬렌.”

그리고 그녀는 전화를 끊었다.

　여러 날 동안 밥은 여기가 정말로 물리적인 세상이 아닌 것처럼 돌아다녔다. 식료품점에 들어가면 우뚝 서버렸고, 사람들이 와서 부딪히면 말했다. "오, 미안해요. 미안합니다."

　그러던 어느 하루 그가 식료품점에서 휘청휘청 돌아다니는데 누가 그의 이름을 부르는 소리가 들렸다. 윌리엄이었다. "밥!" 윌리엄이 머리 위로 팔을 흔들며 그에게 소리쳤고—윌리엄이 어찌나 반가워했던지 누군가가 돌아볼 정도였다—밥이 그에게 다가가 말했다. "오, 윌리엄, 잘 지내고 있어요?"

　"아주 잘 지내죠." 윌리엄이 말했다. 그가 쓴 테가 얇은 독서용 안경이 코에 나지막이 걸쳐 있었다. 흰머리는 평소처럼 곤두서 있었다. "아주 잘 지냅니다. 참, 메인대학교에서 내가 연구하고 있는 _그거_ 말이죠—" 그러고는 기생충 이야기를 늘어놓기 시작했다. 한편으로 밥은 그게 믿기지 않았다. 하지만 안개처럼 혼란스러운 외중에도 그는 그게 정말이라는 것을 알 수 있었다. 윌리엄이 기생충 연구를 좋아한다는 사실 말이다. 그가 말할 때 크고 하얀 콧수염이 움직였다. 마침내 윌리엄이 말했다. "당신은 어떻게 지내나요?"

그러자 밥이 말했다. "형의 아내가 죽어가고 있어요." 그러자 윌리엄의 표정이 바뀌었다. 그가 밥을 가만히 응시하더니 말했다. "오 저런, 루시가 말해주더군요. 너무 안타까워요. 그녀를 아주 좋아했지요?"

그러자 밥이 말했다. "네―그녀는, 음, 그녀는 헬렌이니까요."

윌리엄이 그녀가 얼마나 오래 아팠는지 묻고는 그 병에 걸려 죽게 될 때 대체로 걸리는 시간을 말해주었다. 한편으로 밥은 그게 좋았다. 누군가의 보살핌을 받는다는 느낌이 들었다. "너무 안타깝네요." 윌리엄이 고개를 저으며 말했다. "그 일이 너무 안타까워요, 밥." 그는 머리카락에 손을 집어넣으며 말했다. "여기 피클은 어디 있나요?"

그리고 그들이 헤어질 때 밥은, 자기는 크리스마스를 정말로 좋아하지 않는다고 어머니에게 말했던 기억을 두 아내에게 이야기한 순간에 대해, 두 사람 다 다정했지만―밥의 마음에는―그들이 **정말로** 신경을 쓰는 건 불가능하다고 느낀 것에 대해 다시 생각했다. 그리고 그는 이제 오렌지주스 한 통을 사면서 그건 그냥 그런 거라고, 그것뿐이라고 생각했다. 그는 생각했다. 맙소사, 우리는 모두 지독히 외롭군.

하지만─루시. 그녀는 그를 외롭게 하지 않았다. 그는 계
산대로 걸어가면서 그 사실을 깨달았다.

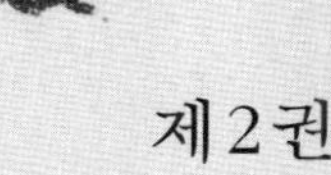

제 2 권

1

3월의 넷째 주에, 글로리아 비치의 시신이 셜리폴스에서 남쪽으로 두 시간 거리인 사코 외곽의 채석장 연못에서 발견되었다. 몇 주 동안 따뜻한 날씨가 이어졌고, 채석장 옆을 지나가던 등산객이 시신을 발견했다. 시신은 수면에 떠올라 있었는데, 경찰이 그다음날 끌어낸 차에서 빠져나왔을 것으로 보였다. 몹시 부패한 상태였고, 경찰은 치아 기록을 이용하여 시신이 글로리아 비치임을 확인했다. 차는 사코에서 대여되고 행방이 묘연해진, 애슐리 먼로라는 여자가 빌렸을 것으로 추정되는 그 차였다. 신문에 애슐리의 사진이 실렸다. 밝은 빨간색 머리에 눈을 가느스름히 뜨고 있었다. 차는 글로리아 비치가 실종된 그날 빌려간 것으로, 차가 반납되지 않은 시점에 애슐리 먼로는 자동차 절도죄로 고소당했다. 하지만 그녀는—기억하겠지만—운전면허증과 신용카드를 도난당해 자기는 혐의가 없다고 해명했다. 알리바이 또한 훌륭해서, 그녀는 그 시기에—바로 거기 셜리폴스에서—아기를 출산했다. 그 차가 사코에서 대여되었다고 한 그날도 셜리폴스에서 그녀를 본 사람들이 있었다.

렌터카 영업소 카메라에 애슐리 먼로의 모습은 남아 있지 않았다. 거기 보안 카메라에는 육십 일 동안의 촬영분만 보관되기 때문에 그 장소에 나타난 그녀의 화상 기록은 아예 없었다. 또한 렌터카 영업소에서 애슐리 먼로를 담당했을 고객 담당 직원은 이미 플로리다로 이주한 뒤였고, 그 일에 대한 기억은 전혀 없었다.

이번에는 신문에 애슐리 먼로의 사진 옆에 매슈 비치의 사진만 실렸다. 그리고 그는 여전히 불행해 보이는 얼굴이었다. 신문에서는 조사가 진행되고 있다고 했다. 아직은 누구도 용의자로 지목되지 않았다.

*

우리는 이쯤에서 이 글로리아 비치라는 여자가 어떤 사람인지 잠시 알아보고 싶어질지도 모른다. 하지만 글로리아 비치의 전체 이야기는 여전히 미스터리에 싸여 있었다. 그녀가 일기장에 기록한 '사실'이 있긴 하다—삶의 여러 시점에 쓴 것으로 공책 두 권 분량이었는데, 아들인 매슈만 그것에 접근할 수 있었다. 결국 일기장은 밥 버지스의 손에 들어갔고, 그가 그 일부를 마거릿과 루시와 공유했다. 나중에 타운의 사회복지사였던 캐서린 캐스키 역시 그것을 보게 된다.

'사실'이란 이런 것들인 듯하다. 그녀는 메인주 최북단의 아주 작은 타운인 셸비에서 태어났고, 이름은 글로리아 라베이며 외동이었다. 사진이 있었는데—알려진 어린 시절 사진은 그 한 장뿐이었고, 뒷면에 **글로리아, 14세**라고 적혀 있었다—키가 작고 놀랄 만큼 매력적인 소녀였다. 고개를 약간 숙인 채 눈을 치떠 카메라를 쳐다보고 있었다. 열여섯 살에 그녀는 남자 아기를 낳았다. 아기 아빠는 누구였는가? 우리는 모른다. 하지만 초기 일기에서 그녀는 이따금 찾아오던 삼촌, 아버지의 형제에 대해 언급한다. 그녀는 이렇게 쓴다. "나는 그 방문이 끔찍하다…… 그리고 그후의 냄새." 그녀가 임신했을 때 부모의 반응은 형편없었는데, 이 시점에 우리는 그녀의 어머니가 술을 많이 마신 것을 알게 된다. 글로리아가 "나는 어머니의 술냄새가 무엇보다 싫지만, 더 싫은 건—"(문장이 완성되지 않았다)이라고 써놓았기 때문이다. 아버지는 그녀에게 그녀가 몹시 창피하다고 말했고, 그녀는 이렇게 쓰고 있다. "그 말이 나를 칼처럼 뻤고, 나는 그걸 결코 잊지 않을 것이다." 열일곱 살이 된 글로리아 라베는 셀비에서 마일로로 가는 길목에 있는 모텔에서 지냈다. 프런트 데스크에서 일하는 대가로 모텔의 방 하나가 주어졌다. 젊은 시절의 이 시기에 그녀는 극도로 압박감을 느꼈다. 돌봐야할 아기가 있었고, 낮에 데스크에서 일할 때는 그 옆에 마련한 놀이장에 아기를 넣어두었다. 또한 아기와 함께 모텔 주인에게 쫓겨나지 않으려면 그를 '즐겁게' 해주어야 했다는 내용도 몇 번 등장한다. 그녀는 이런 사건을 당연한 일인 듯 슬픈 거리감을 두고 기록하고 있다. "어떻게 하면 되는지 알지만 매번 구역질이 난다." 그녀는 쓴다.

어느 날 월터 비치가 모텔로 들어왔다—셜리폴스 출신으로, 자기 회사에 데려갈 계획인 어느 회계사를 만나려고 셀비에서 며칠 머무는 중이었다. 그는 글로리아 비치의 아름다움과 그의 아들에게, 그리고 그 모든 불쌍하고 감동적인 상황에 마음이 끌렸다. 그는 사 주 뒤에 그녀와 결혼했고, 그녀는 어린 아들 토머스를 데리고 그를 따라 셜리폴스로 갔다.

결혼한 순간부터 글로리아는 살이 찌기 시작했다. 일기장에서 자기가 싫어한 '성행위'에 대해 언급했고, 먹는 양이 점점 늘면서 조용히 신경질적이 되었으며, 이어 그리 조용하지 않게 신경질적이 되었다. 그녀는 나중에 다이애나와 매슈를 낳았지만, 그에 대해 기록된 내용은 얼마 되지 않는다. 하지만 아이들이 크자 그녀는 학교 카페테리아에서 일자리를 구했다. 그녀는 학생들이 자신을 비치Beach 볼 혹은 비치Bitch 볼이라고 부르는 것을 알고 있었다. 그녀는 쓴다. "겁을 먹을수록 나는 더 끔찍하게 행동했다. 누구도(여기에 밑줄을 세 번 그었다) 내가 나를 미워하는 것만큼, 자신을 미워하지 못할 것이다." 더 나중의 일기에—그사이 몇 년 동안은 일기가 없는 듯하다—다이애나의 아름다움을 언급하면서 "하지만 그애는 키가 크다"라고 덧붙인다. 그녀는 자신이 남편에게 "한심할 정도로" 의존하고 있다고 기록한다. 매슈는 열 살 때 백혈병에 걸렸는데, 그녀는 엄청난 애정을 담아 그것에 대해 쓴다. 학교 카페테리아 일을 그만두고, 그녀가 애칭으로 "작은 천사"라고 부르는 아들을 정성껏 돌본 것에 대해서. 그리고 이 시기에 쪘던 살이 전부 빠졌는데, 제대로 먹을 수도 없을 만큼 불안했기 때문이었다—전에 오랫동안 겪은 불안과는 다른 것이었다. 토머스와 다이애나에 대해서는 거의 쓴 내용이 없다.

남편은 경고 없이 그녀를 떠났다. 일기장에는 그 사실에 안도감을 느꼈지만, 한편으로 깊은 절망과 혼란을 경험했다고 썼다. 하지만 그는 그녀를 수혜자로 거액의 생명보험에 가입해두었고 이혼한 상태라도 그가 죽으면 그녀가 그 돈을 받게 된다는 내용의 편지를 보냈다. "그걸 알게 되었을 때 나는 두 시간 동안 울었다."

그것이 이 시점에 우리가 정말로 글로리아 비치에 대해 아는 이야기의 전부다. 하지만 요점은 우리 모두에게는 우리의 이야기가 있듯 그녀에게는 그녀의 이야기가 있다는 것이다. 그리고 우리는 조만간 그 이야기로 돌아갈 것이다.

*

글로리아 비치의 시신이 발견된 다음날 아침, 수전 올슨은 부엌 탁자에 앉아 이른아침에 내린 비로 여전히 좀 축축하게 젖은, 비닐 랩에 싸여 현관에 놓여 있던 신문을 보면서 조용히 말했다. "오, **맙소사**." 그녀는 토스트를 먹던 것을 멈추고 그 기사를 두 번 읽었다. "오, 하느님 **맙소사**." 그리고 말했다. 주변에는 아무도 없었고, 그녀는 혼자 소리 내어 말하는

데 익숙했다.

하지만 오늘은 목요일이었고, 그날 늦은 아침에는 게리 오헤어—친구이자 전 경찰서장—와 그의 집 포치에서 만나 커피를 마시기로 되어 있었다. 그녀는 기다리지 못할 만큼 얼른 이 이야기를 나누고 싶었다.

"세상에, 어쩜 이럴 수가." 수전은 탁자에 놓인 신문을 뚫어져라 쳐다보며 조용히 혼잣말을 했다.

*

수전이 셜리폴스 신문에 실린 글로리아 비치에 대한 기사를 읽고 있던 그날 아침, 거기서 사십오 분 거리인 더 작은 크로스비 타운에서는 밥이 담배를 피우고 있었다. 바람이 심하게 불었고, 약한 햇살이 하늘을 뒤덮은 구름 사이로 뚫고 나오려고 안간힘을 쓰고 있었다. 밥은 부도가 난 뒤로 덩굴이 창문을 휘감은 오래된 여관 뒤쪽 주차장에 차를 세우고 그 옆에 서 있었다. 지난밤에 아내가 그의 어깨에 코를 대고 킁킁거린 뒤 말했다. "밥? 다시 한다는 말은 하지 마. **제발** 다시 담배를 시작했다는 말은 하지 마."

그래서 그는 거짓말을 했다!

그가 거짓말을 한 것이다.

지금 밥은 담배연기가 몸에 붙지 않게 하려면 계속 움직여야 해, 하고 생각했다. 하지만 바람은 같은 자리에서 맴돌 뿐 한 방향으로 가려는 것 같지 않았다. 한 걸음 앞으로 내디뎠을 때 코트 주머니에 넣어둔 휴대전화가 울렸고, 그는 방금 내뱉은 연기 속으로 들어간 꼴이 되고 말았다. 그가 생각했다. 이런 멍청이. 자신을 두고 한 말이었다.

모르는 번호였다. 그는 눈을 찡그리고 번호를 쳐다보고는 손으로 밀어 전화를 받았다. "여보세요?"

"밥? 밥 버지스인가요?" 여자 목소리였다.

"그렇습니다만."

잠시 침묵이 흘렀고, 이어 여자가 말했다. "밥, 다이애나 비치예요. 우리가 같은 학교에 다닌 게 백만 년 전이네요."

밥이 잠시 눈을 감았다. 그는 그날 아침 신문기사를 읽었다. "안녕하세요, 다이애나." 그가 말했다.

여자가 말했다. "밥, 지금 타운에 와 있는데, 동생에게 변호사가 필요해요. 지금요."

밥은 이리저리 서성이며 바람이 연기를 데려가주기를 바랐지만 그럴 것 같지 않았다. 그래서 차에 기댄 채 다이애나가 문자 메시지로 보내준 번호로 전화를 걸었다.

신호음이 울리고 울리고 또 울렸고, 밥은 마침내 전화를
끊었다.

*

한 시간 뒤 밥이 해셀벡 부인의 집 앞 계단을 올라가고 있
을 때 전화벨이 또 울렸다. 그래서 그는 식료품을 내려놓았
고 걸려온 번호가 그날 아침에 그가 전화를 걸었던 번호라는
걸 알아보았다. "여보세요?" 창가에 서서 얼굴에 반가운 기
색을 가득 담고 문을 열어줄 준비를 하고 있던 해셀벡 부인
이 보였다. 그는 일 분만 기다려달라는 표시로 손가락을 들
어올렸고, 남자의 목소리가 이렇게 말하는 게 들렸다. "밥 버
지스인가요?"

"그런데요." 밥이 말했다.

"매트 비치라고 합니다. 고마워요, 버지스 씨. 전화가 왔을
때 개를 데리고 바깥에 있었어요." 남자가 말했다. "사건을
맡아주셔서 정말 고마워요. 고맙습니다, 버지스 씨."

그리고 그 순간 밥은 이해했다. 그가 이 사건을 맡게 된 거
라고.

“삼십 분 뒤에 전화할게요.” 밥이 말하자 매트 비치가 말했다. “고마워요, 고마워요, 고맙습니다.”

해셀벡 부인이 그에게 환한 미소를 지어 보였다. “안녕하세요, 로버트!” 그러자 밥이 말했다. “안녕하세요.” 이어 그는 안으로 들어가 다시 한번 그녀의 식료품을 꺼내면서, 미안하지만 오래 머무를 수 없다고 말했다. 그녀의 얼굴에 실망감이 떠오른 것을 보고 그가 말했다. “그래도 여기 조금 있다가 갈게요.”

그녀는 그주 고양이들이 한 재미있는 행동에 대해, 고양이들 사이에서 일어난 다툼에 대해 장황하게 이야기했다. 밥은 고양이 이야기를 참을 수 없었지만 앉아서 그냥 들었다. “엄청나네요.”

부인은 팬티 뒤쪽에 B를 써달라고 부탁한 일―몇 주 전이었다―에 대해 기억하지 못하는 듯했고, 밥이 B를 써넣어야 할 팬티가 한 벌 더―그녀가 입고 있던―있다는 사실을 상기시켜주지는 않았다. 그녀를 당혹스럽게 하고 싶지 않았다. 마침내 떠나려고 일어서는데 그녀가 말했다. “로버트, 큰아들이 지난밤에 전화를 걸어왔어요! 오리건에 사는데, 그 정신과의사 이야기를 들었대요. 그 사람 이름이 뭐더라, 저기,

비치 집안 남자—토머스 비치. 여기 셜리폴스에서 어머니를 죽인 그 남자의 형. 내 아들이 그 사건에 대해 읽었대요.”

밥이 돌아보며 말했다. “그 사건을 오리건 언론에서 다뤘어요?” 그녀가 말했다. “아니요. 여기 친구가 말해줘서 온라인으로 찾아 읽었대요. 내 아들 그레그가, 그 사건에 대해 내가 알고 있는지 알고 싶어했어요. 그래서 내가 신문에서 읽어 아는 정도로 말해줬어요.” 그녀가 반짝거리는 큰 갈색 눈으로 그를 보며 환하게 웃었다. “정신과의사라는 그 남자, 토머스 비치의 평판이 아주 좋다고 하던데요.”

*

밥이 그날 아침 늦게 매트 비치를 만나러 셜리폴스로 운전해 갈 때, 그의 누이 수전은 게리 오헤어의 집 앞쪽 포치에 앉아 비치Bitch 볼에 대한 이야기를 나누고 있었다. 게리는 운동복 차림에 흰 양말과 뒤쪽이 눌린 모카신을 신고 파란색 모자를 쓰고 있었다. 수전이 말했다. “그게 어떻게 가능한지 잘 모르겠어. 그러니까 늙은 여자가 어떻게 채석장의 차 안에서 생을 끝낼 수 있지? 그러니까 말 그대로, 그 일이 어떤 식으로 일어난 거지?” 포치 구석에는 오래된 신문더미가 높이 쌓여 있었고, 문 가까이 구석에는 고무장화, 작업화 등 게리의 다양한 부츠가 있었다. 그 위로 벽에는 거미가 하늘거리는 레이스를 떠놓았다.

게리가 말했다. "음, 누가 그랬는지 몰라도 시신을 차 조수석에 싣고 채석장 가장자리로 몰고 갔을 거야. 그리고 긴 막대기를 차 앞문으로 넣고 액셀러레이터를 눌렀을 가능성이 가장 크지." 오늘 아침에 게리는 지퍼를 잠그지 않은 플리스 조끼를 입고 있었다. 그는 한 손을 주머니에 찔러넣고 반대쪽 손으로 커피를 한 모금 마셨다.

"정말이지." 수전은 천천히 말하고는 조용한 놀라움을 드러내며 고개를 가로저었다. 하지만 그 순간 수전이 말했다. "자기 자식들한테 그런 짓을 한 여자가 있었잖아. 어디였는지는 기억 안 나는데, 이 나라 어디였어. 전국적으로 엄청나게 보도됐지. 두 아이를 차에 태우고 호수에 빠뜨린 거."

"오, 그렇지, 그렇지. 당신이 어떤 사건을 말하는지 알아."

"잠깐! 그 여자가 흑인 남자에게 누명을 씌웠잖아. 그거 기억나?"

게리의 고개가 살짝 옆으로 기울었다. "그랬나? 오, 맞아. 그 여자가 그랬지. 맙소사. 정말 비열한 짓이었어."

게리는 수전에게 언제 저녁에 같이 식사를 하겠느냐고 물어보려 했지만—이상하게도—그 말이 입에서 나오지 않았다. 그는 그것에 대해 곰곰이 생각해보았다. 그러자 이런 생각이 떠올랐다. 수전에게는 자신을 보호하는 순수함이 있다는 생각. 그녀는 남자가 자신과 식사하고 싶어할 수도 있다는 것을 이해하지 못했다. 하지만 그는 하고 싶었다.

수전이 말했다. "내가 요전날 무슨 생각을 했는지 알아? 잭이 사고뭉치였던 시절을 생각했어." 잭은 수전의 아들이었다. "끔찍한 날들이었지." 그녀가 머그잔에 담긴 커피를 홀짝 마시며 말했다. "그냥 끔찍했어."

게리는 자신이 셜리폴스 경찰서장이던 그 시절을 잘 기억하고 있었다. 잭이 타운에서 어느 상점 건물 전면에 자리한 소말리족 모스크 안으로 돼지머리를 던져넣었다. 당시에 잭은 정말로 구제불능의 이상한 아이였다. 타운의 소말리족 커뮤니티에는 아주 충격적인 일이었고, 게리는 그들이 몹시 안타까웠다. 하지만 그 모든 시련을 겪어내는 수전도 몹시 안타까웠다. 그녀의 전남편이 잭에게 그런 증오를 심어준 것이었다. "하지만 이제 잭은 완전히 마음을 고쳐먹었잖아." 게리가 말했다.

수전이 고개를 끄덕였다. "그래. 맞아. 여자친구 켈리하고 결혼할 것 같아." 그녀는 일어서서 그의 머리 위쪽으로 걸린 거미줄을 손으로 치웠다. 그리고 손에서 거미줄을 떨어낸 다음 다시 자리에 앉았다. "맞아, 아이들을 물에 빠뜨려 죽이고 흑인에게 죄를 덮어씌우려고 한 그 엄마. 그건 남부에서 일어난 일이었어. 이제 기억나는 것 같아."

게리는 그게 여기 셜리폴스에서도 일어날 수 있는 일이었다고 말하려다가, 잭이 십오 년 전 소말리족 커뮤니티에 말썽을 일으킨 게 생각나 입을 다물었다. 그래서 이렇게만 말했다. "음, 당신은 켈리를 좋아하잖아. 그렇게 되면 좋겠네."

그리고 그들은 게리의 아이들에 대해 말했는데, 한 명은 뉴햄프셔의 주 경찰이었고, 다른 한 명은 매사추세츠주로 이주해 보험 사기 조사관으로 일하고 있었다.

게리는 다시 수전에게 같이 식사하고 싶은지 물어보려고 입을 열었지만—그는 그녀가 거미줄을 치워준 것에 감동했고, 그 제스처에 친밀함이 있다고 느꼈다—수전은 주 경찰에 대해 막 뭔가를 기억해내서, 짐이—오래전 유명했던 그 오빠가—한번은 주 경찰을 법정에 세워 깔아뭉갰다고 이야기했다. "말하자면 그렇다고." 수전이 말했다.

그래서 게리는 가만히 있었다. 그리고 모자를 벗어 옆의 작은 탁자에 내려놓았다.

2

매슈 비치의 집은, 상기하자면, 셜리폴스 외곽, 그 가족이 평생 살아온 좁은 길의 끝에서 2마일 떨어진 곳에 있었다. 다이애나 비치는 그 집에서 매트와 함께 지내고 있지 않았다. 그녀는 타운의 강가 호텔에서 지내고 있었다. 그녀는 밥이 매트를 찾아갈 때 자기도 가겠다고 했지만, 밥이 거절했다.

밥은 운전하는 내내 마음이 무거웠다. 자신이 왜 이 남자를 변호하는 일을 맡았는지 확실히는 몰랐지만—이번에도 부분적으로만 의식하기로—자신이 아버지를 죽였다고 생각하면서 삶의 대부분을 보냈던 것과 이 남자가 아마도 어머니를 죽인 것과 관련이 있는 듯했다. 밥은 좁은 도로를 따라 조심스럽게 차를 몰았고, 길은 질퍽거리고 여기저기 작은 웅덩이가 생겨 있었다. 그 길의 끝에 누가 산다는 생각은 아무도 하지 않을 것 같았다. 차를 몰고 가는데 상록수와 잎을 벗은 나무들이 길 쪽으로 기울어져 있었다. 그리고 어느 순간 집이 나타났다. 3층 높이인 중간 크기의 하얀 집이었고, 페인트가 오래전에 벗겨져 새로 칠해지기를 기다리고 있었다. 창문 앞 관목은 오랫동안 손질되지 않은 상태였다. 밥이 차를 댄 곳 근처에 제멋대로 자란 개나리 덤불의 앙상한 가지가 바람에 흔들렸다.

집 뒤에서 큰 검은색 개가 다가와, 밥이 차에서 내릴 때 신경질적으로 컹컹 짖어댔다. 잠시 뒤 매트 비치가 옆문을 통해 집에서 나와 개가 짖지 않게 하려 애썼지만 소용없었다.

밥이 개가 짖는 소리보다 더 크게 말했다. "괜찮아요. 누이가 예전에 키우던 개가 늘 짖었어요. 괜찮아요."

"진짜 괜찮겠어요? 음, 들어오세요." 그는 머리가 회색으로 센, 키가 작고 마른 체구의 작은 남자였다. 얼굴에 비해 너무 커 보이는 검은 테 안경을 쓰고 있었고, 더러워 보이는 청바지에 티셔츠를 입었는데, 칼라 한쪽이 조금 찢어져 있었다. 집안은 어두웠는데, 나무들이 집을 둘러쌌고 관목은 창문에 바짝 붙어 자라고 있기 때문이었다. 그리고 그날은 해도 나지 않았다. 설거짓거리가 싱크대에 잔뜩 쌓여 있었다. "집이 엉망이라 미안해요. 누가 찾아오는 게 익숙지 않아서요." 매트가 허공에 손을 저으며 말했다.

밥은 이 남자를 보자 죽을 만큼 괴로웠다. 그는 매트의 얼굴에서 곧바로 순수함을 알아보았는데, 경험상 순수하다는 게 법률 용어로 적합하지 않다는 건 알고 있었다. **교활하지 않다**, 그 표현이 밥의 마음을 스쳤다. 하지만 이 남자는 피곤한 상태였고, 밥은 그것을 알아보았다. 눈 밑은 거무스름했고, 하품이 나오려는 걸 참고 있었다.

바깥에서는 개가 여전히 짖고 있었다. 밥은 남자의 식사실 탁자 앞에 앉았다. 탁자에는 종이와 뜯지 않은 봉투가 여기저기 흩어져 있었고, 밥은 재빨리 훑어보며 정리정돈이 조금도 안 되는 남자라는 걸 알아차렸다.

어둑한 불빛 속에서 밥이 말했다. "매트, 여길 찾아온 주 경찰에게 뭐라고 말했나요?" 집안에 피로감이 배어 있었다. 밥의 내면이 몸서리를 쳤다. 그는 이곳에 있고 싶지 않았다.

매트는 그들에게 어머니를 마지막으로 보았던 때가 언제였는지 말했다고 했다. 11월 4일이었다. 매트는 식료품점에 갔다. 금요일이었고—그는 종종 금요일 이른 저녁에 다음주 식료품을 사기 위해 식료품점에 갔다. 아마 사십오 분 정도 식료품점에 있었을 텐데, 확실하지는 않았다. 그리고 그가 집에 돌아왔을 때 어머니가 없었다.

"그래서 어떻게 했나요?" 밥이 물었다.

"더럭 겁이 났어요. 그러니까 좀 믿을 수가 없었어요." 이 일을 떠올리는 매트의 얼굴이 정말로 놀란 듯 보였다. "밖으로 나갔어요. 나가서 계속 어머니를 불렀어요. 하지만 어머니가 멀리까지 걸을 수 없다는 건 알고 있었죠. 그즈음에는 많이 걷는다는 게 전혀 가능하지 않은 일이었어요. 그래서 경찰에 전화를 걸었어요."

경찰이 와서 커다란 손전등을 들고 둘러본 다음 보고서를 작성했다. 그리고 매트는 누이에게 전화를 걸었다. 누이는 받지 않았고, 마침내 다시 전화를 걸어왔을 때는 아주 당황한 목소리였다.

밥이 물었다. "시신이 발견된 뒤에 찾아온 경찰은 어땠나요? 여기 온 게 언제예요?"

"네, 이틀 전이었어요. 그들이 와서 어머니를 발견했다고 하더군요. 엄청 친절했어요. 그리고 그들이 떠나려고 할 때쯤 한 명이 종이를 꺼냈어요. 잠깐만요. 찾아볼게요." 매트가 탁자를 둘러보고는 종이 한 장을 밥에게 밀어주었다. 밥이 그것을 보았다. 수색영장이었다. 매트가 말했다. "그들이 내 컴퓨터를 가져간다든가 뭐 그런 말을 했어요. 그리고 가져갔고요."

밥이 수색영장을 흘끗 보았다. "컴퓨터를 가져갔다고요?" 그는 생각했다. 젠장.

"네." 매트가 얼굴에 당혹스러운 표정을 지으며 밥을 쳐다보았다.

"컴퓨터에는 뭐가 있어요, 매트?"

"아무것도 없어요." 매트가 말했다. "물건을 사는 데 쓰는 아마존 계정이 있지만, 많이 산 적은 없었어요. 페이스북이나 그런 것도 하지 않고요. 이메일도 하지 않아요. 솔직히 말하면요? 내가 컴퓨터에서 주로 하는 건 솔리테어 게임이에요."

밥은 앉은 채 이것에 대해 생각해보았다.

바깥에서는 바람이 거세지고 있었고, 식사실 창문에 앙상한 관목이 부대끼며 끽끽거리는 소리를 냈다. 매트가 말했다. "하지만 이따금 나 자신에게 편지를 쓰거나 그런 걸 해요. 어머니가 자꾸 짜증스럽게 굴면 컴퓨터로 그것에 대해 쓰곤 했어요."

"어머니가 죽었으면 좋겠다는 것도 쓴 적 있어요?" 밥이 조용히 물었다.

"아니요. 그런 것 같지는 않아요. 그저 어머니 때문에 좀 미치겠다, 그 정도로만 썼어요. 하지만 그것도 가끔이었고요."

밥이 일어서서 구석에 있는 램프로 갔고, 스위치를 켰지만 아무 일도 일어나지 않았다. "다시 켜봐요." 매트가 말했다. 그래서 밥이 두 번 더 켜보니 불이 들어왔다. 그는 다시 한번 탁자 앞에, 어깨를 앞으로 내민 채 앉았다. "휴대전화도 가져갔나요?"

"나는 휴대전화가 없어요." 매트가 말했다.

"휴대전화가 없다고요?" 밥이 물었다.

"없어요." 매트가 무릎을 내려다보고 이어 밥을 올려다본 다음, 피곤하다는 듯 말했다. "저기, 지금으로서는 내게 친구나 그런 게 없어요. 그래서 휴대전화가 필요하지 않아요. 그게 정말 그렇게 이상한 건가요?" 솔직한 질문 같았다.

"음, 당신 또래의 남자에게 휴대전화가 없다는 건 이상할 수 있죠. 하지만 당연히 범죄는 아니고요." 밥이 매트 뒤로 물 얼룩이 생긴 벽지를 쳐다보았다. 새들이 그려진 진녹색 벽지였다.

"휴대전화가 없다고 했더니 경찰 한 명이 다른 한 명을 쳐
다보더군요. 그 순간 난 아마도 그들이 내게 친절한 건 **훈련**
을 받아서일 거라고 깨달았죠."

"맞아요. 바로 그거예요." 밥이 뒤로 기대앉았다.

그들은 잠시 침묵 속에 앉아 있었고, 이어 매트가 말했다.
"경찰 한 명이 어머니의 유언장이 있는지 물어보더군요."

"있나요?"

매트의 눈썹이 위로 올라갔다. "모르는 일이라 모른다고
대답했어요. 어머니가 유언장을 썼으리라는 생각은 한 번도
해보지 않았어요." 그리고 매트가 말했다. "하지만 썼더군
요. 경찰에게 그걸 발견했다는 말은 하지 않았어요. 어젯밤
에 찾았는데, 그들에게 그 질문을 받은 다음에 생각해봤고,
그래서 여기저기 살피다가 어머니 방에 있는 서랍 안쪽 깊숙
이 들어 있는 걸 발견했어요."

"봐도 될까요?"

매트가 일어서서 침실로 들어갔다가 다시 나와 밥에게 유
언장을 건넸다. 십 년 전에 서명된 것이었다. 변호사가 작성
한 게 아니로군, 밥은 사람들이 직접 작성하는 유언장의 표
준적인 양식을 알아볼 수 있었고, 글로리아 비치의 유언장도

그런 것이었다. 하지만 밥이 보기에 법률적 효력이 있었다. 증인들의 서명 같은 것도 있었다. 유언장에 의하면 매트는 아버지가 가입한 보험 정책에 따라 10만 달러를 받게 되었다. 글로리아가 전남편의 생명보험 수혜자였고, 지금 그 돈은 매트의 것이었다. 유언장에는 그녀가 그 돈을 넣어둔 은행의 이름도 적혀 있었고, 이 집과 어머니 소유인 5만 달러도 매트에게 주어졌다. 그만큼이 그녀가 가진 것이었다.

"이것참oy." 밥은 말했다. 그리고 유언장을 탁자 위 자기 앞에 내려놓았다. "어머니에게 그만큼의 돈이 있다는 걸 알고 있었나요? 아버지의 생명보험금 수혜자가 당신이 된다는 것도요?"

"왜 '이것참'이라고 말하세요?" 매트가 물었고, 밥이 그를 올려다보았다.

"이디시어예요. 예전에 뉴욕의 법률구조협회에서 일할 때 거기서 일하는 사람 다수가 유대인이었거든요. 그 표현이 머릿속에 붙어버린 것 같네요. 그래서 쓰는 거예요."

"그렇군요." 매트가 말했다.

"이 돈을 당신이 받게 된다는 걸 알고 있었나요?" 밥이 물었다.

매트가 말했다. "백만 년이 지나도 몰랐을 거예요. 하지만 아버지가 생명보험에 가입한 것과 아버지가 돌아가시면서 어머니가 그 돈을 받게 된 건 알았어요. 어머니가 이야기해 줘서 기억나는 거겠지만, 액수가 그렇게 많을 줄은 전혀 몰랐어요. 혹은 그 돈을 내가 받게 되리라고는요."

밥은 생각했다. 10만 달러를 받는 조건이었다면 지금은 그 가치가 훨씬 커졌겠군. 매트의 아버지가 오래전에 죽었으니 말이야. 그가 말했다. "보험 정책상 지금 가치가 얼마나 되는지 알고 있나요?" 그러자 매트가 어리둥절해 보이는 표정으로 그를 멀뚱히 쳐다보았다. 밥이 말했다. "은행 명세서를 갖고 있어요?"

매트가 탁자 위에 놓인 종이 뭉치를 흘끗 보며 어깨를 으쓱했다. "모르겠어요. 어머니 이름으로 왔다면, 나는 절대 펴보지 않았어요."

"당신의 이력에 대해 좀더 말해줘요." 밥이 말했다.

매트는 스무 살부터 삼십 년 동안 제철소에서 일했고, 어머니를 더 잘 돌보기 위해 쉰 살에 은퇴했다. 아파트에서 살던 어머니는 이 집으로 돌아와 매트의 보살핌을 받았다. 그가 말했다. "예순두 살에 사회보장 연금을 신청할 생각이었는데, 아직 쉰아홉 살이에요." 그가 드러나게 하품을 하며 말했다. "미안해요. 어머니가 발견된 뒤로 잠을 못 잤어요."

"그럼 무슨 돈으로 생활했어요?"

"내가 저축한 돈, 그리고 내 연금으로요. 그리고 어머니가 돈을 줬어요. 매달 3백 달러를 써넣은 수표를 줬어요." 그가 잠시 말을 멈추었다가, 안경을 벗고 눈을 비빈 뒤 말했다. "어머니는 검소했어요. 가게에 갈 때는 늘 쿠폰을 가져가게 했고요." 그리고 덧붙였다. "하지만 어머니가 부유한 가정에서 자란 게 전혀 아니니까 그 이유는 알고도 남죠." 그가 다시 안경을 쓰고 주위를 둘러본 뒤 말했다. "오래전에, 아버지가 여전히 여기 살고 있을 때 이 집에 대한 돈을 다 갚았어요. 아버지는 성공적인 회계 사무소를 경영했죠. 그래서 우리가 갚아야 할 주택담보대출 같은 건 없었어요."

"아버지는 어떤 분이었어요?" 밥이 물었고, 매트는 어깨만 으쓱했다.

밥이 노트북을 열어 뭔가를 기록했다. 그리고 매트를 쳐다보며 말했다. "잘 들어요. 유언장 말이죠. 당분간 당신과 내가 그 대화를 나누지 않은 것으로 합시다."

"무슨 뜻인가요? 나더러 **거짓말**을 하라는 건가요?" 매트가 물었다.

"아니요. 거짓말이 아니에요." 밥은 기분이 좀 상했다. "내 말은, 잠시 그대로 그냥 두자는 거예요. 내가 그래도 된다고 말할 때까지는 누구한테도 말하면 안 돼요.”

“알겠어요.” 매트가 살짝 어깨를 으쓱했다.

잠시 뒤에 밥이 말했다. “당신의 어린 시절에 대해 말해주겠어요? 어머니에 대해서는 어떤 마음이었어요?”

“나는 어머니를 사랑했어요.” 매트가 말했고, 이어 덧붙였다. “어머니가 때때로 좀 어렵긴 했지만, 어머니를 사랑했어요. 어머니가 내 생명을 구해줬죠. 열 살 때 백혈병에 걸렸는데, 어머니가 목숨을 구해줬어요.”

“어머니가 당신 목숨을 어떻게 구해줬나요?” 밥이 의자에 앉은 채 몸을 앞으로 숙이며 말했다.

“어머니가 나를 **보살폈어요**. 그러니 나도 어머니를 보살피는 게 마땅해 보였죠.” 그가 고개를 저었다. “하지만 누나는 어머니를 미워했어요. 형과 소식이 끊긴 지는 아주 오래됐고요. 그는 오리건으로 갔어요. 아버지가 다른 형이에요, 알다시피. 어머니는 열여섯에 형을 낳았고, 아버지가 어머니와 결혼한 건 톰이 거의 두 살 때였어요.”

“톰의 아버지는 누구였어요?” 밥이 물었고, 매트가 어깨를 으쓱했다. “모르죠.” 그가 말했다.

“모른다고요?”

"몰라요."

"형은 아버지가 누군지 알아요? 궁금해한 적은 있었어요?"

이번에도 매트는 어깨만 으쓱했다. "전혀 몰라요."

밥이 이 내용을 타자해 노트북에 기록했다.

매트가 방안을 둘러보았고, 마침내 조용히 말했다. "지난 몇 년 동안은 거의 아기를 돌보는 것 같았어요. 아기를 키워본 적이 없어서 정말로는 모르겠지만, 그러니까, 내가 옷을 갈아입히고 음식을 먹이고 샤워를 시키는 거죠."

밥은 기다렸지만 매트는 더 말하지 않았다. 그는 그저 자기 손가락만 내려다보았는데, 자꾸 물어뜯어 손끝 전부에 벌건 생살이 드러난 것을 밥은 이제야 알아보았다. 밥이 말했다. "그렇군요. 내가 없는 자리에서는 누구한테도 이런 말은 하지 마요. 알겠죠?" 그러자 매트가 고개를 끄덕였다.

"집을 좀 둘러봐도 될까요?" 밥이 의자를 뒤로 밀었다. "내가 당신의 변호사라는 걸 기억해요. 난 당신 편이에요."

"그럼요. 그럼요." 매트가 잽싸게 일어섰고, 어디든 둘러봐도 좋다는 표시로 밥을 향해 손을 들어 보였다.

밥이 그 그림들과 마주한 것은 2층에 올라갔을 때였다. 큰 방 두 개를 연결한 공간이 마치 화가의 작업실처럼 보였다. 이젤 두 개가 세워져 있었고, 각각의 이젤 위에 임신한 여자의 누드가 그려진 큰 캔버스가 놓여 있었다. "세상에." 밥이 말했다. "잘 그리는데요." 그림들은 다양한 색깔로 그려져 있었고, 배가 둥글게 나온 그 모습들은 아주 아름다웠다. 벽을 따라 더 많은 그림이 기대져 있었는데, 각기 다른 단계에 있는 임신한 여자 모습이었다.

"진심이에요? 정말로 그렇게 생각해요?" 매트가 물었다.

"정말로 진심이에요. 환상적이에요, 매트." 이 그림들은 뉴욕의 갤러리에 걸려 있어야 한다고 말할 뻔했지만, 말하지는 않았다—하지만 그 그림들이 거기 걸려 있는 것을 쉽게 상상할 수 있었다. 그는 계속 그 그림들을 바라보았다. 추상화에 가까워 여자의 얼굴도, 몸도 사실주의적으로 그려지지 않았지만, 밥이 보기에 놀랄 만큼 훌륭했다. 그는 유심히 쳐다보았고, 다양한 붓 터치가 사용된 것과 색의 사용이 미묘하면서도 놀랍다는 것을 알 수 있었다. "이렇게 그리는 건 어디서 배웠어요?" 방에서는 유화물감과 테레빈유 냄새가 났고, 이 집의 다른 부분과는 확연히 다른 상쾌함이 느껴지는 듯했다.

매트는 구석으로 가서 밥에게 높이 쌓아둔 큰 화집들을 보여주었는데, 화가마다 따로 정리되어 있었다. 화집들은 분명히 오래돼 보였고, 표지가 찢겨 있었다. 그는 오랫동안 화가들이 어떤 식으로 작업했는지, 각각 붓 터치를 어떻게 다르게 했는지 연구한 다음 그것을 연습했다고, 그것이 그가 강박적으로 빠진 일이었다고 말했다. "이 그림들을 본 사람이 있어요?" 밥이 물었다.

매트가 어리둥절한 표정을 지었다. "아니요. 어머니는 누드라서 쳐다보지도 않으려고 했어요. 오, 잠깐, 있어요. 누나가 봤어요. 누나는 늘 그 그림에 대해 좋게 이야기해줬어요. 그러니까, 격려해줬어요."

"그 외에 다른 사람은요?"

"아니요. 음, 그냥 모델들만요. 그들은 정말로 신경쓰지 않았고요."

아래층의 작은 침실, 매트의 침실 바로 옆이 그의 어머니가 살았던 방이었다. 여러 달이 지난 지금도 밥은 어떤 냄새를 맡을 수 있었는데, 정확히 오줌 냄새는 아니었고 부패의 냄새라는 생각이 머릿속을 스쳐갔다. 싱글 침대는 꼼꼼히 정돈되어 있었다. 하지만 옷장 문을 열자 옷이 한 벌도 없었다.

매트가 말했다. "모조리 없앴어요. 시간이 좀 지나니 어머니 물건을 보는 게 소름이 끼쳐서 결국 없애버렸죠. 많지 않았어요." 그가 덧붙였다. "그저 어머니가 집으로 돌아오기를 계속 바랐는데 왠지 그런 일은 없을 것 같았어요. 그래서 없애버린 거예요."

식사실 탁자로 돌아가, 밥은 다시 노트북을 열었다. "매트?" 이 질문을 하는 것이 불편했다. "아, 매트, **누구라도** 친구는 있어요?"

그러자 그 불쌍한 남자가 곧바로 시선을 아래로 깔았다. 그가 조용히 말했다. "어머니와 함께 사는 동안은 정말로 친구를 만날 시간이 없었어요."

"그렇군요." 밥이 말했다. "하지만 제철소에서 같이 일한 남자들은요? 당신이 좋은 남자라는 힌트를 줄 만한 사람이 있을까요? 옛 여자친구 한두 명이나?"

그러자 매트가 고개를 들고 작은 미소를 지었다. "그럼요." 그가 방안을 둘러보았고, 마침내 말했다. "프레드 라뤼. 그리고 조니 티베츠요." 그리고 잠시 시간이 지난 뒤 그가 말했다. "여자친구라 할 만한 사람은 없었어요. 하지만 오래전에 얼마간 데이트를 한 여자들은 두 명 있었고요. 어머니가 한동안은 그들을 좋아했지만, 곧 그러지 않았죠."

“왜 좋아하지 않았어요?”

“누가 알겠어요.” 매트가 어깨를 축 늘어뜨린 채 앉아 있다가 하품을 했다. “하지만 둘 다 멀리 이사한 것 같아요.” 하품하다 눈물이 났는지 그는 다시 안경을 벗고 눈을 비볐다.

“이름은 뭐였어요?” 밥이 물었고, 매트가 말해주었다. 밥은 그 이름들을 노트북에 기록했다. 그리고 일어서서 가려다가 말했다 “매트, 집에 총이 있나요?”

매트는 놀란 표정을 짓더니 곧바로 말했다. “네, 라이플총이 있어요.”

밥이 다시 앉았다. “그렇군요. 나는 알아야 해요. 그 총을 마지막으로 쏜 게 언제였죠?”

매트는 잠시 멍한 표정이 되었다가 말했다. “어머니가 실종되기 몇 주 전이었어요. 사실 누나가 쐈어요. 누나는 코네티컷에 사는데 그날 여기 왔다가, 어머니가 창밖에 너구리가 있다고 해서 쐈던 거였어요. 어머니가 그 말을 하면서 점점 불안해하니까, 누나가 ‘매트, 총을 가져와서 저 빌어먹을 너구리를 죽여줄래?’ 하고 말했어요. 하지만 나는 그러고 싶지 않았고, 그러자 다이애나가 직접 한 거였죠. 창문을 열더니 쏴버렸어요. 그러고는 내가 밖으로 나가 다시 총을 쐈어요. 확실하게 처리하려고요. 맙소사, 그 불쌍한 것.”

"라이플총은 어디다 보관하죠?" 밥이 물었다.

매트가 말했다. "내 침실 벽장에요." 잠시 뒤 그가 말했다. "볼래요?"

밥이 고개를 끄덕였다. 그는 매트의 침실로 갔고, 벽장 안에서 맨 위 선반에 놓여 있는 라이플총을 보았다.

"누나는 그게 거기 있는 걸 알고요? 그녀가 거기서 너구리를 죽인 그 총을 가져갔단 거죠?"

"네. 거기서 가져갔어요."

"지금 장전되어 있나요?"

"네." 매트가 다시 말했다. "그게 나쁜 건가요?"

"사용할 계획은 없는 거고요, 그렇죠?"

"맞아요."

"음, 내가 총알을 뺄게요." 밥이 말했고, 매트가 살짝 어깨를 으쓱하며 말했다. "좋아요." 그리고 그들은 방에서 함께 나왔다. "그러니까 그게 누이가 어머니를 마지막으로 본 때였나요? 실종되기 몇 주 전?" 밥이 돌아보며 이렇게 물었다.

"네." 매트가 아래를 내려다보며 말했다. 그가 천천히 고개를 가로저었다. 그리고 고개를 들어 밥을 보았을 때는 눈이 젖어 있었다. "나를 가장 마음 아프게 하는 게 뭔지 알아요? 맙소사, 이게 가장 마음 **아파요.**" 그러고는 다시 식사실

의자에 털썩 앉았다. "누군가가 어머니를 데려갔을 때 어머니가 얼마나 무서웠을까 하는 거요." 매트가 손으로 코와 눈을 쓱 문질렀다. "몹시 **겁을 먹었을** 테고, 나는 그게 너무 마음 아파요. 그렇게 작고 그렇게 무서워하면서 끌려가는 어머니를 생각하는 게."

밥은 다음 말을 기다리면서 다시 의자에 앉았다.

매트가 마침내 말했다. "나는 대체로 다이애나가 오지 않기를 바랐어요. 자주 오진 않았어요. 하지만 두 사람이 서로 아주 많이 미워해서 올 때마다 상황이 더욱 안 좋아졌어요."

"왜 두 사람이 서로를 그렇게 미워했어요?"

매트는 시선을 돌렸고 한참 동안 아무 말이 없었다. 그러고는 손으로 머리를 훑어내렸다. 더이상 울고 있지 않았다. 그가 다시 안경을 쓰고 말했다. "음, 아버지는 늘 다이애나를 좋아했고, 어머니는 아버지가 자신보다 딸을 더 좋아한다는 사실을 못마땅해했어요. 다이애나는 늘 예뻤죠. 어머니는 그 사실에도 화가 났던 것 같아요." 그는 여전히 밥을 쳐다보지 않았다. 그가 어깨를 들어올리며 말했다. "두 사람은 그냥 서로를 싫어했어요."

그들이 집의 옆문으로 걸어갈 때 매트가 말했다. "아, 저기

말이죠. 이건 아셔야 할 것 같아서." 그가 작업실이 있는 위
층을 가리켰다. "모델 중 한 명이 애슐리 먼로였어요."

3

밥이 매트를 만나러 간 바로 그 시간에 올리브 키터리지는 윙체어에 앉아 루시 바턴이 나타나기를 기다리고 있었다. 놀랍게도 루시가 전화를 걸어왔었다. 그리고 "올리브, 지금 당신에게 해주고 싶은 이야기가 있어요!" 하고 말했다. 그래서 올리브는 언제든 집으로 오라고 했고, 오늘이 루시가 올리브에게 자기 이야기를 들려주기로 한 그날이었다.

열시 조금 전에 문 두드리는 소리가 들렸고, 올리브가 소리쳤다. "들어와요!" 그러자 루시가 들어왔다. 요즘 루시는 검은색 겨울 패딩 코트를 입고 다녔다. 그녀는 곧바로 코트를 벗었고, 속에 두꺼운 검은색 스웨터를 입고 있었다. 루시는 작고 불편한 카우치에 앉았다. "안녕하세요, 올리브." 그 녀가 작은 미소를 지은 채 말했고, 올리브는 그녀에게 따뜻한 감정을 느꼈다.

"안녕, 안녕하세요." 올리브가 말했다. "자, 이제 당신의 이야기를 들려줘요."

루시가 고개를 끄덕였다. "좋아요." 그녀가 말했다. 그러고는 큰 지퍼가 달린 부츠를 벗으며 말했다. "미안해요, 더 빨리 벗었어야 했는데." 방바닥에 작은 갈색 물방울이 생겼기 때문이었다. 하지만 올리브는 한 손을 저으며 말했다. "그딴 건 신경쓰지 마요." 그래서 루시의 발 옆으로 바닥에 놓인 부츠는 그 자리에 그대로 남았다. 그녀가 한쪽에는 빨간 양말, 반대쪽에는 파란 양말을 신은 것을 올리브는 알아차렸다.

"자 그럼." 루시가 다리를 꼰 채 올리브를 쳐다보며 말했다. "그러니까, 지난주에 기그가 있어서 워싱턴 D.C.에 갔었어요."

"뭐가 있었다고요?" 올리브가 루시 쪽으로 몸을 숙이며 물었다.

"기그, 행사를 말해요. D.C.에서 참석해야 하는 행사가 있었어요."

"어떤 행사였어요?" 올리브가 물었고, 루시가 한숨을 쉬며 말했다. "오, 그냥 바보 같은 거였는데, 큰 강당에 제가 앉아 있고, 참석한 사람은 다섯 명뿐인 그런 거요. 오, 올리브. 너무 바보 같았어요." 그녀가 그건 그만 말하자는 듯 손을 휘저었다.

"큰 강당에 다섯 명이라고요?"

"네. 그리고 줌을 통해 다른 사람들도 그걸 볼 수 있었어요. 오, 무슨 상관이에요. 내 이야기는 그게 아니에요. 이야기는 이거예요."

올리브가 뒤로 기대앉았다.

"뉴욕에서 워싱턴으로 가는 기차를 탔다가 기차에서 이 남자를 만났어요." 루시가 올리브를 똑바로 쳐다보았다.

올리브에게 이것에 대한 반응이 일어났다.

올리브는 생각했다. 루시, 솔직히, 남자에게 흥분하기에는 당신 나이가 너무 많잖아. 루시에겐 이미 밥 버지스가 있고—기억하고 있다면, 올리브가 두 사람이 서로 사랑한다고 믿는다는 이야기를 우리는 이미 했다—루시에겐 또한 전남편 윌리엄도 있어. 그런데도 여전히 남자들을 찾아 돌아다닌다고? 그런데 그녀를 보려고 나타난 사람이 다섯 명뿐이라고? 올리브의 마음속에서 이 여자에 대한 생각이 새롭게 정리되고 있었다.

"올리브, 그건 이상한 일이었어요. 하지만—그래요. 그러니까 펜Penn역의 레드캡 구역에 앉아 있는데—"

"펜역의 어느 구역이라고요?" 이제 올리브는 이야기를 따라가지 못할 것 같아 걱정되기 시작했다.

"오, 레드캡 구역은, 특별한 도움이 필요한 사람들을 기차에 일찍 데려다주는 곳이에요."

"당신에게 왜 특별한 도움이 필요하죠?" 올리브가 물었다.

루시는 놀란 것 같았다. "나는 아니고요. 하지만 팁을 주면, 레드캡 직원들이 다른 누구보다 먼저 기차에 타게 해줘요. 그리고 물론 일부 사람들은 **정말로** 도움이 더 필요하고요. 휠체어에 타고 있거나 그런 경우요. 하지만 어떤 사람들은 그냥 나처럼 해요. 기차까지 그런 식으로 이동하면 긴 줄에서 기다리다가 마지막 순간에 게이트 번호를 알게 되는 것보다 훨씬 덜 혼란스럽죠."

올리브가 말했다. "계속 이야기해요. 그러니까 당신이 그 남자를 만났다."

"음, 내가 그 남자를 **주목**한 거였죠. 그 남자도 레드캡 구역에 나타나 의자에 앉았어요. 하지만 그에게 어떤 식으로든 시선을 끌 만한 점은 없었어요. 아무것도. 쉰다섯 살쯤 된 것 같았는데, 잘은 모르겠어요. 하지만 그를 흘끗 쳐다봤는데 내가 그 사람을 좋아한다는 생각이 들었어요—그냥 그런 생각을 했던 것 같아요. 그가 일어서서 뭔가를 버리더니 다시 앉았어요. 자세가 약간 구부정하고 안경을 썼는데, 그의 모습에서 특별한 건 한 가지도 없었죠. 하지만 나는 생각했어요—당신이 좋아요. 그것뿐이었어요. 하지만 내가 그 생각을 했다는 사실조차—나중에는—흥미로웠죠.

그리고 탑승 준비를 하라는 안내를 받았고, 우리는 모두 레드캡 직원을 따라 엘리베이터에 끼어 탄 채 아래로 내려갔어요. 이 남자와 나만 마스크를 썼더군요. 어쨌거나 요점은, 우리가 무소음 객차 안에서 서로 옆자리에 앉게 된 거였어요. 아시다시피 요즘에는 지정 좌석제로 운영하잖아요."

"어떤 객차라고요?" 올리브가 물었다. 그녀는 이 이야기의 많은 부분이 혼란스러웠다.

"오, 무소음 객차요. 거기서는 말을 하거나 통화를 하면 안 돼요. 그의 자리는 창가 쪽이었고, 내 자리는 통로 쪽이었어요. 그가 자기 자리가 통로 쪽이면 좋겠다고 해서, 내가 오, 내가 창가에 앉을게요, 난 상관없어요, 하고 말했어요. 그는 자기가 통로 쪽에 앉는 걸 좋아하는 이유는 일어서서 나갈 때 다른 사람을 괴롭히지 않아도 되기 때문이라고 했어요. 그래서 내가 무슨 말인지 안다고, 나도 일어서야 할 일이 있을지 몰라 늘 통로 쪽을 선호한다고 말해줬어요. 하지만 상관없다고, 내가 창가 쪽에 앉겠다고요. 그리고 그렇게 했어요."

올리브는 그녀를 가만히 쳐다보았다. 루시는 그 기억에 깊이 빠진 것처럼 골똘한 얼굴을 하고 있었다.

루시가 말을 이었다. "그리고 내가 자리에 앉은 뒤에 말했어요. 음, 한 시간 뒤쯤 식당차로 가야 해서 당신을 지나가야 한다고요. 그는 오, 괜찮아요, 하고 말했어요. 그러고는 '원하면 제 점심 도시락을 나누어드릴게요, 하지만 할바*는 나눌 수 없어요'라고 말했어요. 그래서 우리는 조금 웃었죠. 하지만 나는 할바가 뭔지 전혀 몰랐어요. 그리고 차장이 지나갈 때 내 티켓을 확인할 수 있게 남자의 얼굴 앞에 내 휴대전화를 내밀어야 했죠. 그래서 당신 얼굴 앞에 전화기를 내밀어서 미안해요, 하고 말했고, 그는 오, 괜찮아요, 하고 말했어요."

올리브는 이렇게 말하려고 했다. 그 무소음 객차 안에서는 말을 하면 안 된다고 하지 않았나요. 하지만 그 말을 하지는 않았다.

---

* 중동과 지중해 지역의 전통 과자.

"그리고 그가 도시락을 꺼냈어요. 올리브, 거기에는 아마 델리에서 셀로판지로 싸준 것 같은 온갖 종류의 얇게 저민 고기가 있었어요. 그리고 여러 가지 과일을 담은 플라스틱 용기, 그리고 **포도**만 담은 또다른 플라스틱 용기, 그리고 또 '할바'라고 매직펜으로 써놓은 플라스틱 용기가 있었고요. 하지만 그는 점심을 먹지 않고 그저 그 자리에 앉아 있었어요. 그래서 내가 말했죠. 어서 먹어요. 한 시간 동안은 당신 앞을 지나가지 않을 거예요. 그러자 그가 오, 알겠어요, 하고 말했어요. 그러더니 먹기 시작했죠. 그는 분명—내 생각에는—나를 기다려준 것 같았어요. 그는 먹고 먹고 또 먹었고, 다 먹은 뒤에 포장지와 용기를 다시 종이봉지에 넣었어요. 그러는 사이 기차는 계속 달려갔고요. 그리고 잠시 뒤에 내가 식당차로 가서 후무스와 물을 사서 가져왔는데, 내가 돌아오자 그가 이렇게 생각한다는 걸 알 수 있었어요. 이게 전부라고? 하지만 우리는 무소음 객차에 있었기 때문에 당연히 대화는 나눌 수 없었죠.

설명하기 어렵지만, 대화를 나누는 것처럼 느껴졌어요. 그러니까 내가 차창 밖을 내다보니 폭우로 강과 만의 물이 불어난 게 보였어요. 그 역시 그걸 본 것 같았고, 마치 우리가 함께 그 불어난 물에 대해 이야기하는 것 같았어요. 그런 것

200

있잖아요.

그리고 올리브—그건 아주 이상했어요. 나는 생각했죠. 나는 그를 사랑해! 왜냐하면 사랑했으니까요. 저기, 내가 알던 한 작가는 어디든 방에 들어갈 때마다 주변을 둘러보면서 '이 사람들과 함께 벙커 안에 붙들려 있어야 한다면 나는 누구와 섹스하고 싶을까?'를 생각해보는 것에 대한 글을 썼어요. 그래서 나도 그것에 대해 생각해봤죠. 나는 그와 섹스는 하고 싶지 않았지만 이 생각을 했어요. '우리가 정말로 위험한 장소에 있게 되면 내가 붙잡고 싶은 사람은 당신이에요.' 그러자 그가 나를 두 팔로 아주 편안하게 감싸안는 게 느껴지는 듯했어요."

이제 올리브는 그냥 언짢았다. 벙커 안에 붙들린 상황에서 누구와 섹스를 할지에 대해 이야기하는 친구라니? 그리고 루시는 너무나—뭐라고 표현해야 할지는 몰랐지만, 올리브는 루시가 실망스러웠다.

"어쨌거나 그런 일은 나한테 절대 일어나지 않죠." 루시가 꼬았던 다리를 풀고 다시 반대쪽으로 꼬며 말했다. "하지만 일어났어요. 나는 다시 이렇게 생각했어요. 심지어 더 확실하게요. 아, 내가 이 남자를 사랑하는구나!

그리고 그는 볼티모어에서 내렸어요. 그의 짐은 점심이 들어 있던 종이봉지와 에어캡으로 일부분을 감싼 액자에 든 무언가뿐이었고, 그걸 위쪽에서 꺼내 손잡이가 두 개 달린 가방 안에 넣고는 다시 앉아 기차가 멈추기를 기다렸어요. 내가 말했죠. ‘음, 같이 앉게 되어 좋았어요.’—그때는 기차가 멈추고 있을 때라 조용히 말하는 건 가능했어요. 그러자 그가 말했어요. ‘네, 아주 좋았어요.’ 그러고는 그가 말했어요. ‘제가 사진작가는 아니지만, 내가 찍은 사진을 보겠어요?’ 그래서 나는 오, 네, 하고 말했죠. 그러자 그가 휴대전화를 꺼내 이 사진을 보여줬어요. 동틀 무렵이라고 말했는데, 사진에 담긴 하늘은 해가 뚫고 나오면서 자주색을 띠고 있었어요. 시골 풍경이었고, 사진 앞쪽에 새 한 마리가 앉아 있는게 보였어요. ‘오, 아름다워요!’ 그리고 어디서 찍었는지 물었죠. ‘내가 사는 곳 근처 들판에서요. 이 새를 봐요. 새가 그자리에 계속 앉아 있었어요!’ 그래서 내가 다시 너무도 아름다운 사진이라고 말했고, 그러자 그가 다시 나를 보며 말했어요. ‘그렇죠, 이걸 어머니에게 보냈어요.’”

루시가 천천히 고개를 가로저었다. “그러니까, 올리브.”

“그가 결혼한 남자 같았어요?” 올리브가 잠시 뒤에 그렇게 물었다.

“아니요.” 루시가 말했다. “결혼반지를 끼고 있지 않았고,

결혼했다면 끼고 다닐 사람으로 보였어요. 전화기가 몇 번 울렸는데, 그가 서둘러 소리를 죽였어요. 누가 걸었는지는 모르죠. 어머니였을 수도 있고요. 그래서 어쨌거나 그가 일어섰고, 우리는 서로 행운을 빌어주었어요. 그리고 그가 차창을 지나 걸어갔어요. 청바지를 보니 메인 출신 같았는데, 그제야 알아차린 거지만, 뱃살이 출렁 내려와 있었어요."

잠시 뒤 그녀가 다시 올리브를 보며 말했다. "하지만 나는 그를 사랑했어요. 그리고 그도 나를 사랑했고요."

올리브는 청바지를 보고 그가 메인에서 왔을 거라고 추측한 루시의 말이 무슨 뜻인지 알 수 없었다. 그래서 마침내 물었다. "그가 밥 버지스를 연상시켰나요?"

루시가 간단하게 말했다. "아니요, 밥과는 전혀 비슷하지 않았어요. 그는 누구든 그냥 자기 자신이었어요."

"그런데 그와 사랑에 빠졌다는 거로군요."

"아니에요!" 루시가 이 말을 표독스럽게 했다. "그게 아니에요. 올리브는 지금 핵심을 놓치고 있어요!"

올리브는 아무 말 하지 않았다.

이윽고 루시가 말했다. "그런 일이 당신에겐 얼마나 자주 일어났나요? 모르는 사람 옆에 몇 시간을—심지어 정말로 대화를 나누지도 않으면서—앉아 있다가, 당신이 그 사람을 사랑한다고 깨닫는 거요?"

올리브는 그것에 대해 생각해보았고, "한 번도 없네요" 하고 답했다.

"그게 내 요점이에요." 루시가 그 말을 조용히, 약간 패배감이 느껴지는 어조로 말했다.

"그게 그 이야기 전부예요?" 올리브가 물었다.

"네." 루시가 대답했다. 그녀는 올리브를 쳐다보지 않았고, 올리브는 그녀의 실망감을 느낄 수 있었다. 하지만 올리브 역시 실망했다. 그리고 나중에 친구 이저벨 굿로를 찾아갔을 때 이 이야기를 어떻게 해야 할지 알 수 없었다.

이윽고 루시가 올리브를 쳐다보며 말했다. "다른 이야기를 해볼게요. 그렇게 길지 않아요."

"어서 해봐요." 올리브가 말했다.

"그럴게요. 그러니까 지난번에 뉴욕에 갔을 때 우리의 작은 아파트 근처에서 택시를 불러 세웠어요. 넓은 이차선 도로였는데, 길 건너편에서 택시가 멈춰 섰고, 햇살이 눈을 찔러서 하얀 등이 켜져 있는지 아닌지 알아볼 수 없었어요—켜져 있으면 쉬는 날이라는 뜻이거든요. 내 쪽에서 지나가는 택시들도 있었지만 모두 손님을 태우고 있었어요. 하지만 건너편의 그 택시는 나를 기다렸고, 짧은 시간도 아니었죠. 나는 신호가 바뀌는 걸 기다려야 했고, 마침내 바뀌었어요. 그래서 그의 택시에 올라타고는 말했어요. '기다려줘서 고마워요.'"

"계속해봐요." 올리브가 말했다.

"내 생각에 서른을 넘지 않은 젊은 남자 같았어요. 마스크를 했는데, 이제 모두가 하지는 않잖아요. 그는 모직 모자를 이마까지 눌러썼고, 좀 피곤해 보였어요. 그러니까 허리가 약간 굽어 있었다는 말이고, 체구가 작았어요. 신호에 걸려 차를 세워야 했을 때 그가—조용히, 하지만 정말로 진지하게 물었어요. '지금까지 어떤 하루를 보내고 있어요?'

오 좋았어요, 하고 거의 말할 뻔했죠. 하지만 정말로 좋지는 않았던데다, 그가 물어보는 방식의 뭔가 때문에 솔직한 대답을 해야 할 것 같았어요. 그래서 말했죠. '오 그게, 그렇게 좋진 않았어요.' 그리고 내가 물었어요. '당신은 오늘 어떤 하루를 보내고 있나요?' 그러자 그가 '나는 그냥 정말로 배가 고파요' 하고 말했어요.

그때가 한시 삼십분쯤이어서 내가 '저런. 그렇군요' 하고 말했어요.

그리고 우리는 붐비는 도로를 달렸고, 나는 그 침묵이 아주 편안하게 느껴졌어요. 마침내 목적지에 도착했을 때 내가 말했어요. '아무데나 차를 세우기 안전한 곳에서 내려주면 돼요.' 그래서 그가 차를 세웠고 나는 요금을 지불하고 팁을 줬어요. 그리고 '곧 점심을 먹을 수 있기를 바라요' 하고 말했어요.

그러자 그가 나를 돌아보았는데, 눈이 아주 크고 따뜻한 갈색이었어요. 그가 말했죠. '신의 축복을 빌어요.' 그런데 그가 그 말을 해준 게—오, 이걸 어떻게 말하지—마치 나에게 축복을 내려주는 것 같았어요. 나는 고맙다고 말했는데, 곧 그걸로 충분하지 않다는 걸 깨닫고 '당신에게도 신의 축복이 내리기를 빌어요' 하고 말해줬어요. 그가 마스크 뒤로 조금 미소를 짓고는 '또 봐요' 하고 말했는데, 그의 갈색 눈이 너무도 따뜻하게 느껴졌어요. 그래서 나는 놀라서 이렇게 말했어요. '오, 나도 그러길 바라요. 그러면 정말 좋겠네요.'

그게 전부였어요. 그가 내 하루를 정말로 특별하게 만들어주었다는 걸 깨닫기까지 꼬박 오 분은 걸렸을 거예요. 그러니까 이를테면 뭔가가 그를 스쳐갔단 걸요."

"스쳐갔다? 그러니까 그가 미쳤다는 말인가요?" 올리브가 물었다.

"아니에요. 그에게 신의 손길이 스쳤다는 뜻이에요."

올리브가 눈알을 굴렸다. "나는 신은 믿지 않아요. 죄다 헛소리죠." 단호한 목소리였다.

"그래요. 하지만 이걸 생각해봐요, 올리브. 신이 사랑이고, 이 남자에게 신의 손길이 스쳤다면요."

올리브가 다시 눈알을 굴렸다.

"신을 믿지 않는 것 같은데―그건 됐어요. 상관없어요. 하지만 당신은 사랑을 받고 살았어요. 그리고 사랑하고요. 친구 이저벨 굿로를 사랑하잖아요."

"네, 사랑하죠. 그건 맞아요." 올리브가 말했다.

루시가 어깨를 작게 으쓱했다.

그리고 그것이 올리브를 찾아왔다. 깨달음의 순간이. 그녀가 말했다. "루시, 당신은 외롭고 여린 사람이로군요."

루시가 그녀를 빠르게 올려다보았다. 그리고 말했다. "누가 외롭지 않아요, 올리브? 한 사람이라도 예를 들어봐요."

올리브가 말했다. "아주 많죠. 이곳에 살면서 매일 거실에 모여 와인을 마시는 속물들. 그들은 외롭지 않아요."

"그걸 어떻게 알아요?" 루시가 아랫입술을 깨물었고, 이어 말했다. "그 사람들이 한밤중에 깨어나 어둠 속에서 무슨 생각을 하는지 어떻게 알아요?"

올리브는 그 말에 답할 수 없었다.

루시가 일어서서 코트를 입었다. "이게 내 이야기예요." 그녀가 말했고, 이어 허리를 숙이고 다시 부츠를 신었다. "하지만 당신이 맞아요. 이 이야기는 외로움과 사랑의 이야기예요." 루시가 잠시 작은 부엌에 들어갔다가 종이타월을 들고 돌아와 허리를 숙이고 부츠가 바닥에 남긴 물방울을 닦아냈다. 그리고 가방을 들고 말했다. "그리고 우리가 운이 좋다면 이 세상에서 만드는 작은 연결에 대한 이야기예요."

루시가 얼굴에 온화한 표정을 떠올리고 그녀를 향해 미소를 지으며 말하자 올리브는 깜짝 놀랐다. "그리고 나는 당신에 대해서도 그렇게 느껴요. 연결. 사랑. 그래서 고마워요." 루시가 문으로 걸어갔다.

올리브가 말했다. "잠깐." 루시가 돌아보자 올리브가 말했다. "음, 이게 뭐람. 나도 당신에게 연결되었다고 느껴요. 그냥 그렇다고요." 그녀가 혀를 내밀었다.

루시의 얼굴 가득 미소가 떠올랐다. "오늘은 이만 가야겠어요. 올리브 키터리지."

올리브가 한 손을 머리 위로 올렸다. 그리고 그 여인은 떠났다.

올리브는 아주 오랜 시간 의자에 앉아 있었다. 그녀는 정말로, 정말로 오래 거기 앉아 있었다.

그런 다음 그녀는 친구 이저벨에게 전화를 걸어 "해줄 이야기가 있어요" 하고 말했다.

4

　3월에 때마침 검찰청에서 일하는 한 여자가 출산휴가를 마치고 돌아왔고, 얼른 업무에 복귀하고 싶어했다. 휴가를 떠나기 전에 어린 소녀를 살해하고 시신을 쓰레기봉지에 폐기한 혐의로 한 남자를 기소했으나 성공하지 못했었다. 여자의 이름은 캐럴 홀이고 검찰청에서 구 년 동안 일했으며 가장 유능하다고 알려져 있었다. 지난번 기소가 실패로 돌아간 것이 그녀를 괴롭혔고, 그래서 매슈 비치 사건을 맡아 잘해봐야겠다고 결심했다. 밥 버지스는 전날 그 이야기를 들었는데, 지금 그것을 떠올리며 오 맙소사, 하고 생각했다.

매트의 집에서 나와 셜리폴스로 가는 주요 도로에 들어서자마자 밥은 주유소에 들어가 몇 군데 전화를 걸었다. 먼저 검찰청 형사부에 전화를 걸어 캐럴 홀을 바꿔달라고 했다. 그는 자신이 매슈 비치의 사건을 맡게 되었다고 말했다. "잘됐네요." 그녀가 말했다. 그는 매트의 컴퓨터를 압수해간 것은 헌법에 위배되는 일이니 컴퓨터를 돌려줄 것을 요구하는 법적인 절차를 밟겠다고 말했다. "그러세요." 캐럴 홀이 말했다. 그리고 이렇게 말했다. "하지만 경찰이 휴대전화를 추적해 그날 그가 사코에 갔었다는 걸 밝혀내면—당장이라도 밝혀낼 텐데—그를 잡아들여 살인 혐의로 기소할 거예요."

"행운을 빕니다. 그에겐 휴대전화가 없어요." 밥이 말했다.

그는 그녀가 이 말을 알아들은 것을 알 수 있었고, 그녀가 말했다. "다시 연락하죠, 밥 버지스."

그리고 밥은 주 경찰서, 이어 지역 경찰서에, 그리고 보안관에게 전화를 걸어 자신이 매슈 비치 사건을 맡게 되었다고, 자신이 없는 자리에서는 누구도 매트에게 말을 걸어서는 안 된다고 말했다. 밥은 그들 모두가 메인주 출신 특유의 건조하고 거의 냉소적인 어조로 답하는 것을 알아차렸다. "알겠어요, 밥." 밥은 그들 모두에게 컴퓨터에 있는 내용은 뭐든 증거로 사용되어서는 안 되며 컴퓨터는 매트에게 당장 돌려

주어야 한다는 내용으로 법적 절차를 밟겠다고 말했다. 그들은 기본적으로, 좋다, 필요하다면 그렇게 하라, 하는 식으로 답했다.

그러고 나서 그는 다이애나 비치에게 전화를 걸어 매트를 만났다고, 그 사건을 맡겠다고 말했다. "오, 밥. **정말로** 고마워요. 이제 **훨씬** 기분이 나아졌어요." 그녀가 말했다.

다이애나가 밥을 만나고 싶다고 말했고, 그는 내일 셜리폴스에 있는 사무실로 오라고 말했다.

그리고 주유소를 떠나기 전에 밥은 휴대전화에서 애슐리 먼로의 전화번호를 찾아 그녀에게 전화를 걸었다. 그녀가 대번에 받았고, 그는 그녀를 만나러 가도 되겠는지 물었다. "언제요?" 그녀가 물었다. 그리고 그가 말했다. "지금요."

그는 셜리폴스의 반대쪽 지역의 이동식 주택에서 그녀를 찾아냈다. 해가 구름을 뚫고 나오려 애쓰고 있었고, 북쪽에서 불어오는 바람이 거세지고 있었다. 트레일러 파크* 근처 나무들은 잎을 다 벗었고, 더 가느다란 가지들은 바람에 휘었다. 밥은 차를 대고 트레일러 파크 주변을 돌아다녔다. 그

---

* 이동식 주택이 모여 있는 곳을 말한다.

는 크리스마스 화환이 아직 걸려 있는 이동식 주택 두 채를 먼저 발견했고, 이어 애슐리의 집을 찾아냈다.

애슐리는 아기를 품에 안고 문으로 다가왔다. 밝은 빨간색 머리에 키가 큰 여자였다. 색깔이 아주 밝아서 분명 염색한 머리일 것 같았고, 안경을 썼는데 콧등에서 계속 미끄러져내렸다. 사랑스러움이 느껴졌고, 마른 몸매였지만 몸에 붙는 신축성 있는 바지 위로 몇 겹 접힌 뱃살이 보였다. "들어와요." 그녀가 말했는데, 앞니 하나가 뻐드렁니였다. 그들은 작은 탁자로 가서 앉았다. 이동식 주택은 아주 깔끔했다. 부엌 싱크대 위로 조화가 걸려 있어 공간에 조용한 축제 분위기 같은 것이 감돌았다. 트레일러 파크에 있는 꽤 넓은 집들 중 하나였다.

애슐리는 그의 맞은편에 앉아, 무릎에 아기를 앉히고 까불까불 흔들어주었다. 손톱에는 터키색이 칠해져 있었다. "뭘 알고 싶어요? 나는 이 일과는 아무런 상관이 없어요. 한 가지도요. 이미 경찰에 그렇게 말했고요." 그녀는 그 말을 하면서 밥을 똑바로 쳐다보았다. 안경 뒤로 눈동자는 담갈색이었고, 입술은 말라서 터져 있었다. "그 차를 누군가가 대여했을 때 나는 출산중이었고, 면허증과 신용카드는 분실된 상태였어요. 확실히는 모르겠지만 그 며칠 전이었을 거예요. 새 신용카드였어요. 전기기사로 일하는 남자친구가 있는데도 어머니가 아기용품을 사는 데 쓰라고 챙겨주셨죠. 나는 소지품을 작은 지퍼백에 보관하는데, 아기를 낳은 뒤까지 그걸 누군가가 훔쳐갔단 걸 몰랐어요. 며칠 동안 카드를 쓰지 않았으니까요. 그리고 분실 신고를 했을 때 그 카드가 마지막으로 사용된 시점이 그 차를 대여한 때라고 하더군요." 그녀가 주위를 둘러보았다. "남자친구가 지금 여기 살고 있어요. 또 뭘 알고 싶어요? 매트에 대해 알고 싶어요?" 그녀가 허리를 굽혀 아기의 머리에 키스했다.

"네, 매트에 대해 말해줘요." 그는 이 여자의 솔직함이 마음에 들었다. 그녀는 믿을 만한 사람으로 보였고, 아기는 계속 그를 보며 방긋거렸다. 아기의 머리 꼭대기에 자란 곱슬머리가 연분홍색 리본으로 묶여 있었다.

애슐리가 붉은 머리카락을 뒤로 쓸어넘겼고, 목에 작은 장미 문신이 있는 게 보였다. 그녀가 말했다. "임신 기간 내내 그의 모델을 했어요. 남자친구의 지인이, 매트가 임신부를 그리는 걸 좋아해서 모델에게 시간당 25달러를 준다는 말을 들었대요. 그래서 일주일에 한 번 가서 두 시간씩 모델을 해줬어요. 가끔 그만큼 오래 있지 않을 때도 있었지만 그는 늘 두 시간에 해당하는 돈을 줬어요."

"그는 어떤 사람이었어요?"

여자의 얼굴이 약간 부드러워졌다. "오, 매트." 그녀가 고개를 몇 번 저었다. "매트. 그는 사랑스러운 남자였다고 생각해요. 그를 보면 슬퍼졌죠."

"어떤 식으로요?"

"그림에 대해 아주 진지했어요. 처음 거기 갔을 때는 조금 불안했는데, 2층에 있는 다른 그림들을 보고 깨달았죠. 그래, 그는 이것에 대해 아주 진지하구나. 그리고 정말로 그랬어요. 내게 가운을 주며 입으라고 했고, 그래서 그가 나를 해치지 않으리란 걸 알았어요. 그가 나를 **그리겠다고** 했고, 그렇게 했어요. 그는 좋은 사람이었어요. 정말로 그랬고, 내가 아는 한 지금도 그래요."

"그러면 그의 어머니는 어떤가요?"

애슐리가 잠시 눈을 감았다가 말했다. "그의 어머니가 한 번 아래층으로 내려오는 나를 보고 소리를 질렀고, 그런 일이 일어나니까 다시는 여기 오지 말아야겠다는 생각이 들었어요. 하지만 매트가 차까지 따라와서는 오, 어머니는 신경 쓰지 마요. 원래 저런 분이니까. 그 비슷한 말을 했어요. 그래서 다시 왔죠. 그게 내가 두번째로 갔을 때였던 것 같은데, 무서웠어요. 그뒤부터는 서둘러 계단을 올라갔고, 가끔 매트가 위층으로 올라오기 전에 두 사람이 서로에게 소리를 지르는 걸 들을 수 있었어요. 정말로 언성을 높여서요."

"그가 어머니에게 어떤 말을 했나요?"

애슐리가 일어서서 아기를 아기침대에 눕혔다. 아기가 두 팔을 흔들었고, 애슐리가 아기를 굽어보며 쭙쭙 소리를 내자 아기가 팔을 흔들던 것을 멈추었다.

"정말로 착한 아기네요." 밥이 말했고, 애슐리가 미소를 지었다. "그렇죠? 꿈의 아기예요." 애슐리가 돌아와 다시 앉더니 조용히 말하면서, 아기가 낮잠을 자야 하니 조용히 해야 한다는 표시로 입술에 손가락을 갖다댔다. "질문이 뭐였어요?" 그녀가 거의 속삭이듯이 물었다.

"매트가 어머니에게 어떤 말을 했나요?" 밥 역시 속삭이려고 애썼다.

"오." 애슐리가 놀란 표정을 지으며 말했다. "맙소사, 기억도 안 나네요. 잠깐만요. 음, 그의 어머니가 시끄럽게 소리를 질렀는데, 나를 창녀라고 하면서 위층에 창녀가 너를 기다리고 있다, 그렇게 말했어요. 매트는 그런 말 하지 마요! 그녀는 모델이에요, 하고 소리쳤고요. 그런 식이었어요." 애슐리는 고개를 가볍게 가로젓고 손가락으로 안경을 콧등 위로 밀어올렸다. "솔직히 말해서요." 그녀가 고개를 아래로 하고 더욱 작은 목소리로 밥에게 말했다. "그가 죽였다고 해도 나는 그를 비난하지 않아요."

밥이 탁자에서 일어섰고, 그녀에게 시간을 내주어 고맙다고 말했다.

"당연히 내야죠." 그녀가 말했다.

차를 타고 셜리폴스 중심지로 가면서, 밥은 누이와 올리브 키터리지도 같은 말을 했다는 걸 떠올렸다. 어머니를 죽였다고 해도 그를 비난하지 않겠다는 말을. 시내로 들어간 밥은 카운티 상급법원으로 가서 매트의 컴퓨터를 압수한 것은 수정헌법 제4조 권리 위반이라는 내용으로 이의를 신청했다.

집에 도착했을 즈음 그는 몹시 지친 상태였다. 마거릿이 자신의 하루에 대해 누가 병원에 있었고 누가 없었다 같은 이야기를 계속해서 늘어놓았고, 그가 마침내 말했다. "당신은 내 하루에 대해서는 궁금하지 않아?"

그러자 그녀가 말했다. "음, 당연히 듣고 싶지, 밥."

그래서 그가 이야기했다. 목소리에 별다른 감정을 싣지 않고. 그는 그만큼 피곤했다. 그녀는 질문을 많이 하지는 않았고, 그러자 그의 가슴속으로 쓸쓸함이 파고들었다. 그녀는 이렇게만 말했다. "이 사건을 맡고 싶다는 거 **확실해?**" 그리고 이유는 모르지만, 그는 그 말에 거의 화가 났다. 그는 그 뒤로 조용히 있었다. 하지만 그는—오, 아내에게 그런 생각을 품는다는 건 끔찍했다—루시가 오래전에 나르시시스트에 대해 말해준 것을 떠올렸다. 마거릿은 그의 하루에는 관심 없어 보였다. 그리고 결혼해서 유령과 사는 것에 대해 생각했는데, 의뢰인의 특권에 대한 문제 때문에 그러지 않으리란 건 분명했지만, 루시에게 사건에 대해 몹시 말하고 싶기 때문이었다. 마거릿은 그의 아내였으니 말할 수도 있었을 것이다. 하지만 그녀는 관심이 없는 것 같았고, 어쨌거나 그는 아내에게 말하고 싶지 않았다.

5

그날 새벽 세시에 밥은 짐에게서 걸려온 전화벨소리에 잠을 깼다. "그녀가 갔어." 짐이 말했다.

*

헬렌의 마지막 숨소리를 들었을 때, 짐은 거실에 있는 병실용 침대 옆에 앉아 있었다. 짐은 자신이 숨소리를 기다리고 있었는지도 의식하지 못했지만, 어느 순간 그녀의 호흡이 멈춰버렸다. 그냥 멈추었다. 그리고 그는 완전히 멍해졌다. 계속 그녀를 쳐다보는데, 눈이 조금 뜨여 있었다. 하지만 다시 숨을 들이쉬지 않았다. 그녀는 어디 있는 거지? 방금까지 여기 있었는데, 가버렸다. 그는 믿을 수 **없었다.**

이 일이 일어났을 때 마침 간호사는 자기가 마실 차를 만들려고 부엌에 가 있었고, 짐은 나중에야 간호사가 거실로 돌아오기 전까지 자신과 아내가 둘이서만 팔 분 동안 같이 있었다는 사실을 깨달았다. 간호사가 조용히 말했다. "아, 돌아가셨네요."

짐은 2층으로 올라가 밥에게 전화를 걸었고, 밥은 세번째 벨이 울렸을 때 전화를 받았다. 짐이 말했다. "그녀가 갔어." 그러자 밥이 말했다. "아침에 비행기를 타고 갈게."

짐은 이어 남편과 두 아이와 함께 그의 집에서 지내고 있던 딸 마고를 깨웠다. 마고가 아래층으로 내려와 엄마 옆에 앉아 울고 또 울었고, 짐은 딸을 안아주었다. 딸의 남편도 그들과 함께 있었다. 그들은 다른 사람들은 깨우지 않기로 했다. 그런다고 헬렌이 살아 돌아오지 않을 것이었다. 다른 사람들은 집에서 지내고 있지 않았다. 에밀리는 아기와 남편과 함께, 래리는 아내와 함께 브루클린하이츠에 있는 호텔에 묵었다.

헬렌이 죽고 한 시간 뒤에 마고가 말했다. "아빠, 나는 엄마를 더이상 못 보고 있겠어요. 그냥 죽을 만큼 마음이 아파요. 하지만 제발, 제발, 제발, 엄마를 여기 혼자 두지 마세요. 간호사와 둘이 두는 것도 안 돼요." 그러자 짐은 자신이 헬렌 곁을 지키겠다고 말했고, 아침이 될 때까지 남은 밤 동안 그 녀의 곁을 지켰다.

*

이 년 넘게 뉴욕에 오지 않았던 밥은 라과디아공항에 착륙 하자 비현실감을 느꼈다. 공항은 재건되면서 어마어마하게 커졌고, 밥은 그것이 어리둥절했다. 그는 파크슬로프까지 택 시로 가려고 택시 승차장으로 걸어갔다—시간이 한참 걸렸 다. 택시 기사는 회색 턱수염을 길렀고, 머리에는 꼬아서 모 양을 낸 스카프를 하고 있었다. 그가 유리 칸막이를 통해 밥 에게 말했다. "안녕하세요?" 그러자 밥이 형의 아내가 방금 죽었다고 말했고, 기사는 "오, 그거 정말 안타까운 일이네 요" 하고 말하며 고개를 여러 번 저었다. 밥은 이 남자가 들 었을 모든 이야기가 궁금했다. "형과 이틀을 보낸 다음, 두 주 뒤에 장례식에 맞춰 다시 올 거예요." 밥이 말했고, 남자 는 고개를 끄덕이며 정말로 안타깝게 생각한다는 말을 반복 했다.

하지만 아직 해가 밝지 않았는데—4월 1일 새벽 다섯시였다—뉴욕이 달라 보이면서도 같다는 것, 그게 가장 이상하게 느껴졌다. 택시 기사는 파크슬로프에 있는 짐의 집 앞에 밥을 내려주었다. 짐의 집은 대체로 브라운스톤 집들이 늘어선 블록에서 역시나 브라운스톤인 집이었고, 그 집들은 밥이 기억하지 못한 방식으로 진지해 보였다. 많은 집 앞에 수선화가 꽃을 피우고 있었다. "감사합니다." 밥이 말하고, 기사에게 30퍼센트 팁을 주었다. 밥은 모든 택시 기사에게 그만큼의 팁을 주었다.

짐의 집으로 걸어갈 때 노란 꽃을 부분적으로 피운 개나리 덤불이 그가 지나가는 쪽으로 뻗어 있어 밥은 그것을 조금 밀면서 가야 했다.

밥이 이 집에 와서 보낸 그 모든 추수감사절과 그 모든 크리스마스—

하지만 계단 아래 쇠창살 문을 통과한 순간, 밥은 엄청난 크기로 입을 쩍 벌린 헬렌의 부재를 느꼈다. 그녀는 사라졌고, 그가 들어온 뒤 짐이 문을 닫을 때 밥은 그것을 감각적으로 알아차렸다.

병실용 침대마저 사라졌다. 그날 아침 그들이 그녀의 시신을 옮긴 뒤 그것마저 치웠다고, 짐이 말했다. "헬렌을 가방에 넣고 지퍼를 채웠어." 짐이 말했다. 밥은 거실에 멍하니 서 있었고, 하얗게 칠한 말털 벽지가 거실의 짙은 색깔 목재 프레임을 배경으로 반짝거렸다. 아름다운 집이었는데, 그는 얼마간 그 사실을 잊고 있었다. 밥은 조카들이 그를 아주 반가워하는 듯해서 어리둥절했다. 에밀리가 말했다. "**밥 삼촌! 밥 삼촌!**" 그러고는 빠르게 다가와 그를 와락 끌어안았고, 에밀리의 동생 마고도 그렇게 했다. 여드름이 나고 비쩍 마른 마고의 큰아들도 그를 안았다. 심지어 래리도 그를 안았다. 래리의 아내 애리얼은 그의 옆에 공손히 서 있었다. 마고와 에밀리는 둘 다 팬데믹 동안 아기를 낳았고, 그 아기들 중 하나인 마고의 아기는 이제 걸어다녔다. 젖은 손가락을 젖은 입 안에 넣은 채 활짝 웃는 작은 남자아이였다. 다른 아기는 에밀리의 딸로, 훨씬 어렸다. 에밀리가 "오, 여기요, 밥 삼촌, 종손녀를 안아보세요!"라고 말해 밥이 포대기로 싼 아기를 품에 안았다. 그리고 몇 초 되지 않아 평온하던 아기 얼굴에 쪼글쪼글 주름이 잡혔고, 결국 에밀리가 다시 데려갈 때까지 아이는 울고 또 울었다. 목청껏 줄기차게 울어댔다. 에밀리가 "괜찮아요, 밥 삼촌" 하고 계속 말해주었지만, 밥은 몹시 마음이 불편했다. 그 순간 짐이 아기를 받아들자 아기가 울음을 멈추었고, 짐이 아기를 안은 방식, 주위를 서성이며 아기를 살짝 퉁겨주는 방식을 보면서 밥은 짐이 이 아이를 아주 편안하게 다룬다고 생각했다.

이웃들이 가져온 음식이 거실 여기저기 탁자 위에 놓여 있었고, 아이들 중 하나는 이따금 견과류 한줌이나 치즈 한 조각을 집어 입안에 넣었다. 그 모습이 마치 축하식을 하는 것처럼 묘한 느낌을 자아냈다. 하지만 헬렌은 그 자리에 없었다. 짐은 카우치 끝에 아기를 안고 앉아 있었고, 딸들은 밥에게 지금 그들이 어디서 살고 있는지 말했다—마고는 필라델피아에서, 에밀리는 프로비던스에서 살고 있었다. 그들은 밥에게 그사이 일어난 변화에 대해 말해주었고, 남편들은 모든 대화에 참여하는 친절하고 어른스러운 남자들로 보였다. 래리와 애리얼은 맨해튼의 어퍼이스트사이드에서 살았고 래리는 집에서 컴퓨터로 무슨 일을 한다고 했는데, 밥은 잘 이해되지 않았다. 애리얼은 대형 소매업체에서 화장품과 관련된 일을 했다.

큰 슬픔에 빠져, 밥은 어떻게 해야 할지 알 수 없었다. 이따금 딸들 중 하나—마고 아니면 에밀리였는데—가 울기 시작했고, 그러다 그쳤다. 웃음도 있었다. 하지만 밥은 정말로 자신이 그 자리에 어울리지 않는 것 같았다. 이 가족에게 헬렌이 얼마나 중심이 되어주었는지, 밥은 깨달았다. 그녀가 이 자리에 있었다면 자신이 어울리지 않는다고 느끼는 일은 없었을 것이었다. 하지만 그녀는 가버렸다. 그리고 집도 그 사실을 알고 있는 것 같았다. 모든 전등이 켜져 있었지만, 집 안에 어두운 느낌이 감돌았다.

나중에, 짐의 위층 서재에는 밥과 짐 둘만 앉아 있었다. 저녁 아홉시였고, 래리와 애리얼을 제외한 나머지 아이들은 곧 돌아오겠다고 말한 뒤 동네를 산책하러 나갔다. 그래서 밥은 짐과 함께 앉아 있었고, 짐은 아주 피곤해 보이는 것 말고는 놀랄 만큼 평소 모습을 유지하고 있는 듯했다. 짐이 회전의자에 앉아 빙그르르 돌며 "밥" 하고 말했다. 밥이 "지미" 하고 말했다.

"그냥 기분이 너무 이상해." 짐이 말했고, 밥은 당연한 거라고 말했다.

그때 래리가 방으로 들어왔고, 짐이 그를 쳐다보고는 말했다. "래리." 래리가 눈물을 글썽거리며 "아빠, 이 말은 해야 할 것 같아서요" 하고 말했다. 눈물이 이 아이의 얼굴에 정말로 흘러내리기 시작했다―래리는 서른 살이었지만 밥에게는 아이로 보였다. 래리의 매형들과는 다르게, 아이의 어떤 모습에서도 밥은 그가 완전히 어른이 됐다는 느낌을 받지 못했다. 래리가 눈을 꼭 감고 말했다. "아빠, 이 말은 해야 할 것 같아요. 아빠는 엄마한테 형편없는 남편이었어요."

밥이 재빨리 짐을 쳐다보았지만, 짐은 이 말을 차분하게 받아들이는 듯했다. "나도 알고 있다, 래리." 그가 말했다. "하지만 네가 생각하는 것만큼 그렇게 나쁘진 않았어. 우리에겐 좋은 시간도 많았다. 특히 웨스트하트퍼드에서 살았을 때 그랬지. 너는 그때 꼬마였어."

래리가 말했다. "그리고 아빠는 유명했죠. 당시에 그 바보 같은 월리 패커 재판으로 겁나 유명해서—" 래리는 말을 이을 수 없는 듯했지만 마침내 말했다. "애리얼을 데리고 다시 올게요."

짐은 그저 고개만 끄덕였다.

하지만 아이가 방에서 나가려고 돌아섰을 때 짐은 말없이 주머니에서 손을 꺼내 아들을 향해 가운뎃손가락을 들어올렸고, 밥은 깜짝 놀랐다. 래리가 돌아보며 "방금 나한테 가운뎃손가락을 들어올렸어요? 정말 구제불능이네요—아빠를 참을 수 없어요. 맙소사" 하고 말했을 때는 더욱 놀랐다.

"너는 뒤통수에 눈이 달렸니?" 짐이 아들에게 조용히 물었고, 그러자 래리가 맞은편 벽에 걸린 큰 거울을 가리키며 말했다. "아빠는 눈이란 게 없어요?" 래리는 얼굴을 일그러뜨리며 말했다. "아빠. 아빠는 방금 내게 손가락 욕을 했어요. 아빠는 완전 쓰레기예요. 엄마가 아빠하고 살았다는 걸 믿을 수 없어요."

"나도 그래." 짐은 이 말을 다정하게 했다. "네가 전적으로 옳아, 래리. 나는 완전 쓰레기야."

그러자 래리는 애리얼을 부르며 방에서 나갔다. 아래층으로 내려가 밖으로 나간 뒤 현관문을 쾅 닫는 소리가 들렸다.

"와." 밥이 조용히 말했다.

짐이 한숨을 쉬었다. "그래." 그가 말했다.

그 순간 밥은 래리가 아버지를 잘못 골라 태어났다는 생각이 들었다. 그는 헬렌이 사랑할 만한—사랑한—아들이었지만, 짐의 아들로 태어나서는 안 되었던 것이다. 딸들은 달랐다. 딸들은 더 부드럽고 따뜻했으며, 아버지에게도, 밥에게도 그랬다. 하지만 래리는 늘 달랐고, 밥은 짐이 래리의 아버지여서는 안 되었다고 생각했다.

음.

바로 그것이다. 많은 사람들이 부모에 대해 이런 식으로 느끼고, 아마 많은 부모도 자식에 대해 이런 식으로 느낄 거

226

라고, 밥은 생각했다. 그는 잠시 해셀벡 부인에 대해, 그녀의 다섯 아들 중 한 명도—그가 알기로—그녀를 찾아오지 않고 모두 웨스트코스트로 가버린 것에 대해 생각했다. 그것은 무엇을 말해주는가?

우리가 알기로 자식이 없는 밥은, 마른 눈으로 앉아 있는 짐 앞에서 이 일 전체에 대해 경외감과 슬픔을 느꼈다.

"이것참, 지미." 그가 중얼거렸고, 짐이 말했다. "이것참, 정말로."

잠시 시간이 흐른 뒤 짐이 말했다. "밥, 방금 맡았다는 그 사건에 대해 말해줘. 매트 비치. 그 이야기를 좀 해줘." 그래서 밥이 말했다. "쳇, 짐, 그건 나중에 하자. **지금 그 이야기**를 할 건 없잖아."

하지만 짐은 팔꿈치를 무릎에 올리고 몸을 앞으로 숙인 채 앉아서 말했다. "진심이야. 듣고 싶어. 그게 내게 도움이 될 것 같아. 그래야 마음을 딴 데로 돌릴 수 있을 것 같아. 그러니 말해줘." 그는 다시 뒤로 기대앉았다.

그래서 밥은—의뢰인의 정보를 비밀로 지키는 데는 문제가 없는 밥이었지만, 이야기하는 상대가 **짐**이었기에—형에게 매트에 대해, 굉장한 그림들에 대해, 모델인 애슐리 먼로에 대해 이야기했고, 짐이 중간에 끼어들었다. "어머니의 죽음으로 매트가 받게 되는 돈이 있나?"

"아버지가 가입해둔 생명보험에서 나오는 돈이 10만 달러 있어. 아버지라는 사람은 오래전에 죽었고. 지금은 당시에 비해 가치가 훨씬 높아졌어. 그리고 어머니의 자산이 5만 달러쯤 있고. 거기다 집이 있어."

짐이 눈썹을 치켰다. "네가 좆될 수도 있어." 그가 말하며 일어섰고, 밥은 그를 따라 방에서 나갔다.

밥이 말했다. "하지만 돈이 필요하다고 어머니를 채석장에 던지진 않지. 시신이 발견되지 않았다면 죽었다고 결론 날 때까지 오 년은 걸렸을 테니까.

"좋은 지적이야. 하지만 매트는 그걸 알고 있어?" 짐은 그렇게만 말했다.

6

이틀 뒤에 밥은 다이애나 비치를 기다리며 셜리폴스에 있는 자기 사무실에 앉아 있었다. 4월의 첫 주였지만 전날 밤에 내린 눈이 2인치나 쌓였고, 그것이 (얼마간) 녹긴 했지만 도로와 보도는 여전히 눈에 덮여 있었다. 보도의 많은 부분이 아직 치워지지 않아, 스니커즈를 신은 밥의 발은 축축했다. 오늘도 흐린 날이어서 밥은 책상 위 램프와 방구석 키 큰 램프를 켰다. 그리고 책상 앞에 노트북을 열고 앉아 매트를 찾아갔을 때 남긴 메모를 흘끗 보았다. 그는 속으로 생각했다. **저리 가, 짐**. 짐과 헬렌에 대한 생각을 멈출 필요가 있었기 때문이었다. 이제 매트와 다이애나에게 집중해야 했다.

그는 매트를 계속 떠올려보았다―그에게서 받았던 그 느낌은 무엇이었을까? 그의 불안한 얼굴이 밥의 마음속 깊이 자리를 잡고 있었다. 그리고 그 그림들! 그는 정말 독학으로 그림을 그렸다. 밥은 누군가가 혼자 공부해서 그 정도로 그릴 수 있다는 것을 몰랐다. 하지만 매트의 그림이 세련되었다는 것, 그 생각이 밥의 마음을 스쳤다. 절제되어 있지만 자유로운 붓 터치. 강렬하면서 꼭 알맞은 색깔. 그리고 밥은 매트의 작업실에 높이 쌓여 있던 표지가 나달나달해진 화집들을 떠올렸다. 그 남자는 그림을 혼자 진지하게 공부한 것이었다. 밥은 천천히 고개를 저었다. 그는 마거릿이 루시에 대해 말하면서 예술가들은 아이 같다고 했던 것을 떠올렸는데, 매트 역시 그런 면이 있었다. 밥은 매트가 쉰아홉 살이라는 사실을 자꾸 잊어버렸다. 하지만 그는―밥의 생각에―사람들과 어울리는 법을 제대로 배운 적이 없었고, 그것도 그 이유의 일부였다.

두시 정각에 밥은 엘리베이터 문이 열리는 소리를 들었고, 복도를 걸어오던 여자의 구둣굽 소리가 그의 사무실 앞에서 멀어졌다가 다시 돌아왔다. 사람들은 종종 그랬다. 각각의 사무실 위치를 알려주는 표지는 없었다. 그가 일어서서 문을 열었다.

“밥.”

밥이 물러섰고, 다이애나 비치가 안으로 들어왔다. 키가 크고, 잘 차려입은 모습이었다. 감청색 블레이저와 무릎 바로 아래 길이의 파란색 트위드 스커트를 입었고, 갈색 펌프스를 신고 있었다. 신발 가장자리가 눈에 젖어 있었다. 예상했던 대로 그녀는 셜리폴스 출신 같아 보이지 않았다. 그리고 예상했던 것보다 훨씬 어려 보였다. 그는 타운 여자들이 다이애나가 성형수술을 한 것 같다고 이야기했다는, 최근에 수전이 한 말을 떠올렸는데, 그 말이 아마 맞을 것 같았다. 그는 뉴욕에서 이런 식으로 보이는 여자들을 본 적이 있었다.

“안녕하세요, 다이애나. 앉아요.” 그가 손으로 맞은편 의자를 가리켰다. 밥은 책상 뒤 등받이가 있는 회전의자에 천천히, 무겁게 앉았다. “저번 약속은 취소해서 미안했어요.” 밥은 그 이유를 말하지는 않았었다.

다이애나는 자기 옆으로 바닥에 핸드백을 내려놓은 뒤 다리를 꼬고 말했다. “오, 괜찮아요. 어떻게 지냈어요, 밥?”

“잘 지냈어요. 당신은요?”

그녀는 정말로 예쁜 여자였다. 연갈색으로 염색한 머리카락이 단정하게 틀어올려져 있었다. 피부가 매끈했다. 눈이

컸고, 안경은 쓰지 않았다. 그는 그녀를 알아보지 못했을 것이었다. 하지만 오래전 같이 학교에 다녔을 때도 그는 정말로 그녀를 알았던 적이 없었다.

그녀가 말했다. "매트가 체포될까요?" 그녀는 그렇게 물으면서 몸을 앞으로 숙였다.

"확실하진 않아요. 그러려면 범죄를 확증할 뭔가가 있어야 할 텐데, 아직은 그렇지 않아서—"

"밥, 이 일 전체가 그냥 구역질이 나요." 다이애나가 다리를 반대로 꼬고 스커트를 반듯하게 폈다.

"어머니를 얼마나 자주 만나러 갔었죠?" 밥이 물었고, 다이애나가 말했다. "아마 일 년에 한 번? 두 번? 차를 몰고 갔어요. 하지만 전혀 건강한 상태가 아니었어요. 그들의 상황이요."

"어떤 식으로 그랬죠?" 밥이 물었다.

"오, 어머니는 너무 늙으셨고, 동생이 어머니를 전적으로 돌보는 건 벅찼어요. 내가 계속 말했죠. 도와줄 사람을 써야 한다고. 하지만 동생은 그러려고 하지 않았어요." 그리고 덧붙였다. "솔직히 나는 두 사람을 쳐다보는 것조차 힘들었어요. 하지만 오빠는 오래전에 가족과 절연했고, 매트에게 남은 사람은 나뿐이었어요."

"어머니를 마지막으로 본 게 언제였어요?" 밥이 물었고, 그녀는 곧바로 대답했다. "어머니가 실종되기 한 달쯤 전이요."

"매트의 그림에 대해선 어떻게 생각해요?"

그녀의 얼굴이 변했다. 흥분한 표정이 떠올랐다. "잘 그리지 않았어요? 그림을 봤어요? 그 세월 동안 매트를 버티게 한 게 그것 같아요. 매트를 만나면 그림 이야기만 했어요. 그러니까 지금 자기가 연구하는 화가가 누군지, 그리고—"

밥이 말했다. "그의 모델을 만나본 적 있어요?"

그녀의 얼굴이 다시 변했다. 그러고는 잠시 마음을 가라앉혀야 한다는 듯 손가락을 들어올렸다. 이윽고 그녀가 말했다. "한두 번이었는데, 대체로 내가 도착하면 그들은 떠나는 상황이었어요. 그 세월 동안 내가 모델을 본 건 몇 번 안 돼요. 그리고 어머니는 그들에게 소리를 질렀어요. 어머니는 그들을 싫어했어요."

"어머니가 그들에게 소리를 질렀어요? 정말로 소리를 질렀다는 건가요?"

"네. 끔찍한 욕을 했죠. 차마 입에 올리고 싶지도 않을 만큼 불편한 욕을요. 어머니는 그게 싫었던 것 같아요—싫어했단 걸 알아요. 그들이 알몸으로 매트 앞에서 포즈를 취하는 것이요. 어머니는 섹스와 관련된 건 뭐든 싫어했어요."

"그러면 모델들은 어떤 반응을 보였나요?"

"그냥 고개를 숙이고 집에서 나갔어요. 모두 정말로 돈이 필요했던 거였을 텐데."

"애슐리 먼로는 본 적 있어요?"

그러자 다이애나의 얼굴의 뭔가가 또 달라졌는데, 그는 그게 뭔지 말할 수 없었다. 하지만 그녀는 아주 차가운 표정이 되었고, 이렇게 말했다. "아니요, 본 적 없어요."

밥은 기다리면서 팔꿈치를 의자 팔걸이에 올린 채 손끝을 맞대고 눌렀다. 그리고 의자를 돌려 창밖을 내다보았다. 방 안에 침묵이 흘렀다. 밥이 다시 돌아보며 말했다. "고등학교 진로 상담 교사라고 알고 있는데요?"

다이애나가 말했다. "네. 네, 그래요. 내겐 아주 좋은 직업 이었죠." 그녀가 잠시 말을 멈추었다가 다시 말했다. "고등 학교에 다닐 때 진로 상담 선생님이 있었어요, 미스 도널리 라고 기억나요?" 밥이 고개를 저었다. "내 인생에서 처음으 로 신뢰한 사람이었어요. 선생님에게—내 이야기를 하기 전 에—부탁했죠. 이제부터 내가 하려고 하는 이야기는 혼자서 만 알고 있어달라고. 그분은 그렇게 해주셨고요. 그분이 내 인생을 바꿔놓았어요. 그래서 나도 진로 상담 교사가 된 거였어요."

"그분에게 어떤 이야기를 했어요?" 밥이 물었고, 다이애나가 빠르게 대답했다. "개인적인 이야기요."

"이 일을 하면서 계속 같은 학교에 있었나요?"

그녀는 그를 쳐다보면서 눈을 살짝 찡그리는 듯했다. 그리고 말했다. "음, 아니요. 결혼—첫 결혼—이 끝난 뒤로 다른데로 이사했고, 코네티컷 어딘가에서 직장을 구했어요. 거기서 거의 이십 년 동안 근무하다 최근에 은퇴했어요. 저기, 밥." 그녀의 목소리가 조금 달라져, 거의 혼란스러운 듯한 목소리가 되었다. "예전에 내 일은 야망에 관한 거였어요. 그러니까, 나는 아이들에게 **영감을 일으키는** 일을 했어요. 하지만 지난 몇 년 사이, 사람들, 젊은 사람들이 <u>스스로를 희생자로</u> 본다는 것을 깨달았고, 내겐 그 사실이 몹시 좌절스러워요. <u>스스로를 희생자로 보는</u> 상태에서 벗어나지 못하니 그들을 돕는 게 점점 더 어려워졌어요. 그래도 내가 아주 좋은 진로 상담 교사였다고 생각해요. 가끔 내가 기억을 잃는 순간도 있지만, 사람들은 내게 아주 잘해줬어요."

"기억을 잃는 순간?"

다이애나가 짧은 웃음을 터뜨린 뒤 말했다. "어린 시절부터 그런 증상이 있었는데, 큰일은 아니었어요."

나중에 밥은 그 증상에 대해 더 물어봤어야 한다는 걸 깨닫지만, 그때는 그러지 못했다. 오히려 그는 이렇게 말했다. "자녀가 있어요, 다이애나?"

그녀는 그를 쳐다보지 않고 바닥을 내려다보며 고개만 세차게 흔들었다. 그리고 말했다. "아이는 절대, 절대, 절대 낳지 않아요."

"알았어요." 밥이 이 말을 표정 없이 했다. 그런 다음 이렇게 말했다. "어머니가 유언장을 남겼나요?"

다이애나는 그 질문에 놀란 듯했다. "전혀 모르는 일이에요." 그녀의 얼굴이 다시 아주 살짝 변했다. 다시, 그녀는 잠시 마음을 진정시킬 시간을 달라는 듯 손가락을 들어올렸다가 말했다. "어머니에게 우리 아버지가 남긴 생명보험금이 있었어요. 그 이야기는 분명 매트가 했겠죠."

"당신에게 묻고 있는 거예요. 매트가 내게 뭘 말했는지는 지금으로서는 비밀입니다." 그는 자신의 목소리에 실린 권위에 깜짝 놀랐다.

다이애나가 빠르게 고개를 끄덕였다. "네. 알겠어요. 음, 어머니에게는 아버지가 남긴 생명보험금이 있었어요. 그리고 아버지가 돌아가신 뒤에 ─ 오, 삼십오 년은 됐겠네요 ─ 나는 어머니와 매트가 그 돈으로 생활했다고 생각하고 있었어요. 알다시피, 매트가 꽤 오래전에 제철소 일을 그만두었으니까요."

밥이 잠시 조용히 앉아 있었다. "아버지는 가족을 언제 떠났나요?"

"내가 열다섯 살이었을 때요." 다이애나가 말했다. "어느 날 그냥 집에서 걸어나갔고, 노스캐롤라이나에서 회계 사무소를 하나 더 경영했는데, 거기서 죽었다는 말을 듣기 전까지 우리는 아버지 소식을 듣지 못했어요. 그러니까, 어머니는 뭔가 소식을 들었을 거예요. 아버지는 떠나자마자 어머니와 이혼했으니까요. 어머니는 전혀 이의를 제기하지 않았어요."

밥이 말했다. "아버지가 떠났을 때, 당신은 힘들었나요?"

또다시 그녀의 얼굴이 씰룩이는 듯했고, 말소리가 아주 낮아졌다. "나는 아버지를 증오했어요. 하지만 이 년 뒤 대학에―다시 말해주면, 장학금을 받고―갔어요. 브라운에 다녔는데―집에 오는 일이 거의 없었죠." 그녀는 약간 겁을 먹은 것처럼 주위를 둘러보았다. 그리고 다시 밥을 쳐다보며 말했다. "그래서 매트가 평생 어머니와 함께 살게 된 거예요." 그녀가 덧붙였다. "솔직히, 매트에겐 징역살이였죠."

"지금은 결혼한 상태인가요, 다이애나?"

그녀가 흘끗 아래를 내려다보았고, 말하기 전에 입술이 씰룩거렸다. 다시 마음을 진정시키려고 하는 것으로 보였고, 그러기까지 시간이 조금 걸렸다. "두번째 남편과 이혼한 상태예요. 결혼해서 거의 이십 년을 같이 살았어요." 다시 그녀의 얼굴이 씰룩거렸고, 입꼬리가 아래로 내려갔다. 그녀가 덧붙였다. "첫 남편은 내가 처음 하트퍼드 외곽에 살았을 때 찾아갔던 정신과의사의 친구였어요. 도움을 받으려고 그를 찾아갔던 거고요. 그리고—음, 어쨌거나, 그의 친구를 만나게 됐고, 결국 결혼까지 했죠. 두번째 남편을 만난 건 첫 남편과 결혼해 있을 때였는데, 그를 만난 건 지금껏 주어진 가장 큰 선물처럼 느껴졌어요. 마침내 내가 **안전해진 것** 같았어요."

"이혼은 언제 했죠?" 밥이 물었다.

그녀가 고개를 들고 그를 보았다. "작년 8월에 그가 다른 여자를 만나고 있다고 하더군요. 그 여자는 내 친구였는데—그게 믿어진다면, **가장 친한** 친구였어요. 그리고 이혼 절차가 지난주까지 이어졌고요." 이것을 말할 때 다이애나의 감정이 격해져서 얼굴이 씰룩거렸다.

밥은 그 순간 그녀가 매우 안쓰럽게 느껴지면서 오래전 학교에서 집으로 돌아가던 그녀의 모습에서 애틋한 슬픔이 느껴졌다고 한 짐의 말이 떠올랐는데, 지금 밥에게도 그 슬픔이 보였다.

"계속 연락하죠." 그가 다이애나에게 말했다. 그녀는 떠나면서 두 손으로 그의 손을 잡고 말했다. "고마워요, 밥. 정말 많이 고마워요."

*

밥은 그날 사무실에서 나가—다이애나 비치가 건물에서 나간 것이 확실해질 때까지 기다렸다—거리에서 캐서린 캐스키와 마주쳤다. "밥!" 그녀가 말했고, 그러자 그가 말했다. "안녕, 캐서린." 그녀는 들고 있던 꾸러미를 보도에 내려놓고 그를 안아주었다. 밥은 자신을 만날 때마다 안아주는 사람은 메인에서 이 고마운 캐서린 캐스키가 유일할 거라고 생각했다. 그녀를 안 지는 오래되었지만—셜리폴스에서 사회복지사로 일했지만, 밥과 마찬가지로 크로스비에서 살았다—그들이 **정말로** 놀라운 우연에 대해 알게 된 것은 팬데믹 동안이었다. 밥의 아버지가 죽은 직후, 어머니는 장례식을 해줄 수 있는지 물어보려고 한 시간 정도 거리의 웨스트애닛으로 어느 목사를 찾아갔다. 어머니는 무슨 이유에서인가 셜리폴스 회중교회의 목사와 사이가 틀어져, 웨스트애닛의 목사에게 장례식을 부탁한 것이었다—그는 부탁을 들어주었다. 하지만 중요한 사실은 이것이다. 그날, 어린아이였던 밥은 수지와 함께 뒷좌석에 앉아 차창 밖을 응시했는데, 그가 쳐다본 대상은 캐스키 목사의 집 포치에서 아버지 옆에 서 있는 어린 소녀였다. 그는 소녀를 계속 응시했고, 소녀도 그를 응시했다. 그리고 그는 그 소녀를 결코, 한 번도 잊은 적이 없었다.

그 소녀가 캐서린 캐스키였다. 그리고 팬데믹 동안 크로스비에서 캐서린의 남편과 윌리엄과 루시, 그리고 마거릿과 함께 외식을 하던 중에 밥과 캐서린이 이 사실을 꿰맞추게 된 것이었다. 그녀 역시 그를 결코 잊지 않았다! 그녀의 어머니는 일 년 전에 죽었고, 그 두 아이는 어느 쪽도 결코 잊지 못한 그 응시에 맞물려 있었던 것이다. 그리고 그날, 지금으로부터 이 년도 더 전에, 캐서린이 밥에게 말했다. "이 팬데믹이 끝나면 당신을 세게 끌어안을 거예요. 얼마나 세게 안을지는 말로 할 수 **없을** 정도예요!" 그래서 지금 그들 사이에 이런 결속감이 생긴 것이었다.

"어떻게 지내요?" 캐서린이 꾸러미를 다시 들어올리며 물었고, 밥은 자기도 모르게 이렇게 대답했다. "너무 고단하네요."

그래서 그녀가 그를 쳐다보았다. 머리카락이 불그스름한 갈색인 매력적인 여자였다(염색한 머리 같다고, 밥은 생각했다. 그녀는 밥보다 한 살이 더 많았다). 그녀가 말했다. "무슨 일인지 말해줘요."

밥이 말했다. "매슈 비치 사건을 맡게 됐는데, 그 일로 피곤해요."

캐서린은 들고 있던 꾸러미를 반대쪽으로 옮기며 밥에게 말했다. "그 사건을 맡았다고 들었어요. 오, 밥."

"아니, 아니에요. 괜찮아요. 당신은 어떻게 지내나요? 아이들은, 그리고 엘턴은 어떻게 지내고요?"

"우리는 모두 잘 지내요." 캐서린이 시선을 다른 데로 보냈다. 그러고는 다시 밥을 보았다. "엘턴이 약간 걱정돼요. 은퇴한 뒤로 그이가, 오, 잘 모르겠어요. 하지만 그이가 걱정돼요, 밥. 그는 그저―내 생각에―조금 우울한 것 같아요."

"어떻게 우울한가요?" 밥이 물었다. 그는 정말로 알고 싶었다.

"모르겠어요. 그가 그냥 우울한 건지, 뭔가 인지상의 문제가 생기고 있는지. 하지만 전문가를 찾아가려고 하지 않아요. 그러니 어떻게든 끌어안고 가야 할 것 같아요." 얼굴에 걱정이 가득했고, 그가 쳐다보는 동안 그녀는 더 늙어 보였다. 그리고 그녀가 말했다. "나도 은퇴할 준비를 하고 있지만 개인적으로 걱정이 되는 분들이 있어서요. 자, 이제 됐네요, 행운을 빌어요, 그냥 이렇게 말할 수가 없어요."

그 순간 캐서린을 보며 루시가 떠올랐다—진실한 모습 때문인 것을 그는 깨달았다. "알겠어요." 그가 말했다. "음, 당신은 분명 많은 사람들에게 도움이 됐을 거예요."

"고마워요, 밥." 그녀가 조용히, 이렇게 말했다.

"가죠, 당신 차가 있는 곳까지 같이 가요. 그건 내가 들게요." 그러자 그녀가 그에게 꾸러미를 건넸는데, 부피만큼 무겁지는 않았다. 알고 보니 두 사람은 같은 큰 주차장에 차를 대놓았고, 밥이 걸어가며 말했다. "헬렌이, 형의 아내가 바로 전에 세상을 떠났어요."

"오, 밥!" 캐서린이 걸음을 멈추고, 그를 돌아보며 말했다. "오, 그녀를 사랑했잖아요, 그렇죠? 마거릿은 그녀를 좋아하지 않았고요. 아니면 내가 다른 누구와 혼동하는 걸까요?"

"아니요. 몇 년 전에 형네 부부가 손자를 여름 캠프에 데려다준다고 여기 왔을 때 마거릿이 그들을 한 번 만났었는데,

당신이 맞아요. 마거릿은 좋은 인상을 받지 못했어요. 그리고 수전 역시 헬렌을 참을 수 없어했고요."

그들은 캐서린이 차를 댄 곳까지 계속 걸음을 옮겼다. 캐서린이 차문을 열고 밥에게서 꾸러미를 받아 뒷좌석에 집어넣었다. 그리고 밥을 돌아보았다. "그녀가 부자였기 때문이겠죠, 그렇죠?"

밥은 그것에 대해 생각했다. "그 이상인 것 같아요. 헬렌은—어떤 면에서 제한적이었어요."

"제한적이지 않은 사람이 누가 있어요?" 캐서린이 말했다.

"그건 그렇죠."

그들은 선 채로 잠시 침묵 속에 있었고, 이윽고 밥이 말했다. "당신은 당신의 일을 정말로 잘하는 것 같아요, 캐서린."

그녀가 어깨를 으쓱했다. "누가 알겠어요."

"내가 알죠." 밥이 말했다. 그리고 덧붙였다. "엘턴에 대한 소식 계속 전해줘요."

"그럴게요." 캐서린이 그를 향해 두 팔을 벌렸고, 그들은 그녀가 차에 타기 전에 다시 한번 포옹했다. 그는 그녀의 뼈가 자신의 덩치 큰 몸에 닿는 것을 느꼈다. 그는 걸어가면서 생각했다. 정말 고마운 사람이야.

이 시점에 밥과 아내의 관계는 그 성격이 모호하고 아리송했다. 그녀는 그를 안아주었는가? 그는 그녀를 안아주었는가? 솔직히 그렇게 자주는 아니었다. 그들은 친밀한 관계를 유지했지만, 밥은 마거릿이 예전만큼 흥미를 보이지 않는다고 느꼈고, 그것에 대해서는 솔직히 밥도 마찬가지였다. 그들은 여전히 이따금 **친밀한 관계**를 가졌지만, 그것이 끝나면 마거릿은 밥을 잠시만 끌어안았고, 밥이 잠든 사이 그녀는 일어났다. 그녀는 오랫동안 이것에 대해 농담했다. "섹스가 내겐 **에너지**를 주는데, 당신은 재우네."

하지만 서로를 포옹하는 것에 대해 말하자면—아니, 그들은 더이상 그렇게 많이 포옹하지 않았다. 그리고 그것이 밥이 캐서린 캐스키에게 고마움을 느끼는 이유 중 하나였다. 그를 감싼 그녀의 두 팔을 느낄 수 있는 것. 그는 그런 순간들이 그저 고마웠다.

이런 일들은 충분히 이야기되지 않는 것 같다. 노인들에 대해, 노인들이 다른 사람의 손길을 얼마나 고마워할 수 있는지에 대해. 해셀벡 부인만 해도 그렇다. 그녀는 자신의 피부에 닿는 인간의 손길 없이 어떻게 살까? 샬린 비버는 어떻고? 사람들은 그것 없이도 어떻게든 살아가고, 많은 사람들이 그런다. 하지만 다른 사람의 손길이나 포옹의 부재가 어떤 타격을 주는지를 생각해보아야 한다. 그것은 아주 많은 사람들에게 부재하다.

밥은 크로스비로 돌아오는 내내 그것에 대해 생각했다.

7

헬렌 파버 버지스의 장례식은 브루클린 파크슬로프 근방 세인트 존스 성공회교회에서 열렸다. 밥은 짐과 헬렌이 크리스마스에 그 교회에 갔던 것을 기억하고 있었지만, 그해에 더 자주 갔는지는 기억나지 않았다. 어쨌거나 헬렌은 거기서 장례식을 하기를 바랐고, 신자석 줄의 입구에 놓을 하얀 장미에 이르기까지 모든 것을 세밀히 계획했다. 마거릿은 밥과 함께 거기로 갔고, 팸도 왔다. 팸이 밥에게 자기도 참석해도 되는지 짐에게 물어봐달라고 했었고, 짐은 "물론이지. 누가 신경이나 쓴다고" 하고 말했었다.

그래서 팸은 밥의 한쪽 옆에 앉았고, 마거릿은 반대쪽 옆에 앉았다. 두 여자는 전에 만난 적이 없었지만, 서로에게 아주 친절했다. 그리고 장례식은 끝나지 않을 것처럼 길었다. 그것이 밥이 생각한 것이었다. 그의 앞에는 짐이 세 아이와 각각의 배우자, 그리고 맏손주를 데리고 앉았다. 나머지 두 아기는 이웃에게 맡겼다. 딸들—물론 이제는 어른이 된 에밀리와 마고—이 어머니에 대한 추모사를 했는데, 마고는 눈물을 펑펑 흘리면서 어렸을 때 어머니가 이름 첫 글자로 팬케이크를 만들어준 것을 이야기했다. "크게 M 모양으로요." 마고가 손으로 그 모양을 그리며 말했고, 반대쪽 손으로는 눈물로 젖은 얼굴에서 짙은 색깔의 긴 머리카락을 쓸어넘겼다.

밥은 생각했다. 이것참, 헬렌.

그리고 에밀리가 말할 차례가 되었다. 조금은 더 진정된 모습이었다. 중학생 때 자기가 남자와 헤어졌을 때 어머니가 얼마나 다정한 모습을 보였는지에 대해 말했다. "엄마는 그냥 최고였어요." 에밀리가 코를 풀며 말했다. "이 세상 전체에서 최고였어요."

그리고 래리가 일어섰고, 밥은 그 순간 마음이 무너지는 것 같았다. 아이의 상태는 엉망이었다. 눈이 더 작아 보일 정도로 눈시울이 붉어져 있었다. 래리는 어릴 때 억지로 가야 했던 여름 캠프에 대해, 자기가 그것을 얼마나 싫어했는지, 그리고 어머니가 아주 다정하게 언제든 집에 돌아와도 좋다고 이야기했다는 걸 장황하게 늘어놓았다. "하지만 나는 집에 돌아가지 못했어요." 래리가 아버지를 흘끗 쳐다보며 말했다. "그리고 엄마는 내게 하루도 빼놓지 않고 편지를 보내줬어요." 그가 한쪽 팔로 얼굴을 닦았다. "엄마, 지금은 천국에 가셨겠죠. 그리고 나는—" 그의 입술이 파르르 떨렸다. "엄마가 내 자리를 맡아주면 좋겠어요."

짐은 말하지 않았다. 그는 눈물을 흘리지 않은 채 앉아 있었고, 밥은 뒤를 돌아보며 교회가 적어도 4분의 3은 채워진 것을 보았다. 많은 여자가 울고 있었는데, 헬렌의 친구들일 터였다. 밥은 그들이 우는 모습에 감동받았다. 그는 울지 않았다. 거기 앉아 있으면서 어떤 것에도 크게 감정을 느끼지 못했다(래리가 너무 안쓰러웠던 것만 빼면). 그리고 팸을 흘끗 보았고 그녀도 울지 않는다는 것을 알아차렸다. 그녀도 그를 흘끗 보았는데, 두 사람 사이에 조용한 알아차림의 순간이 지나갔다. 장례식은 슬펐지만—그들에겐—생생한 감정이 부재한 것처럼 느껴졌다. 왜일까?

하지만 목사가 헬렌이 장례식을 어떻게 세밀히 계획했는지 말해주자 밥은 헬렌을 생각하며 깊은 슬픔을 느꼈다. 이

교회에서는 그녀의 존재를 느낄 수 없었기 때문이었다. 오르간이 연주되고, 어디에나 하얀 장미가 보였다. 특히 관 위에 빈틈없이 뿌려져 있었지만, 밥은 이런 생각이 드는 것을 어쩔 수가 없었다. 오, 헬렌! 이건 당신의 장례식이에요, 그런데—그는 이 생각을 어떻게 끝내야 할지 알 수 없었다.

장례식이 끝나고, 그들은 운구차를 따라 거의 두 시간이 걸려 헬렌이 자란 코네티컷의 한 타운으로 이동했다. 팸은 마거릿과 밥과 함께 타고 갔고, 그렇게 하게 해줘서 고맙다는 말을 넘치도록 했다. 그리고 마거릿—신이여, 그녀를 축복하길, 밥은 생각했다—은 팸에게 아주 잘해주었고, 앉은 자리에서 팸을 돌아보며 AA 모임은 어떤지 직설적으로 물었다. 팸 역시 직설적으로 대답했다. 아주 좋다고, 그것이 자신의 삶을 바꾸고 있다고, 팸이 말했다. "내 이름은 팸 칼슨이고, 나는 알코올중독이에요, 라고 말하는 걸 내 귀로 들었을 때, 오, 정말 뭔가가 확 느껴졌어요." 그리고 팸은 회복을 위한 노력 중 한 가지가 자신의 행동에 상처받은 사람들을 찾아가 사과를 하는 것인데, 그것이 힘들다고 말했다. 그리고 덧붙였다. "하지만 아주 의미 있는 일이에요." 마거릿이 고개를 끄덕였다.

묘지에 다다르자 모두 무덤 자리 주변에 모여 섰고—지금은 4월 중순이었다—밥은 짐이 검은색 롱코트를 입고 서 있는 모습을 보았다. 짐은 아주 외로워 보였다.

도시로 돌아오는 길에 밥이 마거릿과 팸에게 말했다. "나는 아무것도 느끼지 못했어. 헬렌을 아주 많이 사랑했는데도."

그러자 마거릿이 말했다. "걱정하지 마, 밥. 슬픔은 묘한 거야." 그리고 뒷좌석에 앉은 팸도 조용히 말했다. "그건 분명해."

집으로 돌아간 짐은 이웃이 다시 데려다준 어린 손주들과 함께 앉아 있었다. 헬렌의 친구 몇 명은 장례식이 끝나자 곧장 돌아와 음식을 가져왔다. 샌드위치와 접시에 담긴 치즈와 프로슈토가 있었고, 와인이 준비되어 있었다. 디캔터에 따라 놓은 위스키가 벽난로 맞은편 선반 위에 놓여 있었다.

밥은 마거릿에게 놀랐다. 그녀는 친구들 한 명 한 명에게 다가가 헬렌을 안 지 얼마나 되었는지 묻고, 그들이 하는 이야기를 귀담아들었다. 팸은 밥의 옆에 서 있었다. 그녀는 마스크를 쓴 채 종일 벗지 않았다. 밥이 그녀를 안쓰러운 눈빛으로 바라보았다. "한잔하고 싶을 텐데."

"늘 그렇지." 그녀가 말했다.

"정말 잘하고 있어, 팸. 감동했어."

"고마워, 보비." 그리고 그녀가 몸을 앞으로 숙이며 말했다. "나는 친구라는 이 여자들 정말 별로야."

"무슨 말인지 알아." 밥이 말했다. 그리고 덧붙였다. "미안. 난 위스키를 좀 마셔야겠어." 그가 디캔터로 걸어갔고, 그가 문으로 들어오면 늘 곧바로 헬렌이 위스키를 따라주던 것을 떠올렸다. 위스키를 잔에 따라 한 모금 벌컥 마시자 속이 울렁거렸다. 팸이 그를 따라갔다. "미안해하지 마. 다른 사람들이 술을 마실 때 마시지 않는 것도 이겨내야 하는 일이야."

"어떻게 지내고 있었던 거야, 팸? 당신이 술을 마신 것 때문에 사과해야 한다는 그 사람들은 누구야?" 밥이 위스키 잔을 들고 그녀를 쳐다보았다.

"오." 그녀가 마스크가 살짝 들릴 만큼 크게 한숨을 쉬며 말했다. "누구보다 테드가 있지. 어떤 밤에는 술을 마신 다음 그에게 아주 못되게 굴었거든."

"그는 그 사과를 어떻게 받아들였어?" 밥이 물었다.

팸이 말했다. "솔직히 말하면, 놀라던데. 그는 내가 AA 모임에 들어갔단 사실에 놀랐어."

"또 누구한테 사과했어?"

"오, 그게, 여자 친구들 두 명." 그녀가 눈알을 굴렸다. "그리고 그들은—물론—아주 많이 지지해줬어. 내가 자기들에게 못된 말은 하지 않았다고, 뭐 그런 말도 해주고." 팸의 눈썹이 위로 올라갔다. "어쩌면 정말 그러지 않았을지도 모르지. 내가 말하고 싶은 걸 머릿속으로만 생각했을 수도 있으니까. 누가 알겠어." 그리고 그 순간 그녀의 눈에 눈물이 맺혔다. 그녀가 조용히 말했다. "그리고 아들들. 취한 상태에서 개들한테 전화를 걸곤 했거든." 그녀가 고개를 가로저었다. "하지만 아주 잘 받아줬어. 특히 에릭이." 팸이 밥의 팔을 잡았다. "그애가 나를 보러 왔었어, 밥. 여자 옷을 입고. 거짓말은 하지 않겠는데, 처음엔 아주 힘들었어. 음, 아주 불편했지. 그 빌어먹을 도어맨들이라든가, 그 모든 게. 물론 그들은 한마디도 하지 않았지만. 하지만 아주 대단한 아이야, 밥. 내가 정말로 보고 싶었다면서, 테드만 없으면 다시 오겠대." 그녀가 주위를 둘러보았다. "오, 보비. 모두가 아주 엉망이야." 그러고는 그를 쳐다보며 말했다. "당신은 어때?"

"모든 게 좋아, 고마워. 테드는 어떻게 할 생각이야?" 밥이 물었다.

"음." 팸이 얼굴 옆에 흘러내린 머리카락을 손가락으로 빙

빙 돌렸다. "어떻게 할지 아직 고민중이야. 사실은…… 그 사람 없이 사는 것도 꽤 괜찮았어. 그러니까, 그는 이따금 뉴욕에 오고, 다른 때엔 여전히 햄프턴에 있어. 겨울에 계속 거기 있었어."

"리디아하고? 그 여자는 여전히 거기 있어? 그녀에겐 사과하지 않았지?"

"그럴 리가." 팸이 말했다. "오, 그 여잔 여전히 거기 있어." 그녀가 덧붙였다. "둘 다 엿 먹으라지."

짐이 보이지 않았다.

밥은 혼자 위층 서재에 앉아 있는 그를 발견했고, 주저하며 안으로 들어갔다. 그가 "짐?" 하고 불렀고, 그의 형이 돌아보았다. 눈에 표정이 없었다. "아, 지미." 밥이 말하고, 형의 맞은편에 앉았다. 그들은 말없이 앉아 있었다. 짐이 팔꿈치를 무릎에 대고 몸을 앞으로 숙인 채 말했다. "내가 무슨 생각 하는지 알아? 코네티컷에 마련된 그녀 옆의 그 끔찍한 묫자리에 묻히고 싶지 않다고 생각하는 중이야. 나는 그걸 원하지 않아, 밥. 하지만 우리는 묫자리 두 개를 마련해뒀지. 근데 그 사실이 나를 좀 미치게 만들어."

"형은 어디에 묻히고 싶어?" 밥이 물었다.

짐이 말했다. "묻히고 싶지 않아. 화장해서 재로 메인주 앤 드러스카긴강에 뿌려지면 좋겠어. 그게 내가 원하는 거야."

8

  신기하게도, 두 아내와 한 차에 타고 있던 것이 밥에게 아주 특별한 기억이 되었고, 그는 두 사람—이 여자들은 아주 달랐는데도—모두에게 이해받는다고 느꼈다. 그리고 그들이 서로에게 너그럽고 자애로웠다는 사실은 한편으로 그에게 아주 강렬한 인상을 남겼다. 그는 나중에 루시와 강가를 산책하면서 그 이야기를 했고, 그러는 동안 그의 눈에 눈물이 맺혔다. 헬렌의 죽음 때문은 아니었다. "그녀가 떠난 걸 믿을 수 없어서 그런가봐요."

  루시가 말했다. "아마 그럴 거예요."

  "하지만 그 집이 아주 달라지고 아주 텅 빈 느낌이에요."

루시가 고개를 끄덕이며 그를 쳐다보았다. "오, 밥, 너무 마음이 아파요. 더 이야기해줘요." 그래서 밥은 짐이 헬렌을 묻을 때 얼마나 외로워 보였는지, 그가 나중에 어린 손주들을 얼마나 정성껏 보살폈는지 말했고, 루시는 고개를 저으며 귀를 기울였다. 그들은 한동안 말없이 걸었다.

"당신은 다 괜찮은가요?" 밥이 그녀를 돌아보며 물었다.

루시가 그를 보며 미소를 지었다. "아까 물어봐놓고선요. 가엾은 사람. 네, 모든 게 괜찮아요. 에이든도 잘 지내고, 크리시도 잘 지내요. 베카는 철학을 전공하는 학생과 만난대요."

그리고 그녀는 그에게 올리브 키터리지와 있었던 일에 대해 말했다. "그녀는 내 이야기에 아주 혼란스러워했지만, 어쩌겠어요."

"어쩔 수 없죠." 밥이 동의했다. "나한테 그 이야기를 해줘요."

루시가 눈을 가느스름히 뜨고 그를 쳐다보았다. "정말로요? 당신은 내 바보 같은 이야기를 듣지 않아도 돼요."

"듣고 싶어요." 밥이 말했고, 정말로 듣고 싶었다.

그래서 루시는 그에게 기차에서 만난 그 남자와 택시 운전기사 이야기를 해주었다. 밥은 그녀가 말할 때 살짝씩 고개

를 돌려 그녀를 쳐다보았고, 자기가 아는 사람 중에 그런 이
야기를 해줄 만한 사람을 떠올려보았지만 아무도 떠오르지
않았다. "그거 정말 신기한데요. 불어난 강물에 대해 함께 말
한 듯 느껴졌다는 그 부분요." 기차에 같이 탄 사람에 대한
이야기였다.

"하지만 우린 정말로 그랬어요, 밥. 정말로 그랬다고 신에
게 맹세할 수 있어요."

"오, 당신을 믿어요." 그가 말했고, 진심이었다. "당신은
특별해요, 루시."

그녀가 웃었다. "윌리엄이 늘 하는 말은 이거예요. '당신은
이상한 사람이야, 루시.'"

"당신은 이상하지 않아요. 당신은 루시예요." 그가 덧붙였
다. "윌리엄은 당신이 특별한 영혼이라고 생각한다고 했잖아
요. 그가 당신이 이상하다고 말한 건 오로지 그 뜻일 거예
요."

"고마워요, 밥." 그녀는 그를 쳐다보지 않고 계속 걸었다.

머칠 전에 또다시 눈이 내려 그들이 걷는 길이 조금 질퍽
거렸다. "4월에 내리는 이 눈은 못 참겠어요." 밥이 말했고,
루시가 말했다. "오, 나도 그래요!" 하지만 그 사실은 이미

서로 알고 있는 것이었다.

"내가 맡은 사건에 대해 당신에게 말해줄 수 있으면 좋겠어요." 그들이 걸어갈 때 밥이 말했다. "하지만 변호사가 지켜줘야 하는 의뢰인의 특권이라 그럴 수가 없군요."

"알고 있어요." 루시가 말했다. "재혼하기 전에 변호사하고 잠시 만났어요. 그가 그렇다고 말해줬어요. 하지만 늘 해서는 안 되는 이야기를 해주곤 했죠." 그녀는 그건 괜찮다는 듯 손을 휙 저었다. 그리고 걸음을 멈추고, 밥을 따뜻한 눈빛으로 쳐다보며 말했다. "데이비드는 아주 사랑스러운 남자였어요, 밥. 내 두번째 남편요."

"누굴 말하는지 정확히 알죠. 아."

"그는 딸들을 제외하면, 내게 일어난 최고의 사건이었어요."

"그런데, 루시." 잠시 뒤에, 밥이 머뭇거리다 물었다. "무엇 때문에 그 사람 생각이 났어요?"

"오, 나는 데이비드 생각을 자주 해요. 아주아주 많이요. 하지만 말해서는 안 되는 것을 말하던 변호사를 떠올리다가—음, 데이비드는 그런 유의 사람하고는 아주 달랐거든요." 그녀가 밥을 흘끗 올려다보고는 말했다. "계속 이야기해줘요. 네?" 그리고 다시 걷기 시작했다.

그래서 밥은 짐이 헬렌과 나란히 묻히고 싶어하지 않는다는 것, 짐은 자기를 화장해 그 재가 앤드러스카긴강에 뿌려지기를 바란다는 것을 말해주었다.

"아하. 당연히 그렇겠네요." 루시가 말했다.

그들은 밥이 늘 담배를 피우는 장소에 다다랐다. "왜 당연하죠?" 밥이 물었다.

"나는 완벽히 이해되는데요. 범죄의 현장으로 돌아가는 거죠. 그리고 사람들은 종종 자신들의 어린 시절로 돌아가요." 루시가 화강암 벤치 위 그의 옆에 앉았다. "나는 왜 당신의 형에게 이렇게 안쓰러운 마음이 드는 걸까요?" 그러고는 루시는 밥의 다리를 몇 번 쿡쿡 찌르더니 말했다. "이유는 이것 같아요. 당신이 그의 이야기를 해준 그날, 그가 당신에게 아버지를 죽인 사람이 자기였다고 고백한 그날—그 이야기에서 내가 결코 잊을 수 없는 부분이 뭔지 알아요?"

밥이 담배연기 위로 눈을 찡그린 채 그녀를 쳐다보았다. 그는 행복했다. 그는 행복을 느꼈다—그저 루시가 여기 있다는 것만으로.

"날마다 학교에서 집에 가면 말해야지, 그러니까 당신의 어머니에게 말하겠다고 생각했다는 그 부분요. 오늘은 말할 거야. 여덟 살 때부터, 밥. 당신 형은 그 생각만 하고 살았던 거예요. 오늘은 엄마한테 말해야지, 오늘은 고백해야지. 그런데 그러지 못했어요. 시간이 지나면서 더욱 못하게 되었고, 그러는 사이 어머니는 당신이 그랬다고 생각해 당신에게 아주 잘해줬어요. 그러니 아마 어린아이였던 짐은 더욱 혼란스러웠을 거예요. 말해도 어머니가 믿어주지 않을 거라고 생각했을지도 몰라요. 그래서 대학에 들어갔을 때도, 그리고 하버드 로스쿨에서도 여전히 그 생각을 했던 거죠. 오늘은 말해야지, 편지를 써야지." 루시는 고개를 젓고 한숨을 쉬었다. "오, 밥. 참으로 고통스러운 삶의 방식이에요. 그가 이 나라 최고의 피고측 변호사가 된 것도 놀라운 일이 아니에요. 그는 자신을 범죄자라고 생각했으니까요."

"오, 알겠어요. 알겠어요. 무슨 말인지 알겠어요." 밥은 담배 한 모금을 길고 세게 빨았다. 바람이 연기를 그에게 곧장 보냈기 때문에 그는 서 있어야 했다. 그리고 원을 그리며 몇 바퀴 돈 다음 담배를 비벼 껐다. 그리고 그것을 들어 다시 담뱃갑 안에 넣었다. "고마워요, 루시." 그가 말했다.

"당연한 거죠." 루시가 대답했다.

다시 주차장으로 걸어가는데, 밥은 루시와 함께 있다는 사실만으로 모든 것에서 벗어나 쉬고 있다는 느낌을 다시 한번 받았다. 그것이 그의 마음을 스쳤다. 그래서 그녀에게 그렇게 말해주었다. 그가 말했다. "당신과 함께 있어서 좋아요, 루시. 당신은 내게 음, 뭐랄까, 삶으로부터의 휴식을 주는군요."

"죄를 먹는 것으로부터의 휴식." 그녀가 활짝 웃으며 말했다. "아주 뿌듯한데요." 그리고 그녀가 덧붙였다. "나도 정확히 똑같이 느껴요. 다만 나는 죄를 먹지는 않죠."

그들이 차에 다다랐을 때 밥이 두 팔을 벌리며 말했다. "당신에게 큰 포옹을 보내요, 루시." 그리고 그녀 역시 두 팔을 벌리고 말했다. "당신에게도요, 밥."

하지만 그들은 서로 포옹하지 않았다.

제 3 권

1

4월 중순이 되었는데도 밥과 마거릿의 집 앞 개나리 덤불에는 아직 꽃이 피지 않았다. 하지만 자주색 크로커스는 집의 지하층 가장자리에서 꽃을 피웠고, 다른 집들에도 자주색과 노란색 크로커스가 여기저기 조금씩 피어 있었다. 하지만 뉴욕에서와 달리 수선화는 아직이었다. 줄기가 올라오고 싹이 돋았지만. 그리고 튤립도 피지 않았다. 하지만 튤립 역시 지금 땅을 뚫고 진홍색이 도는 녹색 줄기를 뻗어올리고 있었다.

밥은 올리브 키터리지에게 전화를 걸어, 그녀가 스퀘어댄스를 하러 다닐 때 비치 가족에 대해 뭔가 말해주었다는 그 사람에 대해 물어보았다. 몇 달 전 어느 날 그가 사무실에 있을 때 올리브가 비치 가족에 대한 이야기를 해주려고 전화를 걸어왔던 기억이 되살아난 것이었다. 전화기에서 들리는 올리브의 목소리는 맥이 풀려 있었다. "지금은 기억이 안 나는데, 섹스에 관한 뭔가였던 것 같아요."

"섹스요?" 밥이 물었다.

"밥, 미안해요. 그냥 기억이 안 나요."

"그 말을 해준 사람의 이름이 뭐였어요? 스퀘어댄스를 한 그 사람요."

"아주 오래전 일이에요, 밥. 기억이 안 나요. 끊을게요." 그리고 그녀는 전화를 끊었다.

*

오, 올리브.

올리브에게 일어나고 있는 일은 이것이었다. 그녀의 가장 친한—삶의 이 시점에서는 지금껏 이 세상 전체에서 친구라고 할 만한 사람들 중 가장 친하다고 느끼는—친구가, '다리 건너'의, 요양보호사들이 마음대로 드나드는, 혹은 들어가지 않으려고 하면서 멀찍이 떨어져 있다는 말이 가장 적절할 그 끔찍한 방에 사는 이저벨 굿로가 여기를 떠나 캘리포니아로 가서 딸의 집 근처에서 살게 되었다. 이저벨이 올리브에게 이 말을 해준 것이 바로 전날이었다. 심지어 올리브가 신문을 1면부터 마지막 면까지 읽어주려고 자리에 제대로 앉기도 전에 이저벨은 그 말부터 했다.

이저벨의 딸인 에이미 굿로는 캘리포니아에서 꽤 잘나가는 유명한 의사가 되었고, 역시 꽤 잘나가는 유명한 의사와 결혼했는데, 에이미와 남편이 이저벨을 그들이 사는 곳 근처 시설로 옮기기로 결정한 모양이었다. 이것이 전날, 그러니까 목요일에 이저벨이 올리브에게 말해준 것이었다. 그들이 이번 주말에 비행기를 타고 와서 이저벨을 데리고 그리로 간다고 했다. 새 시설에 들어갈 준비도 다 해두었다고.

이저벨은 올리브에게 이 말을 하면서 울었다. 올리브는 한마디도 하지 않았다. 말을 할 수가 없었다. 마침내 가려고 일어섰을 때 이렇게 말했다. "보고 싶을 거예요, 이저벨."

올리브는 아파트로 돌아가 아주 오랫동안 가만히 앉아만 있었다. 그리고 생각했다. 처음 만났을 때 이저벨은 온순하고 쥐 같아 보였어. 그리고 여전히 온순하고 쥐 같아. 뭐든지 누가 시키면 시키는 대로 할걸. 올리브는 바같이 어두워질 때까지 앉아 있다가 일어서서 불을 켰다. 그날 밤 거의 새벽이 될 때까지 잠을 이루지 못했고, 네 시간 뒤에 깨어났을 때는 기분이 비참했다. 그녀는 이저벨에게 전화를 걸어 말했다. "그애들이 언제 온대요?" 그날은 금요일이었다. 그러자 이저벨이 말했다. "오늘 오후 이따가요."

"알겠어요." 올리브가 말했다. 그리고 전화를 끊었다.

이저벨이 다시 전화를 걸어왔다. "에이미가 당신을 보고 싶어할 거예요." 그녀가 말했고, 올리브가 말했다. "아, 뭐." 그리고 전화를 끊었다.

그날 오후 두시경에 올리브는 종이에 편지를 썼다. **루시 바턴이 그러는데**—그리고 곧 중단했다. 루시가 무슨 말을 했는지 정확히 기억나지 않았다. 하지만 다시 쓰기 시작했다. 세상에서 서로 연결되어 있다고 느끼는 사람들은 극소수래요. 나는 당신과 연결되어 있다고 느껴요. 사랑을 담아, 올리브.

그녀는 그것을 봉투에 넣고 다리를 건너 이저벨의 방을 지나지 않고 곧장 간호사실로 가져갔다. "이저벨 굿로가 떠나기 전에 이걸 꼭 받아볼 수 있게 해주겠어요?" 올리브가 물었고, 보호사는 놀란 표정을 하더니 말했다. "이저벨이 떠난다고요?"

그런 다음 올리브는 다시 아파트로 돌아갔다. 마치 죽음을 기다리는 기분이었다. 그녀는 이저벨이 당장 떠나버렸으면 좋겠다고 생각했다. 이저벨이 떠나는 것을 전혀 원하지 않았지만 말이다. 올리브는 첫 남편 헨리가 뇌졸중으로 쓰러졌을 때만큼의 감정적인 고통을 경험하고 있었다. 하지만 그때는 할일이 있었는데, 그 끔찍한 뇌졸중 요양원으로 매일 그를 찾아가는 것이었다. 그녀는 매일 그곳에 갔고, 심지어―날씨가 괜찮으면―그들의 개를 데리고 가기도 했다. 그리고 헨리를 휠체어에 태워 주차장에 데리고 나와 개가 그의 손을 핥게 했다. 그러면 헨리는 말은 할 수 없었지만 얼굴에 미소를 떠올린 채 휠체어에 앉아 있었다. 그는 뇌졸중으로 쓰러진 뒤로 다시는 말을 하지 못했다.

하지만 지금 올리브는 갈 곳이 없었고, 할일도 전혀 없었다. 금요일 오후 내내 그녀는 이저벨에게서 연락이 오길 기다렸지만, 연락이 없자 그날 밤 잠자리에 들 때 오랫동안 하지 않았던―어쨌거나 기억나지 않는―방식으로 욕을 하기 시작했다. "이 빌어먹을 쌍년." 그녀가 조용히 베개에 얼굴을 묻고 말했는데, 에이미 굿로를 두고 한 말이었다. "멍청하기 짝이 없는 못돼처먹은 년." 이 같은 말이 그녀가 침대에서 잠을 이루지 못하고 누워 있을 때 입 밖에 낸 것들이었다.

에이미 굿로는 어머니를 좋아한 적이 한 번도 없었다. 에

이미가 어머니를 **사랑한다**는 것은 올리브도 알고 있었다. 이저벨은 자신을 도와줄 부모나 살아 있는 가족이 없는 미혼모로, 에이미가 아기였을 때 뉴햄프셔의 작은 타운에서 메인주 셜리폴스로 이주했다. 이저벨이 몇 번이고 이야기해서 올리브도 알고 있었다. 시시콜콜한 부분까지 다 알았다. 에이미의 외로움, 에이미와 어느 교사 사이의 불미스러운 일, 이저벨이 그 일을 알아냈을 때 에이미의 머리카락을 잘랐던 것까지. 올리브는 그 이야기 전체를 알았다. 그리고 올리브는 에이미를 지난 몇 년 사이 여러 번 만났고, 그녀의 남편과 그들의 아들(올리브에게는 전혀 인상적이지 않았다)도 만났다. 올리브는 이것도 알고 있었다. 에이미는 사랑은 하지만 결코 좋아한 적은 없는 어머니에게 의무를 다한다는 것을. 완전히 새로운 인생을 살고 싶은 게 아니라면 자식이 왜 아주 멀리 이주해 살겠는가? 심지어 이저벨도 그 말을 했는데, 그것이 이저벨과 올리브의 공통점이었다. 올리브의 아들 크리스토퍼도 훨씬 가까이 살 수 있었는데도 뉴욕에서 살고 있었고—

올리브가 일어나 앉았다. 이 말이 그녀의 마음에 스쳤다. 죽어버려야겠어. 크리스토퍼가 슬퍼하겠지만 그렇게 슬퍼하지는 않을 테고, 이겨낼 거야. 죽어버려야겠어. 그녀는 그것을 어떻게 실행에 옮길지 생각했다. 칼로 손목을 그을까? 그건 너무 무서웠다. 그 순간 아버지가 총을 사용한 것을 떠올렸다. 그리고 그로부터 몇 년 뒤 아주 젊은 나이에―그때가 쉰일곱 살이었을 텐데―죽은 어머니를 생각했고, 자기 자신을, 그리고 아버지의 자살이 자신에게 어떤 영향을 미쳤는지를 생각했다. 사실 그의 자살이 자신에게 어떤 영향을 미쳤는지 잘은 몰랐지만, 마음 깊은 곳에서는 좋은 영향이 아니었다는 것을 알고 있었다.

토요일에도 이저벨에게서는 여전히 연락이 없었다.

그래서 올리브는 생각했다. 내가 직접 그리로 가서 작별인사를 하는 일은 없을 거야.

그리고 일요일이 되었을 때―정오에―올리브의 전화벨이 울렸다. 이저벨의 번호였고, 올리브는 물끄러미 쳐다보다 전화기를 집어들고 억양 없이 말했다. "여보세요?"

"이리 건너와요." 이저벨이 말했다. "올리브, 내가 싫다고 했어요. **마침내 내가 말했어요.** 애들이 이런저런 양식에 서명할 때 내가 그냥 '나는 안 가' 하고 말했어요. 처음에는 애들이 믿지 않는 눈치였고, 결국 내가 아르준에게 나가달라고 부탁했어요. 그리고 에이미에게 말했어요. '잘 들어, 에이미.

네가 나를 가까이 두고 싶어하는 거 알아. 하지만 메인은 내 집이야. 네가 아기였을 때부터 내 집이었어. 남편하고 함께 지낸 내 집이었고. 그리고 지금은 여기가—심지어 요양원이라 해도—내 집이야. 내겐 다른 누구와도 바꿀 수 없는 올리브라는 친구가 있어. 에이미, 나는 안 가. 너는 내가 스스로 판단할 능력이 없다고 선언해야 할 거야—어쩌면 넌 그럴 수 있겠지—하지만 나는 끝까지 거부할 거야. 분명히 말하는데, 나는 갈 수 없고, 가지 않아.'"

올리브는 아무 말 하지 않았다.

"내 말 들었어요?" 이저벨이 말했다.

"다시 말해줘요." 올리브가 말했다.

그래서 이저벨이 말했다. "올리브, 몹시 피곤해요. 나보고 이 이야기를 전부 다시 하라는 건 아니죠? 아니요, 나는 안 가요. 애들이 방금 떠났어요. 애들이 떠났어요, 올리브!"

그러자 올리브가 말했다. "내가 곧장 그리로 갈게요."

2

　4월 셋째 주가 되었는데도 메인의 날씨는 여전히 쌀쌀했다. 그렇지만 적어도 어떤 땅에서는 개나리가 마침내 조금씩 꽃을 피우기 시작했다. 봄을 맞이할 준비를 이미 끝낸 크로스비 타운 주민들은 올해 그 어느 때보다 더 많이 밖에 나와 있었다. 그리고 일곱시 삼십분에도 해가 지지 않아, 스스로 잘 인식하지는 못해도 일종의 심호흡을 할 수 있었다. 커튼을 치는 시간도 더 늦어졌다.

　그리고 이 무렵의 어느 저녁에 마거릿 에스테이버와 밥 버지스의 집에서는 마침 아직 커튼을 치지 않았고, 그 장면을 목격한 사람은 몇 명뿐이었지만 타운에 아주 빠르게 소문이

퍼져나갔다. 이 부부가 아주 큰 싸움을 한 것이었다. 처음 목격한 사람은 개를 산책시키며 그 집 앞을 지나가고 있었는데 그는—우리가 앞서 말했듯, 이 부부가 타운에 형성하는 안전한 분위기에 무의식적으로 보호받는다고 느끼면서—불켜진 창문 안을 들여다보느라 걷는 속도를 늦추었다. 마거릿 에스테이버가 절대적인 증오가 담긴 표정으로 남편을 쳐다보고 있었다.

몇 분 뒤에 길 건너에서 걸어가던 노부부가 본 것은, 밥 버지스가 갑자기 팔을 들어올린 장면이었는데, 그는 소리를 지르고 있는 것 같았다. 노부부는 길을 건너 그 집에 더 가까이 갔고, 정말로 고함을 지르는 소리가 들렸다. 하지만 무슨 말인지 알아들을 수는 없었고, 놀란 채로 그 앞을 천천히 지나갔다. 그리고 마거릿이 커튼을 휙 쳤다. 이 소식이 작은 타운에 돌았지만, 생각보다 많이 퍼지지는 않았다. 사람들은 밥 버지스와 마거릿 에스테이버의 이야기를 하고 다니는 데 불편함을 느꼈고, 그래서 타운 중심에 있는 큰 벽돌집 창문을 통해 목격된 장면에 대해 들은 사람은 결국 십여 명 정도에 지나지 않았다.

상당한 언쟁이었다. 바로 그날 일찍, 마거릿은 보스턴에 있는 유니테리언교 교회인 알링턴 스트리트 교회에서 설교를 했다. 두 사람은 그 전날 보스턴으로 갔다. 그녀는 밥이 보스턴에서 차가 막히는 것을 걱정하는 게 싫다면서 그들이 탈 차를 예약해두었다. 밥이 보스턴에서 운전해도 괜찮다고 말했는데도 그랬다. 아니, 그녀는 운전기사가 딸린 차를 원한 것이었다. 그 교회에 초대받아 설교하는 것에 그 정도로 흥분해 있었다. "우리는 우버 택시를 이용할 거야!" 그녀가 말했다.

나무들은 아직 새잎을 돋우지 않았고, 밥과 마거릿이 타운을 떠날 때 크로스비의 도로는 지저분해 보였다. 차가 고속도로로 접어들자 마거릿은 서류 가방에 손을 넣어 다음날을 위해 써온 설교문을 꺼냈다. 밥은 차 안에서 뭔가를 읽으면 아이처럼 멀미가 나서 읽을 수 없었고, 그래서 그녀 옆에 앉아 귀에 이어폰을 꽂고 음악을 들으면서 나무들이 스쳐지나가는 풍경을 바라보았다. 그는 이미 그 설교를—네 번—들었고, 아주 훌륭하다고 생각한다는 말도 해주었다. 그는 기분이 좀 들떴고, 자신이 타운에서 벗어나는 것을 즐거워한다는 사실을 깨달았다. 헬렌의 죽음과 매슈 비치 사건이 결합되어 자신을 끊임없이 짓눌렀다는 것을 그제야 이해했다. 그리고 그들이 뉴햄프셔주에 다다랐을 무렵 고속도로는 더 깨꿋해지고 어쨌거나 더 활기차게 느껴졌다. 하지만 하늘은 회색이었고, 매사추세츠주에 접어들 때까지 계속 회색이었다. 그러다 하늘이 맑아지고, 햇살이 비치기 시작했다. 마거릿이 손을 뻗어 밥의 손을 꼭 잡았다. "꽤 잘 쓴 것 같아." 그녀가 말했고, 이어 그가 이어폰을 빼고 말했다. "뭐라고 했어?" 그녀가 방금 한 말을 반복했다. "당연하지." 밥이 말했다.

진실은, 크로스비에 있는 그 작은 교회에서도 밥은 신자석 셋째 줄에 앉아 아내가 긴 흰색 가운을 입고 회중 앞에서 사랑과 자비와 그 모든 것에 대해 말할 때, 종종 마음이 아주 조금 불편해진다는 것이었다. 그 불편함은 그런 순간에 마거릿을 장악한 어떤 태도 때문임을 그는 깨달았지만, 그게 뭔지 정확히 짚어내기는 어려웠다. 하지만 이따금 아이가 어른 옷을 입고 놀면서 자기가 중요한 인물이 된 듯 흥분하는 모습이 떠올랐다. 그래서 밥은 그녀를 쳐다보는 게 늘 편치는 않았다. 하지만 사람들은 그녀를 사랑했다. 밥은 그녀를 사랑했다.

그가 차창 밖을 내다보았고, 보스턴의 스카이라인이 나타났다.

호텔로 들어가자 그는 기분이 좋아졌다. 방이 널찍해서 좋았다. 로비와 복도에서 사람들을 보는 것도 좋았다. 그들은 아래층 레스토랑에서 저녁을 먹었고, 밥은 그녀에게 자신이 예배에 참석하지 않아도 정말로 괜찮은지 재차 다짐을 받았다. 그녀는 손을 저으며 자기는 완전히 괜찮다고, 같이 와준 것만으로도 고맙다고 말했다. 그녀는 예배에 오지 말라는 말을 이미 했었고, 그는 속으로 안도했다. 방금 말했듯이, 그녀가 설교하는 것을 보면서 종종 마음이 모호하게 불편했기 때문이었다. 마거릿은 말했다. "정말로, 밥, 예배가 끝난 뒤에 커피 마시는 시간이 특히 좀 불편할 거야. 걱정하지 마." 그래서 밥은 보스턴에 사는 옛친구를 만나기로 했고, 다음날 아침에 마거릿이 말했다. "체크아웃 시간을 두시로 늦춰뒀어. 나는 호텔에 한시까지는 돌아올 거야. 돌아와서 짐을 꾸릴 거고, 한시 십오분에 우버 택시가 우리를 기다릴 거야." 예배시간은 열한시였고, 그 이후가 커피 시간이었다. 밥이 말했다. "그래, 그러면 시간이 충분하고 남겠네, 마거릿."

그래서 다음날 오전에 밥은 친구 코비를 만났고, 친구는 자신의 이혼과 지금 만나는 새 여자친구에 대해 거의 쉬지 않고 이야기를 늘어놓다가, 두 시간이 지나서야 "너는 뭐 새로운 소식 없어, 밥?" 하고 말했다. 밥은 자신은 말할 것이 거의 없다는 것을 깨달았고, 호텔로 돌아온 뒤 침대에 누웠다. 그의 안으로 은밀한 슬픔이 밀려왔다. 그는 그것이 방금 만난 친구와 관련이 있다는 것을 이해했다. (그는 루시에게 이 이야기를 해야겠다고 생각했다.) 그는 종종 여린 슬픔의 물결이 자기 안을 지나가는 것을 느꼈다. 그렇다는 사실을 알고 있었고, 받아들였다. 하지만 또한 그는 그것이 헬렌 때문이고, 매트 비치 때문이고, 매트가 자신에게 많이 의존하기 때문임을 알았다.

그래서 그는 일어나 앉아 주위를 둘러보았고, 마거릿의 옷이 가방 위에 쌓여 있는 것을 보았다. 그 위에 오버코트도 있었다. 화창한 날이어서 코트를 입을 필요가 없었던 것이다. 그는 그녀의 설교가 잘 진행되었기를 바랐고, 그랬을 것 같았다.

한시가 되었고, 마거릿은 돌아오지 않았다. 그녀에게 전화를 걸었지만 받지 않았다. 밥은 그녀의 옷을 개서 그녀의 여행용 가방에 넣었다. 휴대전화 충전기, 그녀와 자신의 컴퓨터 충전기 등 모든 충전기를 확실히 챙겨 늘 그것을 보관하는 작은 갈색 가방에 넣은 다음, 자신의 여행용 가방 지퍼를 잠갔다. 한시 십오분에 그녀에게 다시 전화를 걸었고, 그녀는 이번에도 받지 않았다. 그녀에게 문자를 보냈지만, 답장이 없었다.

위치 추적 앱으로 마거릿이 어디 있는지 확인했는데, 그녀는 여전히 두 블록 떨어진 교회에 있었다. 그는 이해할 수 없었다. 불안이 그의 안으로 밀려왔다. 그는 탁자 위에 객실 청소부에게 줄 20달러 지폐를 남겼고, 여기저기 툭툭 부딪히며 문 앞에 이르러 간신히 문을 열고 바퀴 달린 가방 두 개를 밖으로 굴렸다. 그녀의 코트는 팔에 걸친 채였다. 그리고 엘리베이터를 타고 아래로 내려갔다.

밥은 화를 내는 것이 불편한 사람이었다. 오래전 뉴욕에서 심리치료사는 그것이 그의 어린 시절, 그리고 그가 아버지를 죽였다는 사실과 관련이 있다고 말해주었다. 심리치료사—오, 얼마나 친절한 여인이었는가!—는 그가 자기 안에 거대한 죄의식을 담고 있어서 감히 화를 낼 수 없는 것이라고 설명했다. 하지만 지금 그의 짜증은 점점 커져 정말로 화가 되어가고 있었다. 그는 그들을 태우러 온다는 우버 택시도 걱정이 되어, 택시가 올 때마다 차 안으로 몸을 기울여 그들이 탈 차인지 물었고, 운전사들은 번번이 고개를 저었다. 마거릿이 마침내 호텔 앞문을 열고 느긋이 들어온 것은 세시 이십분이었다. 그녀는 가방에서 휴대전화를 꺼내며 말했다. "오,

우버 택시는 취소됐어."

그들은 보도에서 다른 우버 택시를 기다려야 했다. 메인에 데려다줄 운전사를 찾기까지 삼십 분이 넘게 걸렸고, 그사이 마거릿은 행사에 대해 끊임없이 이야기를 늘어놓았다. "그들이 나를 사랑했어, 그냥 나를 절대적으로 사랑했어, 밥. 그리고 내가 그 부분을 말하기 시작했을 때―뭐가 잘못됐어?" 그녀가 그를 보며 얼굴을 찡그렸다.

"한시까지 돌아온다고 했잖아. 우리는 체크아웃을 해야 했고, 당신은 전화를 받지 않았어. 나는 무슨 일이 생겼는지 알 수 없었고."

"오, 밥, 이러기야?" 그러고는 설교가 얼마나 잘 흘러갔는지에 대해 또다시 이야기를 반복했다. 밥은 차를 타고 돌아가는 내내 마거릿이 "테리는 어떻게 지낸대?" 하고 물어본 그 한 번을 빼고 아무 말도 하지 않았다. 밥이 말했다. "코비." 그러자 마거릿이 말했다. "오, 맞아, 코비. 그 친구는 어떻게 지낸대?" "잘 지내." 밥이 말하고는 차창 밖을 내다보았다.

그는 왜 이 여자에게 이토록 화가 나는지 도무지 이해되지 않았다. 하지만 가슴속에서 분노가 끓어오르는 것 같았다― 부글부글 계속 끓었다. 그리고 그것은 사라지지 않았다.

그들이 크로스비 타운에 접어들었을 때 밥은 마침내 이해
했다. 그는 자신이 유기되었다고 느꼈던 것이었다. 그래서
그렇게 화가 났던 것이다. 그는 어렸을 때 컵스카우트* 모임
에 갔을 때가 기억났다. 어머니가 그를 데리러 오는 걸 깜박
했고, 그는 모임이 있었던 교회 계단에 한 시간 넘게 앉아 있
다가 울음을 터뜨렸다. 그는 예닐곱 살밖에 되지 않은 작은
아이였다. 그리고 그의 어머니가 마침내 나타났다. "울음 좀
그쳐." 차에 타자마자 어머니가 말했다. 하지만 그는 울음을
멈출 수 없었다. "어디 갔었어요?" 그가 물었고, 어머니가 대
답했다. "오, 제발 좀, 밥. 지넷 집에 갔다가 시간이 이렇게
간 줄 몰랐어. 울음 좀 그쳐!"

밥은 지금 차창 밖을 내다보다가 지금 일어난 일이 바로
그것이라는 걸 깨닫고 이렇게 생각했다. 도착하면 마거릿에
게 이걸 설명해야겠어. 그럼 괜찮을 거야.

하지만 괜찮지 않았다.

---

* 7세에서 10세 사이의 아이들이 참여하는 프로그램으로, 리더십, 팀워크, 자
연과의 관계, 다양한 기술을 배우는 활동을 한다.

그가 탁자 맞은편에 앉은 그녀에게 이 이야기를 하는데, 그녀의 눈이 작아지는 것이 보였다. 그녀의 얼굴에 다정함은 없었다. 그가 이야기를 멈추자 그녀가 말했는데, 목소리가 아주 딱딱했다. "밥 버지스, 나는 당신 어머니가 아니야. 첫번째가 그거고. 두번째는 내가 당신의 어린 시절 트라우마에 대해 전부 다 잘 알고 있다는 거야. 그리고 젠장, 내 인생의 하루하루를 그 사실과 타협하려고 애쓰면서 보내고 있어. 나는 늘, 늘 당신이 안전하게 느낄 수 있도록 애쓴다고. 당신은 일반적으로 사람들은 그런 일에 사과한다고 말하는데, 일반적인 사람들은 다른 사람들이 때때로 약속에 늦기도 한다는 걸 알아. 그런 일은 일어나기 마련이라고! 그런 게 **삶**이야!"

그가 팔을 들어올렸다. 그것은 무의미한 제스처였지만, 그녀가 말했다. "어떻게 나한테 팔을 들어올릴 수 있지!" 그 순간 그는 분노로 창백해졌다. "오, 맙소사, 마거릿, 바보같이 굴지 마." 그가 말했고, 마거릿이 일어서서 화난 동작으로 커튼을 쳤다. 그는 고개를 돌린 채 화가 나서 말했다. "맙소사, 마거릿, 당신이 나를 가스라이팅하고 있군."

멍한 상태로 그는 세븐일레븐까지 차를 몰았고, 담배 두

갑과 뚜껑을 돌려 따는 와인을 한 병 샀다. 그리고 강으로 차를 몰았고, 주차장에서 와인을 크게 세 모금 들이켠 다음 병을 종이봉지에 넣고 강가로 걸어갔다─이제 날이 어두웠다. 그리고 좁은 길을 벗어나 더 물가로 내려간 뒤 그 자리에 서서 담배를 피웠다.

"그들은 결코 변하지 않아요." 루시 바턴은 둘째 딸이 전 남편을 나르시시스트라고 확신했던 이야기를 해주면서 그렇게 말했었다. "결코 자신들의 행동을 바꾸지 못해요."
이어 루시 바턴은 가스라이팅에 대해, 그게 나르시시스트가 하는 거라고 말해주었는데, 그것이 어떤 개념인지는 정확히 이해하지 못했었다. 하지만 지금 마거릿이 자기 인생에서 하루도 빠짐없이 그의 어린 시절 트라우마를 의식하고 있다고 말하면서 그것을 그의 문제로 돌렸을 때, 그는 이해했다.

그들은 관심의 중심이 되는 것을 좋아한다.
그들은 비판을 받아들이지 못한다.
그들은 통제적이다.
그들은 늘 자신에 대한 것만 말한다.

그들은 공감적이지 않다. 그 한 가지가 밥에게 희망을 주었는데, 마거릿이 자신의 회중에게 깊은 연민을 보인다는 사실이었다. 사실 그녀는 많은 사람들에게 그랬다.

하지만 생각해보면 이런 것이었다. 그들은 자신이 세상을 구원한다고 생각하는 걸 좋아했고, 종종 과대망상적인 모습을 보였다. 그들이 사람들을 위해 좋은 일을 한다면, 그건 그럴 때 자신이 더 큰 사람이 되었다고 느끼기 때문이었다.

그는 몸에서 담배 냄새가 나는 것은 개의치 않고 차를 몰아 집으로 돌아왔다. 그가 집안으로 들어가는데 마거릿이 말했다. "당신이 팔을 들어올린 것에 대해 내가 바보같이 **굴었어**." 하지만 그녀가 그 말을 다정하게 하지는 않았다고, 그는 생각했다. 그는 식사실 탁자 그녀의 맞은편에 앉았다. 마침내 그가 말했다. "당신은 이따금 상당히 자기 몰두적이야, 마거릿. 당신은 심지어 내게 매트 비치 사건에 대해 그다지 물어보지도 않았어. 그리고 오늘 저녁 내가 왜 그렇게 화가 났는지 말했을 때 나를 가스라이팅했어. 그게 가스라이팅인 것 같아─문제의 원인을 다른 사람에게 돌리는 것." 그는 일어섰고, 계단을 올라가 그들의 침실로 가서 침대에 누웠다. 여전히 망연자실한 기분이었다.

두 시간 뒤에 마거릿이 올라왔다. 그녀가 침대 위 그의 옆에 앉더니 말했다. "가스라이팅에 대해 방금 구글에서 찾아봤어. 당신이 맞아. 당신이 맞아, 밥. 맙소사, 정말 미안해." 그녀가 그의 팔을 잡았다.

그들의 언쟁은 그런 식으로 끝났다. 하지만 그 일은 밥을 정말로 흔들어놓았다.

아침이 되자 마거릿이 매트 비치 사건에 대해 더 말해달라고 했고, 밥은 말해주었다. 매트의 컴퓨터를 돌려받기를 기다리고 있고, 매트에게는 휴대전화가 없으며, 캐럴 홀은 미친 사람처럼 웅크린 채 매트를 이 사건에 연루시키고 살인 혐의로 체포할 증거를 하나라도 더 찾아내는 데 혈안이 되어 있다고 말했다. 그는 심지어 마거릿에게 유언장 이야기도 했다. "메인에서 유언장을 공증하는 데 삼 년이 걸리는데, 그들이 그를 사건에 연루시킬 증거를 뭐든 발견할 때까지 그 이야기를 누구에게도 하지 않을 거야."

마거릿은 귀를 기울였고, 그에게 질문했으며, 그는 모든 질문에 답해주었다. 하지만 밥은 자신의 기분을 알 수 없었다. 마거릿은 지난밤 싸움에 대해 정말로 미안해하고 있는 것 같았고, 그가 오늘 아침에 말해준 것에 정말로 관심이 있는 것 같았다. 그가 그녀를 신뢰하지 않는다는 게 아니었다—그들이 결혼한 지도 이제 꽤 되었다. 하지만 그는 자기 안에 해묵은 슬픔이 존재함을 알고 있었다.

마거릿이 말했다. "오래전에 제철소에서 그와 함께 일했다는 두 남자하고는 이야기해봤어?"

밥은 그녀가 그것을 물어봐준 것에 어쩐지 기분이 좀 나아졌다. "이번주에 그들과 약속을 두 건 잡아놨어." 그가 말했다.

"잘됐네." 그녀가 말했다.

<h1 style="text-align:center">3</h1>

다음날 주 경찰이 전화를 걸어와 밥에게 매트의 컴퓨터를 가져가도 된다고 말했다. "그에게 휴대전화가 없다는 사실은 알아냈겠죠?" 밥이 물었지만, 경찰은 대답하지 않았다. 그래서 밥은 셜리폴스로 가서 컴퓨터를 받아왔고, 그것을 들고 매트의 집으로 갔다. 그리고 말했다. "이제 여기 뭐가 있는지 봅시다."

매트는 평소보다 상태가 더 안 좋아 보였다. 밥의 머릿속에 순간 그의 백혈병이 재발한 것일지도 모른다는 생각이 스쳤지만, 매트는 언제나처럼 잠을 충분히 못 자서 그렇다는 대답만 했다. 식사실 탁자에서 밥은 매트의 컴퓨터를 보았고, 그러는 사이 매트는 붉어진 손끝을 물어뜯고 있었다. 매트가 맞았다. 거기에는 거의 아무것도 없었다.

하지만 이런 내용이 있었다. 나는 그녀를 참을 수 없다. 그녀는 나를 미치게 만든다. 나는 그것을 참을 수 없다 참을 수 없다 참을 수 없다. 그리고 지난 삼 년 동안 이런 식의 기록을 반복한 것이 몇 개 더 있었다. 하지만 이런 것도 있었다. 오, 엄마 사랑해요. 또 이것이 있었다. 아마 여덟 살이었을 텐데, 어느 날 학교에서 돌아왔을 때가 기억난다. 내가 아프기 전이었고, 어머니가 카우치에 앉아 울고 있었다. 무슨 문제가 있느냐고 물었더니, 엄마는 학교에서 아이들이 자기한테 뚱뚱하다며 비치beach 볼이라고 불렀는데 아이들이 나이를 더 먹으면서는 비치bitch 볼이라고 부른다고 말했다. 어머니가 나를 쳐다봤는데, 오 맙소사, 정말로 울고 있었다. 어머니는 매트, 아들, 나는 내가 왜 이 모양인지 모르겠어, 하고 말했고, 그래서 내가 엄마, 엄마는 완벽해요, 하고 말했다. 그러자 엄마는 오 아들, 이리 와서 내 무릎 위에 앉으렴, 하고 말했다. 하지만 그러기엔 내 나이가 많은 것 같아 그러지 않았다.

그리고 이것도 있었다. 그녀는 나를 미치게 만든다. 나는 미쳐가고 있다.

하나가 더 있었는데, 밥은 그것이 죽을 만큼 마음이 아팠다. 내가 하고 싶은 것은 내가 사랑하는 여자를 안는 것이다. 정말로 안는 것 말이다.

밥은 의자를 뒤로 밀고 말했다. "이중 어느 것도 당신을 사건에 연루시킬 수 없어요. 할 수 있다면 그들이 이중 어느 것도 이용하지 못하게 할 겁니다. 당신을 연루시킬 만한 상당한 근거*가 없어요, 매트."

매트는 어깨를 축 늘어뜨린 채 앉아 탁자를 물끄러미 쳐다보고 있었다.

"매트." 밥이 말했다. "자신을 해치는 생각 해본 적 있어요?"

매트가 순간 고개를 들어 그를 쳐다보았다. "무슨 뜻인가요, 스스로 끝내버리는 그런 거요?"

"그런 의미로요."

매트는 다시 다른 데로 시선을 보내고, 조용히 대답했다. "아니요." 그래서 밥은 생각했다. 그는 거짓말을 하고 있어.

"알겠어요." 밥이 말했다. "그 라이플총을 집에 두지 말죠." 밥이 매트의 침실로 걸어가기 시작하자 매트가 일어서

---

* probable cause. 미국의 법체계에서 중요한 법률 용어로, 범죄를 저질렀다고 믿을 만한 합리적인 근거를 의미한다.

며 말했다. "밥, 내가 정말로 나를 쏘고 싶으면 월마트로 가서 그냥 다른 총을 사면 돼요."

밥이 걸음을 멈추고 매트를 쳐다보았다. "내가 그럴 수 있다는 거 알잖아요." 매트가 작게 어깨를 으쓱하며 말했다. "그러니 그 라이플총은 있던 자리에 둬요. 부탁이에요."

밥은 그것을 생각해보았다. 그리고 말했다. "잘 들어요. 이 사건이 종결될 때까지 내게 매일 아침에 그리고 매일 밤에 전화해주면 좋겠어요. 만약 당신이 전화하지 않으면 내가 할 거예요. 그리고 제발 자신을 다치게 하지는 마요, 매트. 당신을 살인 혐의로 기소할 만한 충분한 근거가 없어요. 내 말 이해했어요?"

매트는 벽 옆에 선 채로 고개를 끄덕였다. 밥은 식사실 의자에 다시 앉았다. "이 사건에 대해 아직 하지 않은 말이 남았나요? 뭐라도?" 밥은 이것을 천천히 물었다.

매트가 고개를 돌려 그를 쳐다보았다. 그는 어리둥절해 보였고, 잠시 대답이 없었다. "아니요." 그가 조용히 말했다. 그래서 밥은 다시 생각했다. 그는 거짓말을 하고 있어.

집에서 나왔을 때, 밥은 처음으로 매트가 어머니의 죽음과 관련된 뭔가를 했다는 데 대해 얼마간 확신이 들었다. 특별히 변한 건 아무것도 없었다. 그저 매트의 태도에서 느껴진 것이었다.

*

집으로 운전해 돌아가는 길에, 캐럴 홀이 그에게 전화를 걸어왔다. "준비는 되어가고 있어요, 밥. 장담하는데 당장이라도 그를 잡아들여 구속할 수 있어요. 난 지금 당신에게 언론을 피하고 그를 경찰에 자수시킬 기회를 주려는 거예요."

"캐럴, 그만해요. 당신에게는 상당한 근거가 없어요. 그런 게 있으면 알려줘요. 지금쯤 당신도 그에게 휴대전화가 **없다**는 건 알고 있겠죠? 내가 말해준 대로? 경찰에서 그걸 말해주긴 하던가요?"

"들었어요. 하지만 그가 컴퓨터에, 어머니가 자기를 미치게 만든다는 내용을 쓴 것도 알고 있죠. 그 컴퓨터에 삼 년 치 기록이 있어요, 밥."

"설마 그걸 상당한 근거라고 생각해서 스스로에게 창피를 주려는 건 아니겠죠? 그게 증거로 채택될 수 없도록 내가 분명히 정리할 겁니다." 밥이 말했다.

캐럴은 밥이 그녀에게 아직 확신이 없다는 걸 알아차릴 만큼 망설였고, 이윽고 말했다. "좋아요. 하지만 경찰이 그를 주시하고 있어요. 그건 알아두세요."

"원하는 만큼 주시하라고 해요. 그는 어디에도 가지 않으니까."

하지만 전화를 끊고 나자 그는 몹시 걱정스러웠다. 매트가 아버지의 생명보험금 10만 달러의 수혜자라는 사실이 밝혀지면, 캐럴은 그를 잡아들일 충분한 근거를 얻는 셈이었다. 돈이 보관된 은행에서 어쩌다 그 사실이 새어나가면―그게 불법임은 그도 알았지만, 거기서 일하는 어떤 멍청이가 그런 짓을 하지 않으리라는 보장은 없었다―하니시 보석 절차를 준비해야 할 것이었다. 그것은 살인 사건에서 의뢰인의 보석을 받아내는 메인주의 방식이었다.

매트는 법정 출두일에 나타날 것인가?

아마도 나타날 것이다. 그가 달리 어디로 가겠는가?

매트가 이 지역사회의 누구에게든 중대한 위험이 될 것인가?

아니다.

매트가 저지를 만한 또다른 중대 범죄가 있을 것인가?

없다.

하지만 모든 것이 준비되어야 했고, 그 때문에 밥은 몹시 피곤했다.

*

　조니 티베츠가 방어적인 모습으로 밥의 사무실로 찾아왔다. 긴장이 풀리기까지 시간이 좀 지난 뒤에야 그가 매트 비치에 대해 기억하는 것을 들을 수 있었다. 조니 티베츠는 키가 크고 아주 야위었으며 머리숱이 많지 않았다. 치아 상태가—밥은 그것을 알아보았다—나빴다. "매트에 대해 기억나는 건 많지 않아요." 조니 티베츠가 말했다. "하지만 그는 괜찮은 사람이었어요. 충분히 좋은 남자였죠. 좀 이상한 면은 있었지만."

　"어떤 면이 이상했어요?" 밥이 물었다.

　그러자 조니가 양손을 낡은 코트 주머니 깊숙이 쑤셔넣은 채로 앉은 자리에서 조금 몸을 옮겼다. 그가 말했다. "모르겠어요."

　밥이 뒤로 기대앉으며 한숨을 쉬었다.

　그러고는 조니 티베츠가 말했다. "벌거벗은 임신한 여자들이요. 그는 그들을 좋아했고, 늘 그들의 그림을 그리고 싶어 했어요." 조니 티베츠가 입을 벌려 웃으면서 상태가 나쁜 치아를 드러냈다. "완전 개또라이죠. 맙소사. 임신한 여자들을?"

십 분 뒤에 밥은 그 남자를 보냈다.

그리고 프레드 라뤼가 나타났지만, 한 가지도 더 보태지 못했다.

4

주차장 나무 울타리 옆에 서서 기다리던 루시가 밥에게 손을 흔들었다. 그는 루시 스스로는 아마 모르고 있겠지만, 그녀에게 순수한 데가 있다고 생각했다. 차에서 내려 걸어가면서 그녀가 서 있는 모습을 본 그의 내면에서 뭔가 금색의 것이 일렁였다. 그것은 기쁨이었다.

그리고 그는 걸음을 멈추어야 했는데, 그가―바로 그 순간에―자신이 그녀를 얼마나 사랑하는지를 정확히 깨달았기 때문이었다.

"오 밥." 그녀가 그에게 걸어오며 말했다. "오 밥, 밥, 밥. 죄를 먹는 사람."

그는 그녀를 쳐다보지 않았다. 그녀가 말했다. "신경쓰지 마요. 미안해요. 무슨 문제가 있는지 말해줘요. 나를 만나 아주 반가운 것 같더니 갑자기 시무룩해졌네요."

그들이 걷기 시작했을 때 밥이 말했다. "마거릿과 심하게 다퉜어요." 그는 이 말을 하면서 아내를 배신하고 있다는 것을 의식했다. 하지만 루시는 그가 그들의 언쟁에 대해 말했을 때 가만히 듣기만 했다. 이윽고 그녀가 말했다. "윌리엄은 그런 성향이 없을 것 같아요? 이것 봐요, 밥. 당신이 윌리엄하고 대화를 나누다가 그가 기생충 이야기를 시작하기까지 시간이 얼마나 걸리죠? 진지하게요. 이따금 나는 기생충이란 단어를 한 번만 더 들으면 죽어버릴 것 같다는 생각이 들 정도라니까요. 그냥 **죽는** 거요."

"그녀가 달라질 수 있을까요?"

"달라질 수 있어요." 얼마 후 루시가 생각에 잠기며 말했다. "그리고 윌리엄도요. 자기 몰두적인 사람과 나르시시스트의 차이가 그거죠."

그는 루시의 존재감이 주는 기쁨이 다시 돌아오는 것을 느꼈다. "음, 우리는 그들과 함께해야 하잖아요" 하고 그가 말했는데, 왜 그렇게 말했을까? 그녀가, 아니요, 그렇지 않아요—함께 달아나요, 하고 말하길 바랐던 것일까?

하지만 루시는 말했다. "맞아요, 그렇죠. 그리고 상황이 훨씬 더 나쁠 수도 있었어요."

밥이 말했다. "매트 비치 사건에 대해 당신에게 말할 수 있다면 좋겠어요. 하지만 비윤리적인 일이라 그럴 수 없군요."

"이해해요." 루시가 말했다. "하지만 혹시 그 일이 얼마나 더 갈지 알아요?"

"아니요. 그냥 기다리고 있어요."

"오, 밥." 그녀는 말하면서 그를 쳐다보았다. 그녀의 목소리는 이해한다는 듯 조용했다. 이어 그녀가 말했는데, 목소리에 흥분이 담겨 있었다. "저기 민들레 좀 봐요. 밥, 저길 **봐요!**"

그래서 그는 보았다. 그건 그냥 민들레였다. 그는 아무 말 하지 않았다.

루시가 그의 팔을 톡톡 쳤다. "밥, **아름답죠!** 저 꽃, 사랑스럽지 않아요? 나는 늘 어렸을 때가 생각나요. 우리가 살던 흙길 옆 풀밭에 늘 민들레가 피어났거든요."

그가 걸음을 멈추었고, 그녀도 멈추었다. "루시, 이 민들레가 그렇게 좋은 이유가 **정확히 뭐예요?**"

그녀가 말했다. "음, 색깔이 노랗고, 민들레는 녹색 풀밭에서 자라는데, 녹색과 노란색의 조화가—오, 그냥 그걸 사랑해요!"

그는 민들레가 자라는 곳을 바라보았고, 그녀가 무슨 뜻으로 말했는지 깨달았다. 녹색 바탕에 노란색 반점. "이해했어요." 그가 말했다. 그리고 그들은 계속 걸어갔다.

밥이 담배를 피우는 장소에 다다라 함께 화강암 벤치에 앉았을 때 그가 말했다. "내가 늘 겁에 질려 있었다고 말한 거 기억나요?"

"오, 네." 루시가 말했다.

"그렇게 사는 건 너무 끔찍해요."

루시가 조용히 말했다. "나도 알아요. 당신이 뭘 말하는지 정확히 알아요." 그리고 잠시 뒤에 그녀가 말했다. "내 경우엔 해가 질 때 그래요. 맙소사, 그런 무섭다는 느낌이 들어요. 어쩔 수가 없어요. 그냥 너무 무서워요."

그가 담배에 불을 붙이고 그녀를 쳐다보았다. "안타까운 일이네요." 그가 말했고, 이어 그녀가 말했다. "그렇죠." 그는 윌리엄이 그것—해가 질 때 그녀가 무서움을 느끼는 것—을 다정하게 받아주는지 묻고 싶었다. 하지만 묻지 않았다. 그러는 대신 이렇게 물었다. "당신을 그렇게 겁먹게 하는 건 뭔가요?"

그녀가 놀라서 그를 쳐다보았다. 그리고 강을 응시하며 입을 꾹 다물고 있다가 마침내 말했다. "솔직히, 모르겠어요. 정말로 모르겠어요." 그녀가 어깨를 약간 으쓱하고는 말했다. "아마 어린 시절의 경험 때문에 그런 거겠죠." 그녀가 그를 빠르게 쳐다본 다음 고개를 돌렸다. 그리고 말했다. "내게 그걸 물어본 사람은 지금까지 아무도 없었어요. 심지어 뉴욕에서 오랫동안 찾아갔던 그 정신과의사도요. 해가 질 때 내가 왜 무서움을 느끼는지 나는 아마 한 번도 말한 적이 없었을 거예요. 하지만 대답은 이거예요, 모르겠다."

"괜찮아요." 그가 조용히 말했고, 잠시 그녀의 무릎에 손을 올렸다. 그들은 말없이 함께 앉아 있었고, 이윽고 루시가 말했다. "나이를 먹는다는 건 묘한 거예요. 그러니까, 다행스럽게도 딸들은 잘 지내는 것 같아요. 크리시는 아기하고, 베카는 새 남자친구하고요. 다만 전에 말했듯이 크리시는 아기를 낳은 뒤에 나와의 관계가 좀 달라졌어요. 그러니까, 가끔은 심지어 나를 더이상 좋아하지 않는 것처럼 느껴질 정도예요." 루시가 손을 저었다. "전에 다 말했었죠. 하지만 이런 생각이 들어요. 내가 죽고 나서 딸들에게 힘든 일이 생기면 그땐 내가 없어서 도와줄 수도 없을 텐데."

"딸들에게는 서로가 있어요." 밥이 말했고, 루시가 말했다. "네, 그 생각도 했어요. 딸들에게는 서로가 있다."

"나는 나이를 먹는 게 싫어요." 밥이 말했다. "그게 내 공포를 더 키우는 것 같아요. 하지만 솔직하게 말하면요? 지금 세상이 흘러가는 모양새가…… 그게 그저 내가 나이를 먹어가서 그런 건지, 아니면 우리가 정말로 혼돈 속에 있어서인지 잘 모르겠어요."

"오, 우리는 혼돈 속에 있어요."

그들은 잠시 조용히 함께 앉아 있었다. 이윽고 루시가 그를 쳐다보며 말했다. "밥, 다른 사람을 부러워한 적 있어요?"

"부러워한다고요?" 그가 물었다.

"네. 이를테면, 당신이 부러워하는 사람은 누구예요?"

그가 그녀를 흘끗 보았다. 그리고 말했다. "당신이 그걸 물으니 재미있군요. 왜냐하면 짐이 월리 패커 재판으로 이름을 날렸던 시절에 사람들이 내게 말하곤 했거든요—몇몇 사람들이 이렇게 말했어요—'형이 부럽겠네요.' 하지만 나는 그렇지 않았거든요. 짐이 전혀 부럽지 않았어요. 나는 형을 사랑했어요. 오, 그는 재수없는 사람이지만, 나는 그를 사랑했어요. 한 번도 부러워한 적이 없었어요. 심지어 헬렌과 함께

한 그 삶도요. 그건 내 삶이 아니었으니까. 그래서 나는 짐이 결코 부럽지 않았어요. 그리고—당신이 물어보니까 생각이 났는데—사람들이 내가 그럴 거라고 생각했다는 게 재미있었어요. 지금도 그렇고요. 하지만 나는 그를 그냥 **사랑했어요.**" 그리고 잠시 뒤에 말했다. "지금도 사랑하고요."

루시가 말했다. "짐에 대해 생각하고 있었어요. 전에 당신은 짐이 이런 말을 했다고 했어요. 사람들은 늘 그저 귀기울여 들어주기만 해도 자기들이 어떤 사람인지 말해준다고—결국 그들은 자기들이 어떤 사람인지 다 말해준다고. 그가 그 말을 한 것 기억해요?"

"네, 기억해요."

"그리고 오늘 아침에 있었던 일에 대해 생각하고 있었어요. 오랫동안 알고 지낸 사람에게서 이메일을 받았는데, 부럽다는 단어가 적어도 다섯 번은 나왔고, 나는 문득 깨달았어요—오, 그녀는 사람들을 부러워하는구나. 그리고 그녀는 어쩌면 나도 부러워하겠구나. 내가 거둔 성공 때문에."

"아마 그럴 거예요."

"아주 쉽게 말하네요. 하지만 나는 그걸 깨닫기까지 한참이 걸렸어요." 루시가 고개를 가로젓고 깊은 한숨을 쉬었다. "사실 오늘 아침에 그녀의 이메일을 읽고서야 깨달았어요."

그는 기다렸다.

"잉글랜드에서 왕자와 결혼한 그 불쌍한 여자가 부러웠던 때가 기억나요. 나는 아주 어렸고, 그 여자가 부러웠어요." 루시가 밥의 팔을 톡톡 쳤다. "이유가 뭔지 알아요? 그 여자에게 옷이 아주 많았거든요! 진짜예요. 오 맙소사, 그녀에게 그 많은 옷을 배달해주는 사람들이 있는 거예요! 내가 그걸 깨달았을 때 어디 있었는지 그 장소까지 정확히 기억나요. 내 부러움은 오래갔어요. 진짜로요, 아마 십 분은 갔을걸요. 그리고 물론 그녀는 아마도 이 지구상에서 가장 외로운 사람이었으리라는 게 결국 밝혀졌죠. 하지만 내 기억에 내가 부러움을 느낀 적은 많지 않았어요, 밥. 그게 이해되지 않아요. 당신은, 그리고 나조차도 이렇게 생각할 것 같거든요. 나는 시작부터 사람들을 부러워했을 거라고. 학교에 와서 아이들을 데려가는 것을 보면 자신의 아이들을 사랑하는 것 같은 그 모든 엄마. 보통의 삶을 살아가고 있는 것 같은 그 모든 아이. 하지만 나는 얼마간 이해했어요. 그건 내 삶이 아니라고. 그리고 나는 늘 내 머릿속에서 존재했고, 이렇게 생각했던 게 기억나요. 이게 내 머리여서 다행이야."

밥은 담배를 피웠고, 눈을 가느스름히 뜬 채 강을 바라보았다. 루시가 계속 말했다. "작가가 되려고 그토록 열심히 노력하고 있을 때도 성공한 사람들이 부럽진 않았어요. 그냥 그들의 책을 읽었고, 그 책이 마음에 들면 와, 잘됐네! 하고 생각했어요. 책이 내 마음에 들지 않았는데도 인정을 많이 받으면 음, 내가 그 책을 쓰지 않아서 다행이네, 그러니 무슨 상관이야? 하고 생각했죠."

밥은 담배를 피우면서 루시를 쳐다보았다. 그녀가 뭔가를 말할지 말지 고민하다가 고개를 돌려 그를 쳐다보았다. 그리고 말했다. 뭔가 깨달았다는 듯 그녀의 목소리가 조용해졌다. "그건 분명 오만과 관련이 있을 것 같아요."

"무슨 뜻인가요?" 밥이 눈을 찡그린 채 연기 사이로 그녀를 쳐다보며 물었다.

"내 생각에 그건 내가 남들 모르게 오만하기 때문이에요."

밥이 고개를 저었다. "내 생각에—당신이 물어봤으니 말인데—내 생각에, 부러워한다는 게 그냥 당신의 본성이 아닌 것 같아요."

그녀가 말했다. "하지만 남들 모르게 오만한 건 내 본성에 있어요."

밥이 말했다. "나는 예전에는 자식이 있는 사람들이 부러웠어요."

루시가 그를 휙 쳐다보았다. "오, 당연한 거죠." 그녀가 말했다.

"하지만 그건 일종의 일반화된 부러움이었어요. 내가 그런 사람이 되고 싶었던 게 아니라, 그저 아이가 있으면 좋겠다고 바란 거였어요."

"무슨 말인지 알겠어요." 그녀가 말했다.

밥은 담배를 계속 피우다가 머릿속에 생각 하나가 떠올랐고, 그것에 대해 정말로 열심히 생각했다. 그리고 조용히 말했다. "솔직히, 루시? 이 세상 전체에서 내가 유일하게 부러워하는 사람이 있다면 당신의 딸들이에요."

"내 딸들요?" 그들은 그 순간 서로를 쳐다보았고, 그는 그녀가 자신을 똑바로, 그녀의 시선이 그의 안으로 들어온 것처럼 쳐다보는 것을 알아차렸다. 이윽고 루시는 조용히 말했다. "오, 내가 딸들을 아주 많이 사랑하기 때문이군요."

"정확히 그거예요." 그가 말했다. 그는 얼굴이 붉어지는 것을 느꼈고, 시선을 피하며 마지막 한 모금을 깊숙이 빨아들였다.

한참 동안 그들은 침묵했다. 이윽고 루시가 "하지만 윌리엄을 질투하는 건 아니죠?" 하고 말했다.

"아니에요." 그리고 그건 진심이었다. "미안해요." 그가 말했다.

그녀가 그를 다시 쳐다보았다―밥은 그녀가 자신을 그렇게 강렬하게 쳐다보는 것이 힘들었다. 그리고 그녀가 말했다. "무슨 말인지 알겠어요. 나도 마거릿을 질투하진 않아요."

밥이 담배를 비벼 꺼서 꽁초를 담뱃갑 안에 집어넣었다.

루시가 한참 동안 강을 응시하다 이윽고 말했다. "밥, 우리 모두는 흐르는 모래 위에 서 있는 것 같아요." 그녀는 말하면서 그를 쳐다보지 않았다. "그러니까, 우리가 다른 사람을 정말로 **알지**는 못해요. 그래서 우리는 그들이 우리 삶에 언제 들어오는지에 따라 그들의 허상을 만들어내죠. 젊을 때는, 많은 사람들이 젊을 때 결혼하는데, 그 사람이 정말로 어떤 사람인지 우리는 전혀 알지 못해요. 그래서 같이 몇 년이고 살면서 집을 같이 쓰고 아이들도 낳고―" 그녀가 말을 멈추고 말했다. "미안해요."

"아니, 아니에요. 계속해요." 밥이 말했다.

"하지만 나이가 들어서 누군가와 결혼한다고 해도 그 상대가 어떤 사람인지는 아무도 몰라요. 그리고 그게 무서워요. 당신이 겁에 질려 있었다고 했잖아요? 내가 아는 한은 아마 모두가 겁에 질려 있을 거예요. 그러니까 종종 부부가 싸우고 뭔가 말이 오가는데, 그건 두 사람 모두에게 엄청난 두려움을 안겨줘요. 하지만 그들은 언제 그랬냐는 듯이 전혀 싸우지 않았던 사람들처럼 행동하는데, 그건 방금 알게 된 사실을 가슴에 품고는 계속 나아가지 **못하기** 때문이에요. 그리고 나는 그게 이해돼요. 정말로 이해돼요." 루시가 여전히 강을 쳐다보며 고개를 끄덕였다. "내가 말하려는 건, 밥, 사람들은 누군가에 대해 **정말로** 알지 못한 채 살아간다는 거예요—오늘 아침에 내게 이메일을 보냈고 아마 가슴속에 부러움이 가득 채워져 있을 그 여자처럼요. 하지만 그 여자가 정말로 그런지 나는 모르죠!" 루시가 이제 그를 쳐다보며 말했다. "내 **요점**은, 이 지구상의 모든 사람이 아주 복잡하다는 거예요. 밥, 우리는 모두 아주 복잡하고, 우리가 누군가와 한 순간이라도—어쩌면 평생—같이한다는 건 우리가 그들과 연결되어 있다고 느끼기 때문이에요. 그리고 연결되어 **있어**요. 하지만 다른 한편으로는 연결되어 있지 **않죠**. 왜냐하면 누구도 다른 사람의 마음속 깊은 틈으로는 들어갈 수 없으니까요. 심지어 그 사람 **자신**도 자기 마음의 깊은 틈으로는 들어가지 못해요. 하지만 우리는—우리 모두는—그럴 수 있는 것처럼 살아가요. 그리고 난 그걸 존중해요, 밥. 정말로 존중해요.

하지만 우리 누구도 단단한 땅에 서 있지 않아요. 우리는 그저 우리가 그렇다고 스스로 말할 뿐이에요. 그리고 그래야 하고요. 나는 그걸 알 것 같고, 앞서 말했듯 존중해요. 나는 단지……" 그러고는 말을 멈추고 그를 쳐다보았는데, 눈시울이 붉어져 있었다.

그리고―오, 그녀에게 할말이 더 남았다. 그는 그녀가 앉은 채 몸을 앞으로 숙일 때 그녀의 얼굴에서, 그리고 몸에서 그것을 볼 수 있었다. "하지만 어쩌면 내가 사람들을 부러워하면서도 그걸 모르고 있는지도 모르죠." 그녀는 다시 강을 보며 말했다. "왜냐하면 예전에 뉴욕에서, 내가 젊었고 윌리엄이 나를 처음으로 정신과의사를 찾아가게 했을 때, 내가 그 남자에게―그는 다정한 사람이었어요―이렇게 말했던 게 기억나거든요. 이렇게 말했어요. '나는 외롭지 않아요.' 하지만 내가 그 일을 기억하는 건, 내가 그걸 기억하는 이유는 오로지, 내가 그날 그 말을 했을 때 그의 얼굴에 스쳐간 뭔가 때문이었어요. 여러 해가 지난 다음에야 나는 깨달았던 것 같아요. 오, 그는 내가 정말로 외롭지만 그걸 모르고 있다는 걸 알고 있었구나. 그러니까 밥, 나와 같은 배경에서 자랐다면 외로움이 없을 수 없다는 거예요."

그녀가 얼굴에 두려움을 떠올린 채 밥을 쳐다보았다.

"음, 그 사람이 당신이라면, 그게 가능할 수도 있겠죠." 밥이 말했다.

그녀는 다른 생각에 빠져 그의 말에 답하지 않았다. 그는 그것을 보았고, 그래서 이렇게 말했다. "당신이 외롭다는 걸 언제 처음 알았어요?"

그 순간 그녀는 다시 위축된 모습이 되었고, 그녀에게서 에너지가 빠져나가는 것이 보였다. 그녀가 말했다. "윌리엄의 불륜에 대해 알아냈을 때요. 내가 평생 어떤 거품 안에서 살고 있었는데, 그 거품이 터지는 느낌이었어요. 나는 깨달았죠. 오."

그는 그녀를 두 팔로 감싸안고 말하고 싶었다. "오, 루시."

그녀는 다시 그를 돌아보았고, 무언가를 수용하는 듯한 느낌으로 말했다. "하지만 나는 외로움을 견디는 걸 아주 잘해요. 그냥 아주 잘 견뎌요."

그가 강을 바라보았고, 오늘은 수위가 낮았다.

그리고 그녀가 말했다. "내가 누구를 부러워하는지 알아요? 갑자기 생각났는데, 나도 누군가를 부러워해요, 밥!"

"누군데요?" 그가 그녀를 돌아보았다.

"내 나이에 지금의 자기 삶을 떠나 다른 삶을 시작할 수 있는 사람을 부러워해요." 그녀는 그런 다음 침묵했다.

한참이 지나 밥이 말했다. "아, 루시 그건 가공의 인물이잖아요. 가공의 인물을 부러워할 수는 없어요."

"음, 난 부러운데요." 그녀가 말했다.

"무슨 말인지 알아요." (하지만 그는 생각했다. 그녀는 지금의 자기 삶을 떠나고 싶은 건가?) 그가 그녀를 흘끗 돌아보며 덧붙였다. "나도 알 것 **같아요**."

그녀가 말했다. "알 거예요."

그가 담뱃갑을 집어들었다. "고마워요." 그가 말했다.

"당연한 거죠." 그녀가 말했다.

돌아가는 길에 밥은 마음이 어지러웠고, 그들은 전에 그러던 것처럼 대화를 나누지 않았다. 밥은 느꼈다—뭘 느낀 거지? 그의 안에서 조용한 흥분이 일어나는 것을 느꼈다. 그가 마침내 말했다. "뭔가 말해봐요. 뭐든. 그냥 내게 뭐든 말해줘요."

루시가 말했다. "그래요. 샬린 비버의 개가 치매에 걸렸대요. 지난번에 만났을 때 이야기해줬어요. 그 주에 함께 산책하기로 했었는데, 식료품점에서 만났어요. 그때 그녀의 개에 대해 말해줬어요―부버라는 이름의 콜리 종 구조견인데, 덩치가 아주 커요. 직접 봤는데 좁고 긴 코에 푸른 눈은 아래로 처지고 털이 정말 아름다웠어요. 오 년 동안 키웠다는데, 샬린이 그 개를 정말로 사랑해요. 하지만 이제 바닥에 매트가 깔려 있지 않으면 일어서질 못하고, 그럴 때도 샬린이 도와줘야 한대요. 지금 무슨 일이 일어나고 있는지 정말로 이해하지는 못하는 것 같대요. 하지만 샬린을 알아보기는 하고요. 아무튼 샬린이 집을 너무 오래 비우지는 못해요. 개가 좀 이상해질 수 있어서요. 사료를 너무 빨리 먹지 못하게 하려고 깊은 홈이 파인 그릇을 써요―홈에서 먹이를 핥아서 꺼내야 해요."

루시가 밥을 쳐다보며 말을 계속했다.

"지금은 수의사에게 데려가 침을 맞히는데, 샬린도 곧 부버를 잠들게 해야 한다는 걸 알아요. 그냥 아직 그럴 마음의 준비가 안 된 거죠. 수의사는 그녀가 준비됐을 때 개를 안락사시키겠다고 말한대요. 오, 그녀가 사는 동네에 힘센 남자가 사는데, 수의사가 개를 잠들게 하면 자기가 데려와주겠다고 한대요."

그들은 걸음을 멈추고 서로를 쳐다보았다. "수의사가 치매에 걸린 개에게 침술을 쓴다고요?" 밥이 말했다. "정말로요?”

“그녀는 그렇게 말했어요.”

“미안해요.” 밥이 이렇게 말했는데, 그가 웃기 시작했기 때문이었다. “이렇게 매정한 반응을 보일 생각은 아니었는데, 루시, 굉장한 이야기네요.”

“알아요.” 그녀가 말했다. “알아요. 당신에게 이야기해주고 싶었어요.”

그들은 이제 주차장에 다다랐고, 밥이 루시를 돌아보았다. “루시―” 그리고 그는 무슨 말을 해야 할지 알 수 없었다.

“당신이 뭐라고 하는지 들려요.” 그녀가 얼굴에서 머리카락을 쓸어넘기며 말했다.

“나는 아무 말 하지 않았어요.”

“알아요. 하지만 당신 말을 들었어요.” 루시가 말했다.

*

그날 밤 마거릿과 함께 식사를 하다가 밥이 말했다. “우리가 싸웠던 거, 미안해, 마거릿.” 그런데 그가 왜 그 말을 했을까? 루시와 산책을 하고 왔기 때문에? 마거릿은 그저 팔을 뻗어 그의 팔을 잡았을 뿐이었다.

하지만 가장 최근에 한 그 산책 이후에 밥은 거의 늘 루시를 생각했다. 그는 그들이 나눈 대화를 계속 떠올리며 정확히 기억해내려고 애썼는데, 잘 떠오르지 않아 걱정이 됐다. 그녀는 그에게 흐릿한 금빛 같은 존재가 되었다. 하지만 그녀는 나이가 같으면서 자기 삶을 떠날 수 있는 사람이 부럽다고 했었다. 그것은 무슨 의미였는가? 그녀는 무슨 말인지 알겠어요, 하고 말했다. 그녀는 당신이 뭐라고 하는지 들려요, 하고 말했다. 당신 말을 들었어요.

그리고 누가—이 세상에서 **누가, 누가, 누가**—자기 말을 들어주는 걸 원하지 않겠는가?

한 시간만이라도 루시 생각을 하지 않고 보내면 그는 자신에게 선물을 했다. 예컨대 도넛을 맛있게 먹었다. 그 일이 그렇게 자주 일어나지는 않았다. 그가 도넛을 아주 많이 먹지는 못했다는 말이다.

5

　며칠 뒤에 밥은 차를 몰고 매트 비치를 만나러 갔다. 하늘은 맑고, 날은 춥지 않았다. 밥이 진입로로 들어가 차를 댔고, 매트가 밖으로 나왔다. 개가 그의 옆에서 히스테릭하게 컹컹 짖어댔다. "매트." 밥이 외쳤다. "휴대전화를 사러 갑시다."

　매트는 어리둥절한 표정으로 그 자리에 서 있었다. "왜요?" 그가 마침내 말했다.

　"왜냐하면." 밥이 차에 타라고 손짓했다. "어서 타요. 가서 장만하죠."

　매트가 돌아서서 개를 집안에 들여보냈다. 밥의 차에 타면서 그가 말했다. "내가 누구한테 전화를 걸죠?"

"나한테요." 밥이 말했다. "내게 전화를 걸 거예요."

*

매트에게 휴대전화를 마련해주자 밥은 (어느 정도) 안심이 되었다. 마침내 전화기를 갖게 된 매트는 열두 살 아이가 되었다. "이 전화기가 이렇게 많은 걸 **한다고요!**" 밥은 매트에게 자기 전화기에 설치된 위치 추적 앱에 그를 연결시켜도 되겠는지 물었고, 매트는 그래도 된다고, 괜찮다고 말했다. "당신이 매 순간 어디 있는지를 내가 알게 된다는 의미예요. 프라이버시를 원하면 하지 마요." 밥이 말했다.

"오, 아니에요. 그렇게 하면 **아주 좋겠네요!**" 매트가 말했다. "세상에서 내가 어디 있는지 신경쓸 사람은 당신이 유일하니까요." 하지만 그는 그 말을 기분좋게 했다. 그리고 그가 말했다. "나도 당신이 어디 있는지 알 수 있을까요?"

"물론이죠." 밥이 말했다. 그리고 매트의 전화기에도 앱을 설치해주었다. "이제 당신은 내가 어디 있는지 추적할 수 있는 유일한 사람이에요." 밥이 말했다. "심지어 아내도 나를 추적하지 못하게 했어요."

“왜요?” 매트가 물었고, 밥은 가끔 담배를 피우러 나가기 때문이라고 말했다.

“그분은 당신이 담배를 피우는 걸 모르나요?” 매트가 물었다. “나도 당신이 담배 피우는 걸 아는데요.”

“어떻게 알아요?” 밥이 물었고, 매트가 말했다. “냄새가 나니까요.”

“이것참.” 밥이 말했고, 매트가 말했다. “당신이 이것참, 이라고 말하는 느낌이 좋아요.”

밥은 루시에게 이 모든 이야기를 얼른 들려주고 싶었다.

*

올리브 키터리지가 밥 버지스에게 다시 전화를 걸어왔다. “그 사람들 성이 도널리였어요. 그 집 딸이 비치네 아이들이 다닌 고등학교의 진로 상담 교사였고요. 그 진로 상담 교사의 어머니가 말하면 안 되는 거라고 하면서 말해줬는데, 다이애나가 아버지한테 성적 학대를 당했다네요. 다이애나가 나중에 학교 진로 상담 교사가 됐던 게 그 때문인 것 같아요. 그 도널리 집안 여자가 자기 삶을 구해줬다고 느꼈기 때문에요."

밥은 다이애나가 학교에 다닐 때 진로 상담 교사였던 퍼트리샤 도널리라는 이름을 찾아냈고, 그러자 그 선생님이 기억났다. 하지만 그녀는 이십이 년 전에 이미 죽었다. 그녀의 어머니는 하이팜 요양원의 기억 치료 병동에 있었다. 찾아낼 수 있는 다른 가족은 아무도 없었다. 그는 그 진로 상담 교사가 학대에 대해 신고를 한 적이 있었는지 광범위한 조사를 했지만, 그런 기록은 없었다.

*

그날 밤 매트가 그에게 전화를 걸어 "새 휴대전화로 전화하는 거예요" 하고 말했고, 밥은 알고 있다고 말했다. 매트가 말했다. "그리고 그거 아세요? 이제 나는 다이애나도 추적하고 있어요. 다이애나가 허락해줬어요. 하지만 다이애나보고 나를 추적하겠느냐고 물었더니 웃으면서 '너는 아무데도 안 가잖아'라고 하더군요. 그 말을 들으니 좀 속상했어요."

밥이 말했다. "그런 건 잊어요. 그녀의 머릿속이 복잡해서 그래요. 이혼하고 뭐 그런 것 때문에요."

"네. 당신이 맞아요." 매트가 말했다.

그리고 밥이 말했다. "매트, 아버지와 누나 사이에 무슨 일이 있었나요? 뭐든, 그러니까, 부적절한―음―그런 것?"

밥은 매트가 망설이는 것을 알 수 있었다. 이윽고 매트가 말했다. "나는 누나보다 여섯 살 아래예요. 정말로 무슨 일이 있었는지는 모르겠어요."

"그렇군요." 밥이 태연한 듯 말했다. "잠수만 타지 말아요."

"잠수요?"

"사라지지 마요."

"나는 사라지지 않아요." 매트가 말했다. "당신이 나를 추적하고 있잖아요!"

*

결과가 불확실할 때 사랑에 빠지는 건 강렬한 고통이다. 밥의 경우가 그랬다. 이따금 그는 자신이 아주 확장된 삶을 살아가고 있다고 느꼈다. 영혼이 그의 앞에서 아주 크고 펄럭이는 돛처럼 부푼 것 같았다. 루시와의 지난번 산책 이후 며칠 동안 밥은 아주 깊은 잠을 잤다. 어둠 속에서 루시가 바로 옆에 누워 있는 것처럼, 그의 옆에 꼭 붙어 있는 것처럼 느껴졌고, 그것이 밥에게는 특별했다. 그가 잠에서 깼을 때 세상은 마법같이 느껴졌고, '확장된 의식'을 경험하고 있는 것 같았다. 하지만 그 순간 그는 루시를 갈망했다. 그저 보고 싶고 함께 있고 싶었다. 이 세상에서 얻지 못할 것을 간절히 원한다는 것은 어려운 일이었다. 누구에게든 그랬다. 하지만 밥은 인내심이 많은 사람이었다. 그는 그저 함께 산책할 다음주까지 기다렸다.

*

하지만 함께 산책하러 가기 전에 이런 일이 일어났다. 밥은 타운의 대형 식료품점 자동문을 통과하고, 사람들의 신발에 묻은 흙이 따라 들어가지 않게 바닥에 깔아놓은 넓은 판지 위를 지나 온갖 오일과 피클이 가득한 통로를 걸어갔다. 그러다 정육 코너를 기웃거리는 루시를 발견했다. 그녀는 좀 작고 왜소해진 듯 보였고, 밥은 걸음을 멈추고 그녀를 쳐다보았다. 그녀가 허리를 굽혀 닭고기 한 팩을 집어 쇼핑 카트 안에 담았다. 그때 한 여자가 그녀를 향해 걸어왔다. 밥은 그 여자가 누군지 알았다. 오래전에 지역 서점에서 일했던 알린 클리어리였다. 그녀의 남편은 학교 위원회의 위원장이었다.

밥이 지켜보는 가운데 알린이 걸음을 멈추고 루시에게 말을 걸었다. 알린은 처음 말을 걸기 전에 좀 망설이는 것 같았지만, 결국 말을 걸었다. 루시보다 훨씬 키가 커서 몸을 약간 숙이고 루시에게 뭔가 말했다. 밥은—그는 결코 이것을 잊지 못할 것이다—루시가 그 여자에게 아주 희미한 미소만 짓는 것을 알아보았다. 밥이 서 있는 자리에서도 루시가 그다지 예의를 갖춰 대하지 않는다는 것을 알아볼 수 있었다. 그들은 잠시 이야기를 나누었고, 이어 루시가 돌아섰다. 밥의 머릿속에 루시가 스스로를 오만하다고 했던 것이 떠올랐는데, 지금 그녀는 정말 그렇게 보였다. 밥은 알린 클리어리가 조금 모욕감을 느끼며 그 자리를 떠났다고 느꼈다.

하지만 그 순간 또다른 여자가—그 사람이 샬린 비버라는 것을 깨닫기까지 잠시의 시간이 걸렸다—루시에게 허겁지겁 다가와 두 팔을 벌려 그녀를 포옹했다. 루시도 그녀를 끌어안았다. 그들은 끌어안고 또 끌어안았다. 루시가 한번은 머리를 뒤로 살짝 젖히고 샬린의 얼굴에서 머리카락 몇 가닥을 쓸어넘겨준 뒤 다시 끌어안았다. 그리고 밥은 샬린이 울고 있는 것을 보았다. 마침내 개를 안락사시킨 모양이었다.

밥은 아무것도 사지 않고 식료품점을 떠났고, 방금 본 것에 대해 계속 생각했다. 타운의 많은 사람들이 샬린 비버에

대해 그다지 신경을 쓰진 않았을 텐데, 그녀의 정치적 견해
가 아주 진보적인 이 타운에 사는 사람들과는 많이 다르기
때문이었다. 하지만 본질적으로 알린 클리어리를 무시한 루
시는 불쌍한 샬린이 울음을 터뜨리자 그녀를 안아주었다. 이
부분은 놀랍지 않았지만, 알린 클리어리에 대한 루시의 반응
에 밥은 몹시 흔들렸다.

밥은―루시가 말했듯이―자신이 알고 있다고 생각한 것
만큼 그녀를 잘 알고 있지 않다는 것을 깨달았다. 그녀가 말
했던 것이 이런 의미였나? 우리는 모두 흐르는 모래 위에 서
있다고 했던 것.

그것이 그를 흔들었다.

*

밥과 언쟁을 벌인 그날 저녁 이후로 마거릿은 마음이 불편
했다. 그녀는 대부분의 밤에 늦게까지 잠을 이루지 못했는
데, 이런 생각들은 늘 어둠 속에서 그녀를 찾아왔기 때문이
다. 그녀의 결혼은 예상했던 것과 달랐다. 이 말은 무슨 뜻인
가? 이어서 그녀의 마음은 이 생각으로 흘러갔다. 그녀 자신
이 스스로 생각했던 것과 다르다고. 그 사실이 그녀를 정말

로 두렵게 했다. 어느 밤 그녀는 잠든 밥 옆에 누워 생각했다. 넌 배우야, 마거릿. 그녀는 조용히 일어나 계단을 내려갔고, 밤에 늘 켜두는 작은 램프 옆에 앉았다.

이 깨달음을 얻기 전에 마거릿의 마음을 스친 것은 그날 밤 밥이 팔을 들어올렸을 때 그녀가 어떻게 나한테 팔을 들어올릴 수 있지! 하고 말한 기억이었다. 지금 이것에 대해 생각하면서 그녀는 깨달았다. 그것은 음악으로 따지면 잘못 친 음이었다고. 밥이 지금까지 그녀에게 한 번도 폭력을 쓴 적이 없다는 것을 알고 있으면서도 그 말을 한 것이었다. 심지어 그 말을 하는 순간에도 알고 있었던―그리고 지금 분명히 이해한―것은 그 반응이 연극적이었고, 당면한 진짜 문제에서 벗어난 것이며, 자신이 자기 몰두적이었다는 사실이었다. 하지만 그녀는 여전히 그것이 진실이라고는 믿을 수 없었다. 그녀의 내면은 저항했다.

그들이 싸운 다음 그리 오래 지나지 않은 어느 아침, 식사를 하던 중에 마거릿이 욕실 가운의 허리띠를 조여 매며 말했다. "밥, 나를 사랑해?"

그는 정말로 놀라서 그녀를 쳐다보았다. "마거릿!" 그는 그녀의 팔에 손을 얹었다. "당연히 사랑하지."

6

그리고 밥이 일주일에 한 번씩 루시와 산책하는 날이 돌아왔고, 그녀는 종종 그러듯 울타리에서 손을 흔들고는 그에게 빠르게 다가와 말했다. "오, 밥, 샬린이 개를 안락사시켰어요." 그녀가 이 말을 할 때 그는 귀기울여 들었고, 이렇게 말했다. "마음이 몹시 아프네요." 루시가 말했다. "정말 **그렇죠!**" 그날 산책에서 시간이 좀 지나서야 그는 루시에게 알린 클리어리에 대해 어떻게 생각하느냐고 물었고, 루시는 그 이야기는 그만하자는 듯 손을 저었다. 그리고 말했다. "오, 그녀는 내 이름이 신문에 종종 실리기 때문에 내게 관심을 보이는 것뿐이에요. 나는 그런 사람들을 싫어해요." 그리고 덧붙였다. "하지만 메인에는 그런 사람들이 많지 않아서 좋아요. 그런데 왜 묻죠?" 그녀가 말했다. 그래서 밥이 말했다. "그냥 궁금해서요."

"하지만 뭔가 이유가 있어서 물어본 거잖아요." 루시가 계속 캐물었다. 그래서 밥은 "당신이 식료품점에서 그녀를 차갑게 대하는 걸 봤어요" 하고 말했다.

루시가 걸음을 멈추었다. "그걸 봤어요?" 그녀는 그 자리에 서서 밥을 쳐다보았다. "왜 나한테 다가와 인사하지 않았어요?"

"왜냐하면 그때 살린이 나타났는데, 몹시 경황없어 보였어요. 그래서 그녀의 개 때문이라고 짐작했죠."

"그건 맞아요." 루시가 말했다. 하지만 루시는 더는 말이 없었다.

"뭐예요?" 밥이 말했다. "내가 식료품점에서 당신을 훔쳐봤다고 생각하는 거예요?"

"조금은요."

"그랬던 것 같네요." 밥이 말했다.

루시가 얼굴을 찡그리고 고개를 아주 조금 흔든 다음 다시 걸음을 옮기기 시작했다.

"나한테 화내지 마요." 밥이 그녀와 함께 걸으면서 말했다.

"화난 거 아니에요, 밥. 맙소사." 그리고 곧 그녀가 말했다. "그냥 이해되지 않아요. 당신이 그 자리에 서서 나를 지켜보고 있었다고 생각하는 게 좀 오싹해요." 그리고 그를 쳐다보았는데, 그녀의 얼굴이 고통스러워 보였다.

밥이 생각했다. 차라리 죽어버리겠어.

그가 다시 걸음을 멈추었고, 그녀도 그렇게 했다. "루시, 미안해요. 왜 오싹한 기분이 드는지 전적으로 이해해요." 그러자 그녀는 곧 미소를 짓고 손을 뻗어 그의 팔을 잡았다. "걱정하지 마요." 그녀가 말했다.

"하지만 걱정돼요."

"알아요. 하지만 그러지 마요. 내가 그냥 멍청하게 굴었던 거예요. 진짜로요, 밥."

그들은 다시 걸음을 옮겼고, 밥이 말했다. "아니에요. 내가 멍청했던 거예요."

"그 일은 정말로 괜찮아요. 그건 생각하지 마요." 그리고 그녀는 어떤 문제건 그들이 얼마나 많이 생각하는지에 대한 그들만의 농담을 상기시키는 의미로 미소를 지어 보였다.

"매트 비치에게 휴대전화를 사줬어요." 밥이 말했고, 이어 루시가 말했다. "그에게 휴대전화가 없었어요?" 그러자 밥은 없었다고, 그에게 그걸 사줬을 때 그가 아주 행복해 보였다는 것과 세상사에 대한 그의 순수함이 죽을 만큼 자신의 마음을 아프게 했다는 것을 말해주었다. "하지만 그 일에 대해서는 더 말할 수 없어요." 밥이 말했고, 루시는 "하지 마요" 하고 말했다.

그리고 루시는 딸들에 대해 말했다. 전에도 말했지만, 딸들이 어느 면에서 그녀를 더이상 좋아하지 않는 것 같다고. 하지만 확신하는 건 아니었다. 하지만 딸들이 그녀를 더이상 필요로 하지 않는다는 것은 **확신했다**. 그러자 밥은 "어느 면에서는 그렇겠죠" 하고 말했고, 그녀는 "오, 나도 알아요" 하고 말했지만, 그럼에도 그것이 자신을 몹시 슬프게 한다고 말했다. "하지만 이제 그렇게 많이는 아니에요." 그녀가 말하고 다시 그에게 미소를 지어 보였고, 이번에는 활짝 웃었다. 그는 그녀가 아름답다고 생각했다.

그래서 그들은 그렇게 걸으면서 대화를 나누었다. 밥이 담배를 피우는 장소에 다다랐을 때, 루시가 수위가 높고 물살이 빠른 그날의 강을 바라보며 말했다. "지난번에 우리가 나눈 대화 정말 좋았어요. 부러움에 대한 거요."

그의 심장박동이 빨라졌다. 그가 말했다. "그랬죠."

그녀가 고개를 돌려 다시 그를 보았고, 그녀가 행복해한다는 것, 그는 그것을 알 수 있었다. "당신이 내 삶에 존재한다는 게 아주 기뻐요." 그녀가 말했다. 그러자 그가 말했다. "나도 그래요."

그는 담배를 한 모금 빨고는 말했다. "루시, 당신을 식료품점에서 보고 있었던 거, 정말 미안해요." 하지만 그녀는 이미 고개를 젓고 있었고, 그의 팔을 가볍게 잡더니 이렇게 말했다. "밥, 그 생각은 다시 하지 마요. 내가 그저 바보같이 굴었던 거예요."

그들은 강을 쳐다보며 거기 앉아 있었다. 그 한복판에 흰 물결이 조그맣게 일렁일 정도로 바람이 불었고, 그 바람은 연기를 밥이 앉아 있는 자리로 보냈다. 하지만 그는 예전에 그랬던 것과는 달리 일어서지 않았다.

그가 아는 루시가 다시 돌아왔다.

그들은 흐르는 모래 위에 서 있었다.

"고마워요, 루시." 그가 담배꽁초를 다시 담뱃갑 안에 넣으며 말했다.

"당연한 거죠." 그녀가 말했다.

제 4 권

1

짐 버지스는 거리에 비스듬히 내리쬐는 햇빛과 자신이 사는 블록의 건물들을 향해 눈살을 찌푸렸다. 4월 말의 토요일 오후였고, 블록에는 튤립이 활짝 피어 있었다. 목련나무는 벌써 꽃잎을 세상에 펼쳐냈고, 어떤 꽃은 이미 꽃잎을 떨어뜨리고 있었다. 브루클린의 파크슬로프 지역은 활기차게 돌아가고 있었다. 아이들은 생일파티에 가면서 걱정스러운 표정을 짓는 부모, 혹은 걸음걸이에서 자신감이 느껴지는 걱정 없는 표정의 부모 옆에서 인도를 걸었고, 어떤 사람들은 그저 아이들의 손을 잡고 길을 건넜다. 한 젊은 남자―그는 짐에게는 젊어 보였는데, 사실 짐에겐 모두가 젊어 보였다―

가 자신의 두 딸에게 말했다. "자, 엄마 생일에 뭘 선물할지 생각해보자." 그러자 두 딸 모두 즐거워하며 폴짝 뛰고 손뼉을 쳤다. "오, 엄마 생일에는—" 짐은 그들을 스쳐지나가며 혼자 생각했다. **맙소사**, 이 사람들 때문에 토할 것 같아.

그는 선글라스를 집에 두고 나왔다.

그는 이제 어떻게 하지?

헬렌. 헬렌. 헬렌. 헬렌. 헬렌. 헬렌.

그의 마음은 아주 자주 이런 식이었고, 지금도 그렇게 흘러가고 있었다.

오, 짐 버지스! 우리가 당신을 어떻게 해야 하는가?

*

헬렌이 죽은 뒤에—숨쉬기를 멈추었을 때, 그리고 그녀의 시신을 집밖으로 옮긴 때에 대해서 말하는 것이다—이런 일이 있고 나서 짐에게 일어난 일은 이것이었다. 그는 존재하는지도 몰랐던 완전히 새로운 나라로 소리도 없이 던져졌고, 그것은 그가—정말로 진지하게—믿을 수 없는 방식으로 조용하고 고독한 나라였다. 끔찍한 침묵이 그를 둘러싼 듯했고, 자신이 이 세상에 온전히 존재하는 것 같지 않았다. 심지어 헬렌의 친구들이나 가끔 점심 한번 먹읍시다, 라고 말하는 남자들을 상대할 때도 그랬다. 짐은 자신이 전에는 전혀 상상하지 못했던 장소로 추방된 것을 깨달았다. 하지만 그곳이 이제 그가 사는 곳이었다.

헬렌의 여자 친구 하나가 그에게 한 남자에 대한 책을 주었다. 아내를 잃은 목사였고, 1950년대에 일어난 일이었다. 짐은 그것을 읽지 않았다. 하지만 어느 밤 몹시 지쳐 있던 그는 그 책을 폈고 이 부분을 읽었다. "아내가 여름에 죽었기 때문에 그는 겨울이 오기를 기다렸다. 하지만 겨울이 왔을 때, 그는 아무것도 달라진 것이 없음을 깨달았다."

짐은 생각했다. 이 글을 쓴 사람은 어떻게 그걸 알았지? 그리고 그는 이것이 사적인 클럽이자 조용한 클럽이라는 걸 깨달았다. 길에서 스쳐지나가는 낯선 사람은 그가 회원인 것을 전혀 알 수 없을 터였고, 그 역시 그들이 회원인지 아닌지 알수 없었다. 그는 지나가는 사람들, 특히 혼자 걷고 있고 자기보다 나이가 더 많아 보이는 사람들을 멈춰 세워 묻고 싶었다—당신 배우자가 죽었나요? 헬렌이 떠난 지금 그는 겁에 질리고 돌처럼 굳은 남자가 되었다.

*

　그래서 짐은 메인으로 갔다. 그가 아주 조금이라도 휴식할 수 있는 곳은 거기밖에 없는 것 같았다. 그는 셜리폴스에서 누이와 함께 지냈다. 헬렌은 수전을 싫어했고, 수전의 작은 집과 오래전부터 부엌 창문에 걸려 있던 오렌지색 커튼을 싫어했다. 하지만 짐은 지금 이곳에서 지내면서 아주 작은 조각만큼의 편안함을 느꼈다. 강가 호텔에서 지낼 수도 있었겠지만 그러지 않았다. 그는 누이의 집에서 지내보기로 했고, 잭—수전의 아들로, 집을 떠난 지 오래였다—의 방은 그럭저럭 지낼 만했다. 요즘 같은 시기에 다른 어느 것이 괜찮은 만큼 괜찮았다.

*

　하지만 짐이 메인에서 아주 작은 안식처의 느낌을 발견했다면, 팸 칼슨은 다시 뉴욕에서 힘든 시간을 보내고 있었다. 먼저 우리는 팸이 스스로 꽤 잘하고 있다고 생각한다는 사실에 주목해야 한다. 그녀는 석 달 동안 술을 마시지 않았고, 그 점에 대해 AA 모임에서 인정을 받았다. 그녀는 정말로 자부심을 느꼈고, 또한—안도감을 느꼈다. 그녀가 이것을 해낸 것이다!

그러다 몇 가지 일이 일어났다. 처음 일어난 일은 어느 목요일 오후에 리디아 로빈스가 팸의 아파트에 들른 것이었다. 뉴욕에서 팸이 사는 지역을 그냥 들르는 사람은 아무도 없다. 사람들은 미리 전화하거나, 어딘가 다른 곳에서 만난다. 하지만 팸의 집 초인종이 삐 울렸고, 경비원이 "리디아 로빈스가 오셨는데요" 하고 말했다. 팸은 몹시 놀라서(그리고 감정이 복잡해져서) 이렇게 말했다. "오, 올라오라고 해요."

리디아 로빈스가 올라와 집안으로 들어왔는데, 윤기가 도는 머리카락이 길게 자라 있었다. 그녀가 "패미!" 하고 말하며 팸을 포옹한 다음 거실에 있는 연녹색 카우치에 앉았다. 그녀가 주위를 둘러보며 말했다. "나는 여기가 늘 마음에 들었어요." 그러더니 음모를 꾸미는 목소리로 말했다. "음, 언젠가 잇시는 싸구려 롱아일랜드처럼 보이는 것 같다고 말했지만, 난 생각이 달라요. 난 여길 사랑해요." 그러고는 연녹색 벽과 구석에 있는 유리 탁자를 둘러보았고, 그러는 동안 팸은 그 말의 속뜻을 이해하려고 애썼다. 잇시 매컬러가 그런 말을 **했다고**? 그럼 리디아는 내게 **고자질**을 하는 건가? "우리 모두 당신을 **정말로** 그리워해요." 리디아가 말했다. 나중에 밥에게 말하기로, 팸은 더 나쁜 말이 나올까봐 몹시 불안해했지만, 그런 일은 결코 일어나지 않았다. 리디아는 자신이 갔던 여러 파티에 대해 말하고 요즘 햄프턴에서 지내는 게 아주 편안하다며 수다를 떨었고, 거기가 도시보다 더 편안하게 느껴진다며 스스로도 놀라워했다. 그리고 마침내 일어서서 팸의 뺨에 키스하고(팸은 여전히 세균에 대한 공포가 심해서 그게 미칠 만큼 싫었다) 그곳을 떠났다.

그러니 이게 대체 무슨 일일까?

팸이 생각할 수 있는 유일한 것은, 리디아가 여기 온 이유는 팸이 그녀와 테드 사이의 일에 대해 아는지를 알아보기 위해서였다는 것이었다. 그리고 그러는 동안 이 아파트에 대해서 빈정거린 것이었다. 그 방문은 팸에게 쓴맛을 남겼다. 그녀는 그 여자를 집안에 들인, 그리고 여자와 여전히 친구인 양 대화를 한 자신에게 몹시 화가 났다. 리디아를 몇 달 전보다 조금 더 차갑게 대하긴 했지만, 리디아가 눈치라도 챘을지조차 알 수 없었다. 어쨌거나 팸은 그 방문 전체가 몹시 언짢았고, 그날 밤 모임에 가지 않았다. 가야 할 이유가 뭐 있나? 이따금 목요일에는 가지 않았고, 그날 밤에도 가지 않았다.

금요일에 그녀는 AA 모임에서 새로 사귄 대프니와 만나기로 했었다. 팸은 대프니를 사랑했는데, 대프니는 흡연자였고 약간 미쳐 보였으며 많이 웃었다. 팸보다 열 살 정도 어렸는데, 팸은 에릭이 여자 옷을 입는다는 걸 포함해 그녀에게 뭐든 말할 수 있었고, 대프니는 그걸 대수롭지 않게 여겼다. 대프니의 딸은 감옥에 있는(!) 남자와 결혼했고, 그 일은 그녀에게 끝없는 고통을 안겼다. 그래도 그녀는 웃으면서, 또한 솟구치는 눈물을 흘리면서 그 이야기를 나누었다. 하지만 바로 그 딸이 그날 아침 전화를 걸어와 엄마가 필요하다고 말했고, 대프니는 마지못해 뉴저지로 가서 딸과 함께 하루를 보내게 되었다. 그 바람에 팸은 혼자 남겨졌다. 박물관에 갔지만 거기서도 외롭다고 느꼈다. 나는 뉴욕에서 박물관에 혼자 있는 여자야, 하는 생각이 들었기 때문이었다.

누가 신경이나 쓴다고?

음, 팸은 신경을 썼다.

그리고 토요일 밤에는 많은 사람들이 참석하지 않지만, 모임에 갔다. 그리고 일요일이 왔다―일요일은 팸이 오래전에 믿지 않게 된 조용함과 함께 찾아왔다. 그것은 **끔찍했다**. 오후 한시쯤 초코바 두 개를 먹었고, 위기가 온 것을 깨달았다. 삼십 년 동안 술을 끊고 지내는 은퇴한 변호사이자 아주 사랑스러운 여인인 그녀의 멘토에게 전화를 걸어야 했다. 하지만 팸은 전화를 걸지 않았다.

그날 바깥은 눈부시게 화창했고, 너무 덥지도 너무 춥지도 않았다. 날씨가 그녀를 조롱하는 것 같았다. 팸은 아파트 안을 돌아다녔고, 조용함이 무서웠다. 아들들의 방들을, 그리고 그애들이 받았던 트로피들을 응시했다. 에릭의 것은 고등학교 때 토론팀에서, 폴의 것은 라크로스팀에서 받은 것이었다. 그녀는 방문을 닫았다. 그러고는 자신의 침실인 하얗게 칠한 큰 정사각형 방으로 들어갔고, 이제 그 방에 온기가 거의 없는 것 같다고 생각했다. 그리고 잇시 매컬러가 이 아파트가 "싸구려 롱아일랜드"로 보인다고 말했다는 것에 대해 생각했다. 팸은 생각했다. 좆같군. 그리고 다시 거실로 내려가 카우치에 앉아 생각했다. 맞아. 아니야. 맞아. 아니야. 맞아.

그리고 가방을 챙기고 열쇠를 찾은 다음, 사람들을 거의 쳐다보지도 않고 걸어서, 환한 대낮에 주류판매점으로 갔다. 그녀는 와인 한 병과 보드카 한 병을 샀다. 아파트로 돌아온 다음 삼십 분도 채 걸리지 않아 와인 한 병을 비웠고 보드카 몇 모금을 삼키고는 소파에 누워 잠들었다. "오, **젠장**." 그녀가 나지막이 혼잣말을 했다. "오, 젠장, 젠장, 젠장."

그녀는 샤워하다 거의 쓰러질 뻔했고, 그것은 믿기지 않을 만큼 두려움을 일으켰다. 그녀는 간신히 킹사이즈 침대로 걸어갔다. 그리고 천장을 쳐다보았는데, 천장이 빙빙 돌았다. 팸은 생각했다. 이제 죽는구나.

다음날 아침 그녀는 멘토에게 전화를 걸었다.

그리고 밥에게 전화를 걸었다.

밥은 짐을 만나러 셜리폴스에 있는 수전의 집으로 가려고 막 집을 나서려다 말고, 평소 앉는 거실 의자에 앉아 팸의 말에 귀를 기울였다. 그리고 그것에 대해 생각했다. "정말 안타깝다." 그가 말했다. "하지만 그런 일은 일어날 수 있어."

팸이 말했다. "오, 일어나지. 단지 그 일이 내겐 일어나지 않기를 바랐던 거지."

"계기가 뭐였어?" 밥이 물었다.

"바로 그거야. 리디아. 맙소사, 그 쓰레기 잡것 때문에 내가 그 난리를 쳤다니, 젠장."

"그럴 때 전화를 걸 멘토가 있지 않아?" 밥이 물었다.

"있지. 누구보다 훌륭한 멘토야. 하지만 취하고 싶어서 전화를 걸지 않았어. 나 자신이 역겨워."

"멘토에게 말했어?"

"오, 말했지." 팸이 말했다. "오늘 아침에 곧바로. 그녀가 잘 받아줬어. 무슨 일이 있었는지 계속 물어봐주고. 그런데 그냥 **모르겠어**. 그러니까, 당연히 리디아 때문이긴 했는데, 맙소사."

밥이 말했다. "그게 무서운 거네. 자기가 왜 그랬는지 정확히 모른다는 것 말이야."

"정확해!" 팸이 말했다. "밥, 그게 정말 겁나 무서워. 같은 일이 계속 일어날 수 있으니까."

밥은 한동안 말이 없다가 이윽고 말했다. "그 일이 계속 일어날 것 같진 않아, 팸. 난 당신이 해낼 수 있다고 생각해. 솔직히, 난 당신이 해낼 수 있다는 걸 알아."

"진심이야, 보비? 내가 해낼 수 있을 거라고 생각해?"

"전적으로 진심이야. 당신은 해낼 수 있고, 해낼 거야."

"고마워, 보비." 그녀가 조용히 말했다. 그리고 이어 말했다. "난 이 집에서 나올 거야. 여기가 싫어. 특히 이 일이 일어난 뒤로는. 나만의 집을 구할 생각이야."

"그래야지. 당연히 그래야지. 작고 멋진 아파트를 구해, 팸. 충분히 그럴 만해."

그녀가 말했다. "그렇지. 내가 왜 계속 여기 있었는지 모르겠어."

밥이 말했다. "거긴 당신 집이니까. 하지만 이제 새집을 구할 때가 됐어."

"고마워. 당신이 해준 모든 말이 고마워. 그리고 카우치에 있는 오줌 얼룩은 그대로 둘 생각이야. 자, 당신은 뭔가 새로운 소식이 있어?"

그러자 밥은 예전처럼 하얗지 않은 오래된 카우치, 책과 휴대전화 충전기와 펜이 놓인 커피 테이블이 있는 거실을 흘끗 둘러보고는, 지미가 일주일 동안 메인에 와서 지내고 있고 자신은 사건을 하나 맡았는데 그 때문에 몹시 힘들다고 말했다. 그리고 심지어 마거릿과 교회 위원회에 대해서까지 말했다. 예배 때마다 잠을 자던 에이버리 메이슨이 이제 교회 위원회에 들어와서 마거릿을 불편하게 한다고. 마거릿은 전날 밤에 또 그 이야기를 꺼냈다. 에이버리 메이슨이 어찌어찌 위원회에 들어왔다고.

"오, 맙소사. 그거 진짜 별로다." 팸이 말했다.

그는 팸을 믿는다고 다시 한번 말했고, 그녀는 그에게 고맙다고 말했다. "그 말 정말 도움이 된다." 그녀가 말했다. 그리고 덧붙였다. "짐에게 대신 안부 전해줘. 수지에게도. 수지에게 내가 보고 싶어한다는 말도 전해주고. 몇 달 전에 만나서 아주 좋았다고."

*

　수전의 집에서 형이 거실 안락의자에 앉아 있는 모습을 보았을 때 밥은 울컥했다. 짐이 인사의 뜻으로 손을 들어올렸다. 수전은 짐에게 커피를 갖다주려고 부엌에서 거실로 걸어오고 있었다. "고마워, 수지." 짐이 말했고, 수전은 시선을 들어 밥에게, 그가 얼마나 예의바른지 봐, 하는 의미의 눈빛을 보냈다(밥은 그런 의미였다고 생각했다).

　그리고 그는 예의발랐다. 그들의 형제가 이렇게 사려 깊을 수 있다는 사실이 수전과 밥은 불안했다. 짐은 검안사로 일하다 최근에 은퇴한 수전에게 기분이 어떤지 여러 질문을 했고, 수전은 "대체로 아주 좋아. 걱정했던 것만큼 외롭지도 않고" 하고 대답했다. 그러자 짐이 말했다. "게리 오헤어하고는 어때?"

　카우치에 앉아 있던 수전이 즉시 밥을 쳐다보았고, 이어 짐을 쳐다보았다. "그 사람하고 뭐?" 그녀가 물었다.

　"음, 일주일에 몇 번씩 그의 포치에서 커피를 마신다면서. 그냥 그게 어떻게 돼가는지 궁금해." 짐이 말했다.

　수전이 손을 아주 살짝 들어올렸다 다시 무릎 위에 툭 내려놓았다. "잘 지내고 있어."

"그 사람을 좋아하니?"

"좋아해."

"고등학생일 때 너하고 두 번 데이트하고 나서 너를 차버렸던 거 그가 얘기해?"

수전이 편안하게 웃었다. "세 번이었어. 아니, 그가 꺼낸 적도 없고, 나도 하지 않았어."

"저녁식사를 같이 하거나, 뭔가 다른 걸 한 적은?"

"없어." 수전은 그 질문에 모호하게 혼란스러워진 듯 보였다.

"왜 없어? 그 사람이 다른 여자를 만나고 있어?"

"아니." 그러더니 수전의 얼굴이 확 달아올랐다. "적어도 내 생각엔 아니야."

"음, 그럼 물어봐."

"물어보라고?"

"물어봐, 수지. 그냥 이렇게. 게리, 만나는 여자가 있어? 그가 아니라고 말하면 저녁식사에 초대해. 진지하게 하는 말이야. 그냥 그렇게 해봐."

수전은 조용히 있었고, 그것에 대해 생각하는 듯 보였다. 잠시 뒤에 그녀가 밥을 쳐다보며 말했다. "보비, 비치 볼이 실종됐을 때, 매트가 타운에서 변태로 알려져 있다는 말을 게리가 한 것 같아. 그가 그렇게 말했어. 말해준다고 생각하고선 자꾸 깜박하네."

"변태?" 밥은 겨드랑이 밑에서 땀이 나는 것을 느꼈다.

"응. 변태. 임신 단계에 따라 여자들의 누드를 그리고 싶어 했다고. 이유가 그거였던 것 같아."

"오, 알겠어. 고마워." 밥이 말했다. 그리고 생각했다. 휴.

잠시 뒤에 밥이 말했다. "음, 소식이 하나 있어. 팸이 마차에서 떨어졌어.*" 그리고 이번에도 짐은 밥을 놀라게 했는데, 그가 밥을 쳐다보며 정말 근심어린 표정으로 "그거 너무 안타까운데" 하고 말한 것이었다. 그리고 짐은 그것에 대해 생각해보는 것처럼 앞을 똑바로 응시했다. "다시 어른 팬티를 입고** 마차에 올라타라고 전해줘."

"그렇게 했지." 밥이 말했다.

"오, 맙소사. 팸이 해낼 수 있기를 바라." 수전이 말했다. "팸이 여기로 찾아온 그날 아침, 우리가 얼마나 멋진 시간을 보냈는지 몰라."

"해낼 거야." 짐이 말했다.

---

* fell off the wagon. 금주에 실패했다는 뜻의 관용어.

** put her big-girl panties on. 어른스럽게 행동하라는 뜻의 관용어.

그리고 수전이 짐을 돌아보며 말했다. "자, 들어봐, 짐. 너무 놀랄까봐 미리 말해주는 거야. 말하면 안 될 것 같긴 한데, 래리와 애리얼이 다음달에 오빠한테 화해의 생일선물로 같이 카리브해에 가자고 할 거래."

짐이 그녀를, 이어 창밖을 보았다. "차라리 내 목을 따버리겠어." 그가 마침내 말했다.

2

 "들어와요, 들어와요." 올리브 키터리지가 윙체어에 앉은 채 소리를 질렀다. 그러자 4월이 거의 끝나가는데도 여전히 풍성한 검은색 코트를 입은 루시 바턴이 안으로 들어왔다. 그녀가 지퍼를 열어 부츠를 벗고, 이어 코트를 벗은 뒤 작은 카우치 위에 펼치고 그 위에 앉았다.

 "준비됐어요. 이제 들어볼까요." 루시가 손뼉을 두 번 쳤다.

 올리브가 고개를 까딱한 뒤 말했다. "좋아요. 이건 러브스토리예요."

 "그리고 외로움의 이야긴가요?" 루시가 놀리듯 물었고, 올리브가 손가락을 들며 말했다. "오, 얘기하다보면 외로움에 관한 이야기가 많이 나올 것 같긴 하네요, 아, 뭐. 이제 조용히 하고 들어봐요.”

루시가 작고 딱딱한 카우치에 앉아 발을 앞으로 내밀었다. 양쪽 양말의 짝이 맞는 것을 올리브는 알아보았다. 적어도 양쪽 다 짙은 색깔이었다.

“첫 남편 헨리에겐―” 올리브가 장식장 위에 놓인 사진을 가리켰다. 루시가 고개를 끄덕였다. “남편 헨리에겐 고모가 넷 있었어요. 그중 한 명의 이름이 폴린이었고요. 그들 모두 여기 메인에서 살았어요. 헨리의 할머니는 남편과 함께 잉글랜드에서 건너와 포틀랜드에서 찻집을 시작했는데, 할머니가 돌아가신 뒤로―참, 네 딸이 어머니를 아주 사랑했어요―어머니가 돌아가신 뒤로 네 자매는 서로 아주 가까이 살았어요. 그들 중 세 사람은―바로 여기 크로스비의 작은 길에서 한 집, 바로 옆에 또 한 집 이런 식으로 서로 붙어 살았어요. 각자 자기 남편들이 죽은 뒤에요. 내 이야기 따라오고 있죠?”

“네.” 루시가 말했다. “작은 길에 늘어선 작은 집들에 늙은 과부 셋이 살았다.”

올리브가 말했다. “좋아요. 그런데 폴린은 조금 달랐어요. 폴린은 평생 포틀랜드에서 살았는데, 오, 자매들을 만나러 크로스비로 종종 왔지만 포틀랜드에서 삶을 이어갔어요—음, 아주 사랑스러워 보이는 여인이었죠. 정확히 말해, 그들은 전부 빼어나게 아름다웠지만, 폴린에게는 좀 다른 데가 있었어요. 그걸 우아함이라고는 말할 수 없겠지만, 그녀는 고급인 것들을 좋아했고, 늘 몸매를 유지했어요. 심지어 늙었을 때도 허리는 잘록하고, 가슴은 풍만하고, 옷을 멋지게 입었어요. 화려한 건 아니고요. 그냥 자매들과는 달랐다는 거죠.

그러니까, 요전날 밤에 문득 폴린 생각이 났는데, 그 이유를 누가 알겠어요. 하지만 이것이 기억났어요. 그녀가 젊은 아가씨였을 때, 스무 살은 넘지 않았을 때였을 텐데, 해안에서 떨어진 클리프섬이란 곳에서 일 년 동안 학생들을 가르쳤어요. 작은 교실 하나뿐인 작은 학교였죠. 그리고 매일 아침 어부가 그녀를 자기 보트에 태워 그 섬으로 데려가줬어요. 매일 아침에 말이에요.

그리고—" 올리브가 의미심장하게 고개를 까딱했다. "그녀가 그를 사랑하게 됐어요. 그도 그녀를 사랑하게 됐고요."

루시가 몸을 앞으로 숙이며 말했다. "오, 그림이 그려져요. 좀 긴 코트를 입고 멋진 구두를 신은 아름다운 젊은 여성이 도움을 받아 매일 그의 보트에 타는 거죠. 그러니까 그는 틀림없이 그녀가 보트에 타고 내릴 때 팔을 잡아줬을 거예요. 나중에도 데리러 왔겠죠?"

"오, 그럼요. 그들은 하루에 두 번씩 만났어요." 올리브가 힘주어 고개를 끄덕였다.

루시가 말했다. "잠깐―그가 결혼한 사람이었어요?"

올리브가 다시 고개를 끄덕이며 말했다. "그랬죠. 그는 그녀보다 열 살쯤 더 많았던 것 같아요. 그리고 그녀는 그에게 정말로 깊이 빠졌고, 당연히 부모님이 그 사실을 알아냈죠. 앞서 말했듯 딸들이 모두 어머니와 가깝게 지냈기 때문에 알게 됐을 거예요. 그래서 6월에 방학이 시작되자마자 그들은 폴린을 일 년 동안 잉글랜드로 보냈어요. 폴린은 열정을 식히려고 잉글랜드로 돌아갔죠."

루시는 기다렸고, 이어 말했다. "그러면 그녀가 돌아왔을 때는 그 열정이 식었나요?"

올리브가 고개를 끄덕였다. "아, 뭐. 하지만 이야기가 좀더 있어요."

"말해줘요." 루시가 말했다.

"그녀는 돌아와서 다른 남자와 결혼했는데 돈이 좀 있는―자매들이 결혼한 남자보다는 더 있는―남자였어요. 식료품점인가 그쪽 업계에 투자한 사람이었던 것 같아요. 아무튼 폴린은 돌아와서 이 남자하고 결혼했고, 그걸로 끝이었죠. 자신을 위해 아주 잘 내린 결정이었어요."

"그게 그 이야기예요?"

"아니요." 올리브가 말했다. "이야기는 이거예요―내가 보는 한에서, 이야기는 이거예요. 그녀의 남편―이름이 기억 안 나는데, 오, 프랭크였어요. 프랭크가 육십대 초반에 심장마비로 급사했어요." 올리브가 잠시 뜸을 들이다 말했다. "내 남편이 그 시점에 보트를 갖고 있었는데, 그러니까, 큰 보트는 아니었지만, 아무튼 보트가 있었어요. 몇 년 뒤에 그가 폴린에게 말했죠. '그 학교에 다시 가보고 싶으면 클리프 섬까지 태워드릴게요.' 그러자 그녀가 가겠다고 말했어요. 거길 다시 보고 싶다고 생각했던 거죠. 사십 년 넘게 가보지 않았으니까.

나도 동행했죠. 결코 잊지 못할 거예요. 우리는 폴린 고모와 함께 보트를 타고 거기로 갔어요. 폴린은 그때 이미 예순을 훌쩍 넘겼지만, 건강했죠. 그리고 예뻤고―앞서 말한 것처럼―흰머리가 났지만 여전히 매력적인 여인이었어요. 헨리가 폴린을 선창에 내려주고 '학교를 둘러보고 올 때까지 우리는 보트 안에서 기다릴게요' 하고 말했어요―거긴 이제 더이상 학교가 아니었지만요. 그리고 우리는 기다리고 기다리고 또 기다렸고, 마침내 폴린이 돌아왔어요. 그러고는 얼굴이 새빨개진 채 이렇게 말했죠. '내가 누구를 봤는지 믿지 못할 거야.'"

올리브가 고개를 끄덕이며 말했다. "그토록 오래전에 그녀를 그 섬으로 데려가고 데려온 그 남자를 본 거였어요."

"정말이에요?" 루시가 물었다.

"전적으로 정말이에요." 올리브가 말했다.

두 사람 다 잠시 말이 없었다. 이윽고 루시가 말했다. "어떤 대화를 나눴는지 그녀가 말해줬어요?"

그러자 올리브가 말했다. "한마디도. 하지만 그녀는 보트에 타고는 잘 익은 딸기처럼 얼굴이 빨개진 채 앉아 있었어요. 말은 한마디도 하지 않았고요. 우리는 그녀를 내려주었고, 그녀는 고맙다고 말한 뒤 가버렸어요."

"그녀가 다시 그를 만났을까요?" 루시가 물었다.

"아니요. 내가 아는 한에서는, 아니요, 만나지 않았을 거예요."

잠시 뒤에 루시가 말했다. "그녀가 그 어부와 결혼하지 않은 건 잘한 일 같아요. 당시에는 이혼이—알다시피, 좋게 여겨지지 않았고, 게다가 당신이 말한 것처럼 그녀는 고급인 것들을 좋아했으니까요. 그녀와 어부가 같이 있는 걸 떠올리기는 어렵죠."

올리브가 어깨를 으쓱했다. "음, 그녀가 그 어부와 결혼한 건 아니었죠."

루시가 물었다. "그녀와 그 남편이라는 사람에게는 아이가 있었나요?"

올리브가 고개를 끄덕이며 말했다. "네, 바로 그 부분이 비극이에요. 아이 하나가 미쳐서 어머니를 찌르려고 했어요. 그때 딸의 나이가 열여섯이었고, 어느 날 어머니를 포크로 찌르려 했죠. 그뒤로 딸은 포틀랜드에 있는 정신병원에 보내졌어요."

"오, 맙소사." 루시가 말했다.

"네." 올리브가 말했다. 잠시 뒤 그녀가 말을 이었다. "그래서 그 딸이 ─이름이 뭐였더라─ 그 여자 이름은 기억나지 않는데, 어쨌거나 평생 미쳤다 안 미쳤다 그러기를 반복하면서 살았어요. 처방약을 끊으면 그 지옥이 되살아났죠. 그러면 다시 약을 먹었고요. 그녀는 서부로 이주했고, 집에는 거의 오지 않았어요."

"오, 맙소사." 루시가 말했다. 그리고 꼿꼿이 앉았다. 그러고는 말했다. "그럼 이 이야기의 요점은 뭔가요? 폴린은 이미 결혼한 그 어부와 결혼했어야 한다?"

올리브가 웃음을 터뜨렸다. 그녀는 그 말에 정말로 웃었다. "루시 바턴, 당신이 내게 해준 이야기도—내가 말할 수 있는 한—요점이 거의 없었어요. 그래요, 그래요. 미묘한 요점은 있었겠죠. 이 이야기의 요점이 뭔지는 나도 **모르겠네요!**"

"사람들." 루시가 뒤로 기대며 조용히 말했다. "사람들, 그리고 저마다 살아가는 삶. 그게 요점이에요."

"바로 그거예요." 올리브가 고개를 끄덕였다.

3

이제 5월 초순이고, 새잎이 돋아나고 있었다. 신록의 작은 잎들은 어린 소녀처럼 자신들의 아름다움이 수줍은 모양이었다. 잎은 날마다 커졌는데, 관심 있게 보면 그게 보였다. 밥은 자신이 느끼는 기쁨에 자신을 내맡겼다. 그와 루시는 더욱 경쾌한 걸음으로—밥은 그렇게 생각했다—지금 산책을 하고 있었다. 그리고 그들은—오, 그들은 함께 있다는 것만으로 그저 행복했다.

밥은 마침내 루시에게 매트 비치 사건에 대해 모든 것을 이야기했는데, 그럴 수밖에 없었다. 그녀는 정말로 주의깊게 들었다. "밥, **맙소사.**" 그녀가 말했다.

"매트가 실제로 알고 있는 건 내게 말해준 것 이상이에요. 그리고 점점 더 우울해지는 것 같고요. 그는 휴대전화가 아주 마음에 들지만, 본인 말로는 그걸로 게임을 한대요."

"그의 집에서 라이플총을 가지고 나와요." 루시가 말하자 밥은 말했다. "나도 그러려고 했어요. 하지만 그는 월마트에 가서 하나 더 사면 된다고 하더군요. 그래서 그냥 거기 두기로 한 거죠. 그러니까—" 그러고는 걸음을 멈추고 크게 한숨을 쉬었다.

"그러니까 그건 그의 삶이다." 루시가 말했다.

"음, 네—" 하지만 밥은 매트와 그날 대화를 나눈 뒤로 확신이 없었다. 그는 루시를 보았고, 그녀가 말했다. "네, 골치 아픈 사건이네요. 그래도 다이애나와 한번 더 이야기를 나눌 필요는 있겠어요." 루시가 말했다.

"바로 그거예요. 전화로 이야기하느니 직접 만나는 게 낫겠어요. 그녀가 언제 여기 다시 오는지 매트에게 물어봐야겠어요."

그들은 행복했다. 그들 두 사람은—걷고 대화하고—그저 행복했다.

하지만 그 순간 루시가 이렇게 말했다. 그녀가 말했다. "밥, 딸들이 나를 창피하게 여기는 것 같아요."

"무슨 말이에요?" 그가 말한 뒤 잠시 걸음을 멈추고 그녀를 쳐다보았다.

"네. 좀 속상한데, 지난번 내가 뉴욕에 갔을 때 크리시가 뉴헤이븐에 있는 자기 집에서 새로 엄마가 된 몇 사람을 위한 작은 디너파티를 열었어요. 그애가 날 초대하진 않았지만, 새로 엄마가 된 사람들을 위한 파티니까 당연히 나는 괜찮았어요. 하지만 다른 할머니 한 명이 참석한다는 걸 알게 됐는데―내가 전에 만난 적이 있는 여자였죠. 나는 깜짝 놀랐어요. 그래서 베카에게 물어봤는데, 베카가 둘러대길래 내가 불쑥 물었죠. '잠깐, 내가 크리시를 **창피하게 하니?**' 그러자 베카가 얼굴을 붉히고는, 그애가 얼굴을 **붉히고는** 이렇게 말했어요. 아니요, 엄마가 크리시를 창피하게 하는 게 아니라―"

밥의 주머니에서 휴대전화가 진동했지만, 그는 받지 않았다.

"그게 아니라고, 정말로 아니라고, 베카가 마침내 말했어요. 그리고 말했죠. '오, 엄마, 알다시피, 크리시는 고급인 것들을 좋아하잖아요. 그리고―' 베카가 그렇게 말했죠. 그리고 뭐? 내가 물었어요. 밥, 몹시 어색했어요! 그래서 베카에게 됐다고, 걱정하지 말라고 했어요. 하지만 이건 분명해 보였어요, 밥. 딸들이 나의 어떤 점을 창피하게 여긴다는 거요. 내가 어떤 환경에서 자랐고 아이들이 어떤 환경에서 자랐는지 생각해보면, 오, 그 생각을 하니 그냥 머릿속이 어지럽네요—"

그 순간 밥의 전화기가 다시 진동했다. "잠시만요." 그가 루시에게 말했다. 그리고 주머니에서 전화기를 꺼내 흘끗 보았다. "마거릿이에요." 그가 말했다. 그리고 의아한 듯 루시를 쳐다보고는 말했다. "받는 게 좋겠어요."

"받아요, 받아요." 그녀가 손을 휙 저으며 말했다.

밥이 걸음을 멈추고—루시는 약간 앞으로 가서 그를 기다렸고, 그는 그것이 자신의 프라이버시를 지켜주려는 것임을 이해했다—전화를 받고는 말했다. "마거릿, 괜찮아?"

그는 전에 마거릿의 울음소리를 한 번도 들은 적 없다는 것을 깨달았다. 그녀가 말했다. "밥, 내 일을 잃게 될지도 몰라! 젠장, 보스턴에서 그 설교를 한 직후에 이런 일이 생기다니! 오, 밥, 밥……" 그리고 그녀는 다시 울기 시작했다.

그는 자기 앞에 있는 루시를 보았다. 햇살이 그녀에게 떨어졌고, 그녀는 다른 곳을 보고 있었다. **금빛에 휩싸였다, 그**

생각이 그의 머릿속을 스쳤다.

"마거릿, 지금 무슨 말을 하는 거야?" 그가 루시에게서 시선을 거두었다.

그러자 마거릿이 흐느끼면서 말했다. "위원회에 있는 여자가 말해준 건데, 에이버리 메이슨이 나를 쫓아내려고 한대. 밥!"

"가능한 한 빨리 집으로 돌아갈게. 십오 분만 기다려." 그가 말했다.

"그래." 그녀가 울면서 말했다.

밥이 천천히 루시에게 걸어가 말했다. "마거릿이 목사 일을 그만둬야 할지도 모른대요."

"오, 밥."

그들은 침묵 속에서 차를 세워둔 데로 걸어갔고, 루시의 존재감은 결코 그를 떠나지 않았다. 그가 차에 타면서 말했다. "무슨 일인지 알아내는 대로 바로 말해줄게요." 그러자 루시가 말했다. "걱정하지 마요, 밥. 오 맙소사. 너무 속상하네요."

그가 덧붙였다. "나는 딸들이 당신을 창피하게 여긴다고 생각하지 않아요. 분명 뭔가 다른 이유가 있을 거예요."

356

"누가 신경이나 쓴다고요. 그건 걱정하지 마요." 루시가
말했다. "마거릿 걱정만 해요."

*

밥은 집안으로 들어가 카우치에 있는 마거릿을 보았다. 그
녀는 여전히 울고 있었고—오, 그녀가 울고 있었다!—그녀
의 원피스, 일어서면 길이가 무릎 한참 아래인 진청색 면 원
피스가 감겨올라가 하얀 다리가 드러나 있었다. 그걸 보자
그는 마음이 찢어지게 아팠다. 그건 몸에서 분리되어 나온
뭔가처럼 보였다. 마치 살해되고 토막이 난 누군가의 일부인
것처럼. 그리고 마거릿은 얼굴이 붓고 얼룩져 흉측해 보였
다. 불쌍해라, 불쌍해라.

하지만 종종 그렇듯, 우리에게 사랑이 몹시 필요한 어떤
특정한 순간에 우리는 우리를 사랑하고 싶어하는, 그리고 우
리를 사랑하는 사람들에게 오히려 거부감을 일으킬 수 있다.
밥이 그녀를 보았을 때—그녀는 눈이 거의 소실된, 해변에
밀려온 바다 짐승처럼 보였다—그는 그녀를 사랑했다. 정말
로 사랑했다. 하지만 다가가 그녀를 안아주는 것이 묘하게
어렵게 느껴졌다. 그리고 이것은 루시 때문이 아니라, 그녀

가 마거릿이며 그는 그녀가 그렇게 고뇌하는 모습을 한 번도 본 적이 없었기 때문이었다. 그 모습은—오 어쩌나 맙소사—그에게 거부감을 일으켰다.

그가 그녀 옆에 앉자 그녀가 머리를 그의 무릎에 올렸고, 그러고는 계속 울었다. 그가 그녀의 머리를 쓰다듬어주며 속삭였다. "오, 마거릿." 그리고 잠시 뒤에 그녀가 일어나 앉아 말했다. "에이버리 메이슨은 늘 잠을 잤다고!"

*

에이버리 메이슨이 위원회에 들어간 데서 비롯한 공포가 밥과 마거릿을 따라다녔고, 그들을 몹시 우울하게 했다. 하지만 밥은 곧 뭔가를 알아차렸다. 세번째 줄에 앉아 아내를 지켜볼 때 일어나던 불편한 감정이 이제 느껴지지 않는다는 것이었다. 그녀는 새로운 어조로 말했고, 그것이 흥미로웠다. 어느 주에는 용서에 대해 아주 진지하게 말했고, 그다음 주에는 사랑에 대해 말했다. 심지어 회중 가운데 몇몇 신자가 나중에 그녀에게 다가가 설교에 얼마나 감동했는지 말해주는 모습도 목격되었다.

하지만 그녀는 매일 밤 울었고, 밥은 그것이 몹시 마음 아팠다.

*

루시와 함께 산책하면서, 밥은 처음에는 마거릿이 밤에 운다고 말하지 않았지만, 결국에는 말했다. 루시가 걸음을 멈추고 말했다. "밥, 그거 정말 **안됐네요**. 오, 맙소사."

그들은 계속 걸었고, 루시가 말했다. "그 일이 해결될 때까지 시간이 얼마나 걸릴까요?" 그러자 밥이 말했다. "몇 달은 걸리겠죠."

"저런, 너무 안타까워요." 루시가 말했다.

"그렇죠. 나도 그렇게 느껴요. 하지만 흥미로운 건—마거릿이 설교를 더 잘하게 됐다는 거예요." 그리고 그는 루시에게 전에는 마거릿을 지켜보면서 늘 약간 불편했는데, 지금은 그렇지 않다고 말했다. "마거릿이 그냥 거침없이 말해요."

"흥미롭네요. 정말로 인상 깊어요." 루시가 말했다.

그리고 그들은 지난번 만난 뒤로 각자에게 일어난 모든 일에 대해 말했다. 해셀벡 부인이 마침내 진에 물을 타 희석했다는 사실을 알아차렸다. "그녀가 **알아차렸다고요**?" 루시가 말했다.

"이 년이 지난 지금에서야 마침내요. 이번주에 말하더군요—음, 상냥하게 말했지만, 이렇게 말했어요. '로버트, 이건 진짜 진이 아니에요. 당신이 물을 탄 거죠. 안 그랬다고는 말하지 마요.' 그래서 솔직하게 말했어요. 걱정돼서 그랬다고. 그러자 그녀는 자신을 아이가 아니라 어른으로 대해주면 좋겠다고 하더군요. 타당한 관점 같았어요."

"그러게요. 그래서 어떻게 할 생각이에요?"

밥이 어깨를 으쓱했다. "물을 타지 않은 진짜 진을 줘야겠죠."

이제 루시는 그에게 올리브가 해준 폴린 고모와 그녀가 사랑한 어부의 이야기를 해주었다.

밥은 잠시 배에서 통증을 느꼈다. "그거 몹시 안타까운 이야기네요. 당신은 왜 그녀가 그와 결혼해서는 안 된다고 생각했어요?"

"그는 이미 결혼했으니까요."

"알겠어요."

"그리고 폴린이 고급인 것들을 좋아하니까요. 그는 그런 걸 그녀에게 줄 수 없었을 거예요."

"어부는 돈을 잘 벌어요." 밥이 말했다.

"그럼 당신은 그의 편인가요?" 루시가 그렇게 물어보면서 그를 돌아보았다.

"아니요."

"왜요?" 루시가 캐물었다.

밥이 손을 저었다. 그는 그것에 대해 말하고 싶지 않았다. "그는 결혼했으니까요."

그들은 그가 담배를 피우는 곳에 이르렀고, 오늘은 바람이 불지 않아 밥은 담배를 피우면서 계속 움직여야 했다. 그가 서성일 때 루시는 화강암 벤치에 앉아 있었다. "딸들은 어때요?" 그가 물었다.

그녀가 말했다. "오, 그 이야기를 하고 싶었어요! 크리시가, 자기가 좀 차갑게 행동한 이유는 내가 그리워서 그런 거래요!"

"그게 왜 당신한테 차갑게 대하는 이유가 되죠?"

"내가 메인으로 왔고, 뉴욕에 갔을 때 자기를 보러 뉴헤이븐으로 가도, 그애는 나를 잃은 것 같았대요. 내가 뉴욕에 더 이상 살지 않기 때문에요. 그래서 우리는 그것에 대해 정말로 긴 대화를 나누었어요." 루시가 고개를 저었다. "그게 여전히 내 마음을 아프게 해요." 하지만 루시는 그를 쳐다보고 그렇게 말하면서 미소를 지었다.

"하지만 크리시도 당신이 왜 메인으로 왔는지 알잖아요."

밥이 말했다.

"네, 네. 하지만 사람이란 어쩔 수가 없죠, 밥."

사람들은 스스로도 어쩔 수가 없지, 밥이 생각했다. 그와 루시는 함께 있으면 그저 행복했다.

"참, 두 주 뒤에 브리짓이 주말 동안 와 있을 거예요."

"와, 그거 정말 잘됐네요." 밥이 말했다.

"그런 것 같아요. 하지만 조금 두려워요. 그러니까, 그애는 윌리엄의 딸이지 내 딸은 아니잖아요. 하지만 괜찮을 거예요."

"다 괜찮을 거예요." 밥이 말했다.

"어쩐지 데이비드가 그리워질 것 같아요. 이미 그립고요. 그러니까, 브리짓은 그와 함께한 내 삶에는 들어온 적이 없어서 그런 것 같아요." 루시가 강을 응시했다. "윌리엄이 뉴욕에 가면 나 없이 브리짓을 만나서, 나는 그애를 전혀 몰라요. 정말로."

"아, 루시. 행운을 빌어요."

그는 평소보다 일찍 담배를 다 피워서 화강암 벤치 위 그녀 옆에 앉을 수 있었다. 피우다 만 꽁초를 들고 있었다. "고마워요, 루시." 밥이 그것을 담뱃갑 안에 넣으며 말했다.

"당연한 거죠." 그녀가 말했다.

4

짐은 이제 브루클린의 파크슬로프로 돌아갔다. 저 높이 모든 잎이 햇빛 속에서 너울거리던 5월 초의 어느 따뜻한 날, 그가 식료품점에서 집으로 걸어가는데 주머니에 넣어둔 휴대전화가 진동했다. 그는 생각했다. 제길, 누가 됐건 나중에 이야기하자고. 그는 식료품점에 가는 것도 싫고, 먹는 것도 싫고, 모든 것이 싫었다.

집안으로 들어가 쇠창살 문을 잠그고 식료품을 좀 정리한 다음 그는 휴대전화를 꺼내 전화를 걸었던 사람이 래리의 아내 애리얼이었던 것을 보았다. 그는 휴대전화에 남겨진 메시지를 들었다.

래리가 파크애비뉴를 건너다 차에 치였다는 내용이었다. 지금 혼수상태로 병원에 있다고.

그리고 이것은 짐 버지스의 삶에서 새로운 오디세이의 시작이 되었다.

짐은 즉시 병원으로 갔고, 집중치료실로 안내되었다. 거기 그의 아들이 퉁퉁 부은 모습으로 누워 있었는데, 눈은 감겨 있고 입에는 튜브가 꽂혀 있고 전선이 수두룩하게 부착되어 있었다. 깜박이는 불빛과 기계음이 가득했고, 깁스가 몸통을 지나 위로 올라가며 양어깨와 거의 목까지 감싸고 있었다. 한쪽 어깨는 심하게 망가졌고 반대쪽 어깨는 부러졌다. 짐은 아들 옆에 놓인 의자에 주저앉아, 짐에게는 이 세상에 존재하는 가장 순수한 사람처럼 보이는 래리를 쳐다보면서, 조용히 그리고 끊임없이 울기 시작했다.

애리얼이 병실로 들어왔고, 짐은 그녀가 자신을 대하는 태도가 얼마나 다정한지에 놀랐다. 그녀는 몹시 지쳐 보이는 모습으로 조용히 이렇게 말했다. "말을 걸어주세요. 들을 수 있을지도 모른다고 했어요." 그러고는 허공에 손가락을 들어 올린 뒤 방에서 나갔다.

그래서 짐은 래리에게 조용히 말하기 시작했다. 그가 얼굴을 래리의 귀에 바짝 대고 말할 때 입 위로 콧물이 흘러내렸다. "래리, 내 말 좀 들어봐. 아빠야. 너를 온 마음으로 사랑해, 래리. 내 말 들리니? 아빠야. 너를 사랑해. 나는 정말로 몹쓸 아빠였어." 짐은 그 말을 하고 하고 또 했고, 그러는 내내 조용히 울었다.

간호사들은 친절했다. 그들은 그의 주변을 민첩하게 돌아다녔다.

짐은 자신의 몸이 위에서부터 아래로 휙 베인 것 같았고, 거기서 눈물과 사랑과 죄의식이 흘러나왔다. **흘러나왔다.** 그는 이틀 동안 계속 울었고, 마고와 에밀리가 와서 그와 래리 옆에 함께 앉아 있었다. 애리얼은 짐에게 물을 마시게 했다. 두 번인가는 샌드위치를 가져와 제발 먹으라고 말했고, 그는 그렇게 했다. 하지만 그는 울음을 멈추지 않았다. 의자에 앉아 잠깐씩만 잠을 잤고, 딱 한 번 병원 라운지에서 딱딱하고 긴 카우치에 누워 몇 시간 잠을 잤다.

세번째 날에, 짐이 아들에게 자신은 아빠로서 최악이었다고 반복해서 조용히 말하는데, 그 순간 래리가 말했다. "아빠?" 속삭이는 소리였다. 눈은 여전히 감겨 있었다.

"래리. 래리, 들리니?" 하지만 래리는 더이상 말하지 않았다.

짐이 아들 옆에 앉아 느낀 감정은 평생 한 번도 경험해보지 못한 것이었다. 그는 신은 전혀 믿지 않았지만, 신과 흥정했다. "하느님, 이 아이를 낫게 해주세요. 나에 대해선 뭐든 하고 싶은 대로 해도 됩니다. 뭐든. 하지만 이 아이는 낫게 해주세요."

네번째 날에 애리얼이 래리의 한쪽 옆에 앉아 있고 짐이 반대쪽에 앉아 여전히 소리 없이 울고 있을 때 래리가 눈을 뜨고 말했다. "아빠, 맞아요?"

"그래, 아빠야." 짐이 말했다.

"여기서 뭘 하고 있어요, 아빠?" 래리가 약간 어리둥절한 목소리로 물었다.

"네가 자동차에 치였고, 난 여기 네 옆에 앉아 있었어."

이제 애리얼이 래리 위로 몸을 굽히고 말했다. "래리, 내가 누군지 알아보겠어?"

그러자 래리가 말했다. "그럼, 당신은 내 훌륭한 아내지."

"내 이름이 뭐야?" 애리얼이 물었고, 래리가 말했다. "애리얼."

그러자 애리얼도 울기 시작했다.

짐은 밥에게 전화를 걸었다.

*

그리하여 밥은 또다시 뉴욕으로 가려고 포틀랜드에 있는 공항에 왔고, 이번에는 루시가 동행했다. 밥이 짐과 함께 있는 동안 그녀는 딸들을 방문할 계획이었다. 윌리엄이 아침에 선글라스를 쓰고 흰머리가 삐쭉삐쭉 솟은 채로 밥의 집에 들러 그들을 공항까지 태워주었다. "앞좌석에 타요, 밥!" 윌리엄이 밥의 집 진입로에서 말했다. "당신 몸집이 작지 않잖아요. 루시가 뒷좌석에 탈 거예요." 그래서 루시는 뒷좌석에 앉았고, 윌리엄은 래리에 대해 물은 다음, 메인대학교와 그가 하고 있는 기후변화로부터 감자를 살리는 프로젝트에 대해 이야기했다. 밥은 이 남자에게 마음이 부드러워지는 것을 느꼈다. "두 사람, 이제 재미있는 시간 보내요." 윌리엄이 그들을 내려주면서 이렇게 말했고, 차창 옆으로 손을 흔들며 떠났다.

"불쌍한 짐." 루시가 이제 생각에 잠기며 말했다. "적어도 래리는 이제 괜찮을 것 같아요."

"오, 그럴 거예요." 밥이 말했다. 그들은 게이트에서 멀지 않은 곳에 나란히 앉았고, 두 사람 다 바퀴가 달린 작은 여행 가방을 앞에 놓고 있었다.

밥은 조용히, 지극한 행복의 상태에 빠져 있었다. 루시와 함께 뉴욕에 가는 것이다. 도착하면 자신의 작은 아파트로 같이 가겠느냐고 그녀가 그에게 물었고—짐은 밥이 내일까지는 도착하지 않을 거라고 생각하고 있어서, 밥에게 하룻밤의 자유시간이 주어진 셈이었다—밥은 그러겠다고 했다. 그는 그녀가 보여주었던 사진으로 그곳을 그려보았다. 하얗고 푹신한 퀼트 이불, 흰색 카우치, 푸른색의 둥근 테이블보. 밥은 그들 사이에 무슨 일이 있을지, 혹시라도 무슨 일이 생길지 전혀 알 수 없었지만, 거기 있는 동안—오 맙소사—볼일을 보게 될 경우에 대비해 그날 아침 주머니 안에 성냥갑을 넣어 가져왔다. 하지만 그의 마음은 가능성으로 가득찼다. 마침내 그녀를 안을 수 있을까? 그럴 리 없었다—하지만 혹시 그럴 수도 있었다.

밥이 루시에게 그녀의 아파트에 가는 걸 정말로 고대한다고 말하려는 순간 비행기로 연결되는 통로가 열렸고, 사람들이 비행기에서 내려 터미널로 들어왔다. 한 여자가 밝은 오렌지색의 큰 가죽가방을 들고 그들 앞을 지나갔고, 루시가 "가방 멋진데요"라고 말했다. 밥은 흠칫하며 그 여자가 다이애나 비치임을 알아보았다. 머리에 스카프를 쓰고 있어서 곧바로 알아보지는 못했지만 어딘가 흐트러진 모습이었다. 하지만 움직이는 방식이 그녀가 다이애나라는 걸 말해주었다.

그는 잠시 가만히 앉아 있다가, 곧 루시에게 말했다. "저 사람이 매트의 누나예요." 밥은 일어서서 여자를 따라갔는데, 그는 뒤에 있었고 그녀는 빠르게 걸음을 옮겼다. 어느 순간 다이애나가 고개를 돌려 그를 보았고, 걸음을 멈춰서 밥도 걸음을 멈췄다. 밥은―어째서인지―다른 데로 시선을 돌릴 수 없었고 미소를 지어 보일 수도 없었다. 그들은 쳐다봄의 순간 안에 갇혔다. 그리고 밥은 그녀의 얼굴이 변하는 것―아주 이상했다―을 보았다. 나중에 그가 이것을 설명하기는 어렵겠지만, 그녀의 얼굴은 빠르지만 미묘하게 다른 얼굴이 되었다. 눈이 뒤로 물러나는 것 같았고, 눈동자 위로 거의 필름 같은 것이 덮여 있는 듯했다. 그것이 어느 정도 사라지자 두개골이 더 뚜렷이 드러나는 듯 보였다. 입이 아래로 처졌지만, 주요한 부분은 눈이었다. 그녀는 다른 사람이 되어 있었다.

그가 말했다. "다이애나! 여기 타운에는 무슨 일이에요?"

그녀의 목소리는 낮고 거의 잠겨 있었다. "처리할 일이 있어서 왔어요." 그녀가 말했다. 그러고는 돌아서서 아주 빠르게 걸어가버렸다. 그녀는 청바지에 흰색 블라우스를 입고 스니커즈를 신고 있었다.

게이트 직원이 확성기로 뉴욕에 가는 승객들은 탑승 준비를 하라고 안내했다. 밥이 작은 가방의 손잡이를 잡으며 말했다. "루시, 나는 갈 수 없어요. 미안해요. 느낌이 아주 안 좋아요."

그러자 그녀가 말했다. "알겠어요. 당장 매트에게 가요, 밥. 그냥 가요." 하지만 밥은 잠시 망설였다. "가요!" 루시가 말했다. "그리고 조심해요."

"아, 루시—"

그녀가 그의 가슴에 손을 얹고 조용히 말했다. "가요."

밥이 서둘러 다이애나를 쫓아갔지만, 이미 시야에서 사라지고 없었다. 수하물을 찾는 곳으로 가봤지만 거기에도 없었다. 그는 그녀가 커다란 오렌지색 가방 외에 다른 여행용 가방은 갖고 있지 않았던 것을 기억했다. 마침내 가방들이 나오기 시작했고, 그는 그녀가 나타나기를 기다렸지만 어디에도 보이지 않았다. 길을 건너가 렌터카 영업소를 살폈지만 거기에도 없었다. 어디로 간 걸까? 화장실에 갔나? 그는 터미널로 돌아가 아래층 여자 화장실 앞에서 오 분을 기다렸지만, 다이애나는 나타나지 않았다. 마침내 그는 다시 밖으로 나갔고, 택시 승차장으로 가서 관리원에게 밝은 오렌지색 큰 가방을 든 여자가 택시를 탔는지 물어보았다. 남자는 "네, 그런 것 같은데요" 하고 대답했다.

"얼마나 오래됐죠?"

남자는 "오, 그렇게 오래되진 않았는데, 아마 이십 분 정도?" 하고 말했다.

밥은 대기하고 있던 택시 뒷좌석에 타고 매트의 집 주소를 불러준 다음 몸을 뒤로 기댔다. 그는 전화기를 찾아 매트의 번호로 전화를 걸었다. "받아 받아 받아." 그가 조용히 말했다. 매트는 받지 않았다. 그래서 밥은 위치 추적 앱을 보았고, 매트가 차를 몰고 셜리폴스에서 강가 호텔에 가까운 다리를 건너고 있는 것을 확인했다.

얼마 지나지 않아 매트가 전화를 걸어왔다. "안녕하세요, 밥." 매트는 그의 연락을 받은 것이 반가운 듯한 목소리로 말했다. 밥이 그에게 오늘 누나를 만나기로 되어 있느냐고 물었다. 매트가 말했다. "네, 어젯밤에 전화해서는 오늘 아침에 호텔에서 보자고 말했어요. 그런데 이곳에 도착해보니 누나가 체크인을 하지 않았다고 하네요.”

“위치 추적 앱에서 누나 위치를 확인해봐요.” 밥이 말했다.

“오, 네! 내가 너무 멍청했네요, 밥. 잠깐만요, 잠깐만요.” 그러고는 잠시 뒤에 말했다. “밥? 누나가 집 쪽으로 가고 있어요. 나는—”

“지금 있는 곳에 그대로 있어요. 내 말 잘 들어요. 집으로 돌아가지 마요. 내가 다시 연락할 때까지 지금 그 자리에 있어요. 알아들었어요? 그냥 그 자리에 있어요. 지금 호텔 주차장에 있어요?”

“네, 그런데 무슨 일이 일어나고 있는 거죠?” 매트가 말했다.

“나도 잘 몰라요. 하지만 그 자리에 그대로 있어요, 매트. 내가 연락할 때까지 바로 그 자리에 있는 거예요. 알겠어요?” 그러자 매트가 모호한 목소리로 말했다. “알겠어요.”

밥은 몇 분 동안 가만히 생각을 정리했고, 그런 다음 경찰에 전화를 걸었다. “사이렌을 울리지 마요. 어떤 경우에도 사이렌은 울리지 않는 게 최선일 거예요.” 그가 말했다.

5

일주일 뒤, 이른 오후의 밝은 햇살에 새잎이 반짝거렸다. 밥은 매트의 집 측면 계단에 앉아 주위를 둘러보며, 전에는 정말로 한 번도 보지 못했던 것처럼 자연의 아름다운 모습에 깜짝 놀랐다. 개똥지빠귀가 폴짝폴짝 뛰어 옆쪽 잔디밭을 지나갔고, 하얗게 꽃을 피운 관목이 그 집의 창문에 바싹 붙어 있었다. 밥은 심지어 근처 숲속을 흐르며 희미하게 졸졸거리는 개울 소리도 들을 수 있었다. 그는 루시를 생각하고 있었다. 일주일 전에 그녀의 아파트에 가볼 기회가 있었던 것을 생각하고 있었다. 뉴욕에 있는 그녀의 작은 스튜디오 아파트에 그들 둘만 있는 장면을 상상하자 밥은 수줍어졌다. 거기 있는 동안 화장실을 사용해야 할 경우를 대비해 주머니에 넣어두었던 성냥갑을 생각했다. 그녀와 한 번 통화했다. "오, 밥." 그녀가 말했다. 그녀는 내일 크로스비로 돌아온다고 했다.

하지만 지금 밥은 매트와 함께 지내고 있었다. 처음 닷새 밤은 매일 그의 집에서 지냈고, 낮에도 그의 집으로 가서 함께 있었다. 매트가 지금 현관문에 나타나 말했다. "밥, 나는 그렇게 잘해내고 있지 못한 것 같아요."

"그건 당신이 정상적이란 뜻이에요." 밥이 일어나 매트와 함께 집안으로 들어가면서 말했다.

"나는 정상적이지 않아요." 매트가 말했다.

"음, 적어도 스스로 생각하는 것보단 훨씬 더 정상적이에요." 밥이 그에게 말했다.

*

일주일 동안 다이애나 비치의 자살에 대한 뉴스가 지역 신문에 도배되었다. 한 여자가 집으로 돌아와 어린 시절 지내던 방에서 자살하다. 어느 신문에는 이런 헤드라인이 대문짝만하게 실렸다. 밝혀지기로, 다이애나가 그 사건의 가장 유력한 용의자가 된 것은 최근의 일이었다. 빨간색 가발이 채석장 연못의 수면에 떠올랐는데—물론 발견된 시점에는 빨간색이 아니었고, 죽은 갈색 짐승처럼 보였다—주 경찰이 두 주 전에 새 증거를 찾아내려고 다시 그곳에 갔다가 발견한 것이었다. 경찰은 또한 글로리아 비치가 실종되기 직전, 사코에서 한 시간 거리의 가게에서 다이애나 비치와 모습이 일치하는 여자가 그 가발을 샀고 현금으로 구입했다는 사실을 알아냈다. 점원은 여러 달이 지났는데도 경찰이 내민 사진을 보자 그녀를 기억해내며 말했다. "행동이 이상했어요." 경찰은 글로리아 비치가 실종된 날 밤에 고속도로를 지나간 모든 차를 추적했고—E-Z패스*로 추적했다—다이애나 비치의 이름으로 등록된 코네티컷 번호판을 단 차가 톨게이트를 지나간 것을 알아냈다.

코네티컷 경찰이 체포영장을 들고 다이애나의 집으로 향할 때 그녀는 이미 스스로 목숨을 끊으려고 메인으로 가는 고속도로를 달리고 있었다. 신문에 자살하면서 유서를 남겼다는 언급이 있었지만, 내용은 공개되지 않았다.

매슈 비치는 이 사건에서 더이상 관심 인물이 아니었다. 사건은 이제 종결되었다.´

---

* 전자식 통행료 징수 시스템으로 한국의 하이패스와 비슷한 개념이다.

밥은 매트에게 어떤 신문도 읽지 말라고 했고, 매트는 "나는 원래도 신문은 읽지 않아요" 하고 말했다.

그리고 이제—대부분의 시간에—매트는 잠을 잤다. 밤에 잠들면 이른 시간에 깨어나 울었다. 그리고 낮에도 잠을 잤고, "기다려!" 하고 말하면서 깨어났다.

다이애나가 3층에서 죽은 그 첫날 저녁에 매트는 침대 가장자리에 앉아 있었다. 그가 밥을 올려다보며 말했다. "좀 힘드네요."

"어떻게 힘들어요?" 밥이 부드럽게 물었다.

"이 일이 이해가 안 돼요."

"시간이 걸릴 거예요."

매트가 물었다. "얼마나요?"

그러자 밥이 자신도 모른다고 말했다.

그리고 밥이 말했다. "오늘밤 내 집에 같이 갈까요?"

"아니요."

"그래요." 밥이 말했다. "그럼 내가 여기 있을게요."

매트가 고개를 들어 그를 보았다. "당신이 있겠다고요?"

"네." 밥이 몸을 약간 틀어 문을 바라보았다. "괜찮으면 어머니 방을 쓸게요." 매트가 대답하지 않자 밥은 생각했다.
오, 맙소사, 내가 여기 있어야겠어.

그리고 밥은 그렇게 했다.

그는 매트의 이야기를 여섯 시간 넘게 들었다. 다이애나가
어렸을 때부터 견뎌야 했던 아버지의 성적 학대에 대해 매트
가 말하는 걸 들었다. 그 사실을 알게 된 그들의 어머니가 아
무것도 하지 않았을 뿐만 아니라 시간이 지나면서 다이애나
에게 더욱 분노를 드러낸 것에 대해서도 들었다.

"형도 그녀를 학대했나요?" 밥이 물었다.

"오, 세상에—그건 모르겠어요. 토머스는 떠난 뒤였고, 다
이애나는 열다섯 살이었는데, 이건 늘, **언제나** 기억해요—토
머스가 집을 떠난 지 아마 이 년쯤 됐을 때였을 텐데, 열다섯
살이던 누나가 어느 밤 아버지에게 정말로 낮고 이상한 목소
리로 말했던 걸요. '한 번만 더 내 몸을 만지면 죽여버리겠어
요. 정말로 죽여버리겠어요. 내가 못 죽일 거라고 생각하지
마요. 진짜 그럴 거니까.'"

매트는 몹시 지쳐 보였다. 그리고 그가 이 말로 그 이야기
를 마무리했다. "그날 밤 다이애나의 목소리를 절대 잊지 못
할 거예요. 그리고 아버지는 다시는 다이애나를 만지지 않았

던 것 같아요. 그리고 아마 집을 떠났을 거예요—잘 모르겠
네요. 몇 달 뒤에? 그냥 집을 나간 뒤에 사라졌어요. 두 사람
이 결국 이혼했으니까, 어머니는 아버지 소식을 들었을 거예
요. 하지만 나는 그가 재혼하고 노스캐롤라이나에서 회계사
사무실을 경영하다 거기서 죽을 때까지 그에 대한 소식은 한
가지도 듣지 못했어요."

실은 어머니가 실종되기 며칠 전에 다이애나가 집에 왔었
고 애슐리 먼로도 그즈음 어느 하루 집에 왔었다고 말하는
동안 밥은 가만히 들었다. 매트는 말했다. "분명 다이애나가
애슐리의 핸드백에서 신용카드와 운전면허증을 훔쳤을 거예
요. 애슐리는 가방을 옆문 쪽 탁자에 두곤 했는데, 다이애나
가 그때 그걸 가져갔을 거예요."
그리고 이어 매트가 말했다. "밥, 어머니가 채석장에서 발
견됐다는 말을 들었을 때, 나는 다이애나가 그랬다는 걸 **알았
어요**. 다이애나가 열여섯 살이었을 때 그 채석장 근처에서 강
간당했거든요. 다이애나에게 늘 잘해주던 아버지의 친구에
게요. 그러니까, 누나는 그를 존경했고, 그는 아버지가 떠난
뒤에도 누나에게 잘해주었어요. 그리고 그가 어느 토요일에
누나를 채석장에 데려간 거였어요. 원래는 뭔가 재미있는 걸

378

구경하러 간 거였을 텐데, 집에 돌아온 누나는 히스테릭한 상태였고, 강간당했다고 말했어요. 그러자 어머니는—어머니는 누나에게 소리를 지르면서 창녀라고 했어요." 매트가 말을 멈추고 방안을 둘러보았다. "그 남자—우리 아버지를 알았던 그 남자는 누나에게 **친절했어요**. 그런데 그날 누나를 강간한 거였어요. 그래서 채석장에 대한 이야기를 들었을 때, 나는 다이애나가 복수를 한 거라고 생각했어요. 누구에게도 말은 하지 않았지만요. 누나를 고발할 순 없었어요. 그렇게 할 수는 없었어요, 밥."

"그랬군요." 밥이 말했다.

"그런데 그럼 내가 공범 같은 게 되는 건가요?"

"아니요, 매트."

매트가 일어섰고, 침실 구석으로 갔다. 그러고는 돌아와서 밥에게 공책 두 권을 건넸다. "어머니의 일기장이에요." 그가 말했고, 밥이 그것을 받았다. 매트는 또한 침대 근처 서랍에서 종이 한 장을 꺼내 그것 역시 밥에게 내밀었다. 다이애나가 자살하면서 남긴 유서였다—"이건 두 번 다시 보고 싶지 않아요." 매트가 말했다. 밥은 그것 역시 받았다. 밥은 이미 그 유서를 여러 번 읽었다. 다이애나의 유서에는 소녀 같은 예쁜 글씨로 어머니를 살해한 것을 자백하는 내용이 자세히 적혀 있었고, 스스로 목숨을 끊으려는 의도 또한 분명히 밝히고 있었다. 어머니를 살해한 것은 '기억에서 차단되어 있었다'고 그녀는 썼다. 나중에 코네티컷에 있는 집으로 돌아와 신발에 묻은 흙과 잔가지를 보고서야 그 일이 꿈처럼 부분 부분 되살아났다고. 남편이 자신을 버린 것이 자신을 풀어놓았고, 이제 자기는 자유로운 여자라고 썼다. 범죄로부터 자유롭고, 처벌로부터 자유롭고, 고통으로부터 자유롭다고. 하지만 나는 대체로 잘살아왔다. 그녀는 그렇게 결론 내렸다. 그리고 덧붙였다. 매트가 이 일로 유죄를 선고받았다면 나는 자수했을 것이다.

*

밥은 그날 밤 매트의 어머니 침대에 누워, 오 맙소사, 내가 이렇게 하다니 믿을 수 없어, 하고 생각했다. 하지만 그는 그렇게 했다.

그는 불을 켜고 글로리아 비치가 썼다는 두 권의 공책을 끝까지 읽었다. 자기 자신에 대한 그 여성의 증오는 깊었다. 그리고 그녀는 매트의 병에 대해 썼다. "내가 그애를 살려낼 수 있다면 그것이 내 삶에서 나 자신을 속죄할 수 있는 유일한 방법이다." 밥은 그곳에 아주 오랫동안 누워 있었다. 그리고 루시를 생각했다―그는 그날 그녀에게 문자 메시지를 보냈고, 그녀는 답장을 보내왔다. 그리고 그는 이 여자, 비치 볼과 그녀가 겪은 그 모든 일을 생각했다. 다이애나와 그녀가 겪은 비극을 생각했다. 그리고 자신, 밥 버지스는 가장 운 좋은 한 사람으로서 살아 있다고 생각했다.

꿈결처럼 고양이 울음소리를 듣고 여기 고양이는 없는데, 하고 생각한 걸 보면 밥이 어느 순간 잠든 모양이었다. 그리고 그는 그것이 옆방에 있는 매트의 소리란 걸 깨달았다. 밥은 일어나서 문이 조금 열려 있는 매트의 방으로 갔다. 고양이 울음소리는 점점 커졌고, 밥은 안으로 들어가 침대에 앉았다. 그리고 말했다. "저기, 매트." 그러자 매트는 아이처럼 숨을 헐떡이며 울기 시작했다. 매트가 손을 뻗어 밥을 붙잡고 울고 또 울었다. 울음소리는 이따금 거의 끽끽거리는 소리가 되었다. "괜찮아요, 울어요, 더 울어요." 밥이 말했다. 울음소리는 더욱 거세졌다. 그렇게 거의 한 시간이 흘렀다―밥은 침대 가까이 놓인 시계를 보고 그것을 알았다―이 남자가 밥의 품에 안겨 우는 것이다. 그리고 마침내 울음이 잦아들었고, 그는 하품을 했다. 그가 하품을 한 것이다!

"가지 마요." 매트가 말했고, 밥이 말했다. "내가 바로 여기 있어요."

밥은 한참을 기다려주었고, 마침내 매트는 다시 침대에 편안히 누웠다. 그래도 밥은 그를 떠나지 않았다. 그는 창가 관목의 틈 사이로 새벽빛이 비칠 때까지 매트의 침대 옆 의자에 앉아 있었다.

*

그리고 우리가 앞서 말했듯, 밥은 그와 닷새 밤을 함께 보냈고, 그 닷새의 낮 대부분도 그에게 돌아가 함께 지냈다. 어느 하루에는 마거릿이 음식을 가져왔다. 긴 꽃무늬 원피스를 입고 나타나 매트에게 그가 겪은 모든 일이 안타깝다고 말해주었다. 그녀가 떠나자 매트가 말했다. "결혼한 지 얼마나 됐어요?" "거의 십오 년이네요." 밥이 말했다. "좋은 분이에요." 매트가 말했고, 밥이 네, 그래요, 하고 말했다. 그러자 매트가 말했다. "결혼해서 산다는 건 어떤 건가요?"

밥이 그것에 대해 생각해본 다음 말했다. "결혼하면 좋아요. 결혼생활의 흥미로운 점은 서로를 새로운 방식으로 알아간다는 거죠."

"무슨 뜻인가요? 어떤 새로운 방식으로 마거릿에 대해 알게 됐어요?" 매트가 물었다.

그러자 밥이 그에게, 마거릿은 교회에서 자기 일을 잃는 것에 대한 두려움이 있었는데 그것이—역설적이라고 밥은 생각했다—오히려 그녀를 더 좋은 목사가 되게 해주었다고 말했다.

"어떻게요?" 매트가 물었다.

"어떻게 말해야 할지 잘 모르겠네요. 하지만 회중에게 말할 때 진심이 더욱 느껴져요. 그들에게 진짜 이야기를 하고 있어요. 좀더 자신다워졌어요."

매트가 밥을 한참 동안 바라보다가, 이윽고 말했다. "왜 그렇죠?"

밥이 고개를 끄덕였다. "나도 그게 궁금했는데, 아마 겸손해졌기 때문인 듯해요. 내 생각은 그래요."

매트는 그저 그를 바라보았을 뿐 아무 말 하지 않았다.

*

세번째 날, 매트가 침실에서 잠들어 있을 때—그는 밤의 대부분을 깨어 있었다—밥은 셜리폴스로 가서 흰색 페인트를 샀다. 그리고 다이애나가 총으로 자신을 쏜 방에 페인트

칠을 했다. 천장과 벽에 핏방울이 튀어 있었다. 매트리스와 베개와 퀼트 이불은 이미 모두 커다란 비닐봉지에 넣어 밖으로 꺼내고 특수 쓰레기차가 가져간 뒤였다. 매트가 계단을 올라와 지켜보았다. "고마워요." 그가 마침내 말했다.

"별거 아닌걸요." 밥이 롤러로 마지막 부분에 페인트를 칠한 뒤 매트를 돌아보았다.

"누나가 내 총을 썼다는 걸 믿을 수 없군요." 매트가 말했다. 그는 전에도 그렇게 말했었다. 밥은 그 이야기를 매트와 여러 번 했다. 방에서 면도날도 발견되어, 경찰은 그녀가 손목을 그을 계획이었지만 경찰이 오는 것에 겁을 먹고 매트의 벽장에 있는 라이플총을 가져왔으리라고 추정했다. 경찰이 총소리를 들었다.

"당신 잘못이 아니에요." 밥이 말했다. 그리고 흰색 페인트가 묻은 롤러를 비닐봉지에 담았다. 그는 지난 며칠 동안 매트에게 이 이야기를 여러 번 했다.

창문을 통해 이른 오후 햇살에 새잎이 신록의 빛을 반짝이는 모습이 보였다. 매트가 돌아서서 계단을 다시 내려갔고, 잠시 뒤에 밥이 뒤따랐다. 매트는 식사실 탁자 앞에 앉아 있었다. "기분이 좋지 않아요." 매트가 말했고, 그러자 밥이 말했다. "계속 말하지만, 그건 당신이 정상적이란 뜻이에요."

매트는 팔꿈치를 탁자 위에 올리고 양손으로 얼굴을 감싼 채 밥을 바라보았다. "당신 재수없어 보여요." 그가 밥에게 말했고, 밥이 "당신도 그래요" 하고 말했다. 그들 사이에 한 순간이 흘렀다―정확히 유머의 순간은 아니고, 동지애의 순간 같은 거라고, 밥은 생각했다.

"당신이 나를 아들*이라고 불렀어요." 매트가 잠시 침묵한 뒤에 말했다. 밥이 눈썹을 치켰다. "그날 내가 호텔 주차장에서 기다리고 있을 때 당신이 말했어요. 집으로 돌아와요, 아들."

밥이 두 다리를 한쪽 옆으로 뻗었다. "그랬죠." 그가 덧붙였다. "평생 누구도 아들이라고 불러본 적이 없어요."

"그렇게 해준 거 좋았어요. 하지만 당신의 아들이 되기엔 내가 너무 나이가 많죠." 그리고 매트가 말했다―그는 전에도 이 말을 했었다. "다이애나가 나를 보호하려고 나보고 호텔로 가라고 한 거죠, 맞죠?"

"맞아요." 밥이 말했다. 그는 많은 것을 반복해서 말해야

---

* son. 영어권에서 나이가 자기보다 아래인 사람을 부모가 아들을 부르듯 친근하게 부를 때 쓰는 일상적인 표현으로, 전체 맥락을 살리기 위해 그대로 옮겼다.

한다는 걸 알고 있었다.

"그렇지만 내가 결국 누나를 발견하게 되리란 걸 알았잖아
요."

"음, 당신이 발견하진 않았죠." 밥이 말했다. "하지만 다이
애나는 자기가 그 행동을 할 때 당신이 거기 있기를 바라진
않았어요."

매트의 개가 방으로 들어와 탁자 밑으로 슬그머니 들어갔
다. "이 개가 이제 짖지 않는다는 거 눈치챘어요?" 매트가 물
었다.

"그러더군요." 밥이 말했다.

"충격을 받았거나 당신에게 익숙해졌거나, 둘 중 하나 같
아요."

"둘 다일 수도 있고요." 밥이 말했다.

*

네번째 날에 매트는 작업실에서 자기 그림들을 쳐다보며
밥에게 말했다. "좆나 바보 같은 그림들이에요."

이상하게도, 밥은 이 순간을 기다리고 있었다. 밥이 말했
다. "한동안은 그림을 그리는 데 흥미가 없겠지만, 곧 다시

흥미가 생길 거예요. 하지만 매트, 괜찮으면 당분간 이걸 다른 데로 옮겨두고 싶군요."

매트가 그를 돌아보았다. "내가 그림들을 망가뜨릴 것 같아서요?"

"그런 생각이 스쳐갔어요." 밥이 덧붙였다. "요즘 많이 격앙돼 있잖아요. 그건 자연스러운 일이고요."

매트가 천천히 고개를 저었다. "밥, 독심술사예요? 사실은 저걸 칼로 찢어버려야겠다고 생각하고 있었거든요."

그 말에 밥은 깜짝 놀랐다. "그렇군요. 내가 가져갈게요. 오늘. 괜찮죠?"

"물론이죠." 매트가 말했다.

그래서 밥은 픽업트럭을 가진 친구에게 전화를 걸었고, 그리로 가서 친구의 트럭을 몰고 매트의 집으로 돌아왔다. 매트가 지켜보는 가운데 밥이 그림들을 옮겼고—스무 점은 훨씬 넘었다—트럭 뒤쪽에 실었다. "어디로 옮기려고요?" 매트가 물었고, 밥이 말했다. "내 집으로요."

밥은 그림들을 그의 집 2층에 있는 쓰지 않는 방으로 옮겨 조심스럽게 포개어 기대놓았다. 그리고 다시 매트의 집으로 돌아갔다. 매트는 침대에 누워 있었다. "왜 나한테 이렇게 잘해주는 거죠?" 매트가 물었다. 그러자 밥이 말했다. "당신을 좋아하니까요." 그리고 덧붙였다. "그냥 당신이 좋아요."

매트가 돌아누웠다. "나도 당신이 좋아요." 그가 말했다.

나중에 밥이 부엌에서 떠날 준비를 하는데 매트의 휴대전화가 울렸다. 그는 어리둥절한 표정으로 그것을 쳐다보더니 밥에게 보여주었다. "마거릿이에요." 밥이 말했다. "받아봐요."

그래서 매트가 주저하며 "여보세요" 하고 말했고, 밥은 마거릿의 목소리를—무슨 말인지는 알아들을 수 없었다—들을 수 있었다. 매트에게 말하는 그녀의 목소리가 흥분한 듯 들렸다. "정말로요?" 매트가 말했다. "농담하시는 건 아니죠?" 그리고 밥은 매트의 얼굴에 긴장이 풀리면서 거의 행복한 표정이 되는 것을 보았다. "너무 좋죠." 매트가 말했다. "네, 물론이에요. 그림값은 필요 없어요." 그들은 좀더 통화했고, 전화를 끊은 다음 그가 밥에게 말했다. "마거릿이 그림이 아주 마음에 든대요. 방금 집에 도착해서 그림을 봤다고, 아주 **훌륭**하다고 했어요. 그 단어를 썼어요. 그리고 한 점 사고 싶대요. 사 년쯤 전에 모델을 해줬던 여자의 그림을요. 마거릿이 집에 그 그림을 걸어둘 만한 데가 있대요. 그냥 잘해주는 걸까요?"

"그냥 잘해주는 게 아니에요. 그 그림들은 아주 **훌륭해요**,

매트. 내가 계속 말했잖아요."

*

그날 밤 태양이 하늘을 막 떠나려고 하던 차에 윌리엄이 밥에게 전화를 걸어왔다. "밥! 어때요? 엄청 고생 많았어요!" 그러자 밥이 네, 혼란 그 자체였죠 하고 말했다. 그러자 윌리엄이 말했다. "신문에서 읽었는데, 그 일이 머릿속을 떠나지 않네요. 불쌍한 남자, 불쌍한 형제. 맙소사, 밥!"

그 말에 밥은 뭉클했다. 밥은 그것에 대해 윌리엄에게 길게 말해주었다. 윌리엄은 매트에 대해 알고 싶어하는 것 같았고, 그림에 관심을 보였다. 그저 관심만 보였다. 기생충 이야기는 한마디도 하지 않았다.

"루시가 내일 돌아와요. 당신을 만나면 기뻐할 거예요." 윌리엄이 말했다. 그리고 덧붙였다. "그리고 브리짓이 이번 주말에 와요." 그의 순수함에 밥은 죽을 만큼 괴로웠다.

밥이 윌리엄과의 전화를 끊자 마거릿이 말했다. "저기, 밥. 내가 이 그림을 걸 자리를 봐뒀어." 그러고는 그들의 침실로 올라가는 계단으로 그를 데려가 층계참의 한 곳을 가리켰다.

“바로 여기.” 그녀가 말했다. 그래서 두 사람은 임신 초기의 젊은 여자 그림을 가져왔고, 밥은 마거릿이 옳았음을 깨달았다. 그 그림은 정말로 훌륭했다. 그가 매트에게 문자 메시지를 보냈다. 아직 잠들지 않았다면, 우리가 당신의 그림을 층계참에 걸기로 한 걸 알려주려고요. 아름다워요. 밥은 그것의 사진을 찍어 보냈다. 그러자 매트가 다시 문자를 보내왔다. 아주 좋네요—

6

그리고 거기, 루시 바턴이 울타리 옆에 서 있었다. 그가 차를 대는 동안 그녀는 그 자리에 서 있었다. 그는 그녀가 좀 수줍은 것 같다고 느꼈고, 그 역시 수줍었다. 밥이 루시에게 천천히 다가갔다. "루시." 그녀로부터 몇 피트 떨어진 자리에서 걸음을 멈추고 말했다. "밥." 그녀가 말했다. 그리고 그는 그녀의 얼굴이 발그레해지는 것을 보았다. "아 루시. 오." 그리고 그는 고개를 저었지만, 말을 할 수가 없었다. 그들은 서로를 바라보지 않고 잠시 거기 서 있었고, 마침내 루시가 그를 쳐다보며 말했다. "당신을 만나서 아주 기뻐요."

햇빛 좋은 날이었고, 밥은 선글라스를 쓰고 있었다. 그리고 그들은 산책을 시작했다. 루시가 말했다. "내게 모든 걸 말해 줘요. 하나도 빼놓지 않고 다요. 아무것도 빼놓지 말고요."

밥이 말했다. "당신을 못 만난 지 몇 달은 된 것 같아요." 그녀가 말했다. "나도 그래요."

"먼저 브리짓의 방문에 대해 이야기해줘요." 밥이 말했고, 루시는 손을 저었다. "밥, 그애 때문에 좀 미치는 줄 알았어 요—오, 잘 모르지만, 그애는 그냥 평범했어요. 그러니까, 지 극히 평범한 것 같아요. 그냥 십대 여자애였어요. 그리고 나 한테 좀 얄밉게 굴었고요. 그건 괜찮았어요. 하지만 **몹시 지치** **더군요.** 이제 당신이 겪은 일에 대해 말해줘요!"

그래서 밥은 다이애나 비치가 죽은 날에 대해, 루시를 공 항에 두고 떠난 뒤 매트 비치의 집까지 택시를 타고 가서 도 로 끝에 있는 긴 진입로로 들어갔던 것에 대해 말해주었다. 밥은 경찰차 네 대와 구급차 한 대를 보았다. "무슨 일인가 요?" 택시 운전사가 물었고, 밥은 그냥 가달라고 했다. 그는 루시에게, 자신이 차에서 내렸을 때 경찰 두 명이 집의 옆문 으로 나오고 있었다고 말했다. 그들이 천천히 움직이는 것을 보고 밥은 알아차렸다.

"3층에서 자살했어요." 밥이 경찰에게 다가가자 그가 집을

향해 고개를 까딱하며 말했다. "고전적인 징후죠. 유서를 남
겼고, 문을 안에서 잠갔어요. 곧 시신을 밖으로 꺼낼 겁니다.
검시관이 오고 있어요." 그가 덧붙였다. "차에서 내리는데
총성이 들렸어요."

밥이 경찰에게 물었다. "하지만 죽은 거겠죠, 맞나요?" 그
러자 그 남자가 말했다. "오, 네. 죽었어요."

주 경찰 한 명이 고개를 까딱하고는 밥에게 따라오라는 표
시를 했다. 그래서 밥은 아무것도 건드리지 않으려고 조심하
면서 그와 함께 집안으로 들어갔고, 경찰이 말했다. "이걸 남
겼어요." 부엌 탁자에―그 위에 다른 것은 없었다―종이가
한 장 있었고, 아주 예쁜 글씨로 내용을 쓰고 마지막에 다이
애나 비치라고 서명된 것이었다. 밥이 안경을 꺼내 유서를
읽었다. 그는 그 내용을 암기했고, 지금 루시에게 그 내용을
말해주었다.

"오, 맙소사." 루시가 속삭이듯 말했다. 그리고 말했다.
"계속 말해줘요."

그래서 밥은 그 이야기를 계속했다. 그가 그녀에게 해준
이야기는 이것이다.

주 경찰이 밥을 진지하게 쳐다보면서 "매슈 비치는 어디 있죠?" 하고 물었다. 그래서 밥이 다이애나가 그를 강가 호텔로 보냈다고 말해주었다. 주 경찰이 고개를 끄덕인 뒤 말했다. "그를 만나봐야 해요. 그가 가장 가까운 혈연이에요."

"하지만 그는 더이상 혐의가 없어요." 밥이 말했다.

주 경찰관은 밥만큼 키가 큰 사람이었는데, 그가 밥을 보며 말했다. "그렇죠."

밥이 자리에 앉았다. 피로감이 점점 커졌고, 잠시 그대로 가만히 있다가는 잠이 들 수도 있겠다고 생각했다.

키 큰 경찰관이 밥에게 말했다. "그를 집에 오라고 해요. 검시관이 와서 필요한 일을 마치는 대로 시신을 즉시 밖으로 꺼낼 거예요."

밥은 밖으로 나가 기다렸다. 밥이 비치 가족의 집 바깥에서 있던 5월의 그날은 햇볕 좋은 따뜻한 날이었고, 날씨가 거의 황홀할 정도였다. 이제 창가의 모든 관목은 녹색이거나 하얀 꽃을 피우고 있었고, 그 사이로 가벼운 바람이 불고 있었다. 새들의 노랫소리가 들렸다. 그는 앞쪽 계단에 멍하니 앉아 있었다. 다음날 밥이 오기를 기다리고 있을 짐에게 문자 메시지를 보냈다. 짐이 곧장 답장을 보내왔다. 젠장.

밥이 거기 앉아 있는데 다리가 살짝 떨리기 시작했다. 그는 그것이 어마어마한 안도감에서 비롯한 것임을 알았다. 다리는 좀더 떨리다가 마침내 멈추었다. 그는 마거릿에게 전화를 걸어 말했고, "오, 밥" 하고 말하는 그녀의 목소리는 부드러웠다. 그가 말했다. "언제 돌아갈 수 있을지 잘 모르겠어, 마거릿. 한동안 여기서 그의 옆에 있어줘야 할 것 같아."

"그가 당신을 필요로 하면 밤에도 같이 있어줘." 마거릿이 말했다.

밥은 새소리를 들으며 그냥 거기 앉아 있었다. 기이한 고요함이 그를 찾아왔다. 그가 매트에게 전화를 걸어 말했다. "집으로 돌아와요, 아들."

약한 바람이 불어 연녹색 잎을 조금 위로 들어올렸다 다시 아래로 끌어내렸다. 지금 그는 이것을 기억에 담았다.

루시가 조용히 말했다. "그를 아들이라고 불렀네요."

"그랬어요." 그들은 화강암 벤치에 다다랐고, 밥이 담배를 꺼냈다.

루시는 그가 말한 모든 것을 흡수하려는 듯 조용히 있었다. 그리고 말했다. "남편이 그녀의 가장 친한 친구하고 바람을 피웠고—그게 그녀를 결국 파국으로 몰아간 것 같네요."

밥이 고개를 끄덕였다. 그리고 고개를 돌려 그녀를 쳐다보고 말했다. "딸들은 어때요? 에이든은요?"

"오, 다 잘 지내요. 그냥 잘 지내요." 루시가 손을 저었다. 그리고 말했다. "더 말해줘요."

"알고 보니 코네티컷 경찰이 그녀의 집을 감시하기로 되어 있었는데, 다이애나가 이미 이른아침에 거길 떠나서 나가는 걸 본 사람이 아무도 없었대요."

루시가 그를 흘끗 보고는 고개를 가볍게 저었다.

"기분이―" 밥이 머뭇거렸다. "기분이 아주 안 좋아요. 몸도 아주 안 좋고요. 세탁기 안에 넣어진 기분이에요. 빙빙 회전하고 있는 그런 기분요."

"네, 당연한 거죠." 루시가 조용히 말했다. 그리고 말했다. "올리브가 재니스 터커에 대해 해준 이야기를 계속 생각하고 있어요. 재니스가 어째서 죄를 먹는 사람이 되었는지에 대해서요. 당신처럼. 오, 밥. 부디 자신을 잘 보살펴요."

"매트가 나보고 재수없어 보인대요." 그리고 그는 루시에게 작은 미소를 지어 보였고, 루시가 말했다. "그렇지는 않아요. 하지만 몹시 지쳐 보여요."

그들은 조용한 목소리로 좀더 이야기를 나누었고, 말하는 방식에는 친밀함이 있었다. 그것이 밥의 생각이었다. 자작나무에 새잎이 돋아, 이제 신록의 잎이 가득했다. 강은 겨울에 봤던 것만큼 뚜렷이 보이지 않았다. 그들은 자리에서 일어서면서 부딪쳤고—밥이 옆으로 몸을 돌렸고, 그녀도 돌렸다—서로 빠르게 물러섰다.

돌아가면서, 루시는 거의 말을 하지 않았다. 그러자 밥이 말했다. "당신이 맞아요. 나는 몹시 지쳤어요. 내게 말해줘요. 뭐든 말해줘요."

그래서 루시는 뉴욕에 갔을 때 자신이 사는 건물 로비의 엘리베이터 앞에 서 있던 나이 지긋한 부부에 대해 말해주었다. "늙은 부부였어요, 밥. 아마 아흔 정도 돼 보였는데, 부인은 지팡이를 들었고 남편보다 키가 작았어요. 남편은 큰 사람이었고요. 뚱뚱하다는 게 아니라, 덩치 크고 키 큰 사람요. 그가 그녀에게 몸을 기울이며 웃었어요. 남편이 정말로 웃었는데, 그의 가슴이 웃느라 들썩거렸거든요. 그러고는—" 루시가 밥을 돌아보았다. "그리고 그가 그녀 쪽으로 손을 뻗어 얼굴을 어루만졌어요. 그리고 그녀의 머리카락을. 그가 그녀의 머리카락을 귀 뒤로 넘겨주었어요. 밥! 그렇게 아름다운 장면은 오랫동안 보지 못했어요." 그녀가 덧붙였다. "그리고 그들은 좀 절뚝거리면서 걸어갔어요, 천천히요."

"훈훈하네요." 밥이 말했다.

"아주 훈훈했죠."

그들이 헤어진 뒤 밥은 솟구쳐오르는 깊은 슬픔을 느꼈다.
이유는 알 수 없었다.

하지만 그날 밤 잠자리에 들 준비를 하면서 그는 이렇게
생각했다. 흘려보내야 해, 이 모든 걸 제발 흘려보내야 해.
루시에 대한 자신의 감정을 말한 것이었다.

7

"들어와요!" 올리브가 외쳤고, 루시 바턴이 들어왔다. 이제 정말 5월의 막바지였고, 날씨는 예고 없이 **뜨거웠다**. 루시는 작은 꽃무늬가 있는 원피스를 입고 녹색 운동화를 신고 있었다.

"좋아요, 준비됐어요." 루시가 가방을 자기 발 근처에 놓고 카우치에 앉으며 말했다.

올리브가 말했다. "자, 이제 이 이야기의 요점을 알게 된 것 같아요. 기록되지 않은 삶, 그거예요. 하지만 그 이상이죠. 자, 내가 이 이야기를 마칠 때쯤 당신이 요점을 알아낼지 봅시다." 올리브가 입고 있던 얇은 재킷을 고쳐 입었다. 새

재킷이었는데, 오른쪽 어깨가 자꾸 조금씩 흘러내려서 성가셨다.

"그럴 수 있으면 좋겠네요." 루시가 말했고, 올리브가 말했다. "나도 당신이 그럴 수 있다면 좋겠어요. 며칠 전에 떠오른 이야기인데, 이제 들어봐요."

루시가 불편한 카우치에 앉은 채 등을 기댔다가, 이어 허리를 세우고 자세를 바로잡은 뒤 다리를 꼬았다. "해주세요."

"좋아요. 꽤 오래전 일인데—백만 년은 된 것 같네요—내가 학생들을 가르칠 때 교사 중에 머디라는 이름의 남자가 있었어요."

"머디." 루시가 그렇게 말했다.

"맞아요. 늘 머디라는 이름으로 통했죠. 머디 윌슨. 어린아이 때부터 그의 이름은 머디였고, 이유는 몰라도 마틴을 줄인 이름이었어요. 나는 그 남자를 아주 좋아했어요. 정말로 아주 많이. 알고 보니 오래전 대학에 다닐 때 알았던 남자였는데, 그는 그때도 머디였어요. 머디는 여기 타운에서 고등학교 역사를 가르쳤어요. 나는 중학생을 가르쳤지만, 몇 년 동안 우리는 같은 건물을 썼죠. 교무실에 들어가서 거기 있는 그를 보는 게 늘 기뻤어요."

루시가 기대하는 표정으로 보고 있다고, 올리브는 생각

400

했다.

올리브가 말을 이었다. "머디는 훌륭한 교사였어요. 오, 그는 역사를 정말로 **사랑했죠**. 그리고 아이들도 역사를 좋아하게 만들었고요. 학생들을 데리고 타운을 돌아다니면서 이런저런 조각상을 보여주는 그의 모습을 볼 수 있었고, 지역 역사를 아주 좋아하는 것 같았는데, 내가 아는 한은 모든 역사를 좋아했어요. 그리고 학생들은 그를 존경했고요. 그건 작은 일이 아니었죠. 그에겐 **열정**이 있었어요.

그에겐 샐리라는 이름의 아주 예쁜 아내도 있었어요. 그가 어디서 그녀를 만났는지는 기억나지 않네요. 하지만 그들은 어린 나이에 결혼했고―당시에는 다 그랬죠―딸을 둘 낳았어요. 하나는 아주 예뻤고, 다른 하나는 예쁜 편이었고, 둘 다 착한 딸들이었어요. 오."

올리브가 손가락을 들어올렸다. "여기가 중요한 부분인데, 내가 이걸 거의 잊고 있었다는 걸 믿을 수 없네요. 머디가 어렸을 때, 그냥 작은 아이였을 때, 어머니가 돌아가셨어요. 그리고 그는 아버지하고 둘만 살았고요. 아버지에 대해서는 별로 듣지 못했지만, 드물게 머디는 어머니에 대한 기억을 떠올리곤 했어요. 어머니에 대한 기억이―들은 바로는―몇 가지뿐이었던 듯하지만요."

"좋은 기억이었어요?" 루시가 물었다.

"오, 그랬어요." 올리브가 말을 잠시 멈추고 고개를 끄덕였다. "네. 머디가 어머니를 사랑했다는 느낌은 늘 있었어요. 왜 죽었는지는 모르겠지만, 아무튼 죽었고요. 앞서 말했듯이 그가 어린아이였을 때. 자, 그래서 머디와 샐리와 두 딸, 그 애들 이름은 기억나지 않네요. 떠오를 듯한데—"

"샐리는 일을 했나요?" 루시가 머리카락을 귀 뒤로 넘기며 말했다.

"아니요. 음, 네. 여름에는 했어요. 그들에게 농장이 있었어요." 올리브가 자기 머리 위를 가리켰다. "라킨데일 들판을 지나 그 외곽에 살았어요. 작은 농장이었는데, 거기 살면서 여름에는 농사를 지었어요. 샐리가 바깥에 가판대를 놓고 옥수수를 팔곤 했어요. 샐리가 아름다웠다는 말을 내가 이미 했나요? 그녀에게는 분위기가 있었어요." 올리브가 창밖을 보았다. 수선화가 피어 있었다. 공중에 하늘거리는 노란색 트럼펫. 그중 한 송이는 오늘 아침 방금 꽃잎을 펼쳤다. "어떻게 표현할까요? 샐리에게는 은은한 광채가 흘렀어요. 그리고 그 은은한 광채가 그녀를 더욱 예뻐 보이게 했죠."

"지복至福의 분위기가 흘렀다는 말인가요?" 루시가 물었다.

올리브가 루시를 돌아보았다. "그 의미를 말해줘요." 올리브가 말했다.

　루시는 꼬았던 다리를 풀었다가—다리에 아무것도 신지 않은 것을 올리브는 보았다—다시 반대로 꼬고 말했다. "이따금 사람에게는, 그 사람이 꼭 여자여야 할 필요는 없는데, 그냥 자연적인 광채가 흘러요. 오래전에 한 남자를 만났는데, 그에게서 어떤 광채가 흘렀어요. 내가 그를 만난 직후 그는 오토바이를 타다가 차에 치였어요. 죽었죠. 하지만 그에겐 특유의 표정이 있었어요. 이미 천국으로 가는 길에 있는 것처럼요."

　올리브는 거슬렸다.

　그녀는 그 천국 부분은 바보 같은 소리라고 생각했고, 또한—루시가 자기 이야기를 망치고 있다고 생각했다. 그녀가 입으로 숨을 후 내쉬었다. "어쨌거나, 그 여자에게서는 정말로 광채가 흘렀어요. 매 순간 그렇게 보였죠. 적어도 내가 본 순간에는 매번. 그녀에게는 어떤 분위기가 있었어요." 올리브가 말을 멈추고 한쪽 발을 들어올렸다 내렸다. "그러던 어느 날 헨리하고 가판대 앞을 지나가다가 옥수수를 좀 샀어요. 그녀가 거기 나와서 일하고 있었는데—"

　"광채가 흐르지 않았나요?" 루시가 물었다.

"그보단 좀 달라 보였어요." 올리브는 그때를 떠올리면서 눈을 가느스름히 떴다. "좀 노랗게 보였어요. 늘 머리카락을 금색으로 염색했는데, 그날도 그랬고요. 그 자리를 떠나면서 내가 헨리에게 그녀가 좀 이상해 보여, 노래 보이는데, 하고 말했죠."

"헨리도 그걸 보았고요?"

"기억나지 않아요. 솔직히. 여하간." 올리브가 다시 창밖을 보았고, 다시 루시를 보았다. "여섯 달이 되지 않아 죽었어요. 간암으로."

"오 맙소사." 루시가 말했다. "몇 살이었어요?"

"아마 사십대 초반쯤. 큰딸은 집을 떠나 대학에 다니고 있었고요. 샐리는 그렇게 죽었어요. 그리고ㅡ" 올리브는 손가락을 들어 천장을 가리켰다. "요점은 이거예요. 머디가 무너져버렸다는 것. 다른 사람이 되었죠."

"어떤 식이었는지 말해줘요." 루시가 말했고, 올리브가 말했다. "기다려요. 이제 이야기할 테니."

올리브가 다시 발을 좀 힘차게 들어올려 움직였고, 이어 두 발을 바닥에 함께 내려놓았다. "머디는 턱수염을 기르고, 머리카락도 길게 길렀어요. 심지어 겨울에도 가죽 샌들을 질질 끌고 다녔고요. 당시에 막 히피 운동이 시작되고 있었는데, 꼭 그런 모습으로 보였어요. 히피처럼. 다만 히피가 되기엔 너무 늙은 나이였죠."

"오 맙소사. 이건 끔찍한 이야기가 되겠군요." 루시가 말했다.

"더 나쁘죠." 올리브가 루시를 향해 고개를 까딱했다. "머디는 완전히 망가지기 시작했어요. 그리고 그 학교에 다니던 여학생, 이름이 매리언 틸팅엄이었는데, 내가 그애를 그 몇 년 전에 가르쳤죠. 아주 이상한 아이였어요. 그냥 또라이였죠. 그애도 광채가 흘렀지만, 또라이의 광채였어요. 자기가 마녀라고 생각한다든가 뭐 그런 시기를 거친 사람의 광채 말이에요. 어느 날 그애가 학교에서 남학생이랑 누가 더 빨리 미치는지 보자며 어두운 벽장 안에 들어가 문을 잠그고 있었다는 이야기를 들은 기억이 나네요."

"누가 더 빨리 미쳤어요?" 루시가 물었다.

"누가 알겠어요. 자, 이 매리언 틸팅엄이라는 아이는 샐리가 죽은 그해 고등학교를 졸업했고, 그때 나이가 열여덟 살이었어요. 우리가 다음으로 알게 된 건 그애가 머디의 집에 가사 도우미로 들어갔다는 거예요." 올리브는 가사 도우미라고 말할 때 두 손을 들어 손가락으로 인용부호 표시를 했다. "두 사람 다 한동안 그녀가 가사 도우미라고 했지만, 물론 아니었죠. 그녀는 그와 잤어요."

"그걸 어떻게 알아요?"

"오―얼마 뒤에는 모두가 그 사실을 알아냈어요. 어느 날 헨리와 내가 머디의 집에 들렀을 때 그애가 아래층에 있는 침실에서 나왔는데, 아주 졸려하는 모습을 보고 대번에 눈치 챘죠. 어쨌거나 머디는 그애를 아주 많이 사랑했어요. 나이는 그의 큰딸뻘이었고, 딸들은 당연히 그애를 미워했죠. 하지만 두 딸 모두 그걸로 난리를 피우지는 않았던 것 같네요. 내 생각에 두 딸 모두 아빠를 아주 많이 사랑했어요. 하지만 딸들에게는 얼마나 끔찍했겠어요. 그리고 그 또라이 매리언은―음, 삼 년 뒤 매리언이 스물한 살이었을 때 그 당시 타운에 있던 작은 식료품가게에서 만난, 그 가게에서 일하던 젊은 남자와 눈이 맞아 달아났어요. 라킨데일 들판 근처에서. 그리고 머디는 폐인이 됐죠. 샐리가 죽었을 때 그랬던 것처럼요. 목욕도 하지 않고 웃지도 않고 완전 엉망진창이었죠. 일 년이 채 안 돼 그는 어린아이가 넷 있는 여자와 결혼했고, 그들 전부 머디의 집에 들어가 살았어요. 그 관계는 일 년쯤 지속됐고요. 무슨 일이 일어났는지는 전혀 몰라요. 아주 불쾌한 사람이었어요, 그 여자. 오래전에 아주 젊었을 때의 그 여자를 알았는데, 그냥 차가운 여자였어요. 한편으로 머디는 교사로서도 내리막길이었는데, 그는 더이상 신경도 쓰지 않았죠. 지켜보고 있으려니 정말 딱했어요. 길고 지저분한 발톱을 드러낸 채 가죽 샌들을 질질 끌고 다니는 모습이란, 정말 보기 괴로웠죠.

그리고 그는 또다른 여자와 결혼했는데, 그와 좀더 어울리는 나이였고, 그 관계는 삼 년 정도 지속됐어요. 그 무렵 고등학교 건물이 지어졌고 나는 머디를 그렇게 자주 보지 못했어요. 우리는 그를 저녁식사에 초대하곤 했는데, 그 아내라는 사람은 정말 이상하게도 그와 함께 오는 법이 없었어요. 그는 거기 앉아 의미 없는 이야기를 하고, 음—"

올리브는 점점 활기가 사라져가는 듯 보였다. "마침내 우리는 그들이 이혼했다는 말을 들었고, 그는 박사학위인가 뭔가를 딴다며 캘리포니아로 갔어요. 두 딸은 그때쯤 집을 떠난 지 오래였고, 그는 캘리포니아로 가서 또다른 여자와 결혼했어요. 내가 그 여자를 만나봤어요. 그가 그녀를 크로스비로 데려와 그들이 그 집에 나타났는데, 그 불쌍한 여자는 몸집이 아주 둥글둥글하고 그와 같은 나이였어요—마침내—

요점은 이거예요." 올리브가 크게 한숨을 쉬며 말했다. "머디가 엉망진창이었다는 것. 여전히 엉망진창이라는 것.

그리고 그는 죽었어요.”

“어떻게요?” 루시가 물었다. 그녀가 그걸 물으면서 몸을 약간 앞으로 숙였다.

“무슨 암에 걸렸고, 치료를 거부했어요. 그가 그것에 대해 내게 편지를 보냈는데, ‘늘 당신을 사랑했어요’라고 쓰여 있었어요.”

올리브가 눈을 깜박였다. 그 일은 그녀에게 고통스러웠다. 그녀는 정말로 머디를 좋아했었다.

두 여자는 그 이야기 전부를 가슴 깊이 받아들이는 것처럼 침묵하며 앉아 있었다. 마침내 루시가 말했다. “그러니까 이 이야기의 흥미로운 점은 머디가 전적으로 샐리에게 의존했다는 거네요. 그녀로 인해 그가 그의 모습이 될 수 있었던 거고요. 그리고 그는 이를테면 오 분 동안 그것을 매리언이라는 여자에게 전이했지만, 오래가지 않았어요.”

올리브가 고개를 끄덕였다. “맞아요. 그리고 내 생각에—틀렸을 수도 있지만—그가 어머니를 아주 어린 나이에 잃었기 때문에, 남편으로서만이 아니라 아들로서의 사랑까지 샐리에게 전부 주었던 것 같아요. 그녀를 잃자 어렸을 때의 그 힘들었던 상황 속으로 다시 던져진 셈이 됐고, 그는 그것을 이겨내지 못했던 거예요. 그럴 수가 없었던 거죠."

"그게 맞는 것 같아요. 같은 생각이에요." 루시가 말했다.

방안에는 또다시 침묵이 흘렀다. 이윽고 올리브가 말했다. "그녀는 그의 린치핀*이었어요. 그녀가 죽어갈 때 그가 그 단어를 한 번 썼어요. 샐리는 자신의 린치핀이었다고 말했어요."

"있잖아요." 루시가 손을 들고 손가락으로 작은 원을 그리며 천천히 말했다. "내가 궁금한 건 이거예요. 이 세상에서 얼마나 많은 사람이 그들이 결혼한 사람으로 인해 강해질 수 있는가—혹은 충분히 강해질 수 있는가."

"아, 뭐. 나도 줄곧 그게 궁금했어요." 올리브가 다리를 꼬고 다시 한쪽 발을 들어올렸다 내렸다. "헨리에 대해 생각하고 있어요. 누군가는 그가 내 린치핀이었다고 말할 수도 있을 텐데, 정말로 그랬으니까요. 하지만—" 올리브가 천천히 고개를 가로저었다. "하지만 나는 재혼도 할 수 있었고, 두번째 남편 잭하고도 꽤 괜찮게 살았어요. 잭은 결코 헨리가 아니었지만, 내 삶은 이어졌죠."

"당신은 당신이니까요." 루시가 말했다.

올리브가 그녀를 쳐다보았다. 루시가 약간 달라 보였는데,

---

* 수레나 자동차의 바퀴가 빠져나가지 않도록 축에 꽂는 핀을 말한다.

그 이유는 말할 수 없었다. 그리고 그 순간 올리브는 만날 때마다 루시가 조금씩 달라 보인다고 생각했다. "무슨 뜻인지 말해줘요." 올리브가 말했다.

"음." 루시가 한동안 천장을 올려다보다가 다시 올리브를 보며 말했다. "당신은 당신이에요. 그리고 머디는 머디였고요. 당신이 힘든 환경에서 살아온 걸 알지만, 당신은 그래도 당신이 어떤 사람이었는지—혹은 어떤 사람인지—알고 있었어요."

올리브가 그 말을 곰곰이 생각해보았다. "계속 말해봐요." 그녀가 말했다.

루시가 몸을 앞으로 숙였다가 다시 똑바로 앉았다. "밥 버지스가 매슈 비치 사건을 맡았던 건 알고 있죠?"

"오, 알지요. 그에게 도움이 될 만한 걸 몇 가지 알려주기까지 한 걸요." 올리브가 말했다.

"맞아요. 음, 그가 내게 몇 가지 세부적인 이야기를 해주었는데, 솔직히 나는—이제 그 사건이 종결됐으니까—이게 비밀로 지켜져야 하는 이야기는 아니었으면 하는데—" 올리브가 그런 생각은 집어치우라는 듯 손을 휘젓자 루시는 고개를 까딱하고 계속 말했다. "요점은 이거예요. 우리 모두 그의 누이 다이애나가 집에 돌아와 스스로 목숨을 끊은 것과 자신이

410

어머니를 살해했다고 자백한 걸 알잖아요. 하지만 내가 밥에게 물어보고 싶은 건 왜 이 여자가 예순다섯의 나이에 어머니를 죽이려고 결심했느냐는 거예요. 그건 적은 나이가 아니에요, 올리브."

그러자 올리브가 말했다. "아니죠, 아니에요." 올리브는 정확히 같은 것이 궁금했다.

"그리고 이 불쌍한 여자가 삶의 초반부에 꽤 오랫동안 학대를 당한 사실이 밝혀졌어요—올리브, 그 여자의 이야기는 정말로 슬퍼요—" 올리브가 고개를 끄덕였다. "요점은 이거예요. 어렸을 때 심한 학대를 당했던 이 여자가 예순다섯의 나이에 갑자기 어머니를 죽이기로 결심했어요. 왜 그랬을까요?"

"당신 의견은 뭐예요?" 올리브가 물었다.

"내 의견은 이거예요. 삶이 온통 잘못 흘러가는 것 같았지만 그녀는 그걸 잘 붙잡고 있을 수 있었어요. 그리고 잘 붙잡고 있었고요, 올리브. 두번째 남편이 집에 돌아와, 당신의 가장 친한 친구와 만나고 있어, 당신을 떠나고 싶어, 그렇게 말하기 전까지는요."

올리브는 가장 친한 친구와의 불륜에 대한 부분은 몰랐었다. 그녀는 기다렸다.

루시가 말을 이었다. "사람들은 미스터리예요. 우리는 모두 지독한 미스터리예요. 다이애나 비치는 문제가 많았지만, 잘살았어요. 정말로 그랬어요. 첫 남편을 떠나 두번째 남편에게 갔을 때—누가 봐도—오랫동안 성공적으로 일해온 고등학교 진로 상담 교사였어요. 그런데 두번째 남편이 그녀를 버리고 그녀의 가장 친한 친구에게 갔을 때—"루시는 여기서 한숨을 쉬었고 작게 고개를 저었다. "음, 다이애나가 경험했을 배신감은, 정말로 초반의 그 기억을 생각하면 너무 컸을 거예요."

올리브는 그것에 대해 생각했다. "아, 뭐. 당신이 맞는 것 같네요."

"우리 대부분에게는 어려움을 이겨낼 공간이, 솔직히 그렇게 많지는 않을지 몰라도, 조금은 있어요. 하지만 머디와 다이애나에게는 그게 없었어요."

올리브가 크게 한숨을 쉬었다. 이제 피곤했다. "음." 그녀가 말했다. "그게 머디 월슨의 이야기였어요."

*

루시가 떠난 뒤 올리브는 샬린 비버에게 남자친구가 생긴 걸 말해주려다 깜박 잊은 걸 깨달았다.

*

　매트가 어느 날 밥에게 전화를 걸어와—누이가 죽고 몇 주 뒤였다—말했다. "밥, 당신을 그리고 싶어요."
　"나를 그려요?"
　"네. 맞아요. 그럼요. 당신의 그림을 그리고 싶어요."
　"누드로요?" 밥이 깜짝 놀라서 말했다. "아니요, 그건 안 할래요."
　그러자 매트가 웃었다. 정말로 웃음을 터뜨리며 말했다. "아니요, 밥. 당신이 누드로 앉아 있는 모습은 내겐 매력적이지 않아요. 그냥 와서 앉아 있어요. 늘 입는 구린 청바지와 구겨진 셔츠를 입고요."
　그래서 밥은 매트의 작업실에서 한 시간 넘게 앉아 있었다. 그림은 아직 한 점도 다시 옮겨두지 않았기에, 매트가 그를 그리는 동안 작업실 안에 텅 빈 느낌이 감돌았다. 열린 창문으로 그 아래에서 자라는 두 그루의 큰 라일락 관목 냄새가 올라왔다. 매트를 지켜보는 건 신기한 경험이었다. 작업할 때 그는 얼굴이 달라졌다. 다른 공간 속에 가버린 것 같았다.

"스케치부터 해야 해요." 그가 목탄 연필로 작업하면서 이렇게 말한 다음 덧붙였다. "이걸 미리 보지 않으면 좋겠어요."

"그건 어렵지 않아요." 밥이 손을 들어올리며 말했다.

"손을 다시 아래로 내리고요."

매트는 마거릿의 그림도 그리고 싶다고 했다. 하지만 그 생각을 하니 밥은 죽을 것만 같았다. "그녀를 많이 좋아해요." 매트가 말했다.

8

래리는 자동차 사고를 당하고 삼 주 뒤—그 기간에 밥은 메인주 크로스비에서 루시에 대한 사랑으로 힘들어했고, 매트 앞에 앉아 초상화 모델을 서고 있었다—퇴원했고, 구급차에 실려 애리얼과 함께 사는 아파트로 옮겨졌다. 집에서 회복하기로 결정되었고, 애리얼은 짐에게 남는 방에서 지내도 된다고 말했다. 그 방에는 래리가 대학 시절에 보던 책이 바닥에서 벽의 절반 높이만큼 쌓여 있었고, 경사진 천장 밑에는 싱글 침대가 밀어넣어져 있었다. 래리의 누이들이 나타나 아파트 거실에 둔 병실용 침대 옆에 앉았는데, 헬렌이 죽어갈 때 침대가 놓여 있던 공간과—이곳이 더 작은 것만 빼면—다르지 않았다. 거실에서 이스트강이 내다보이고, 바지선이 오가는 풍경도 보였다.

짐은 여전히 이따금 조용히 울었지만, 이제는 울음을 자제하려고 노력했다. 하지만 그가 믿을 수 없는 것은 이것이었다. 래리가 그에게 다정하다는 것! 래리가 그를 다정하게 대하는 것이다!

래리가 말했다. "오, 아빠, 아빠 때문에 죽을 만큼 마음이 아파요, 아. 어떡하지, 아빠 때문에 죽을 만큼 마음이 아파요. 우린 이제 괜찮은 거죠, 그렇죠?"

짐이 경험하고 있는 것은 사랑에 빠진 사람이 경험하는 것과 다르지 않았다—그는 아주 고양되어 있었다. 헬렌에 대한 모든 슬픔—그리고 그가 느끼기에, 자신의 인생 전체에 대한 모든 슬픔—이 쏟아져나와 아들에 대한 이 새로운 상태로 전이된 듯했다.

그리고 래리에게 잘못한, 자신이 생각해낼 수 있는 모든 것—많이 있었다—에 대해 다시 한번 사과했다. "너를 여름 캠프에 보내지 말았어야 했다." 그가 말했다. 그 진실이, 래리가 운동을 잘하지 못하고 집을 그리워하며 결코 잘 어울리지 못했기에 그 바보 같은 여름 캠프에서 경험했을 고통이 그의 마음을 스쳤다.

하지만 이제 래리는 그저 아버지를 바라보며 이렇게 말했다. "괜찮아요. 왜 괜찮은지 아시겠죠? 아빠가 진심인 걸 아니까요." 어느 날 그가 농담처럼 말했다. "아빠, 나는 더 일찍 죽을 수도 있었어요." 그러자 짐은 그저 고개만 저었다. 목이 메어 말이 나오지 않았다.

그리하여 짐은 헬렌이 겨우 몇 달 전에 누워 있던 것과 같은 병실용 침대에 누운 래리를 보며, 전에는 상상할 수 없었던 방식으로 자신에게 많은 선물이 주어졌다고 느꼈다.

간단히 말하면, 그는 다른 세상으로 보내진 것 같았다. 오로지 사랑과 슬픔의 감정만이 존재하는 세상. 하지만 사랑이 슬픔보다 더 강했다. 그것은 **강했고**, 딸들이 그를 보러 왔을 때 그는 자신이 살고 있는 나라가 돌연 달라진 것처럼 느껴졌는데, 이유가 뭐였건—그건 신의 선물이었는가?—그는 이제 완전히 다른 나라에 있었다. 그리고 그것은 순수의 나라였다.

그것이 짐이 래리의 아파트에서 두 주 동안 지내면서 느낀 것이었다.

래리가 집으로 돌아오고 두 주가 지난 뒤—물리치료사가 매일 방문했고, 작업치료사도 왔으며, 간호사들은 스물네 시간 돌아가며 상주했다—아들이 집에 돌아오고 두 주가 지난 뒤, 짐은 간호사에게 아들과 둘만 시간을 가질 수 있겠느냐고 물었고, 간호사는 그럼요, 하고 말하고는 부엌으로 자리를 피했다.

래리는 어리둥절한 표정으로 아버지가 의자를 병실용 침대 가까이로 당기는 것을 지켜보았다. "래리, 내 말 잘 들어. 너는 내가 어떤 쓰레기였는지 정확히 알아야 한다. 네가 너무 쉽게 용서해줘서, 네게 뭔가를 말해줘야 할 것 같다. 왜냐하면 너도 알아야 하는 일이니까."

희미한 두려움의 표정이 래리의 얼굴을 스쳤다.

"너는 밥 삼촌이 기어를 가지고 놀다가 우리 아버지를 죽였다고 줄곧 생각해왔겠지?"

래리는 이제 정말로 깜짝 놀란 것 같았다.

짐이 말했다. "음, 그건 나였다. 나는 여덟 살이고, 보비는 네 살이었지. 그러니 나는 기억해도 밥은 기억하지 못해. 그날 아버지가 나에게, 좋아, 너는 앞에 앉아도 되지만 쌍둥이는 뒤에 앉아야 해, 하고 말했어. 그러니 차 뒤에 앉은 건 동

418

생들이었어. 기어를 조작하며 놀던 사람은 나—내가 그 사람이었다. 차가 아버지를 덮치자마자 내가 어떻게 했는지 아니? 밥을 차 앞좌석으로 떠밀었어. 잘못을 밥에게 뒤집어씌웠다. 내가 그래놓고.”

래리는 입을 약간 벌린 채 그를 물끄러미 쳐다보았다. “아빠가 그랬다고요?” 래리가 조용히 물었다.

“내가 그랬어.”

짐은 뒤로 기대앉았다. 그는 무엇을 예상했을까? 그는 무슨 일이 일어날지 예상하지 못했다.

래리가 마침내 말했다. “믿을 수 없어요. 정말로 믿을 수 없는 일이에요.”

짐이 말했다. “밥에게는 십오 년쯤 전에 말했다. 그는 그 일로 엄청난 충격을 받았다고 했어. 평생 자기가 한 줄 알고 살았으니까. 그는 내가 그의 정체성, 혹은 그의 운명—뭔가 그런 것을 빼앗아갔다고 말했지.”

래리는 아무 말 하지 않았다.

“그리고 네 엄마도 알았어. 밥이 말했거든.”

래리는 계속 그를 응시했다. “엄마는 뭐라고 했어요?”

“당시에는 나를 좋게 보지 않았지. 내가 늘 좆같은 씹새끼였다는 걸 보여주는 일이라고 생각했어.” 짐은 아들에게 이것을 말하면서 무슨 생각을 하고 있었을까?

이제 래리의 입술에서 색깔이 빠져나갔고, 그가 마침내 말했다. "아빠, 그건 악이에요. 미안해요. 하지만 그건 빌어먹을 악이에요. 아빠는 평생 악이었어요. 아빠, 이제 가세요. 이 문제를 진지하게 생각해봐야겠어요." 그가 짐에게서 얼굴을 돌렸다. "가세요. 지금 제발 가세요." 그가 말했다.

*

그리고 그뒤에 파크슬로프의 브라운스톤 집안을 돌아다니며 래리의 전화를 기다리는 동안 짐이 느꼈던 절망감은—말 그대로—거의 참기 힘든 것이었다. 하지만 래리는 전화를 걸어오지 않았다. 짐이 래리에게 전화를 걸면 늘 애리얼이 전화를 받아 "아버님과 이야기하고 싶지 않대요. 죄송해요"하고 말했다.

오, 짐. 짐.

짐이 밥에게 전화를 걸었다.

9

밥은 캐서린 캐스키가 일하는 사회복지 단체 사무실 건물의 계단을 올라갔다. 그녀의 사무실은 밥의 사무실에서 몇 블록 떨어진 크고 오래된 목조 건물에 자리잡고 있었다. 그 건물 안에는 회계사 사무실과 작은 법률사무소, 그리고 캐서린 캐스키의 사무실이 있었다.

"안녕하세요, 밥." 캐서린이 그를 포옹하면서 말했다. 늘 그 모습 그대로야. 그것이 밥이 생각한 것이었다. 그녀는 유연함이 엿보이는 작은 체구의 여인이었고, 불그스름한 갈색 머리카락에 검은색 바지와 녹색 상의 차림이었다. "이렇게 보니 너무 좋네요. 들어와요, 들어와요."

“엘턴은 잘 있어요?” 밥이 물었다.

“잘 있어요.” 그녀가 그를 향해 따뜻한 미소를 지었다. “일 때문에 보자고 한 거죠?”

“개인적인 일이에요. 그렇다고 당신 남편의 안부를 물으면 안 되는 건 아니고요.” 밥이 말했다.

“솔직히요, 밥? 그는 좀 나아진 것 같아요. 그러니까—휴.”

밥은 캐서린의 책상 맞은편 의자에 앉았고, 그녀는 그와 멀지 않은 의자에 앉았다. 책상 앞에 앉지는 않았다. 벽에는 액자에 넣은 포스터들이 걸려 있었다. 바다나 장미 덤불로 뒤덮인 집의 그림들이었다. 그녀가 말했다. “이제 왜 여기 왔는지 이야기해줘요.” 그녀의 책상에는 베고니아 화분이 놓여 있었고, 밥이 그것을 쳐다보는데 꽃 한 송이가 떨어졌다. 자신이 방금 한 어떤 행동이 그 꽃을 떨어지게 한 것 같은 묘한 감정이 얼핏 일어났다. 그는 캐서린을 의아스러운 시선으로 쳐다보았다. “왜요?” 그녀가 물었고, 그가 식물을 향해 고개를 까딱했다. “방금 꽃 한 송이가 떨어졌어요.” 그가 말했다.

“오, 늘 일어나는 일이에요.” 그녀가 손을 저었다.

그래서 밥은 다시 한번, 아버지를 죽음으로 몰아넣은 사고와 자신은 늘 자기가 그런 줄 알았지만 오래전에 짐이 그렇게 한 사람은 자기, 그러니까 짐이었다고 고백했다는 이야기를 했다. 밥은 의자에 편안히 기대앉았다. "그래서 내 질문은, 내가 네 살이고 짐이 여덟 살이었다는 이유로 짐의 기억이 더 맞는다고 할 수 있느냐는 거예요. 솔직히 캐서린, 우리는 그것에 대해 한 번도 이야기를 나눈 적이 없었어요. 짐이 오래전에 그렇게 고백했을 때 말고는요."

캐서린은 다리를 꼬고 몸을 앞으로 숙인 채 그에게 그 사고를 어떻게 기억하는지에 대해 여러 가지 질문을 했다. 밥은 기억하는 게 거의 없었고, 그와 수지가 앞좌석에 있었던 것 같다고만 어렴풋이 기억했다. 그리고 또한 밝은 햇살을 기억했다. "지금도 눈부시게 강렬한 햇살이 비치면 좀 토할 것 같아요."

캐서린은 밥에게 짐과 아버지의 관계는 어땠는지 물었는데, 밥에게는 그에 대한 답이 없었다. 그녀는 기억과 트라우마에 대한 여러 연구에 대해 말해준 다음 "짐은 그날 날씨를 어떻게 기억하고 있던가요?" 하고 물었다.

밥은 그녀를 멀뚱히 쳐다보았다. "전혀 모르겠는데요."

"한번 물어봐요."

"잠깐만요." 밥이 휴대전화를 꺼내 짐에게 전화를 걸었다. 짐이 곧바로 전화를 받았다. "언제 여기로 올 거니, 보비?"

그러자 밥이 말했다. "내일. 그런데 물어보고 싶은 게 있어. 우리 아버지가 돌아가셨을 때 날씨가 어땠는지 기억나?"

"날씨? 응, 비가 쏟아졌지. 폭우가 내렸던 건 확실해." 그리고 짐이 덧붙였다. "그리고 바람이 불었어. 비바람 때문에 나무에 매달린 잎이 모조리 떨어졌지. 밝은 오렌지색 낙엽이 땅바닥에 나뒹굴었어. 젖어 있었어. 모든 것이 흠뻑 젖어 있었어."

밥이 잠시 기다렸다가, 조용히 말했다. "하지만 지미, 아버지는 2월에 돌아가셨어."

짐은 한동안 말이 없었다. 그리고 아주 조용하고 느리게 말했다. "이런 제길. 네가 맞아. 낙엽은 없었겠군."

밥이 전화를 끊고 캐서린에게 그 말을 전달하자 그녀는 말했다. "음, 그렇군요. 밥, 누구도 무슨 일이 일어났는지 모르게 됐네요."

"잠깐만요." 밥은 수전에게 전화를 걸었고, 수전도 대번에 전화를 받았다. "수지, 아버지가 돌아가신 날 날씨가 어땠는지 기억나?"

"아주 화창했지." 그녀가 말했다.

밥은 아버지의 죽음에 누가 책임이 있는지 아무도 모른다고 믿으면서 캐서린의 사무실을 떠났다.

*

밥이 집에 도착해 마거릿에게 얼른 이 사실을 말해줘야겠다고 생각하면서 문을 열고 들어갔을 때, 그녀가 말했다. "밥! 에이버리 메이슨이 죽었어. 그가 **죽었다고**." 그리고 말했다. "위원회 세 사람이 오늘 전화를 걸어와서 그가 나를 해고하려고 했던 일에 대해 사과하고 내가 계속 있어주기를 바란다고 말했어. 게다가 에이버리의 아내가 나보고 그의 장례식을 맡아달래! 당연히 해야지."

*

그래서 밥은 다음날 비행기를 타고 뉴욕으로 갔고, 택시를 타고 곧장 래리의 집으로 갔다. 짐에게는 먼저 거기 들렀다 갈 거라고 미리 말해두었다. 그날 도시는 몹시 더웠고, 버스와 차와 사람 들을 지나치며 보도를 걸어 택시에 올라타니 엄청난 피로감이 밀려왔다. 그는 매트 비치에 대한, 형과 마거릿과 자신에게 의지하는 많은 사람들에 대한 걱정이 자신을 얼마나 고갈시켰는지 인식하지 못했다. 루시에 대한 감정이 자신을 얼마나 고갈시켰는지 역시 인식하지 못했다. 최근에는 일주일에 한 번씩 그녀와 산책하는 것이 그를 고양시키는 한편 의기소침하게 만들었다. 성찰하는 것은 밥의 본성이 아니어서, 그는 이렇게 녹초가 된 상태가 자신에게 거의 위험한 것 같다고 느낄 뿐이었다. 운전기사에게 요금을 지불하고 택시에서 내릴 때 그 말이 사실상 그의 머릿속을 지나갔다. 위험할 만큼 녹초가 되었다.

그곳은 아주 아름다운 아파트였고—밥은 전에는 와본 적이 없었다—방이 다섯 개에다 이스트강이 내다보이는 곳이었다. 래리나 애리얼 같은 부부가 살기에는 너무 어른스러운 집처럼 보였다. 그 생각이 밥의 머릿속을 스쳤다. 그는 벽을 꾸민 장식이 마음에 들지 않았다. **진짜의** 것으로 보이는 매트의 그림에 깊은 감명을 받았던 터라, 그 그림들은 대중적인 정크 취향 같았다. 그는 거실로 들어서면서, 매일 저녁 아주 잠깐 동안 이스트강에—묘한 느낌으로—드리우는 금빛 색조를 바라보며, 애들—그 단어가 떠올랐다—이 이런 곳에서 사는 게 얼마나 이상한 일인지 생각했다.

거실에는 가죽 카우치와 큰 화면의 텔레비전, 노란 색조의 의자들, 아주 길고 좁은 커피 테이블이 있었다.

그리고 래리는 큰 안락의자 같은 것에 앉아 있었다. 머리카락이 약간 자랐고, 괜찮아 보였다. 여전히 한쪽 어깨에 깁스를 하고 있었고, 이제 반대쪽에는 팔걸이 붕대를 하고 있었다. 애리얼이 밥을 들여보냈는데, 그녀는 밥이 온다는 것을 알았지만 래리에게는 알리지 않았다. 이 방문은 '깜짝 선물'이어야 했다.

그리고 래리는 정말로 놀란 것 같았다. "밥 삼촌! 여긴 어쩐 일이에요?" 그의 얼굴에 기쁜 기색이 떠올랐다. "앉으세요." 그가 노란 색조의 의자를 향해 고개를 까딱했다.

애리얼이 말했다. "이야기들 나누세요." 그리고 그녀는 다른 방으로 갔다. 밥은 문이 닫히는 소리를 들었다.

그래서 밥은 앉았다. 우리가 앞서 이야기했듯, 그는 완전히 지쳐 있었다.

그리고 그가 이 이야기를 했다. "래리, 아버지에 대해 네가 생각하고 싶은 대로 생각해도 좋아. 하지만 내가 말하려는 건 아버지가 악은 아니라는 거다. 그리고 너는 내 말을 들어도 되고, 안 들어도 돼."

래리가 그를 쳐다보았고, 밥은 래리의 얼굴이 굳어지는 것을 보았다.

"내 이야기를 들을 거니? 듣지 않을 거면 내 시간을 낭비할 필요는 없으니까."

"듣고 있어요." 래리가 말했다.

"메인에서 얼마 전에 일어난 그 사건에 대해 말해주고 싶구나. 어머니를 돌보는 한 남자가 있었는데, 어머니가 실종됐지. 결국 그의 누이가 어느 날 밤 어머니를 차에 태우고 채석장으로 간 것이 밝혀졌어. 이유를 알겠니?"

래리는 그를 지켜보다가 작게 고개를 흔들었다.

"누이가 어렸을 때 오랫동안 아버지에게 성적 학대를 당했기 때문이었어. 어머니도 그 사실을 알았고. 그리고 아버지가 집을 나갔다. 그러던 어느 날 아버지의 친구가 그녀를 데리고 놀러 나갔어. 그러고는 그녀를 그 채석장으로 데려가 강간한 거야. 그녀가 집에 돌아왔을 때 어머니는 그녀를 창녀라고 불렀어. 이제 그걸 잠시 생각해봐, 래리."

래리가 조용히 말했다. "맙소사."

밥이 말을 이었다. "그리고 네가 그녀의 어머니를 판단하기 전에, 그 어머니의 이야기는 이거였어. 어머니도 어렸을 때 오랫동안 성적 학대를 당했고, 삼촌이 임신을 시켰어. 그녀의 부모가 그녀를 집에서 내쫓았고, 그녀는 프런트 데스크에서 일하는 대가로 아기를 데리고 모텔에서 지냈지. 모텔 주인도 그녀를 성적으로 학대했어. 내가 왜 이걸 너한테 이 야기하는지 알겠니, 래리?"

"그게 악이기 때문에요?" 래리가 물었다.

"아니. 그건 악이 아니야, 래리. 부서진 사람들이지. 부서진 사람이 되는 것과 악이 되는 것 사이에는 큰 차이가 있어. 혹시 네가 그걸 모른다면 말이다. 그리고 모두가 어떤 식으로든 부서졌다고 생각하지 않는다면, 그건 네가 잘못 생각한 거야. 내가 네게 이걸 말해주는 이유는, 너는 그런 부서진 사람들이 존재한다는 것조차 모를 정도로, 살면서 운이 아주 좋았기 때문이야."

래리는 그저 그를 쳐다보기만 할 뿐이었다.

"이것에 대해 뭐라고 말할 수 있겠니?" 밥이 물었다.

잠시 뒤에 래리가 말했다. "음, 그 사람들에 대해서는 안타깝다는 생각이 드네요. 하지만 그들은 내 아버지가 아니에요. 아버지는 그런 일을 전혀 겪지 않았는데도 악이 되었으니까요. 아빠가 삼촌에게 한 일은 악이었어요, 밥 삼촌."

밥이 몸을 앞으로 숙였다. 그는 정말로 기분이 좋지 않았고, 이제 점점 화가 나고 있었다. "네 아버지는, 래리, 엄청난 충격을 받고 어쩔 줄 몰랐던 것뿐이야. 그게 다야. 왜 충격을 받았는지 아니? 자신이 아버지를 죽였다고 생각했으니까. 그리고 또다른 사실이 있는데, 그거 알아? 우리 아버지를 죽인 사람이 누구였는지, **이 세상 그 누구도 모른다는 거야.** 네 아버지는 그날 나무에서 잎이 떨어지고 비가 왔다고 생각했어. 음, 2월에 돌아가셨는데 낙엽이 있을 리 없지. 그리고 수지와 나는 밝은 햇살을 기억했고. 누구도 몰라, 래리. 누구도 **영원히** 알지 못해.

그리고 네 아버지는 그냥 엄청난 충격을 받고 어쩔 줄 몰랐던 것뿐이야. 그래, 아버지가 너를 여름 캠프에 보냈지. 아이들은 으레 그런 데 가는 거라고 생각했으니까. 그런데 너는 그걸 싫어했어. 하지만 아버지는 너를 계속 거기 있게 했지. 끔찍한 일이었을 거다. 하지만 그거 아니, 래리? 네가 가진 건 그저 아주 일반적이고 **더럽게 돈이 많은** 배경이었어. 그 이상은 없다.”

밥이 일어섰다. 그는 이제 몹시 화가 났다.

“내가 말하고 싶은 건 그게 전부다, 래리. 아버지를 계속 미워해라. 그리고 언젠가—지금으로부터 그리 머지않은 언젠가—아버지는 죽음을 맞겠지. 기억날지 모르겠다만, 네가 살아나려고 발버둥칠 때 아버지가 병실에 앉아 네 곁을 지키며 울었다는 걸 기억해라. 아마 기억나지 않을 텐데, 네 아내에게 물어봐. 그애가 기억할 거다. 그리고 네 아버지는 악한 사람이라면 그러지 못할 방식으로 아주 괴로워했어—내 말 듣고 있니? 그리고 네 아버지가 죽고 네 아이가 열다섯 살이 되어 그 아이가—딸일지 아들일지 몰라도—네가 생각하는 모습과 다를 때, 그때 너는 아버지에게 얼마간 연민을 느끼게 될 거다.

하지만 바로 지금, 나는 너에 대한 연민이 없다. 너는 여전히 너무 어려. 나는 네 평생 네게 연민을 느꼈지만, 네 아버지가 악이라고 말한다면, 음, 네 아버지는 악이 아니야. 그가 부서졌느냐고? 그래, 우리 모두 부서졌지. 솔직히."

그리고 밥은 다시 앉아야 했다. 가슴이 아팠다. 그가 래리를 쳐다보았고, 래리는 입술을 내밀고 있었다. 이것이 밥의 마음을 스쳤다. 이 아이가—어른이어야 할 이 아이가—입술을 내밀고 앉아 있구나. 그리고 그 모습은 밥이 보기에 매력적이지 않았다.

*

시간이 지나 파크슬로프에서는, 짐이 서재에서 밥의 이야기를 듣고 있다가 조용히 말했다. "고마워, 밥. 넌 좋은 동생

이야.”

“음, 형의 아들 때문에 나는 지금 정말로 화가 나.”

짐은 힘없이 손을 저었다. “그냥 둬. 그렇게 둬.”

그리고 짐이 밥을 보며 말했다. “너는 괜찮아? 좀 힘들어 보이는데.”

“피곤해.” 이 말이 중얼거림으로 나왔다.

“아, 보비. 나를 위해 여기까지 올 건 없었는데. 내 아들과의 이런 바보 같은 문제 때문에.” 짐이 기대앉아 다리를 꼬았다. “그리고 너 이발 좀 해야겠다.”

밥이 말했다. “헬렌이 죽어갈 때 형하고 래리 사이의 문제를 도와주기로 약속했는데, 래리한테 너무 화가 나서 내가 문제를 더 엉망으로 만들어버렸어.”

“밥, 정말이지, 내가 말하고 싶은 건—넌 최선을 다했어. 고맙게 생각해. 그 일을 너무 개인적으로 받아들이지 마.”

밥이 잠시 한 손을 들었다. 그가 잠시 기다렸다가, 거의 속삭이듯 말했다. “나 사랑에 빠졌어, 짐. 루시 바턴을 사랑해.” 그의 얼굴에 눈물이 흘러내리기 시작했다. 그는 멈출 수가 없었다. 그는 울었고, 그의 큰 가슴이 들썩였다.

짐은 몸을 앞으로 숙이고 그를 유심히 쳐다보았다. 이어 짐은 다시 뒤로 기대고는 조용히 말했다. “오 불쌍한 자식.”

짐이 천천히 고개를 가로저으며 말했다. "불쌍한, 불쌍한 자식."

그들은 말없이 앉아 있었고, 밥은 계속 울면서 손등으로 코와 눈을 닦았다. 이윽고 짐이 말했다. "그녀도 널 사랑하니?"

"그건 몰라."

짐이 천천히 고개를 저었다. "오, 맙소사, 밥. 넌 세상에서 누군가가 자신을 사랑한다는 걸 모르는 유일한 사람일 거야." 짐이 다시 앞으로 몸을 숙였다. "그녀도 당연히 너를 사랑하지. 두 사람은 항상 산책하고, 대화를 나눠, 맞지?"

밥이 고개를 끄덕였다.

"이 글을 읽었던 게 잊히지 않는데―오래전에 읽은 거지만―그 글에서 유명한 영화감독이 말했어. 대화보다 더 섹시한 건 없다. 나는 늘 그걸 기억하고 있어. 그리고 너와 루시가 하는 게 그거야―대화를 하지. 좋아, 이제 잘 들어, 보비. 그녀에게 사랑한다는 말은 하지 마. 그런 대화는 하지 마. 그렇게 하면, 서로 마음을 고백하기 시작하면, 토끼처럼 섹스를 하게 될 테고, 너희의 **세상** 전체가 무너져내릴 거야. 마거릿이 그것 때문에 죽게 될지도 모르고, 심지어 윌리엄도 죽게 될지 몰라. 그러니 하지 마, 보비. 그럴 만한 가치가 없어. 그러지 마."

"알고 있어. 하지만 그녀를 원해, 지미. 오, 맙소사."

"이겨내야 해. 진지하게 하는 말이야. 내 말 새겨들어. 내가 유경험자야. 그리고 너를 아는데, 너는 그 사실을 끌어안고 살 수 없을 거야. 아주 어렵겠지만, 그녀를 계속 사랑하면서 살 수는 있어. 하지만 그녀를 안으면, 그런 너로는 살 수 없을 거야. 너는 밥 버지스야. 나는 너를 알아."

10

　그리고 메인주 크로스비에서 삶은 이어졌다. 마거릿은 전에 걸핏하면 잠을 자는 신자였던 에이버리 메이슨이 죽은 뒤로 다시 자신의 자리를 굳건히 지키고 있었다. 설교도 여전히 진지하고 좋다는 것을 밥은 알아차렸다. 그리고 해셀벡 부인은 밥에게 격주에 한 번씩 가져오던 진을 다시 물로 희석해달라고 부탁했다. 정말로 크게 넘어질 뻔한 적이 있었다고 말했고, 그래서 밥은 절반보다 더 많이 희석해서 갖다주었다. 헤로인중독이었던 열쇠 가게 주인은 플로리다로 떠났다. 혹은 그렇다는 말이 돌았다. 그리고 6월이 되었다. 비가 많이 오고 쌀쌀했지만, 메인에서 가장 아름다운 달이었다.

타운의 집 곳곳에서 철쭉이 색색깔의 비명을 질러댔다. 관광객들이 다시 나타났고, 사람들은 그것에 불만을 드러냈지만, 밥이 보기에는 그들이 이곳에 개방감을 불어넣는 것 같았다. 매트 비치는 여성들에게 편지 두 통을 받았는데, 신문에서 기사를 읽고 몹시 안타까웠다는 내용이었다. 매트는 밥에게 어떻게 해야 할지 물었고, 밥은 "괜찮은 사람 같으면 답장을 보내요" 하고 말했다.

*

그리고 샬린 비버의 삶에는 실제로 남자가 생겼다. 자주 방문하는 정치 웹사이트에서 알게 된 남자였는데, 두 타운 떨어진 곳에 살고 있으며 이혼한 지 오래된 사람이란 사실이 밝혀졌다. 이름은 칼 다이어였다. 키가 크고 호리호리하며 머리 색깔이 옅었다. 나이는 샬린보다 두 달 위였다. 이런 일이 으레 그렇듯, 샬린의 삶은 완전히 달라졌다. 그는 그녀의 모든 것을 알고 싶어했다―모든 것을! 함께 침대에 누워 있을 때 그녀는 루시와의 우정에 대해 말했고, 그러자 그는 더 알고 싶어했다. 그래서 샬린은 그의 길고 부드러운 팔을 쓰다듬으면서 루시의 언니가 루시를 좋아하지 않는다는 것과 루시는 이제 저멀리 곳에 있는 집에서 전남편과 함께 살고 있다는 것을 말했다. 칼은 시트를 아래로 끌어내리고 샬린을 바라보았고, 샬린은 갑작스러운 노출에 얼굴을 붉혔다. "당신은 정말 아름다워." 칼이 말했다.

그녀는 자기 배를 만지며 "오, 그래. 이 뱃살은 아름답지, 그건 분명해" 하고 말했다. 그러자 칼은 "내가 오물거릴 수 있으니 더욱 아름답지"라고 말하고는 정말로 그렇게 하기 시작했다. 샬린은 웃음을 터뜨리며 비명을 질렀다.

한 주 전에 위층에 사는 루이스가 내려와 자기와 제리가 들어야 하는 그 모든 시끄러운 섹스 소리에 대해 샬린에게 불평했다. "제리는 아픈 사람이에요." 루이스가 말했다. 그래서 이제 샬린은 주로 칼의 집에서 지냈다. 칼은 지붕 공사 업체를 운영하고 있었는데, 사고를 당해 지금은 직원들이 그 없이 일하고 있었다. 그는 그녀에게 왜 푸드 팬트리에서 일하는지 물었고, 그녀는 자신이 어렸을 때 때때로 집에 음식이 충분하지 않았다는 이야기를 해주었다. 칼이 돌아눕더니 자기 타운에는 정말로 음식이 필요하지 않으면서 푸드 팬트리에서 음식을 훔쳐가는 사람들이 있다고, 그냥 차를 몰고 와서 음식을 가져가는 사람들이 있다고 말했다. 그가 그 이야기를 끝냈을 때 샬린은 생각이 흔들리는 것을 느꼈다.

"하지만 계속 거기서 일할지 말지는 당신에게 달렸지." 그가 그녀를 돌아보며 말했다.

얼마간의 시간이 지나자 샬린은 크로스비의 푸드 팬트리에서 하던 자원봉사를 그만두게 되었고, 점점 루시의 전화도 받지 않게 되었다.

그리고 이런 식으로 이 나라의 상황은 더욱 양분되었다.

*

그리고 밥과 루시의 산책이 이어졌다.

그는 그 시간을 너무 갈망해서 거의 병이 날 지경이었고, 이상하게도 그것은 팸에 대한 생각으로, 그녀가 어떻게 술을 끊었는지에 대한 생각으로 이어졌다. 루시에게 중독되어 그녀를 만날 수만 있다면 뭐든 할 것처럼 느껴졌기 때문이다. 아마 그것은 팸이 술을 마신 것과 같은 것일 터였다. 그래서 그는 팸에게 전화를 걸었고, 팸은 명랑하게 받았다. "밥, 나는 잘 지내고 있어. 믿을 수 없을 만큼 활력이 생겼어. 테드에게 헤어지자고 말할 생각인데—실은 다음주에—두려워서 아직은 하고 싶지 않아. 하지만 마음의 준비가 되어가고 있

438

어. 당신은 어떻게 지내?" 그녀가 물었다.

그래서 밥은 자기는 괜찮다고 말했다.

"무슨 문제가 생겼어, 보비? 목소리에서 느껴지는데, 뭔가 문제가 있는 것 같네. 뭐가 문제야?"

"문제는 무슨." 그가 말했지만, 거짓말이었다. 밥은 거짓말하는 것을 좋아하지 않아서 그녀와 그녀의 아들들에 대해 조금 더 물어본 다음 전화를 끊었다.

다음날 울타리 옆에 서 있는 루시를 보았을 때, 그는 거의 자신이 그녀를 좋아하지 않는 것 같았다. 루시가 그에게 너무 많은 고통을 주고 있었고, 그래서 그녀를 향해 천천히 걸어갔다. "괜찮아요?" 그녀가 물어보았다. 그는 그녀가 쳐다보는 것을 느꼈지만, 그녀를 쳐다보지 않았다.

"괜찮아요." 그가 말했다.

그들이 걷기 시작하자, 루시가 대학에서 알고 지냈던 한 여자에 대해 이야기했다. 이름은 애디 빌이었고, 밥에게 이 애디 빌 이야기를 다 하고 나서 루시는 올리브에게도 이 이야기를 해줘야겠다고 생각했다. 꽤 긴 이야기였다.

"그래요, 올리브에게도 얘기해줘요. 굉장한 이야기네요. 하지만 너무 슬프군요." 밥이 말했다.

그는 루시의 딸들에 대해 물었고, 그녀는 모두 자신에게 다정하다고 말했다. 그가 래리에 대해 말하는 동안 그녀는 귀기울여 들었다. "오, 어쩌나, 불쌍한 짐." 그녀가 말했다.

하지만 산책이 끝난 뒤, 밥은 그녀를 만났다는 느낌이 생생하게 와닿지 않았다. 그리고 한동안 그렇게 느껴왔다는 걸 깨달았다. 심지어 그녀를 만나서 행복했는데도 그랬다—그들이 나눈 대화도 잘 기억나지 않았고, 그녀를 그려보아도 순간적으로 떠오르는 모습 이상은 아니었다.

그리고 밥은 엉망진창이었다. 잠을 이룰 수 없었고, 마거릿과 함께 저녁시간을 보내려면 모든 에너지가 다 필요했다. 잘 먹을 수도 없어서 체중이 줄기 시작했다.

*

뉴욕에서는, 팸이 창밖으로 하늘이 변하는 것을 두려운 마음으로 쳐다보고 있었다. 그것은 새벽 같은 기이한 모습으로 시작되었지만, 시간은 오전 열한시였다. 두 시간 뒤에 하늘은 기묘한 오렌지색이 되었고, 팸에게는 외계인이 침공하려는 것처럼 보였다. 그녀는 사흘 동안 바깥에 나가지 않았다. 이 현상은 캐나다의 숲에서 일어난 산불이 날려보낸 잔해 때

440

문이었고, 사람들은 가급적 밖으로 나가지 말라는 경고를 받았다. 창문이 모두 꼭 닫혀 있는데도 이상한 냄새가 집안으로 흘러들어왔다.

팸은 몇 번 눈을 감고 이 생각을 했다. 오, 이 불쌍한 지구!

공상 세계에서나 보일 법한 현상이 일어난 다음날에, 그녀는 문의 자물쇠가 돌아가는 소리에 깜짝 놀라 카우치에서 일어섰다. 남편이 그녀를 부르는 소리가 들렸다. "팸?"

"테드!" 팸이 그에게 빠르게 걸어갔고, 그는 괜찮아 보이지 않았다. 옷이 잘 맞지 않는 것 같았고, 머리도 빗지 않았다. 게다가 눈 밑은 불룩하게 처져 있었다. 팸이 말했다. "이리 와서 앉아. 무슨 일 있었어? 괜찮아? 여긴 어떻게 왔어? 직접 차를 몰았어?"

"내가 운전해서 왔어." 그가 고개를 끄덕이고는 창가 구석자리에 놓인 유리 탁자 옆 의자에 앉았다.

"오, 저런. 차창은 닫고 왔겠지." 그녀가 카우치에 앉았다.

"그렇게 했어." 그가 그녀를 쳐다본 다음, 안경을 벗고 손으로 얼굴을 쓸었다.

팸은 뱃속이 울렁거리는 것 같았다. 그녀는 아무 말 없이 그를 지켜보았다.

그가 팔을 유리 탁자 위에 올린 채 몸을 앞으로 숙이고 말했다. "팸." 그가 그녀에게 보인 표정은 참담하고 절박한 것이었다. 전에는 한 번도 본 적 없는 모습이었다. "팸, 당신이 그리워." 그가 말했다.

하지만 팸은 여전히 말이 없었다.

"내 말 들었어? 당신이 그립다고 말했어, 팸. 내 아내가 그리워." 그가 작게, 슬프고 일그러진 미소를 지었다.

"오 맙소사." 팸은 이 말을 아주 조용하게 했고, 그가 들었는지도 잘 알 수 없었다.

그는 일어섰지만 곧바로 그녀에게 다가오지는 않았다. "혹시 만나는 사람이 있어?" 그는 부드럽게 물었다.

잠시 시간이 흘렀고, 그녀가 말했다. "나보고 만나는 사람이 있냐고? 나보고 만나는 사람이 있냐고 물었어? 당신이 다른 여자를 만나고 있잖아, 테드. 그 좆같은 멍청이 리디아 로빈스를! 맙소사, 테드!"

그는 그 자리에서 일어섰고, 그녀는 그렇게 슬픈 그의 얼굴을 한 번도 본 적이 없었다. 그가 말했다. "리디아 로빈스를 참을 수가 없어, 팸. 솔직히 그 여자를 못 참겠어."

"음, 그건 내가 들었던 소리하곤 다르네!" 그녀는 그와 결판을 낼 준비가 되어 있었다.

하지만 그가 탁자 앞에 앉아 울기 시작했다.

11

올리브 키터리지는 앉아서 루시가 오기를 기다리고 있었다. 뉴욕에 사는 올리브의 아들 크리스토퍼가 막 전화를 걸어와 평소와 달리 유난히 이야기를 많이 했는데, 루시가 열시에 오기로 되어 있어서 올리브는 계속 시계를 흘끔거렸다. 아들의 말이 길어지자 그녀는 불안해졌다—아들에게 끊어야겠다고 말하는 것은 그다지 좋은 방법이 아니었는데, 언제 다시 아들과 통화하게 되어도 아들이 이렇게 이야기를 많이 하지는 않을 것이기 때문이었다. 마침내 아들이 이야기를 마무리하자 그녀는 이렇게 말했다. "그래, 크리스, 이렇게 이야기해서 좋았다." 그러자 아들이 "저도요, 엄마" 하고 말했고,

올리브는 그 말이 듣기 좋았다.

그리고 지금 그녀는 앉아서 기다리고 있었다. 루시는 늘 일찍 나타났지만 오늘은 오 분 늦어서, 마침내 문을 두드리는 소리가 나자 올리브는 눈알을 굴렸다.

"들어와요!" 올리브가 소리쳤고, 루시가 파란색과 흰색의 줄무늬 원피스를 입은 모습으로 들어왔다. 그 천을 보자 올리브는 남편 헨리가 오래전에 입었던 시어서커 천으로 만든 슈트가 떠올랐다. 원피스를 입은 루시는 예뻐 보였다. 길이가 거의 발목까지 내려오고 허리 쪽에 주름이 살짝 잡힌 형태였다. 그리고 녹색 운동화를 신고 있었다. 그건 파란색과 어울리지 않아서 아쉬웠다. "그거 좋네요." 올리브가 자신의 몸 앞을 손으로 슥 훑어 루시의 원피스를 가리키며 말했다.

"그래요? 정말로요? 지난주에 록랜드에 가서 샀어요. 이걸 사느라 돈을 많이 썼어요." 루시가 작은 카우치에 앉으며 말했다.

"아무렴 그랬겠네요." 올리브가 말했다.

"그런데 지금은 그만한 가치는 없었다고 생각해요."

올리브가 말했다. "좋아 보여요. 내가 좋다고 했잖아요. 자, 이제 당신 이야기를 들어봅시다."

"좋아요." 루시가 카우치 위 자기 옆에 새 가방을—적어도 올리브는 전에 본 적이 없는 것이었다—내려놓았다. 가방은 두 개의 긴 가죽끈이 달린 푸른색 캔버스 천으로 된 것이었다. 올리브는 그 가방도 좋다고 거의 말할 뻔했지만, 누군가를 지나치게 칭찬하는 건 자신의 성향과 맞지 않는다는 생각이 들었다. 그래서 가만히 있었다.

루시는 선글라스를 접어 파란색 가방 안에 넣은 다음 뒤로 기대앉으며 말했다. "좋아요. 내 이야기는 이거예요. 이 이야기를 어떻게 이해해야 할지 잘 모르겠어요. 바로 시작할게요. 기록되지 않은 삶에 대한 또하나의 **이야기예요**. 하지만 그 이상은—나도 모르겠어요."

올리브는 그냥 시작하라는 의미로 손을 저었다.

"그러니까." 루시는 두 손을 포개 무릎 위에 올렸다. 그리고 다리를 꼬고 몸을 아주 살짝 앞으로 숙이며 말했다. "그 여자애—음, 여자라고 해야 하나, 하지만 당시에는 애들이었으니까—그애하고 나는 같은 대학에 다녔어요. 이름은 애디 빌이었고, 나보다 두 살 아래였어요. 외동이었는데, 그애 어머니가 애디를 가졌을 때 열여섯 살이었어요. 그러니까 두 사람은 거의 자매 같았어요. 두 사람이 서로를 사랑하고 챙겨주었다는 말이에요. 어머니가 특히 그랬는데, 이름은 린지였고, 애디를 그냥 **너무 사랑했어요**." 루시가 얼굴에 흘러내린 머리카락 몇 가닥을 쓸어넘겼다.

루시가 올리브를 보면서 눈썹을 치키고 말을 이었다. "그러니까 지독히 세속적인 사람들의 표현을 쓰자면, 애디는 출신이 변변찮았어요."

"어떤 의미로요?" 올리브가 물었다.

"돈에 관한 거죠. 거기다 어머니는 교육을 제대로 받지 못했고요. 그러니까 애디를 낳으면서 고등학교도 마치지 못했어요. 그래서 비서로 일했고, 정말로 쪼들린 생활을 했어요. 애디는 나처럼 전액 장학금을 받고 대학에 다녔어요. 그래서 그 사실 때문에 우리 사이에 대번에 연대감 같은 게 생긴 거였어요. 비록—내 생각엔, 어쨌거나, 지금은 잘 모르겠지만, 돌이켜보면—내 친구들 대부분은 내가 극단적인 환경에서 자란 걸 알아차리지 못했던 것 같지만요.

하지만 애디는 예쁘고, 얼굴에서 반짝거리는 광채가 흘렀어요. 연극학과에 다녔는데, 당연히 순진한 배역들을 모조리 맡았죠."

"그 여자는 어디 출신이었나요?" 올리브는 알고 싶었다.

그러자 루시가 한 손을 들어올리고 말했다. "바로 그거예요. 그애는 메인 출신이었어요."

"메인? 빌은 메인에서 흔한 성 중 하나예요. 메인 어디요?" 올리브가 물었다.

루시는 약간 어리둥절한 듯했다. "오, 잘 모르겠어요."

올리브는 루시가 메인주 전체를 하나의 큰 장소로 볼 뿐 구체적으로 어디인지는 중요하게 여기지 않는다는 사실에 짜증이 났다. 음, 루시가 각기 다른 지역에 대해 알 리가 없지만, 그래도 짜증이 났다. "계속해요." 올리브가 말했다.

"하지만 그애가 장학금을 받게 되자 어머니는 일리노이주로 이사해서 우리 학교에서 몇 타운 떨어진 어딘가에 작은 아파트를 빌렸어요. 그 타운은 내가 자란 앰개시와 다르지 않은 슬픈 곳이었죠. 하지만 애디는 두 주에 한 번씩 어머니를 보러 갔고, 이따금 나도 같이 갔어요."

"거기까진 어떻게 갔어요? 그 어머니에게 차가 있었어요?"

루시가 올리브를 찬찬히 바라보았다. "아니요, 우리는 버스를 탔어요. 그레이하운드 버스. 그걸 타고 갔다가 돌아왔죠. 그리고 나는 내 집에는 **전혀** 가지 않았기 때문에 한번은 그 집에 가서 그들과 함께 새해 전야를 보낸 적도 있었어요. 물론 내 부모님은 술은 입에도 대지 않았고 새해 전야도 축하하지 않았으니까, 생소한 일이었죠—"

"별것도 아닌 명절이니까요." 올리브가 끼어들었고, 루시가 네, 맞아요, 하고 말했다.

그리고 루시가 말을 이었다. "그래서 린지와 애디는 샴페인 잔으로 맥주를 마셨어요. 오, 그들은 멋진 시간을 보냈어요. 거긴 정말로 작고 아담한 아파트였는데, 그들은 그곳을 사랑하는 것 같았어요." 루시가 시선을 돌려 창밖을 응시했지만, 정말로 바깥을 보는 것 같지는 않았다. 마치 어디 먼 곳에 가 있는 듯했다. "지금 생각하면 흥미로운데, 그들은 가진 게 거의 없었지만, 그들에겐 서로가 있었고 그거면 충분한 듯했어요." 그녀가 다시 올리브를 보았다. "아파트는 어두웠어요. 린지는 카우치에서 잠을 자고, 애디는 작은 침실을 썼어요."

"린지도 애디처럼 예뻤어요?" 올리브가 발목을 꼬고 다시 편안히 앉았다.

"매력적이었다고 말하겠어요. 갈색의 큰 눈에 완벽히 매력적이었어요. 하지만 애디처럼 예쁘진 않았어요." 루시가 어깨를 으쓱하고는 말했다. "그리고 이런 일이 있었어요. 어느 날 내가 거기 갔을 때였는데, 처음 갔던 몇 번 중 한 번이었을 거예요. 처음 **갔던** 때 같기도 하고요. 애디가 작은 침실로 가더니 뭔가를 한아름 들고 왔어요—그러니까 정말로 **엄청**나게 많은 스크랩북을 가져왔어요. 그리고 그 스크랩북 안에는 애디가 두 살도 채 되지 않았을 때부터 모아온 애디에 대한 신문기사가 정리되어 있었어요. 애디는 미스 메이플트리, 미스 준 버그, 미스 목시였고, 오, 정말이지 대회란 대회는 모조리 휩쓸었어요. 사진을 쭉 보는데, 애디가 봉을 들고 작은 부츠를 신은 사진도 있었고, 메인의 어느 대학에서 마스코트로 활동한 사진도 있었어요—잘 모르겠지만, 밴드부가 있었으니까 종합대학이었을 수도 있겠네요. 아무튼—이 어마어마한 분량의 스크랩북에는 애디가 해온 모든 것이 담겨 있었어요. 그리고 내가 하나씩 쳐다볼 때마다 린지는 아주 행복한 표정으로 바라보았어요. 애디도 그걸 보여주면서 아주 흥분한 것 같았고요."

루시가 말을 멈추었다. 그리고 말했다. "자, 이게 다예요."

"그것 말고는 없어요?" 올리브가 물었다. 그녀는 이것이 기차에서 만난 남자 이야기보다 훨씬 좋다고 생각했다.

"오, 한번은 애디가 여성잡지에 실린 퀴즈를 읽어줬어요. 애디와 그애의 어머니가 그런 잡지들을 갖고 있었는데, 나는 한 번도 본 적 없는 잡지였어요. 그러니까 내 어머니는 그런 잡지를 한 권도 갖고 있지 않았어요. 하지만 일부 여성잡지에 그런 퀴즈가 있었고, 애디는 다리를 카우치 위에 올리고 앉아 아주 흥분해서 말했어요. '루시, 네가 이 퀴즈를 풀어보면 좋을 것 같아.'"

루시가 손을 들었다. "잠깐만요. 내용을 하나 빼먹었어요."

"이야기해줘요." 올리브가 면 조끼를 여몄다.

"내 생일이나 뭔가 그런 날 즈음이었을 거예요. 애디가 내게 선물을 주고 얼마 안 지나서 이 퀴즈를 풀어보라고 한 거였거든요. 그러니까 바로 당일에 그 아파트에서요. 선물은 그애가 뜨개질한 뭔가였는데, 기억도 잘 안 나네요. 둥글고 무늬가 있는 뭔가였고, 난 좀 어리둥절했어요. 하지만 내가 그걸 풀어보는 걸 지켜보면서 그애가 너무 행복해하길래 좀 호들갑스럽게 반응했어요. 오, 이거 정말 마음에 든다, 진짜 좋다. 그런 식으로요."

"아, 뭐. 계속해봐요." 올리브가 말했다.

"그러다 어느 순간 그애가 퀴즈를 풀어보라고 했어요. 질문을 읽어주면 내가 답하는 식이었죠. 심지어 퀴즈의 요점도 기억이 안 나네요. 그냥 이것만 기억나요. 질문 하나가 이런 거였어요. 친구가 선물을 주었는데 마음에 들지 않는다. (a) 고맙지만 이건 내 취향은 아니야. (b) 오 이거 좋은데, 내 여동생에게 줘야겠어. (c) 이거 정말 너무 좋다, 오 고마워.

당연히 그게 내가 방금 한 반응이었죠. 그래서 c라고 대답했어요. 그리고 애디는 계속해나갔어요. 내가 방금 한 반응이 그거였다는 것도 알아차리지 못한 것 같았어요. 그리고 내 점수를 합산했어요. 애디가 아주 행복해하고 흥분했던 것 말고 그 나머지는 기억이 안 나네요."

루시가 말을 멈추었고, 잠시 뒤에 올리브가 말했다. "그게 다예요?"

루시가 올리브를 빠르게 쳐다보았다. "아니에요. 오, 아니에요. 더 있어요."

"음, 들어봅시다."

"좋아요." 루시는 그 말을 하면서 아래를 내려다보고 원피스 가운데 부분을 잡아올렸다. "이 원피스 정말로 괜찮아요?"

올리브가 말했다. "이미 그렇다고 했잖아요. 그걸 보니 헨리가 옛날에 입었던 시어서커 천으로 만든 슈트가 생각나요."

루시가 말했다. "그리고 애디에게 아버지가 있었어요."

"사진에 아버지가 있었다는 말은 하지 않았잖아요."

"음, 그는 사진에 없었어요. 내가 그애를 알았던 당시에는 없었어요. 하지만 알코올중독인 아버지가 있었고, 어머니—린지—는 오, 오래전에 그와 이혼했어요. 애디가 꼬마였을 때는 아버지 집에 가서 주말을 보내곤 했대요. 그애가 그 이야기를 많이 하지는 않았어요. 하지만 심지어 내가 그애를 알았을 때도 아버지는 여전히 애디에게 편지를 보내고 있었어요. 그애가 한번은 아버지가 보낸 편지를 읽어주었는데, '내 목숨을 끊고 싶지만, 담력이 부족하구나'라고 적혀 있었어요." 루시는 입술 안쪽을 깨물고는 다시 말했다. "그때 그 표현을 처음 들었어요. 담력."

올리브는 그저 그녀를 가만히 쳐다보았다.

"어쨌거나." 루시가 손을 들어올렸다가 다시 무릎 위로 툭 떨어뜨렸다. "두 개가 더 있어요. 아니, 세 개."

"좋아요." 올리브가 말했다. 그녀는 이 이야기가 흥미로웠다.

"첫번째는 애디가, 이건 내가 졸업할 무렵에 확실히 알게 된 건데, 그애 역시 알코올중독이었다는 사실이에요. 그애는 파티에서 정말로 취했고, 아주 천천히 이런 생각이 들기 시작했어요. 이애는 정말로 술을 많이 마시는구나. 나중에야 그애가 아마 그때 이미 알코올중독이었으리란 걸 깨달았죠. 그리고 이 이야기가 있어요. 그애는 **모두**와 잤어요. 한번은 어떤 남자의 집에서 나오는 걸 봤는데—"

올리브가 말을 막았다. "루시, 나는 이 여자가 아무하고나 잔 이야기는 듣지 않아도 돼요. 듣고 싶지 않아요."

루시는 놀란 듯했다. "좋아요, 하지만 그애가 한번은 매독에 걸려서 입에 물집이 생겼는데—"

올리브가 손을 들었다. "요점은 알겠어요. 자, 이야기가 세 개라고 했는데, 지금까지 두 개만 해줬어요. 세번째는 뭔가요?"

"좋아요." 루시는 머리를 격하게 끄덕였다. "이거예요. 대학 근처 골목길을 쭉 걸어가면 운세를 봐주는 여자가 있었어요. 애디가 그 여자를 찾아갔어요. 2학년 때였을 텐데, 그 여자를 찾아갔다가 그뒤에 나를 보러 왔는데, 흥분해서 눈빛이 반짝거렸어요. 그 여자가 애디에게 젊은 나이에 죽을 거라고 말해줬다는 거예요. 그리고 어쨌거나—젊었을 때 흔히 그러듯—애디는 그게 낭만적이라고 생각했던 것 같아요. 그 말 때문에 정말로 흥분해 있었거든요. 계속해서 '루시, 너도 그 여자를 찾아가봐야 해!' 하고 말했어요. 나는 절대로 안 간다고 말해줬죠."

"그래서 애디는 젊은 나이에 죽었나요?"

"네." 루시가 천천히 고개를 끄덕인 뒤 창밖을 내다보았다. "내 생각엔 대학에 다닐 때 그애는 자기가 정말로 중요한 사람이라고 느꼈던 것 같아요. 그러니까, 사람들이 그애를 좋아했고, 앞서 말했듯 연극학과에서 올린 모든 공연에서 주연을 맡았으니까요. 그애는 자기 삶에 대해 너무 흥분하고—또 취해 있었던 것 같아요. 삶의 에너지로 **충만했죠.**"

올리브가 앉은 채 자세를 바로잡았다. "그래서 언제 죽었어요?"

"서른 살쯤에요. 대학을 졸업한 뒤에 그애의 삶은 어디로도 흘러가지 않았어요. 그 지역 몰에서 옷을 파는 일을 했고 거기 시설관리자와 결혼했지만, 그 결혼은 몇 년 안 가서 끝났어요. 그다음엔 어머니와 함께 살았고요. 여전히 일리노이주 그 작은 아파트에서요."

"뭣 때문에 죽었어요?"

"암 같은 거였어요. 당시에는 서로 연락하지 않고 지냈어요. 그애는 장례식을 원하지 않았고, 그애 어머니는 신문에 정말로 길고 애정이 가득 담긴 부고를 실었어요. 그 부고에 애디가 장례식을 원하지 않는다고 되어 있었고요. 그래서 나는 아마 애디가 미친 걸 거라고 생각했어요. 그러니까 누가 그렇지 않겠어요. 하지만 린지는 모든 의사가 애디를 사랑했다고 썼어요. 그건 정말로 최악이었어요."

"아, 뭐. 그랬을 것 같네요." 올리브가 말했다.

루시는 손가락을 내밀고 천천히 흔들었다. 루시가 말했다. "여러 해가 지나서야 그애가 아버지에게 성적 학대를 당했을지도 모르겠다는 걸 깨달았어요. 어느 밤 그애가 취해서는 아버지에 대해 뭔가 말했는데ㅡ정확히 기억나진 않지만ㅡ

어렸을 때 아버지가 그애에게 립스틱을 발라줬다 뭐 그런 말이었어요."

두 사람은 한동안 말이 없었고, 이윽고 올리브가 말했다. "다이애나 비치의 경우와 같군요."

"맞아요." 그리고 루시가 덧붙였다. "다이애나가 조숙했는지는 모르지만, 그 일이 그녀를 완전히 망쳐놓았다는 건 알죠."

"아무렴요."

루시가 몸을 앞으로 숙였다. "하지만 올리브, 내 질문은 이거예요. 자, 그래서 애디의 삶은 기록되지 않은 또하나의 삶이지만, 그 삶의 핵심은 뭐였죠? 그애 삶의 핵심은 뭐였을까요, 올리브?"

올리브는 뒤로 기대앉은 채 루시를 바라보았다. 루시는 고뇌로 가득차 보였다. "루시 바턴, 내게 그 젊은 여자의 삶의 핵심이 뭔지 묻는 거예요? 누군가의 삶의 핵심이란 게 뭐죠?"

루시가 그녀를 쳐다보았다. "음. 네. 누군가의 삶의 핵심이란 게 **뭘까요**?"

"나는 당신이 신을 믿는 줄 알았어요." 올리브가 말했다.

루시가 고개를 천천히 가로저었다. "나는 신을 믿는다고 말한 적이 결코 없어요. 나를 택시에서 '신의 축복을 빌어요'라고 말한 남자와 혼동했나봐요. 어쨌거나 나는 신을 믿지 않아요. 구름 속에 앉아 있는 아버지의 형상 같은 건 믿지 않지만, 내가 믿는다고 할 수 있는 게 있다면―아니, 이건 믿는데―우리보다 뭔가 더 큰 것이 있다는 거예요. 하지만 그게 그 질문에 대한 도움은 되지 않았어요. 누군가의 삶의 핵심이 무엇인가, 그 질문에는요."

올리브는 그것에 대해 생각했다. "음, 헨리와 나는 우리 삶의 핵심이 열심히 일하고 사람들을 돕는 거라고 믿었어요. 그래서 그렇게 했고요." 올리브가 한쪽 발을 위아래로 흔들기 시작했고, 창밖을 내다보았다.

루시가 말했다. "다이애나 비치는 아주 훌륭한 진로 상담 교사였을 거예요. 많은 아이들에게 도움을 줬어요. 그러니까 자기 삶에서 핵심이 있었을 거예요. 하지만 애디에게 삶의 핵심은 뭐였죠?"

올리브가 눈을 가느스름히 뜨고 루시를 쳐다보았다. "루시. 우울해요?" 그것은 올리브에게 방금 떠오른 생각이었다.

루시는 놀란 듯 보였고, 이어 말했다. "네. 그런 것 같아요."

"이유는요?"

루시가 어깨를 으쓱했다.

"당신 친구 밥은 어때요?" 올리브가 물었고, 루시의 얼굴이 발그레해지는 것을 보았다. 그것이 올리브가 봤다고 생각한 것이었다.

"최근에는 자주 만나지 못했어요. 정말로 바쁜가봐요."

"뭘 하느라고 바빠요?" 올리브가 물었다.

"잘 모르겠어요. 아마 매트 비치를 도와주느라 그렇겠죠."

"아, 뭐." 올리브는 그렇게만 말했다.

*

밥은 열흘 전, 루시를 만나고 그다음날에 머리를 커트했다.

매트가 그에게 머리를 커트하라고 말했고, 짐도, 마거릿도 같은 말을 했다. 그래서 밥은 동네 이발소로 갔고—눈부시게 화창한 날이었다—그날은 마침 평소 밥의 머리를 커트해주던 남자가 없었다. 그래서 처음 보는 길고 짙은 색깔 머리를 한 젊은 여자가 그의 어깨에 작은 보를 휙 둘러준 뒤 양 입술을 꾹 붙이고 매우 집중하여 그의 머리카락을 잘라주었

다. 그녀에게 뭔가 냄새가 났는데, 밥은 살충제 냄새 같다고
생각했다. "이야기를 즐기는 편이 아닌가봐요?" 한번은 그녀
가 그렇게 물었고, 그는 아니라고, 미안하다고, 피곤해서 그
렇다고 말했다. "오, 괜찮아요." 그녀가 유쾌하게 말하고는
고개를 휙 젖혀 긴 머리를 뒤로 보낸 다음 그의 머리카락을
자르기 시작했다. 밥은 눈을 감았다. 영원히 끝나지 않을 것
처럼 긴 시간이 흘렀다.

눈을 떴을 때, 그는 죽고 싶었다. 정말로 거의 죽고 싶었다.
머리 길이가 너무 짧았다. 노인의 얼굴을 한 뚱뚱한 열두 살
남자아이처럼 보였다. 정말로 소름이 끼쳤다. 그는 돈을 지
불하고 팁을 준 다음 고맙다고 말하고는 부리나케 그곳을 빠
져나왔다. 완전히 패닉 상태였다. 그는 차에 타고 운전해 집
으로 돌아간 다음 곧장 침실 거울 앞으로 갔는데 자신이 본
것을 믿을 수 없었다.

집에 돌아온 마거릿이 "밥, 무슨 일 있었어?" 하고 물었다.
그러니 그것이 현실이었다. 그는 바보처럼 보였다.

그리고 그는 이런 모습으로 루시를 만날 수는 없었다. 그
는 (좀 뚱뚱한) 노인의 머리에 열두 살짜리 아이 얼굴을 한
자기 모습을 보고 또 보았다. 루시에게 왜 그녀를 만나기 너

무 창피한지 그 이유를 말할 수는 없었고, 그녀가 산책하러 가자는 문자를 보내왔을 때 너무 바쁘다고만 써서 보냈다. "모자를 써봐." 마거릿이 제안했다. 밥은 겨울에 양모 모자 말고는 써본 적이 없었고, 야구 모자를 사와서 써보았는데 더욱 멍청하게 보이는 것 같았다. 마거릿이 말했다. "머리카락은 곧 자랄 거야, 밥. 걱정하지 마."

*

매트가 밥에게 그림을 계속 그려야 하니 와달라고 했을 때 밥은 "머리카락을 잘랐는데 똥멍청이처럼 보여요" 하고 말했다.

"어쨌거나 와요." 매트가 말했다.

밥이 나타났을 때 매트가 그를 보고 말했다. "이런." 그리고 매트가 말했다. "2층으로 올라가요. 몸을 그릴게요."

그래서 밥은 올라가 매트를 위해 자세를 잡고 앉았다. "그냥 알고 있으면 좋을 것 같아서, 생각하는 것만큼 나쁘진 않아요." 매트가 목탄 연필을 잡으면서 이렇게 말했다.

"아니, 나빠요." 밥이 말했다.

"하지만 그렇지 않아요." 매트가 손으로는 그림을 그리면서 흘끗 올려다보았다. "이유가 뭔지 알아요? 당신은 여전히 밥 버지스니까요. 누구도 그 사실은 뺏어갈 수 없어요."

밥은 한 시간 동안 그곳에 앉아 있었고, 매트가 방금 한 말에 대해 생각했다.

밥은 떠나기 전에 식사실을 지나갔고, 매트가 따라왔다. 매트가 앉았고, 밥이 그의 맞은편에 앉았다. "어떻게 지내고 있어요?" 밥이 물었다.

"그럭저럭요." 매트는 그걸 나타내려고 손을 내밀어 약간 흔들었다. "편지를 보내온 여자들 중 한 명이 아주 괜찮은 사람 같았어요. 전화로 몇 번 대화를 나눴는데, 자기 사진을 보내왔어요. 같이 식사하고 싶대요."

"그러면 해요." 밥이 한쪽 어깨를 으쓱했다.

"밥. 혹시 내가 어떤 사람인지에 **조금이라도** 관심을 가져본 적 있어요? 나는 여자하고 **어떻게** 식사해야 하는지 몰라요." 매트의 얼굴에 고민이 가득해 보였다.

그 순간 밥에게 한 가지 생각이 떠올랐다. "들어봐요." 그가 말했다. 그리고 탁자 위에서 두 손을 모아 잡았다. "그녀에게 시간이 좀더 필요하다고, 여전히 이 일을 극복하는 중이라고 말해요. 그리고 그사이 캐서린 캐스키를 찾아가요.

그녀는 타운에서 사회복지사로 일하고 있는데, 장담하건대 그녀가 당신을 도와줄 수 있을 거예요.”

매트는 놀란 것 같았다. “나를 정신과의사에게 보내려는 건가요?”

“잠깐. 캐서린 캐스키의 이야기를 들어봐요.” 밥이 말했다. 그리고 거기 앉아 매트에게 그 일 전부를, 아버지의 죽음과 어머니가 그를 뒷좌석에 태우고 캐스키 목사의 집으로 찾아간 것, 그리고 그가 포치에서 아버지와 함께 서 있던 작은 여자아이를 바라보고 또 바라본 것을 말했다. “그녀는 다정한 사람이에요.” 밥이 결론을 내렸다. “장담하는데, 그녀가 도와줄 수 있을 거예요.”

매트는 입을 조금 벌린 채 밥을 가만히 쳐다보았다. “그러니까—당신이 당신의 아버지를 죽였다고 생각했다고요?” 그는 이것을 아주 조용히 말했다.

“네, 하지만 그게 요점은 아니에요.”

“밥, 그건 아주 하드코어인데요.” 매트가 창문으로 시선을 돌렸다가, 마침내 다시 밥을 돌아보았다. “사건을 맡은 이유가 그거였어요? 당신은 내가 어머니를 죽였다고 생각했고, 당신 스스로는 아버지를 죽였다고 생각하면서 인생 대부분을 보내서요?”

밥의 얼굴이 밝아지며 기쁜 표정이 떠올랐다. "매슈 비치. 당신은 정말 영리하군요. 당신은 영리하고, 당신은 훌륭한 화가예요. 매트, 매트, 매트." 그가 손가락으로 매트를 가리켰다. "가서 캐서린 캐스키를 만나봐요."

"당신이 함께 가주면요."

"사무실 안까지 데려다줄게요. 거기까지만."

그래서 사흘 뒤에 밥은—캐서린 캐스키에게 먼저 전화한 뒤에—매트와 함께 계단을 올라가 그녀의 사무실로 찾아갔다. 매트는 칼라가 있는 셔츠와 세탁한 뒤 건조기에서 꺼내 여전히 쭈글쭈글한 청바지를 입고 나타났다. 그 모습에 밥은 죽을 만큼 당황스러웠다. 캐서린이 사무실 문을 열었고, 밥을 포옹하지는 않았지만(그녀가 그러지 않을 것을 그는 알았다), 두 남자를 맞는 그녀의 미소는 다정했다. "들어와요, 매트. 오, 들어와요. 만나서 아주 기뻐요."

밥이 그들을 떠날 때 매트는 죄를 지은 어린 학생처럼 그녀의 사무실로 들어갔다.

한 시간 뒤 밥은 매트의 전화를 받았다. "그녀는 굉장해요!" 매트가 말했다. "오, 그녀는 정말 좋았어요! 다음주에 두 번 더 가기로 했어요!”

*

　매트를 캐서린에게 보낸 일의 뭔가가 밥을 자극해, 그는
루시를 좀더 냉정한 태도로 그리워할 수 있게 되었다. 그래
서 밥은—무성한 덩굴로 뒤덮인 오래된 여관 옆에 서서 담
배를 피우면서—시간 날 때 전화해줘요, 하고 그녀에게 문
자 메시지를 보냈다. 오후의 중간이었다.

　그녀가 당장 전화를 걸어왔다.

　“밥, 나한테 **화났어요**?” 루시가 곧바로 말했다.

　“오, 맙소사. 아니에요.” 그가 잠시 말을 멈추었다가 말했
다. “이거 정말로 창피하네요, 루시. 하지만 아, 머리 커트를
했는데—” 밥이 담배를 든 손으로 얼굴과 머리를 쓸어내렸
다. “바보 같아 보여요. 아니, 정말로 그래요. 이런 모습으로
당신을 만나려니 너무 창피해서 말이죠. 당신에게 말한다는
것조차 창피한데, 내가 허영 있는 사람이 되는 것 같거든요.
당신이 내 이런 모습을 보는 걸 견딜 수 없으니 진짜 그런 것
같아요. 루시, 완전 **별로예요**.”

　“오, 밥.” 루시는 그것을—밥의 생각에는—조용히 이해하

며—이렇게 말했다. 그러더니 그녀가 웃음을 터뜨렸다. "웃어서 미안해요. 하지만 너무 마음이 놓여서요. 정말이지 당신이 나를 더이상 좋아하지 않는 줄 알았거든요."

"머리 때문이었어요, 루시. 창피해요."

"내 말을 들어봐요. 나는 당신이 어떤 모습이든 괜찮아요. 당신의 머리가 잘렸다고 해도 당신은 여전히—여전히 밥일 거예요."

그것이 밥을 놀라게 했다. 매트도 같은 말을 했기 때문이었다.

하지만 우리가 앞서 말했듯, 밥은 자신이 어떤 사람인지에 대한 감각이 거의 없었다. 실은 우리 다수가 그렇지만, 밥의 경우에는 특히 그랬다.

그리고 이틀 뒤 밥의 이마에 여드름이 났다. "마거릿, 이걸 믿을 수 없어." 그들이 침대에 누우려고 할 때 그녀가 눈을 가느스름히 뜨고 그를 쳐다보며 말했다. "머리카락이 조금이라도 자랐는지 보겠다고 자꾸 얼굴과 머리를 손으로 만져서 그런 것 같아. 그냥 짜버려." 그녀가 침대에 누우며 말했다. 그녀는 여름용 원피스 잠옷을 입고 있었는데, 흰색에 소매가 없고 면으로 된 것이었다.

그래서 밥은 욕실로 갔고, 아주 뜨거운 수건을 얼굴에 갖다댔다. 여드름이 터져나왔다. 하지만 아침에 보니 그전의 모습과 다르지 않았다. 고름이 터진 여드름이었다.

12

루시는 울타리 옆에 있는 그를 보자 웃음을 터뜨렸다. 밥은 얼굴이 뜨겁게 달아오르는 것을 느꼈다. "밥!" 루시가 그를 보고 말했다. "오, 밥, 얼굴이 빨개졌는데요."

"내 모습이 끔찍해요." 밥이 말했다.

그들은 걷기 시작했고, 루시가 말했다. "어린아이처럼 보여요. 당신이 어린아이 같진 않지만요."

"알아요. 노인의 얼굴을 한 열두 살짜리 아이처럼 보이죠." 밥이 말했다.

그녀가 그를 다시 쳐다보고는 "누가 신경쓴다고요, 밥" 하고 말했다.

　그러자 그의 얼굴이 서서히 식었다. 하지만 나중에 그의 마음에 남은 그녀의 이미지는, 그가 기대한 다정한 눈빛으로 그를 쳐다보지 않았다는 것이었다. 그리고 나중에 생각해보니, 같이 걸을 때 그녀가 그를 그다지 많이 쳐다보지도 않았던 것 같았다.

　이 점을 주목할 필요가 있다. 밥이 루시가 전남편 윌리엄에 대해 몇 년 전에 쓴 회고록을 읽었다는 것이다. 우리는 이미 이것을 언급했다. 그 책에서—루시가 어린 시절에 옆으로 재주넘기를 한 것에 대해 말했을 때—윌리엄이 그녀와 결혼한 것은 그녀가 기쁨으로 가득했기 때문이라고 루시에게 말했던 것을 밥이 기억했다는 사실을. 그리고 그런 환경에서 자랐는데 어떻게 그럴 수 있었는지?

　밥이 기억하지 **못한** 것은 그 책의 끝에서 윌리엄이 흰머리를 아주 짧게 자르고 콧수염은 밀어버린 채로 나타났다는 사실이었다. 루시는 윌리엄이 그녀에 대한 권위를 잃었다고 느꼈다. 우리 대부분이 책에서 읽은 것을 잊어버리지만, 밥이 그것을 기억했다면 아마도 루시를 만나는 데 동의하지 않았을 것이다. 하지만 그는 그것을 기억하지 못했고, 그래서 그들은 여기 함께 있었다.

6월 중순이었지만, 날이 이상하게 춥고 바람은 사나웠다. 그들이 걸을 때 바람은 살을 베어 물듯 매서웠다. 신록의 잎들이 바람에 마구 부대끼는 나무 아래를 지나가고 있는데도 꼭 가을날 같았다. 봄 코트를 입고 나온 루시는 계속 "너무 추워서 얼어붙을 것 같아요!" 하고 말했다.

"돌아갈까요?" 밥이 물었지만, 그녀는 고개를 가로저었다.

밥이 매트가 캐서린 캐스키를 찾아간 이야기를 할 때 루시는 귀기울여 들었고, 고개를 끄덕였다. "잘됐네요." 그는 매트가 그의 초상화를 그리고 있다고 말했고, 그러자 루시는 그를 흘끗 본 다음 "오, 멋진데요" 하고 말했다.

그리고 그녀는 올리브 키터리지를 찾아간 것과 올리브에게 애디 빌 이야기를 해준 것에 대해 말했다.

루시는 화강암 벤치 위 그의 옆에 앉았고, 그녀는 선글라스를 벗고서, 그가 담배에 불을 붙일 때 그의 다리를 쿡 찔렀다. 그는 그녀를 쳐다보고 그녀의 눈시울이 붉어진 것에 깜짝 놀랐다. 그녀가 천천히 말했다. "그러니까 밥, 궁금한 건 이거예요. 올리브와 내가 기록되지 않은 그 모든 삶에 대한 이야기를 나누고 있지만, 그게 무슨 의미가 있죠? 적어도 다이애나 비치는 좋은 진로 상담 교사가 됐어요. 하지만 여전히—난 모르겠어요. 요즘 이 모든 사람들에 대해, 심지어 우리가 알지도 못하는 사람들에 대해 계속 생각해봐요. 그들의 삶 역시 기록되지 않았어요. 하지만 누구의 삶이든 무슨 의미가 있는 걸까요?" 그녀가 덧붙였다. "웃지는 말고요."

그는 들이마신 연기가 목구멍에 걸려 기침을 했다—심하게. 그가 일어섰다. 그는 연거푸 기침을 하면서 그녀를 돌아보았다. 기침이 끝나자 그가 말했다. "누구의 삶이든 무슨 의미가 있냐고 내게 물어본 건가요?"

그녀가 고개를 끄덕였다.

"루시."

"네?" 그녀가 눈을 가느스름히 뜨고 그를 올려다보았다.

"당신은 열 살 아이인가요?" 그는 생각해보지도 않고 이렇게 말했고(왜 그렇게 말했을까?) 그녀가 그 말에 얻어맞은 듯 놀란 것을 보았다.

"아마도." 그녀가 아래를 내려다보고, 이어 그를 올려다보았다. "나는 늘 나를 다섯 살 정도로 생각했어요." 그녀가 덧붙였지만, 다정한 투는 아니었다. "당신은 열두 살로 보이고요."

그 말을 이해하는 데 잠시 시간이 걸렸고, 그는 그녀의 말이 근거 없이 비열하다고 생각했다. 하지만 자신이 먼저 그녀의 기분을 상하게 한 것을 알고 있었다.

그는 그녀 위로 허공을 쳐다보고 이어서 그녀를 보았다. "사랑은 어때요? 삶은 사랑에 관한 게 아닌가요?" 그가 잠시 담배를 피웠고, 이어 덧붙였다. "당신의 그 모든 걱정에도 불구하고 애디에게는 자신을 사랑해주는 어머니가 있었어요. 나머지 인생이 엉망이었더라도 그녀에겐 그게 있었어요. 나라면 그녀의 삶이 아무 의미가 없었다고 단정짓진 않겠어요."

루시가 일어서서 다시 선글라스를 썼다. 바람에 그녀의 몸이 바들바들 떨렸다. "솔제니친은 삶의 핵심이 영혼의 성숙이라고 말했어요. 오, 애디에게는 영혼이 성숙할 시간이 없었어요. 자, 그만 됐어요. 이제 돌아갈까요?"

그는 담배를 바닥에 떨어뜨린 뒤 발로 비벼 끄고 그 자리에 두었다—전에는 한 번도 그런 적이 없었다. "그러죠." 그가 말했고, 그들은 걸었다. "지금 우크라이나the Ukraine에서 폭격으로 죽어가는 그 모든 사람은요? 그들의 삶은 어떤 의미가 있죠?" 그가 이것을 호전적으로 물었다.

그녀가 그를 쳐다보지 않고 대답했다. "그냥 우크라이나Ukraine예요. 밥, 맙소사. the는 빼고요."* 그러자 밥은 다시 얼굴이 뜨거워지는 것을 느꼈다.

"알겠어요. 그럼 우리가 지금 대화를 나누는 동안 우크라이나에서 폭격으로 죽어가는 그 사람들은요? 그들의 삶은 무슨 의미가 있죠? 내가 뉴욕에서 돌아올 때 포틀랜드 근처에서 본 그 사람들은요? 거기 고속도로변에서 텐트를 치고 사는 그 사람들은? 여기 이 타운에서 월마트 뒤 숲속에 사는 노숙자들은요? 그들은 어때요?"

루시가 말했다. "그만 됐다고 했잖아요!"

그는 자신이 그녀에게 모욕을 준 것을 이해했다. 그래서 그녀가 그에게 모욕을 되갚은 것이었다. 그는 사과하고 싶었지만 그러지 않았다. 밥이 상황을 완전히 인식하지 못한 채 서 있는 동안, 그의 내면에서 분노의 균열이 일어나 커지기 시작했다. 그들은 말없이 그들의 차가 있는 곳으로 걸어갔다. 하지만 주차장에 이르기 직전에 밥이 걸음을 멈추었고, 그녀도 따라 멈추었다. "루시." 그가 말했다. 그는 그 말을 다정하고 조용하게 했다.

"뭔데요?" 루시는 그 말을 다정하게도, 조용하게도 하지

---

* the Ukraine은 소련 때의 명칭으로 우크라이나를 하나의 독립된 국가가 아닌 지역으로 보는 의미가 될 수 있는 표현이다.

않았다. "뭔데요?" 그가 대답하지 않자 그녀가 물었다. 그녀가 선글라스를 다시 벗었고, 그는 얼마간 그녀의 눈시울이 붉어졌을 거라고 예상했지만 그렇지 않았다.

그가 두 팔을 들어올렸다가 다시 천천히 내렸다. "아무것도 아니에요." 그가 말했다.

그들은 다시 걸음을 옮겼고, 루시는 바람에 맞서 두 팔로 자기 몸을 끌어안았다. 그들이 주차장에 이르렀을 때 그녀는 자신의 차로 걸어가며 "나중에 봐요, 밥" 그렇게만 말했다.

방금 무슨 일이 일어난 거지?

집으로 차를 몰고 가면서 그는 그 대화에서 기억나는 것을 다시 떠올려보았다. 그는—자기 생각에는—그녀의 미성숙한 질문에 친절하게 반응하지 않았다. 그리고 그녀도 그에게 친절하지 않았다. 그는 그녀가 몇 주 전에 자신에게 오만함이 있다고 말한 것을 떠올렸고, 그도 이제 애디에 대한 그녀의 반응이 얼마간 오만하다는 생각이 들었다. 하지만 그 생각이 타당하지 않다는 것 또한 알고 있었다. 그럼에도 그의 내면에 만들어진 분노의 균열은 사라지지 않았다. 그리고 그것과 함께, 오랫동안 큰 짐을 지고 있었지만 더는 짊어지지 않아도 된다는 묘한 안도감이 찾아왔다.

*

그가 집에 돌아왔을 때 분노가 다시 조금 자랐고, 그의 안에서 더욱 커졌다. 그녀는 왜 삶의 의미에 대한 그런 어리석은 질문을 했는가? 그녀는 어린아이가 아니었고—마거릿이 말한 대로라면 그렇긴 했지만—이 세상에서 누가 삶의 의미를 알겠는가?

밥에게 자식이 있었다면 그 일을 청소년이 자유로워지기 위해 부모로부터 떨어져나오는 행위의 일종으로 인식할 수도 있었겠지만, 그에게는—우리가 알고 있듯이—자식이 없었고, 그는 청소년기에 어머니에게 늘 착한 아들이었다. 또한 루시는 그의 부모가 아니고, 그 또한 그녀의 부모가 아니었다. 하지만 그들의 관계가 밥에게 준 압박감은 그에게는 견디기 힘든 것으로 여겨졌다. 그러나 그것은 대체로 무의식적인 수준에서 일어났다. 그리고 우리가 앞서 말했듯, 밥은 성찰하는 유의 사람이 아니었다.

그날 밤 그는 가슴팍에는 마거릿의 머리가 놓여 있고 다리에는 그녀의 다리가 올려진 채 침대에 누워 있었다. "루시가 오늘 누구의 삶이든 그 의미가 뭔지를 알고 싶어했어."

마거릿이 고개를 움직여 그를 쳐다보고는 다시 그의 가슴팍에 내려놓았다. "음, 그건 작은 질문이 아닌데."

"바보 같은 질문이야."

"아니야, 그렇지 않아. 밥. 맙소사."

"나한텐 바보같이 느껴졌어. 미성숙한 질문 같았어."

"오, 음—그녀는 그냥 루시야."

"그녀는 다른 누군가, 무슨 러시아 사람 같았는데, 삶의 의미는 영혼의 성숙이라는 말을 인용하면서 대화를 끝냈어."

"오, 맞아. 이름이 뭐였더라, 아무튼 그가 그 말을 했어."

밥이 크게 한숨을 쉬고 말했다. "이 세상에서 불교의 승려나 이런 답을 통째로 건네받은 아주 종교적인 사람이 아니라면 누가 삶의 의미를 알겠어?"

마거릿이 가볍게 말했다. "밥, 그건 좀 공격적인데."

"음, 어쨌거나. 오늘 하루를 어떻게 보냈는지 더 말해줘."

"이미 말했어." 마거릿이 말하면서 고개를 돌려 그에게 미소를 지어 보였다. 그리고 마거릿이 말했다. "당신 생일 때 루시와 윌리엄을 초대할 생각이었는데, 그냥 우리끼리 조용히 보내는 건 어떨까, 우리 둘만?"

"그거 좋다." 밥이 말했다. 그의 생일까지 삼 주가 남아 있었다.

그가 고개를 숙여 아내에게 키스했다.

*

매트가 다음날 그에게 전화를 걸어와 말했다. "밥, 캐서린 캐스키 앞에서 울었어요. 창피해서 죽고 싶었어요."

밥이 말했다. "아니요, 내겐 그게 건강하다는 표시로 들려요."

"그녀도 그렇게 말했어요. 어머니의 일기장을 가져가서 같이 읽었어요. 그러다 울음이 터졌어요."

"머리가 떨어져나갈 만큼 펑펑 울어요. 그게 정확히 그녀가 거기 있는 이유니까. 내 말을 믿어요. 그녀는 온갖 경우를 다 봤고, 나는 그녀가 당신을 좋아하리라 확신해요. 걱정하지 마요, 매트." 밥이 말했다.

"그녀를 사랑해요." 매트가 말했다.

그래서 밥은 그것 역시 건강한 거라고 말해주었다. "심리치료사와의 사이에서 늘 일어나는 일이에요."

"그래요?" 매트가 물었다.

"네. 완벽히 정상적이에요. 내가 계속 말하잖아요, 매트. 당신은 자신이 생각하는 것보다 훨씬 더 정상적이에요."

13

다음 삼 주 동안 밥과 루시는 서로 연락하지 않았다. 그는 그것에 놀랐지만, 먼저 손을 내밀지는 않았다. 사람들이 그런 상황에서 흔히 그러듯, 그는 이따금 그녀의 단점을 열거했다. 그녀는 아이였다. 잘 토라졌다. 그녀는 극성맞은 엄마였다. 딸들을 왜 그냥 내버려두지 못하는 거지? 그녀는 식료품점에서 알린 클리어리를 차갑게 대했다. 윌리엄의 딸 브리짓에게 친절한 모습을 보이지 않았다. 그것 말고도 더 있었다. 그의 감정은 오락가락했지만, 안도감이 느껴지는 걸 부인할 수 없었다. 그리고 서서히 동반자로서 마거릿의 존재를, 오랫동안 느껴온 것보다 더 즐기기 시작했다는 사실 또

한 부인할 수 없었다. 그와 마거릿은 저녁을 먹은 뒤에—이 제 늦은 저녁에도 햇살이 남아 있었다—이따금 드라이브를 하러 나갔고, 오랫동안 결혼생활을 해온 사람들의 친밀함으 로 대화를 나누었다. 날씨가 다시 풀리자 한번은 그녀가 도 시락을 쌌고, 그들은 몇 타운 떨어진 작은 만 옆에 있는 야외 의 공공 테이블에 앉았다. 그는 느긋한 기쁨이 가슴속에 퍼 지는 것을 느꼈다.

또다른 어느 저녁에는—햇살이 나무들 사이로 시냇물처 럼 흘러내릴 때—마거릿이 두 사람 다 기억하는 길가 트럭 에서 아이스크림을 사 먹자며 반시간 거리에 있는 타운으로 가자고 했다. 그들이 차에 올라타자 밥이 말했다. "오, 지갑 을 두고 왔네." 그러자 마거릿이 괜찮다고, 자기에게 돈이 있 다고 말했다. 한쪽에는 들판이, 반대쪽에는 만이 있는 좁은 도로를 지나갈 때 햇살은 나무들 사이로 비스듬히 비치고, 모든 것이 초록으로 찬란했다. 밥은 제한 없는 행복감을 느 꼈다. 그리고 그들이 아이스크림 가판대에 도착하자 거기에 '현금만 가능'이라는 안내판이 붙어 있었다. 마거릿에게 현 금이 없어서, 그들은 차를 더 몰아 현금인출기가 있는 주유 소로 갔다. 하지만 그녀는 차로 다시 돌아와 해맑게 "비밀번호가 기억이 안 나네" 하고 말했다.

밥이 느꼈던 행복감이 그를 떠났다.

그리고 다시 집으로 돌아가는데 구름이 몰려왔고, 타운에는 음산하고 황량한 분위기가 감도는 듯했다.

*

밥의 생일 하루 전에 윌리엄이 전화를 걸어왔다. "조언이 필요해요. 내일 전기차를 타보러 갈 건데, 같이 가주면 좋겠어요. 아는 사람 중에 전기차 구입에 대해 이야기를 나눌 수 있는 사람이 아무도 없군요."

"그러죠." 밥이 말했다. 그는 전기차에 대해서는 아무것도 몰랐다.

그가 나중에 마거릿과 일정을 확인하자 그녀는 "오, 괜찮아. 다섯시까지만 돌아와" 하고 말했다. 그리고 덧붙였다. "하지만 좋은 셔츠를 입고 가. 윌리엄보다 모자라 보이고 싶진 않겠지." 밥은 그 말이 좀 이상하게 들렸다.

그래서 다음날 오후에 윌리엄이 그들의 집 진입로로 들어왔고, 밥은 세 타운 떨어진 전기차 대리점까지 동행했다. 윌리엄은 차에 대한 전반적인 문제에는 그다지 말이 없었다.

밥은 가는 동안 윌리엄이 전기차가 왜 좋은지에 대해 이야기를 늘어놓을 거라고 생각했었다. 그들이 큰 다리를 건너가는데 그 아래로 물이 반짝거렸다. 그리고 그들은 온갖 자동차 대리점이 있는 곳으로 접어들었다.

전기차 구역에 들어갔을 때, 윌리엄이 주차장에 차를 대고 말했다. "루시에게 다시 결혼하자고 했는데, 그녀가 그러겠다고 했어요."

밥이 그를 쳐다보았다. 윌리엄이 선글라스를 쓰고 있어서 눈을 볼 수는 없었지만 진지하고 즐거운 목소리였다.

"당신이 결혼하자고 했다고요? 그녀가 그러겠다고 했고요?"

윌리엄이 잠시 밥 쪽으로 고개를 돌렸을 때, 열린 차창으로 불어온 바람에 윌리엄의 옆쪽 머리카락이 곤두섰다. "두 가지 질문 모두 '그렇다'예요. 그러니까, 우리는 늙어가고 있고, 우리가 다시 결혼하는 것에 무슨 문제가 있겠어요? 그렇게 하면 나도 더 좋을 테고요. 하지만 한동안 루시는 계속 싫다고 했어요. 그럴 이유가 없다면서." 그가 덧붙였다. "딸들을 다시 혼란스럽게 만들 거다, 그 비슷한 말을 했죠—팬데믹 동안 우리가 다시 합쳤을 때 딸들이 힘들어했거든요. 하지만 그때는 그때고, 지금은 지금이죠." 윌리엄이 한 손을 휜

머리카락 안으로 넣고 빗어내렸다. "이 나이에 내가 다시 그
녀를 두고 바람을 피우거나 그럴 것 같지도 않고요. 그런데
이틀 밤 전에 그녀가 말했어요. 해보자, 윌리엄." 윌리엄이
시동을 껐다.

밥이 차창 밖을 내다보았다. 묘하게 턱이 얼얼했다.

"잘됐네요, 윌리엄. 아주 잘됐어요." 밥이 그를 다시 돌아
보며 말했다.

윌리엄이 말했다. "당신에게 말해야 할 것 같았어요, 밥.
이 일이 나를 아주 행복하게 해주는군요. 루시를 아주 많이
사랑해요. 이제 당신에 대해 말해줘요. 그건 그렇고, 내가 기
생충 이야기를 너무 많이 한다는 걸 나도 알게 됐어요. 루시
가 말해주더군요. 미안해요."

"나는 그 이야기가 재미있었어요." 밥이 말했다.

윌리엄이 자동차 대리점 사람들과 이야기하는 내내, 그리
고 시운전을 하는 내내 밥의 마음은 혼란스러웠다. 루시가
윌리엄과 결혼하려는 것이다. 돌아오는 길에 윌리엄은 자신
의 이부누이에 대해, 그녀가 얼마나 좋은 사람인지 말했지만
밥은 집중하기가 어려웠다. "삶은 **좋은** 거예요, 밥." 윌리엄
이 말했다.

그들은 거의 다섯시 삼십분에 크로스비로 들어섰고, 윌리엄이 메인 스트리트를 지나 밥의 집에 다다랐을 때 밥은 길가에 평소보다 더 많은 차가 주차된 것을 보았다. 그리고 마거릿의 신자 두 명이 그의 집으로 서둘러 들어가는 것을 보았다. "오, 이런." 그가 조용히 말했다.

윌리엄이 진입로로 들어서면서 선글라스를 벗고 말했다. "무슨 일이죠?"

밥이 말했다. "나를 위한 깜짝 파티인가요?"

윌리엄이 한숨을 쉬었다. "맞아요. 이제 안으로 들어가 놀란 연기를 해요."

"나보고 안으로 들어가 놀란 연기를 하라고요?"

윌리엄이 그의 팔을 톡톡 쳤다. "그렇게 해요. 할 수 있어요. 그런 척해요. 그냥 그런 척해요."

*

밥은 방안으로 들어서자마자 루시의 존재를 느꼈다―그리고 저만치 안쪽에, 거실 계단의 첫번째 단에 루시가 서 있는 것을 보았다. 잠시 시선이 마주쳤다. 밥에게 그 순간은 평생 가장 깊은 친밀감을 느꼈던 순간 중 하나가 되었다. 그 시선 속에서 밥은 그녀의 괴로워하는 얼굴을 향해, 당신이 여기 왔군요, 중요한 건 오직 그거죠, 하고 말했고, 그녀의 시선은 밥, 내가 바로 여기 있어요, 그것에 대해선 걱정하지 마요, 하고 말했기 때문이었다. 그들의 시선에는 또한 종지부의 의미가 있었는데, 그는 그녀에게서 그것을 보았다. 그들이 지금까지 무엇을 함께 나누었건 그것이 끝은 아니라 해도 이제부터는 달라지리란 것을.

사람들로 가득한 방을 돌아보며 밥이 말했다. "우와! 이게 다 무슨 일이야?" 그가 마거릿을 포옹했고, 그녀는 "놀랐어?" 하고 말했다. 밥은 "이렇게 놀란 적이 없었어" 하고 말하며 자신의 집을 찾아온 모두에게 손을 흔들어주었고, 자신의 생일을 축하해주러 온 모든 사람, 짐과 수지, 그리고—오 감사하게도—게리 오헤어(수지와 손을 잡고 있었다!), 캐서린 캐스키와 그녀의 남편을 포함해 그가 아는 다른 많은 사람들을 보고 깊이 감동했다. 그는 그들 사이를 지나며 모두를 환영했고, 몇 명은 그가 인사를 건넬 때 그의 어깨에 손을 얹었다.

그리고 팸이 와 있었다! 그녀는 욕실에서—마스크를 쓰지 않은 채—나오다가 "보비!" 하고 말했다.

그는 그녀를 보자 아주 기뻤다. 그녀가 아주 좋아 보인다고 생각했고, 그렇게 말해주었다. 그리고 그가 말했다. "어떻게 되어가고 있어? 테드를 떠났어?"

"밥." 팸이 눈을 동그랗게 뜨고 그를 쳐다보았다. (그는 이따금 뉴욕의 늙은 여자들에게서 봤던 것처럼, 그녀의 한쪽 아이라이너가 원래 그어져야 할 자리보다 조금 높은 것을 보았다.) 그녀는 그를 향해 고개를 숙이고 조용히, 비밀스럽게 말했다. "밥, 헤어지자고 말했더니 그가 **울었어**. 가만히 앉아서 아기처럼 울었어. 밥!" 그녀가 몸을 다시 바로 세우고 그를 쳐다보았다.

"맙소사." 밥이 말했다.

"완전 **맙소사**지." 팸이 대답했다. 그는 그녀가 탄산수를 마시고 있는 것을 보았다.

"그래서 어떻게 하려고?" 밥이 물었다.

팸이 고개를 저었다. "전혀 모르겠어. 전혀. 하지만 솔직히, 떠나지 않을 것 같아. 막 부부 심리치료를 시작했어―이렇게 오랜 시간이 지나서."

밥은 주머니 안에 넣어둔 휴대전화의 진동을 느꼈고, 꺼내서 보니 매트의 전화였다. 그가 팸에게 말했다. "잠깐만. 정말 미안해―"

"그 매트야?" 팸이 밥의 전화기를 흘끗 보며 물었다. "받아, 밥."

그래서 밥은 복도로 나가서 받았다. "매트?"

"네. 오늘 어떤 일이 일어났는데 정말 말하고 싶어서요. 하지만 지금 생일파티중이라는 걸 알아요. 마거릿이 나도 초대했지만, 나는 가고 싶지 않았어요."

"그건 괜찮아요. 오늘 무슨 일이 있었는지 말해줘요." 밥이 말했고, 마침 그 순간에 밥은 모르는 한 여자가 다가와 "욕실이 어디죠?" 하고 물었다. 밥은 그녀가 나온 방향을 가리켰고, 그녀는 다시 안으로 들어갔다.

"놀랐어요?" 매트가 물었고, 밥이 말했다. "아니요, 하지만 놀란 척했어요."

"어색하네요." 매트가 말했다.

"오늘 무슨 일이 있었는지 말해줘요." 밥이 말했다.

매트에게 일어난 일은 그가 전에 언급한 그 여자, 그에게 다정한 편지를 보내온 그 여자에게 같이 저녁을 먹겠느냐고 물어본 것이었다. 그것도 내일.

"좋은 사람인 것 같다면 당신이 잃을 건 없는 것 같아요. 그녀를 검색해봤어요?"

"아니요, 좋은 생각이네요. 그래요, 이제 파티로 돌아가요, 밥. 곧 다시 이야기해요."

*

마거릿이 나이프를 잡고 유리잔을 댕 쳤고, 대번에 방안이 조용해졌다. 그녀가 모인 사람들을 둘러보며 모두 와줘서 고맙다고 말했다. 그리고 말했다. "내 남편, 오직 하나뿐인 밥 버지스를 위해 건배합니다. 세상에 밥 같은 사람은 아무도 없어요." 그녀가 밥을 돌아보며 말했다. "생일 축하해, 밥. 사랑해!" 그리고 그녀가 두 팔로 포옹하며 그에게 키스했다. 사람들이 말했다. "옳소, 옳소!" 그러자 밥이 자신의 잔을 들고 말했다. "모두 와주셔서 고맙습니다."

그런데 반시간 뒤에 윌리엄이 자기 잔을 나이프로 댕 쳤고, 사람들이 대화를 멈추었다. 그가 말했다. "발표할 게 있어요. 루시와 제가 다시 결혼할 겁니다!" 그가 손을 높이 들어올렸다. 사람들은 "오, 멋진데요" 같은 말을 해주었지만, 그 모든 것에 약간의 어색함이 감돌았다. 밥이 잔을 들고 말했다. "윌리엄과 루시를 위하여!" 그러자 몇 사람이 박수를 쳤다.

짐이 그에게 복도로 나오라고 손짓했고, 밥은 그렇게 했다. "그러니까 두 사람 이야기는 어떻게 된 거야?" 그가 루시가 서 있는 거실 쪽을 향해 고개를 까딱했다.

"더이상의 이야기는 없어."

짐이 그를 쳐다보았고, 밥은 형이 자신의 얼굴 전체를 유심히 뜯어보는 것을 느꼈다. "아마 네 머리 모양 때문일 거야." 짐이 말했다. 그러자 밥이 말했다. "솔직한 심정은, 마음이 놓여. 그리고 슬퍼. 이따금 엄청 슬퍼. 하지만 마음이 놓여."

"너만 괜찮다면야."

"나는 괜찮아." 밥이 말했다.

"네가 왜 그녀를 좋아했는지 알겠다. 루시는 겁먹은 토끼 같아 보여. 하지만 너하고 대화를 나눌 때는 **정말로** 귀를 기울이더라." 짐이 얼마 후 덧붙였다. "하지만 불륜은 너한테 어울리는 일이 아니야, 보비. 그랬다면 너는 죽을 만큼 괴로워했을걸. 네가 괜찮다니 다행이다."

"나는 **충분히** 괜찮아." 밥이 말했다. 그리고 짐이 말했다. "음—그래. 그녀가 방금 결혼을 발표했어. 그런데 네가 어떻게 괜찮을 수 있어?"

그러고는 짐이 주머니에서 봉투 하나를 꺼냈다. "요전날이 우편물을 받았어. 봐." 그가 봉투에서 편지를 꺼내 펼쳤고, 밥은 안경을 쓰고 읽었다. "아빠에게." 그리고 그 종이는 하단에 "사랑을 담아, 래리"라고 쓴 문장을 빼면 텅 비어 있었다.

"이보다 더 좋을 순 없군." 밥이 말했다.

"나도 그렇게 생각했어." 짐이 편지를 다시 주머니에 넣었다.

올리브 키터리지는 구석자리 의자에 앉아 지켜보고 있었다. 그녀는 마거릿이 밥을 위해 건배하는 것을 지켜보았고, 또한 윌리엄이 루시와의 결혼을 발표하는 것을 지켜보았다. 올리브는 지켜보고 또 지켜보았고, 이따금 누군가가 허리를 숙여 "안녕하세요" 하고 말하면 "안녕하세요, 누구시더라?" 하고 말했다. 대체로 마거릿의 신자 중 한 명이었다. 또 한 여자가 다가와 그녀에게 말을 걸었다. "밥의 첫 아내 팸이라고 해요." 그녀가 말하고 미소 띤 얼굴로 올리브를 내려다보았다.

"어디 살아요?" 올리브가 물었고, 여자가 말했다. "뉴욕에요."

"하는 일은?"

그러자 여자는 웃으면서 말했다. "아무것도 안 해요. 그냥 뉴욕에 사는 돈 많은 여자예요. 재수없게 들릴 수도 있고, 사실 좀 그렇긴 한데, 그게 제가 하는 일이에요."

"그렇군요." 올리브가 말하고 고개를 돌리자 여자는 그 자리를 떠났다.

하지만 올리브는 모두를 지켜보았다. 두 시간 동안 그 자리에 앉아 방안에 있는 모두를 관찰했다. 마거릿이 생일 케이크 한 조각을 들고 오자 올리브가 말했다. "고마워요." 그리고 케이크를 먹었다. 맛이 나쁘지 않아 한 조각 더 먹고 싶었지만, 마거릿은 다시 오지 않았다. 그래서 종이 접시를 자기 옆 바닥에 내려놓았다. 한 남자가 다가와 말했다. "안녕하세요, 짐 버지스입니다. 밥의 형이에요." 그가 손을 쑥 내밀었고, 올리브는 그 손을 잡아 시큰둥하게 흔들었다. "잘 지내시죠?" 그녀가 말했고, 그가 조금 웃으면서 말했다. "몹시 비참한 상태죠. 아내가 몇 달 전에 죽었고, 아들은 나를 좋아하지 않아요." 올리브는 고개를 들어 남자의 얼굴을 빤히 쳐다보았다. "아, 뭐." 그녀가 말했다. "음, 같은 신세로군요." 그녀는 그의 얼굴이 마음에 들었다. 그 얼굴에 개성이 있다고 생각했다. 하지만 그 순간 팸이란 여자가 짐의 어깨를 톡톡 쳤고, 그들은 함께 걸어갔다.

목소리가 들릴 만큼 밥과 가까워지자 올리브가 그를 불렀고, 그가 돌아보았다. 밝은 표정이었다. 그가 그녀에게 다가와 말했다. "네, 무슨 일인가요, 올리브?" 올리브가 그에게 집에 돌아가고 싶다고 말했다. "당신을 위한 파티란 건 알지만, 나를 집까지 좀 태워주면 좋겠어요. 현관 계단을 내려가는 데는 시간이 좀 걸리겠지만, 그러고 나면 그다지 오래 걸리진 않을 거예요. 그런 다음 당신은 다시 축제로 돌아오면 되고요."

"당연히 그래야죠." 밥은 그녀가 일어서는 것을 도와주었고, 그녀가 입고 왔던 가벼운 코트를 찾고 지팡이를 가져온 다음 그녀의 팔을 잡았다. 그리고 마거릿에게 말했다. "곧 돌아올게. 올리브가 집으로 돌아가고 싶대."

"안녕히 가세요, 올리브!" 사람들이 외쳤고, 올리브는 그것에 놀랐다. 그녀가 머리 위로 손을 흔들었고, 밥의 부축을 받아 현관 계단을 내려온 다음 그의 차에 올라탔다. 그가 그녀를 꼭 붙잡아주었고, 그녀는 그것이 기분좋았다.

그들이 진입로를 빠져나가는 동안 올리브는 침묵을 지키다가 메인 스트리트로 접어들자 이야기를 꺼냈다. "저기, 밥. 내가 루시에게 처음으로 한 이야기는 결혼하고 유령과 함께 사는 사람들에 대한 거였어요. 그녀가 그 이야기를 해주던가요?"

"해줬어요."

"그날 우리는 결혼한 뒤에 누군가에게 빠져들었지만 행동으로 옮겨지지 않은 경우에 대해 이야기했고, 그건 결혼해서 유령과 함께 사는 것과는 아주 다르다는 말도 했어요. 나는 줄곧 당신과 루시가 유령과 살았다고 생각했지만, 오늘밤 내가 틀렸다는 걸 깨달았어요. 두 사람은 서로에게 빠져들었던 거였어요."

밥이 고개를 돌려 그녀를 쳐다보았다. 말은 하지 않았다.

"그리고 오늘밤 마거릿이 당신의 린치핀인 걸 알았어요. 머디 윌슨의 이야기에서 그의 아내가 그의 린치핀이었던 것처럼."

"그 이야기는 잘 기억나지 않아요."

올리브가 손을 휙 저었다. "솔직히 말하면 나는 오늘밤까지는 마거릿을 그다지 좋게 생각하지 않았어요. 그런데 오늘 다시 보았고, 그녀는 훌륭했어요. 그녀가 당신의 린치핀이에요. 그러니까 당신은 그녀가 곁에 있으니 운이 좋은 거예요."

"맞아요." 밥이 동의했다. 그는 마거릿이 현금인출기 비밀번호를 잊어버린 것과 그 이후 자기 마음에 일어났던 조용한 걱정에 대해서는 아무 말 하지 않았다.

"윌리엄은 속물이지만, 그건 루시가 알아서 할 문제지 내 문제는 아니에요. 그가 당신의 생일파티에서 자기 결혼을 발표했다는 걸 믿을 수 없군요." 올리브가 혹시라도 밥이 반박한다면 물리치려는 듯 손을 들어올렸다. "나는 그저 그게 아주 싸가지 없게 느껴졌다고 말하는 거예요."

"애디 이야기는요? 그건 어땠어요?" 밥이 올리브를 쳐다보며 물었다.

"그것도 루시와 내가 함께 나눈 다른 모든 이야기와 주제가 같아요. 사람들은 고통을 겪어요. 사람들은 살고, 희망을 품고, 심지어 사랑을 보듬지만, 여전히 고통을 겪어요. 모두 마찬가지예요. 고통을 겪지 않았다고 생각하는 사람들은 거짓말을 하는 거예요.

이를테면," 올리브가 더 가벼운 어조로 말했다. "나는 오늘밤 당신의 형 짐을 만나는 것에 관심이 있었어요. 그는 엄청난 고통에 빠져 있더군요! 하지만 오, 그가 마음에 들었어요. 그는 **진짜**였어요. 진짜인 사람을 찾기는 쉽지 않죠. 당신의 첫 아내, 이름이 뭐였죠?"

"팸 칼슨이요." 그는 이미 메이플트리 아파트의 주차장으로 들어간 뒤였다. 그는 올리브의 아파트 뒷문에 가까운 주차 구역에 차를 대고 시동을 껐다.

"그녀는 좀 맹하지만 재치 있어 보였어요."

"그녀를 사랑해요." 밥이 말했다.

"네, 그렇다는 거 알아요. 그게 보이더군요.

그리고 당신의 누이 수전." 올리브가 말을 이었다. "즐거워 보였어요. 늙고 뚱뚱한 남자친구와 함께 있는 모습이."

"그가 뚱뚱해요?" 밥이 진지하게 물었다.

올리브가 그를 쳐다보았다. "음, 비쩍 마른 몸은 아니죠. 그녀는 어디서 그를 찾아냈대요?"

"고등학교 동창이에요. 세 번 데이트를 하고 그가 수전을 차버렸죠. 하지만 수전의 아들이 모스크 안으로 돼지머리를 던진 일로 골머리를 앓을 때 그가 경찰서장이었어요."

"그 사람이 수전의 아들이었어요? 오, 맙소사, 그 사건 기억나는군요. 정말 끔찍했는데."

"네. 네, 그랬어요. 그때는 아이였고, 지금은 바른 청년이 되었죠."

올리브는 한동안 말이 없었다. 이윽고 그녀가 생각에 잠긴 듯 말했다. "우리는 참 대단한 세상에서 살고 있군요. 그렇지 않나요. 오랫동안 나는 내가 죽으면 이 모든 걸 그리워할 거라고 생각했죠. 하지만 요즘 세상 돌아가는 모양새를 보면 이따금 지금 죽어도 좋겠다는 생각이 들어요." 그녀는 차의 앞유리 너머를 바라보며 조용히 앉아 있었다. "그래도 그립긴 할 거예요." 그녀가 말했다.

밥이 그녀를 보고 있었다. 그가 말했다. “당신이 좋아요, 올리브.”

“그런 말은 됐어요. 이제 내가 이 차에서 내리는 걸 도와줘요.” 올리브가 말했다.

14

마음은 마음이 원하는 것을 원한다. 그것은 사실이고, 밥의 마음은 여전히 루시를 원했다. 하지만 한 가지 더 고려할 것이 있는데, 마음은 유기체의 한 부분일 뿐이고, 유기체의 일은 살아남는 것이라는 사실이다. 살아남고자 하는 그 욕망이 이미 밥에게 지배력을 행사하고 있었고, 그 욕망은 자라났다. 마음의 욕망―그것은 줄어들지 않았지만, 계속 자라지도 않았다. 그리고 그런 일이 으레 그렇듯 당연하게도 그것에는 불편함이 존재했다. 하지만 밥은 마거릿과 함께하는 삶에서 느낀 새 희망을 붙잡았다. 밥은 건망증 증세 때문에 마거릿을 유심히 지켜보았지만 아직 별다른 일은 없었다.

상실의 예리한 아픔을 견뎌야 하는 순간들이 있었으나, 그
것은 지나갈 터였다. 그리고 그는 그 감정 속에서 이리저리
흔들렸다. 하지만 생일파티와 그 시점에서 두 주 뒤에 열린
루시의 결혼식 사이에 밥은 루시에게 연락하지 않았다. 그리
고 그녀도 그에게 연락하지 않았다.

*

월리엄이 마거릿에게 결혼식 주례를 요청했고, 그래서 7월
중순의 어느 저녁, 마거릿과 밥은 차를 몰고 가파른 진입로
를 올라가 월리엄과 루시가 사는 바닷가 집에 이르렀다. 그
들이 집으로 걸어갈 때 마거릿이 전에 밥에게 했던 말을 다
시 했다. 딸들이 결국 오지 못하게 된 것이 안타깝다는 말이
었다. 에이든이 아팠다가 괜찮아졌지만, 이어 베카가 아파서
결국에는 모두 오지 않기로 한 것이었다.

루시가 파란색과 흰색의 줄무늬 원피스를 입고 문을 열어
주면서 "들어와요, 들어와요" 하고 말했다. 안으로 들어가면
서 밥은 월리엄이 그들에게 다가오고 있는 것을, 그리고 월
리엄이 흰색 셔츠에 빨간색 넥타이를 맨 것을 보았다. 그 타
이를 보자 밥은 왠지 모르게 마음이 죽을 만큼 아팠다. 그냥

죽을 만큼 아팠다. 윌리엄이 결혼식을 위해 옷을 차려입은 것이다.

밥은 타이를 매지 않은 채였다. 하지만 샤워는 했고 머리는 이제 말라가는 중이었는데, 마침내 머리카락이 자라고 있어 군데군데 구불구불한 형태를 띤 채 납작하게 붙어 있었다. 마거릿은 긴 꽃무늬 원피스를 입었다. 그리고 아주 행복해 보였다. 그녀가 윌리엄과 루시 두 사람을 포옹하면서 말했다. "오늘 날이 아주 좋네요."

해가 지고 있었고, 분홍빛을 띤 은은한 햇살이 포치와 거실 안을 비추는 풍경은 황홀했다. 모란과 델피니움 꽃으로 만든 큰 꽃다발이 거실 탁자에 놓여 있었고, 루시가 "딸들이 이걸 보내왔어요. 멋지지 않아요?" 하고 말했다.

밥은 생각했다. 오, 루시. 그는 이 생각을 할 때 큰 연민을 느꼈다. 그녀가, 그가 젊었을 때 알았던 소녀인 것처럼. 그녀가 여전히 그때의 순수함을 간직하고 있는 것처럼.

하얀 프로스팅을 입힌 케이크가 부엌 조리대 위에 놓여 있었다.

"오, 여기―" 밥이 루시에게 카드를 건넸다. 앞면에는 민들레가 있고, 그 안에는 "생일 축하해요"가 쓰여 있었다. 밥이 '생일'을 지우고 그 자리에 '결혼식'이라고 써넣었다. 그리고 "사랑을 담아, 마거릿과 밥으로부터"라고 서명했다.

루시는 그것을 보며 말했다. "오, 밥, 고마워요!"

하지만 그들이 리틀 애니와 그 식물의 언니인 이름 없는 식물이 그들 옆으로 놓인 거실에 서 있을 때, 밥은 윌리엄의 조금 왼쪽에 서서 자신과 이 장면 사이에 유리판 다섯 장이 놓여 있는 것 같다고 느꼈다. 결혼 서약을 할 때 루시의 얼굴이 발그레해졌고, 서약이 끝나자 윌리엄이 그녀를 꼭 끌어안아주었다. 윌리엄이 그녀를 놓아주었을 때 밥이 루시에게 다가가 그녀의 두 손을 꼭 잡았다―그리고 그녀의 작은 손이 얼음처럼 차가운 것에 소스라치게 놀랐다. 그가 그 손을 살짝 들어올리고 말했다. "루시, 축하해요." 그녀가 그를 올려다보고 말했다. 그는 잘 들을 수도 없을 정도로 부드러운 목소리로. "고마워요, 밥."

신혼부부는 다음날 이탈리아로 두 주 동안 여행을 떠났다.

*

크로스비 타운에서의 삶은 계속되었다.

해셀벡 부인의 아들 한 명이 그녀를 보러 와서 사흘 동안 지내다 돌아갔다. 그녀는 눈빛을 반짝거리며 밥에게 그 이야기를 해주었다. "로버트, 앉아요." 그러자 밥이 앉았다. 그리고 부인은 그주에 자기를 보러 온 막내아들에 대해 말했다. 아들의 아내가 바람이 났는데, 지금은 불륜 상대와 끝났고 아들에게 돌아오고 싶어했다. 밥은 삼십 분 넘게 그 이야기를 들었고, 아들 부부의 십대 아이들에 대해서도 들었다. 그는 그 모든 이야기를 들었다. 마침내 해셀벡 부인이 밥에게 말했다. "이 모든 일에 대해 어떻게 생각해요?" 그러자 밥이 일어서면서 천천히 말했다. "그건 삶이에요, 해셀벡 부인. 그걸 그냥 삶이라고 불러요."

그러자 해셀벡 부인이 말했다. "나도 바람을 피운 적이 한 번 있었어요."

밥은 생각했다. 다시 앉지는 않을 거야. 그래서 그는 그 자리에 선 채로 해셀벡 부인이 그를 올려다보며 아들들이 고등학생이었을 때 거의 일 년 동안 바람을 피운 일에 대해, 그리고 아들들이 그 사실을 알아낸 것에 대해 이야기하는 것을 들었다. 밥은 선 채로 들었고, 돌아서면서 다시 한번 "그건 그냥 삶이에요, 해셀벡 부인, 그저 그뿐이에요. 삶" 하고 말했다.

그녀가 와줘서 고맙다고 말했고, 그가 "당연한 일이죠" 하고 말했다.

*

매트가 밥의 그림을 완성했다. 마거릿이 그것을 거실에 걸었다. 밥은 반대했는데, 그림이 마음에 들지 않아서가 아니라—마음에 들었다—그 위치가 너무 눈에 띄어서였다. "아니, 그 자리에 그대로 둘 거야. 나는 너무 좋아." 마거릿이 말했다. 그림은 밥과 아주 멋지게 닮았고, 밥의 핵심을—추상적인 방식으로—포착한 것이었다. 머리 위쪽에 자리잡은 회색 머리카락까지.

마거릿은 계속 진지한 목소리로 설교를 했다. 그리고 밥과 루시는—결국—산책을 계속했지만, 예전처럼 자주는 아니었다. 같이 걸을 때는, 오래전에는 연인이었으나 지금은 그저 오래된 친구가 된 것 같은 미묘한 전율이 일었다. 하지만 뭔가 흥미로운 점이 있었다. 이제 헤어질 때마다 루시는 "잘지내요, 밥" 하고 말한 뒤 손을 내밀어 그의 팔을 잡았다. 그러면 밥 역시 잠시 그녀의 팔을 잡으며 "당신도 잘 지내요" 하고 말했다. 서로의 팔을 만지는 그 손길은 부드러웠다.

네 명이 만났을 때, 윌리엄은 더이상 감자와 기생충에 대해 그다지 많은 이야기를 하지 않았다.

밥에게 늘 쉽지는 않았다. 시간이 지나면 더 쉬워지리라는 것을 어느 정도는 알고 있었다—그리고 결국 그렇게 되었다. 우리는 지금 루시에 대한 그의 감정을 말하고 있는 것이다. 그의 상실감은 조수처럼 밀려왔다가 빠져나가 다스릴 수 있을 정도로 남았다. 그는 같이 산책하던 강가를 종종 혼자 걸었고, 그러다보면 이따금 마음이 묘하게 차분해졌다. 그는 자신이 담배를 피울 때 그들이 앉았던 자리에는 절대 앉지 않고 그냥 지나쳤고, 강줄기가 약간 꺾이는 곳까지 쉬지 않고 걸어갔다가 다시 돌아오곤 했다. 담배를 아예 피우지 않을 때도 더러 있었다. 그는 깊은 생각에 잠겼지만, 나중에는 자기가 무슨 생각을 했었는지도 잘 기억하지 못했다. 다만 이런 일이 있었다. 그가 어느 날 주차장으로 돌아가는데, 주변 공기가 그냥 공기가 아닌 것처럼 어딘가 충만하고 황홀하다는 느낌을 받았다. 그때 그는 신에 대해, 그 신이 지구 위의 모든 살아 있는 것을 보살피는 개인적인 신인지, 아니면 우주를 창조한 좀더 보편적인 신인지에 대해 생각했다. 그리고 생각했다. 상관없다고. 마찬가지라고. 그는 이것을 사람들은 이해하지 못하리라고 생각해서, 심지어 마거릿에게도 말하지 않았다. 하지만 어느 날 이 깨달음이 너무도 분명하게 그를 찾아왔다. 그래서 그것을 기억해두었다.

*

늦여름의 어느 날, 한 그루 이상의 나무가 붉게 물들기 시작했을 때, 밥은 셜리폴스에 있는 사무실을 청소하려고 그리로 갔다. 종이박스를 가져가 서류가 든 구겨진 노란 폴더를 그 안에 잔뜩 넣고, 또다른 박스에는 책을 넣었다. 그리고 책상 램프를 집어들고 허리를 굽혀 그것을 바닥에 있는 박스 안에 담았다. 허리를 펴면서 창밖으로 눈길을 주었는데, 한 남자와 한 여자가 함께 보도를 걸어가고 있었다. 두 사람 다 그보다 어렸지만(요즘은 거의 모두가 그랬다), 애들은 아니었다. 여자는 웃고 있었고, 옆에서 걷는 남자에게 한두 번 골반이 부딪혔다. 밥은 그 남자가 매트 비치라는 것을 알아보았다.

밥은 창가에 서서 그들을 지켜보았다. 특별했다. 나란히 걷는 그들의 얼굴은 행복해 보였고, 그 순간 매트가 손을 뻗어 여자의 손을 잡았다. 밥은 그들이 시야에서 사라질 때까

502

지 지켜보았다.

밥은 책상에 기댄 채 루시가 키우는 식물인 리틀 애니에 대해 생각했다. 그녀는 그 식물이 죽을까봐 몹시 걱정했지만, 그것은 죽지 않았다. 모든 잎이 떨어졌지만, 그때를 넘겨 살아남았다. 위쪽에 아주 작은 녹색 잎이 새로 돋았다.

이 생명력은 얼마나 놀라운가, 밥은 생각했다.

그는 마거릿에게 전화를 걸어 자기가 방금 본 것을 말했다. "마거릿, 그걸 보고 너무 **기뻤어.**"

"당연하지, 밥." 마거릿의 목소리는 따뜻했다. "그리고 이제 내 말을 들어봐. 듣고 있지? 당신이 그걸 해낸 거야, 밥 버지스."

"내가 한 건 하나도 없어."

"밥, 내 말 잘 들어. 당신이. 해냈어. 그걸. 당신은 그 모든 일을 거쳐온 그를 보살펴주었고, 그의 그림에 대해 격려하고, 휴대전화를 사줬어. 캐서린 캐스키를 만나게 해줬고." 그녀가 말을 멈추었다. "그리고 그게 가능했던 건 당신이 밥 버지스이기 때문이야."

"그런가."

전화를 끊고 나서 밥은 책상 앞에 앉았다. 그가 밥 버지스라고 했을 때 그녀는 무슨 뜻으로 말한 것이었을까? 사실, 밥에게 그 말은 별다른 의미가 없었다.

밥은 허리를 굽혀 박스를 들었고, 엘리베이터를 타고 건물 바로 바깥에 주차해둔 그의 차로 가져갔다. 일요일이어서 길에 주차하는 게 가능했고, 매트 비치와 그의 여자친구가 지나간 그 길에 지금 다른 사람은 없었다. 그는 차문을 쾅 닫고 상자를 더 가져오려고 계단을 올라가려다 바로 거기 있던 가게 유리창에 비친 자기 모습과 맞닥뜨렸다. 그는 깜짝 놀랐다. 저 키 크고 늙은 남자는 누구지? 저 사람이 나인가? 당혹감이 밀려왔다. 그는 고개를 돌렸다가 다시 유리창을 돌아보았다.

그는 그것이 자기라는 것을 알았다. 하지만 그 모습을 받아들일 수 없었다. 밥은 잠시 서서 고개를 아주 살짝 끄덕이고는 다시 건물 안으로 들어갔다.

*

올리브 키터리지는 슬펐다.

그녀는 이제 아흔한 살이었고, 친구 이저벨 굿로는 점점 더 잠이 늘었다. 바로 요전날에는 심지어 올리브가 신문을 읽어주는 동안에도 잠들어버렸다. 그래서 올리브는 루시가 전화를 걸어 "해주고 싶은 이야기가 있어요, 올리브"라고 말했을 때 기뻤다.

올리브는 아무때나 오라고 했다.

그래서—밥이 사무실을 청소하고 얼마 지나지 않아—루시가 올리브의 아파트로 왔고, 루시는—올리브가 보기에—눈부셨다. 녹색 스니커즈와 평범한 노란색 상의에 청바지를 입고 있었다. 루시가 카우치에 앉아 말했다. "좋아요, 올리브—내 이야기는 이거예요. 지금까지 한 이야기 중에서 가장 슬픈 건 아니에요. 그렇게 말하면 잘못된 문장일 거예요. 하지만 이 안에는 슬픔이 담겨 있고, **아름다움**이 있어요. 이 이야기가 정말로 아름다운 이야기가 아니라고 생각되면 말해줘요." 그렇게 말하는 루시의 눈은 반짝거렸고, 올리브는 "알겠어요. 시작해요" 하고 말했다.

루시가 시작했다.

그리고 두 시간 동안 올리브는 앉은 채로 들었다. 꼼짝도 하지 않았다. 화장실을 쓰려고 한 번 일어선 게 다였다. 장을 비울 때 끔찍한 소리가 났고, 밖에 루시가 있었지만, 신경쓰지 않았다.

올리브가 돌아와 말했다. "계속해줘요."

가끔은 루시가 이야기를 하다가 울었다(올리브도 울었고 화장지를 달라는 뜻으로 루시를 향해 손가락으로 딱 소리를 냈다. 루시는 화장지를 건넨 뒤 계속 이야기를 하면서 앉았던 자리로 돌아왔다). 또 가끔은 루시의 얼굴이 행복감으로 빛났고, 올리브 역시 그것을 느꼈다.

루시가 이야기를 끝냈을 때 그들은 긴 침묵 속에 함께 앉아 있었다.

올리브가 마침내 말했다. "정말 굉장한 이야기네요, 루시. 그걸 글로 써야겠어요. 전에도 개인적인 이야기를 썼잖아요."

"절대 쓰지 않을 거예요. 당신이 그걸 담은 그릇이에요." 루시가 그것을 준다는 의미로 두 손을 벌렸다.

"하지만 나는 곧 죽을 텐데요. 이 이야기는 세상에 나가야 해요."

"그 이야기는 당신 안에 있어요. 내가 당신에게 줬어요."

루시가 숨김없는 표정으로 차분하게 말했다.

긴 침묵이 흐른 뒤 올리브가 조용히 말했다. "고마워요."

루시가 그녀를 쳐다보고 말했다. "뭘요, 올리브 키터리지. 제가 고마워요."

잠시 뒤에 올리브의 창가 나무에서 잎사귀 한 장이 떨어졌다. 그리고 한 장이 더 떨어졌다. "녹색 잎이 왜 떨어지죠?" 루시가 물었고, 올리브가 창밖을 내다보며 말했다. "누가 알겠어요."

"바로 그거예요. 뭐가 됐건 누가 알겠어요." 루시가 말했다.

루시가 떠난 뒤 올리브는 한동안 그 자리에 앉아 있었다.

루시가 해준 이야기는 이것이었다. 결코 이루어질 수 없었던 루시와 밥 버지스의 사랑 이야기. 루시와 올리브가 울었던 건, 루시가 머리 커트를 한 뒤의 밥을 만났을 때 그를 보자마자 더욱 많이 사랑하게 되었다고 말했을 때였다. "너무 순수해 보였어요, 올리브. 아이 같아 보였어요. 그 모습에 그냥 미칠 것 같았어요. 그를 내 품에 안고 말하고 싶었어요. 밥! 당신은 당신이에요! 하지만 바로 그 순간에 나는 깨달았어요—우리는 결코 함께 달아나지 않으리란 걸. 그가 밥이기 때문에. 그리고 나는 그것 때문에 그에게 너무 화가 났어요, 올리브. 나는 딸들과 두번째 남편 데이비드를 제외하면 누구보다 그를 사랑했기에 그에게 그저 화가 났어요. 하지만 밥은 내가 어떻게 할 수 있는 사람이 아니었어요. 그 순간의 뭔가가, 그를 내 품에 안을 수도 있었을 그 순간의 뭔가가, 슬프고 사랑스러운 그의 커트 머리와 함께—

그리고 우리는 그날 헤어진 셈이 되었어요. 밥이 밥이기 때문에, 밥은 우리 둘이 그런 식으로 함께하는 걸 막아준 거였죠. 만약 그랬다면 끔찍한 실수가 되었을 거예요. 그리고 나는 얼마 후에 그가—내가 전에 밥이 죄를 먹는 사람이라고 생각한다고 했잖아요—그를 원하는 내 죄를 먹고 있다는 걸 깨달았어요. 오, 불쌍한 사람! 그리고 그후에 나는 윌리엄의 청혼을 받아들였어요. 그건 옳았어요. 나는 사실상 어린 아이였을 때 윌리엄을 만났고, 우리는 아주 많은 시간을 함께 헤쳐왔어요. 나는 그를 사랑해요. 그리고—이상하게도, 그와 함께 있으면 안전하다고 느껴요. 밥이 마거릿과 함께하는 것, 그것 역시 옳아요. 그러니 이건 지금까지 한 이야기 중 가장 슬픈 건 아니에요. 사랑은 사랑이에요, 올리브."

"그게 무슨 뜻이에요?"

"무슨 뜻인지 말해줄게요. **오래전**에, '사랑은 사랑이다'라는 제목의 글을 읽었어요. 글쓴이는 자신이 대학생이고 첫

508

남자친구가 생겨 그에 대한 사랑에 몹시 빠져 있었을 때, 최근에 남편과 사별한 이모할머니가 부모님의 집에 와서 지내게 된 이야기를 했어요. 작가는 겁에 질려 있고 입내가 고약한 그 작고 늙은 여인과 함께 침실에 서 있었던 순간을 회상했는데, 그 순간 이걸 깨달았다고 했어요. 나는 남자친구를 사랑하는 것과 같은 방식으로 그녀를 사랑한다! 그녀는 이 늙은 여자와 함께 **침대에** 눕고 싶진 않았지만, 그녀에게 느낀 사랑은 같은 천으로 만들어진 것처럼 분명하게 연관되어 있었어요. 그리고 나는 그 이야기를 늘 기억하고 있었어요. 내가 그걸 이해했기 때문에요. 사랑은 많은 형태로 찾아오지만, 사랑은 늘 사랑이에요. 그게 사랑이라면, 그건 사랑이에요."

올리브는 이제 몸을 일으켜, 그 이야기를 해주려고 지팡이를 짚으며 다리 건너 이저벨에게 갔다. 하지만 이저벨은 잠들어 있었다. 그래서 올리브는 앉아서 기다렸다. 그녀는 이저벨의 얇은 가슴팍이 작게 오르내리는 것을 지켜보았다. 관절염 때문에 뒤틀린 늙은 손에는 자주색 혈관이 비쳐 보였다. 사랑은 사랑이다. 올리브는 기다리면서 계속 그것에 대해 생각했다.

감사의 말

이 책을 쓰기까지 도움을 준 다음 사람들에게 감사의 마음을 표한다.

엘런 크로스비, 지니 크로커, 제프 매카시, 마커스 힌치, 편집자 앤디 워드, 에이전트 몰리 프리드리히와 루시 카슨, (세상에서 가장 뛰어난 홍보 담당자인) 마리아 브레컬, 그리고 마지막으로 결코 적지 않은 도움을 준 벤저민 드레이어에게 감사한다.

걷고 말하고—그저 행복했다

"하지만 그건 이 이야기의 일부는 아니에요."

"계속 이야기해줘요." 루시가 말했다. "그게 그 이야기의 일부인지 아닌지 아직은 몰라요."

모든 사람에게는 저마다 고유한 이야기가 있고, 사람과 사람이 만난다는 것은 어쩌면 이야기와 이야기가 만난다는 것과 같은 말일 것이다. 저멀리 눈밭에서 작은 형체의 누군가가 걸어올 때, 그것은 한 사람이 걸어오는 것이면서, 이야기 한 편이 걸어오는 것이라고 상상해본다. 형체가 커지면서, 그의 이야기가 색채를 입고 한 편의 압축된 영상으로 펼쳐지면, 가만히 바라보고, 그와 내가 잇닿은 연결점들이 보이는 상상.

태어나는 순간부터 우리는 크고 작은, 혹은 좋고 나쁜 사건들을 겪고. 그것들은 우리 안에 축적된다. 그 하나하나를 삽화라고 해보자. 그 삽화들은 종종 망각의 축복 혹은 저주를 받겠지만, 의식적, 무의식적으로 내 안에 들어와 자리를 잡고, 나를 구성하는 요소이자 내가 살아 있는 한 영원한 내 배경이 된다. 한 사람은, 그렇게 아주 많은 삽화들의 복합체로서 한 편의 큰 이야기가 된다. 나무가 가지를 뻗고 또 곁가지를 뻗고 뿌리를 내리고 또 곁뿌리를 내려 아주 많은 가지와 뿌리의 복합체로서 한 그루의 나무로 존재하듯이. 이 지구라는 땅의 곳곳에 그런 나무들이 자라고, 그러면 지구라는 행성은 그 전체가 거대한 하나의 이야기가 된다.

확장 혹은 확장성. 그것은 모든 이야기의 특성이자 모든 삶의 특성이겠지만, 나는 엘리자베스 스트라우트가 새 작품들을 발표하면서 점점 더 구체적으로 보여주는 것이, 그리고 더 공고하면서도 유연하게 구축해나가는 것이 이 확장성의 세계라고 생각한다. 등장인물의 관계망이 확장되고, 그들이 인간사에 대해 이해하는 범위가 확장되고, 각 인물 안에 담기는 이야기의 범위가 확장된다. 다시 말해 작가의 주된 주제인 '연결'이 확장되는 것이다. 그리고 확장은 필연적으로 유기체의 성질을 지닌 듯하다. 유기체의 일은 연결을 늘려가고 더 복잡해지고 에너지를 생성하고 끊임없이 활동하는 것이 아닌가. 또한 『이야기를 들려줘요』에서 작가가 언급한 부분을 옮기면, 유기체는 무엇보다 '살아남는 일'을 우선시한다. 이번 소설에는 그 유기체의 일에서 살아남은 사람과 살아남지 못한 사람들의 이러저러한 이야기가 담겨 있다. 설령 살아남지 못했더라도, 이야기는 남았다. 어쩌면 더 강력한 유기체는 이야기일 것이다.

작가는 또한 우리 각각의 이야기들의 모음이라 할 인간사에 대한 이해의 과정에서 하나의 성찰을 끌어내고, 작품을 써낼 때마다 그 성찰을 더욱 확장시키는 듯하다. 가장 두드러진 예로 '타인에 대해 모른다'는 메시지는 『바닷가의 루시』에서 '그만큼 안다'가 되었다가, 이번에는 '스스로 안다고 생각하는 만큼 자신에 대해 모른다'로 확장되었다. 문장들은 벽돌처럼 쌓아올려져 구조물로 확장되고, 너무 일상적으로 쓰여 큰 의미를 부여받지 못하던 말들("당연한 거죠" "신경 쓰지 마요")은 본연의 의미를 되찾아 우리의 의식을 확장시킨다.

이제 올리브는 아흔 살이고, 루시는 예순여섯 살이다. 올리브를 먼저 만난 독자도, 루시를 먼저 만난 독자도, 혹은 이번 작품에서 두 주인공을 처음 만난 독자도 있겠지만, 작가가 이 책을 읽을 때 필요한 정보는 필요한 만큼 작품 속에 포함시켜 두었기에 전작을 읽었는지, 이 두 사람(그리고 다른 인물들)에 대해 어느 정도로 파악하고 있는지는 독서에 크게 지장을 주지 않는다. 올리브는 한결같이 올리브고, 루시는 한결같이 루시다. 다만 이번 소설에서 유난히 눈에 띄는 부분은, 루시의 패션스타일에 대한 언급이 많아졌고("그리고 발에 아주 이상한 걸 신고 있었는데, 앞쪽에 길고 큰 은색 지퍼가 위로 쭉 올라간 형태의 부츠였다"), 루시의 스킨십이 많아졌다는 것이다("루시가 허리를 굽혀 밥의 무릎을 톡톡 쳤다"). 그런 부분들이 아주 흥미로웠다. '아니 루시가 이렇게 옷을 입고 다녔어?' '루시가 밥의 몸을 자꾸 살짝살짝 치네?' 그러고 보면, 루시가 루시이려면, 루시의 옷차림이란 대체 어떤 것이어야 할까? 루시가 루시이려면, 루시는 어떤 행동을 해야 할까? 우리는 정말로 타인에 대해 아는 것이 있을까?

그리고 작가가 만들어낸 거의 모든 인물은 저마다 각자의 위기를 헤쳐나온 뒤 시간이 지나, 그만큼의 시간이 만들어낸 또다른 위기에 빠져 있다. 진정한 친구를 만들기가 쉽지 않

은 노년기에 만든 소중한 친구를 먼 곳으로 보내야 할 위기
에 봉착한 올리브, 딸들이 자신을 창피하게 여기는 것 같다
는 걱정에 사로잡힌 루시, 본색을 드러낸 누군가 때문에 자
기 자리를 빼앗길지 모른다는 두려움에 빠진 마거릿, 아내를
잃고 "믿을 수 없는 방식으로 조용하고 고독한 나라"로 던져
진 짐, 어느 순간 알코올중독자가 되어버린 팸. 작가는 그런
세상사의 위기들을 세밀히 포착해 우리 앞에 펼쳐놓았다. 각
자의 이야기로.

　인간이 정신적으로 성장하는 데 필수적인 요소는 관찰과
성찰일 것이다. 그리고 스트라우트의 책들을 옮기면서 줄곧
들었던 생각은, 스트라우트의 작품 세계에서 올리브의 주된
역할은 관찰이고(밥의 생일 파티에서 "지켜보고 또 지겨보
는" 올리브에 대한 언급이 인상적이었다), 루시의 주된 역할
은 성찰이라는 것이었다. 덧붙여, 작가인 스트라우트의 주된
역할은 아마도 통찰일 것이다. 그렇게 삼위일체처럼, 이 소
설은 루시와 올리브와 스트라우트가 합쳐져 인간이 성장하
는 과정을 보여준다. 여기서 올리브는 주로 이야기의 제공자
이며, 루시는 이야기를 통해 핵심을 찾고 성찰을 끌어내는
질문자이다. 루시가 던진 가장 무거운 질문은 이것이다. "하

지만 올리브, 내 질문은 이거예요. 자, 그래서 애디의 삶은 기록되지 않은 또하나의 삶이지만, 그 삶의 핵심은 뭐였죠?" 소설 전반에서 밥과 루시의 갈등이 유일하게 드러난 부분 또한 삶의 핵심에 관한 논쟁이었다. "그러니까 밥, 궁금한 건 이거예요. 올리브와 내가 기록되지 않은 그 모든 삶에 대한 이야기를 나누고 있지만, 그게 무슨 의미가 있죠?"

모두 그렇다고 단언할 수는 없겠지만, 우리는 살면서 아마도 성장기에, 아니면 큰 시련을 겪은 후에 한 번쯤 '삶의 핵심은 뭐지? 삶의 의미는 뭐지?'와 같은 의문을 품어보았을 것이다. 하지만 답을 찾았느냐는 질문에는, 대부분 아니라고 답할 것이다. "그냥 하루하루 열심히 살아야지 뭐." "꾸역꾸역 버티며 사는 거지 인생 뭐 별거 있어." 그 정도가 우리가 할 수 있는 최선의 타협이었으리라. 그러고는 그 근원적인 질문을 청소년기 전용 질문쯤으로 치부해버리고, 혹은 소설가나 시인의 것이라고 제쳐놓고, 생활사의 다른 번잡한 고민거리에 빠져 허우적거린다. 그 질문을, 작가가 우리에게 정면에서 직구로 던졌다. 화들짝 놀라게.

엄마와 통화하면서 내가 말했다. "버지스네 아이들에 대한 이야기를 써볼까 생각중이에요."

"그거 좋겠구나." 엄마가 그러라고 했다.

"아는 사람 이야기를 쓰는 건 좋지 않다고 사람들이 그럴 텐데요."

그날 밤 엄마는 피곤한 것 같았다. 엄마가 하품을 했다. "글쎄, 너는 그 아이들을 몰라." 엄마가 말했다. "누군가를 제대로 아는 사람은 아무도 없어."

인용한 부분은 엘리자베스 스트라우트의 네번째 소설 『버지스 형제』(2017)의 프롤로그 일부이다. 이번 소설을 작업하면서 이 도입부가 생각났다. 이 짧은 부분 안에 작가가 『이야기를 들려줘요』에 이르기까지 여러 작품을 통해 한결같이 일관되게 전달한 메시지(누군가를 제대로 아는 사람은 아무도 없다는 것)가 이미 담겨 있고, '이야기'가 중심이 되는 구조 또한 이미 압축되어 있으며, 심지어 장차 루시로 화할 인물도 이미 잉태되어 있다. 그리고 이 부분은 이 소설의 첫 문장으로 자연스럽게 이어진다.

"이것은 밥 버지스의 이야기다."

이 소설은 밥의 이야기와 다른 주인공들의 이야기를 포함하여, 그들이 나누는 타인들의 이야기까지, 그야말로 이야기로 가득한 책이다. 그러니 사실상 이 소설의 주인공은 이야기라고 해야 할 듯하다. 처음에 이 소설을 작업하면서는 '이야기'라는 것 자체가 너무 부각되면서 작품 구성이 약간 낯설고 작위적으로 느껴지기도 했다. 조금은 '허구의 다큐멘터리'를 보는 느낌이었다.

그 느낌에 더해 이번 작품에서는 유난히 '우리'의 사용이 눈에 띄었다. ("우리가 앞서 말했듯" "오, 짐 버지스! 우리가 당신을 어떻게 해야 하는가?" "그것이 이 시점에 우리가 정말로 글로리아 비치에 대해 아는 이야기의 전부다.") '포괄적 우리'라고 통칭되는 이 '우리'는 문학에서 독자를 작품에 몰입하지 않고 거리를 두고 바라보게 하는 장치로서 종종 사용된다. 이처럼 작가와 '우리'로 묶여버린 독자는 소설의 흐름을 이끌어가는 전지적인 작가의 관점에 합류하여 이야기를 좀더 관조적이면서 주도적으로 바라보게 된다.

작가는 애초에 이것은 밥 버지스의 이야기라고 단언했지만, 소설을 읽어나가다보면 점점 이 첫 문장을 잊게 된다. 그 많은 이야기들, 그 많은 인물들, 그리고 전작들로 이미 익숙해진 유명한 주인공들. 하지만 소설을 다 읽은 뒤 첫 문장으로 돌아가 '밥'을 중심에 놓고 다시 이 이야기를 바라보면 왜 작가가 그토록 분명한 목소리로 이것은 밥의 이야기라고 말했는지 알 것 같다.

우선 떠오르는 대로 써보면, 밥에게는 이런 모습들이 있다. 성찰하는 유의 사람이 아닌 밥, 죄를 먹는 사람 밥, 자신의 탓이라고 생각한 큰 사건에 평생 붙잡혀 살아온 밥, 예순다섯 살에 사랑에 빠진 밥, 사랑하는 형수를 잃고 당장 슬픔의 감정이 느껴지지 않는 것에 의아한 밥, 루시와 만나면서 '확장된 의식'을 경험하는 밥. 하지만 그 모든 모습을 아우르면서, 이것이 밥의 이야기가 되는 이유는 이것일 것이다. "이유가 뭔지 알아요? 당신은 여전히 밥 버지스니까요. 누구도 그 사실은 뺏어갈 수 없어요."(매슈 비치의 말), "나는 당신이 어떤 모습이든 괜찮아요. 당신의 머리가 잘렸다고 해도 당신은 여전히 — 여전히 밥일 거예요."(루시의 말) "그리고 그게 가능했던 건 당신이 밥 버지스이기 때문이야."(마거릿의 말) 밥과 루시의 사랑도 그 결말은 '밥은 밥이다'로 정리된다. 이것이 작가가 말하고자 한 이 소설의 핵심 아닐까. 그리고 루시가 던진, 이 모든 기록되지 않은 삶의 의미에 대한 답이 아닐까. 우리 모두에게는 저마다의 이야기가 있고, 그 이야기가 우리의 이야기인 한, 그 삶이 우리의 삶인 한, 우리는 우리라는 것.

밥의 이야기에서 매슈 비치 이야기를 빼놓을 수 없을 것이다. 매슈 비치 이야기는 소설의 흐름을 이어가는 큰 줄기이면서, 밥의 삶을 가장 강력하게 붙잡고 있는 그 일, 자신이 아버지를 죽음에 이르게 했다고 생각한 그 일을 긴 시간이 지난 이 시점에 다면적으로 볼 수 있게 해주는 역할을 하기 때문이다. 그리고 매슈의 어머니인 글로리아 비치의 살인 사건에 관여하게 되면서 밥이 매트를 대하는 모습을 통해, 우리는 깊은 상처를 지닌 누군가에게 깊은 치유와 회복이 일어날 수 있다면, 그 가능한 한 가지 방식이 어떤 것일 수 있을지에 대해 생각해보게 된다. 아울러 누군가를 진심으로 돌본다는 것은 어떤 모습일 수 있을지에 대해서도.

이 소설의 한국어 번역서 제목은 스트라우트의 작품 세계 전체를 집약적으로 잘 나타내주는, 그리고 이 소설의 핵심을 아주 잘 요약해주는 '이야기를 들려줘요'이다. 그럼에도 원제인 'Tell Me Everything'(내게 모든 것을 말해줘요)을 잠시 짚고 넘어가면, 이 문장은 이 소설에서 루시가 밥에게 하는 말로, 작품 전체에서 두 번 나온다. 내게 모든 것을 말해달라는 이 말은 루시와 밥이 서로의 사이에 만들려고 하는 거리의 정도를(아주 가깝다!), 소통의 깊이를(모든!), 그리고 서로의 이해에 대한 확장 가능성을 고스란히 드러낸다. 루시의 이 말을 '당신을 속속들이 알고 싶어요' 혹은 '당신이라는 인간을 깊이 있게 이해하고 싶어요'로 바꾸어 말할 수도 있을 것이다. 그리고 아마도 당신을 사랑한다는 말로.

아무래도 내게, 그리고 독자들에게도 가장 큰 울림을 일으킨 부분은 밥과 루시의 사랑이 아니었을까 싶다. 아니, 사랑만이 아니라 올리브에게 루시가 자신들(루시와 밥)의 이야기를 하는 부분 전체가 빛을 발한다. 인공의 빛이 아니면서 별빛이나 햇빛, 달빛 같지도 않은, 엘리자베스 스트라우트만이 만들어낼 수 있는 빛. 어쩌면 그건 뭔가가 우리의 진심에 깊이 닿았을 때 우리 안에서 밝혀져 은은하고 자연스럽게 뿜어나오는 빛, 바로 우리 자신의 빛인지도 모르겠다.

개인적으로, 스트라우트가 작품을 거듭할수록 점점 이야기꾼의 면모를 버리고 소설을 자신의 성찰을 담아내는 도구로 삼는 것 같다고, 허구의 다큐멘터리 작가 같아진다고 느끼다가, 역시 스트라우트는 성찰가 이전에 엄청난 이야기꾼이라는 생각을 하게 된 것이 이 마지막 부분이었다. 우리의 감정을 정화시키면서도 파도처럼 일렁이게 만들어놓은 그 카타르시스의 느낌은 정말이지 대단했다. 머리를 커트해 너무나 순수하고 귀여워 보이는, 육십이 넘은 밥의 모습을 상상하는 애틋한 재미까지. 옮긴이의 말을 쓰기 전에 이 책을 담당한 편집자분들과 이야기를 나눌 기회가 있었는데, 박효정 편집자는 처음부터 이들의 관계가 어떻게 흘러갈지, 결말이 어떻게 될지 정말로 마음이 '아슬아슬했다'고 말씀해주셨다. 그리고 모두 이 부분에 대한 찬사를 공유했는데, 아주 소중한 순간이었다. 이 부분을 읽은 독자분들도 우리와 비슷한 감정이었을까, 문득 궁금해진다.

옮긴이의 말 제목인 '걷고 말하고―그저 행복했다'는 이 소설의 본문에서 가져왔다. 이유라면, 그저 그 문장을 만났을 때 '이러면 정말로 행복하겠는데' 하는 생각이 들었기 때문이다. 전작 중 하나인 『무엇이든 가능하다』(2019)의 옮긴이의 말 제목으로 썼던, 그리고 역시 그 책의 본문에서 가져왔던 '햇볕 속에 (함께) 앉아 있'는 것만큼이나 행복해지는 문장이었다.

그들이 이제 무르익은 노년기이거나 이제 막 노년기에 접어들었음을 고려하면 '걷고 말하는' 행위는 그 자체로 더없이 소중한 것이다. 그리고 우리 또한, 아직 아니라면, 언젠가 그런 시기와 마주하게 될 것이다. 평범한 것이 어렵고 힘들게 느껴지는 시기와. 그러니 우리가 평생 걷고 말할 수 있다면 그것만으로도 아주 행복한 일이 될 테고, 내 옆에 누군가가 있다면, 그리고 그 사람이 내게 너무도 깊은 연결감을 주는 사람이라면 더더욱 행복한 일이 될 것이다.

우리 삶이 기록되지 않더라도, 우리 이야기를 들어줄 사람이 있다면, 무소음 객차에서 옆에 앉은 남자를 사랑했다는 루시의 그 엉뚱한 사랑 이야기처럼, 일상에서 아주 짧은 시간 동안 마음을 일렁이게 한 그런 아주 엉뚱한 이야기라도 모든 것을 들려줄 수 있는 사람이 있다면, 그리고 마지막에 루시가 올리브에게 자신의 이야기를 주었듯이, 그렇게 누군가에게 자신의 이야기를 줄 수 있다면, 그것은 더없는 행운일 것이다. 하지만 우리 대부분에게 그런 행운은 없다. 지금 자신이 너무나 외롭고 영영 그럴 것처럼 느껴지더라도, 정말로 어떤 것과도 아무런 연결감을 느끼지 못하는 상태에 있더라도, 우리가 우리로서 그저 존재한다면, 그리고 그 감각을 잃지 않는다면, 우리의 삶은 그 자체로 의미가 있다. 올리브가 올리브이기에, 루시가 루시이기에, 밥이 밥이기에 그렇듯, 우리가 우리이기에.

정연희

옮긴이 **정연희**
서울대학교 영어교육과를 졸업하고 미국 펜실베이니아대학교에서 석사학위를 받았다. 전문 번역가로 활동하고 있으며, 옮긴 책으로 『바닷가의 루시』 『오, 윌리엄!』 『다시, 올리브』 『무엇이든 가능하다』 『버지스 형제』 『내 이름은 루시 바턴』 『에이미와 이저벨』 『디어 라이프』 『착한 여자의 사랑』 『소녀와 여자들의 삶』 『매트릭스』 『운명과 분노』 『엘리너 올리펀트는 완전 괜찮아』 『그 겨울의 일주일』 『헬프』 『정육점 주인들의 노래클럽』 『한낮의 열기』 『씨앗에서 먼지로』 등이 있다.

문학동네 세계문학

이야기를 들려줘요

1판 1쇄 2026년 1월 20일 | 1판 2쇄 2026년 2월 10일

지은이 엘리자베스 스트라우트 | 옮긴이 정연희
기획 이현자 | 책임편집 박효정 | 편집 홍유진 오동규 윤정민
디자인 김이정 최미영 | 저작권 박지영 형소진 주은수 오서영 조경은
마케팅 정민호 서지화 한민아 이민경 왕지경 정유진 한경화 정경주 김혜원 김예진
          이서진
브랜딩 함유지 김은솔 박민재 이송이 박다솔 조다현 김하연 이준희
제작 강신은 김동욱 이순호 | 제작처 천광인쇄사(인쇄) 경일제책(제본)

펴낸곳 (주)문학동네 | 펴낸이 김소영
출판등록 1993년 10월 22일 제2003-000045호
주소 10881 경기도 파주시 회동길 210
전자우편 editor@munhak.com | 대표전화 031)955-8888 | 팩스 031)955-8855
문학동네카페 http://cafe.naver.com/mhdn
인스타그램 @munhakdongne | 트위터 @munhakdongne
북클럽문학동네 http://bookclubmunhak.com

ISBN 979-11-416-0291-8 03840

www.munhak.com